グリーン家殺人事件

S・S・ヴァン・ダイン

発展を続けるニューヨークに孤絶して建つ、古色蒼然たるグリーン屋敷《マンション》。そこに暮らす名門グリーン一族を惨劇が襲った。ある雪の夜、一族の長女が射殺され、三女が銃創を負った状態で発見されたのだ。物取りの犯行とも思われたが、事件はそれにとどまらなかった——。姿なき殺人者は、怒りと恨みが渦巻くグリーン一族を皆殺しにしようとしているのか？　不可解な謎が横溢するこの難事件に、さしもの探偵ファイロ・ヴァンスの推理も行き詰まり……。鬼気迫るストーリーと尋常ならざる真相で、『僧正殺人事件』と並び称される不朽の名作が、新訳で登場。

登場人物

ファイロ・ヴァンス……………アマチュア探偵
ジョン・F・X・マーカム……地方検事
トバイアス・グリーン…………グリーン家の主人
ジュリア・グリーン……………グリーン家の長女
チェスター・グリーン…………グリーン家の長男
シベラ・グリーン………………グリーン家の次女
レックス・グリーン……………グリーン家の次男
エイダ・グリーン………………グリーン家の末娘。養女
スプルート………………………グリーン家の執事
ヘミング…………………………}グリーン家のメイド
バートン…………………………}
ガートルード・マンハイム……グリーン家の料理人
アーサー・フォン・ブロン……グリーン家かかりつけの医師
アーネスト・ヒース……………殺人課部長刑事

ウィリアム・M・モラン……刑事課課長、警視
スニトキン……殺人課刑事
オブライエン……巡査
エマニュエル・ドリーマス……首席検屍官

グリーン家殺人事件

S・S・ヴァン・ダイン
日 暮 雅 通 訳

創元推理文庫

THE GREENE MURDER CASE

by

S. S. Van Dine

1928

目次

グリーン家殺人事件

本文中の（1）……は原注、（i）……は訳注である。

有名なグリーン家殺人事件があったころのグリーン屋敷（ニューヨーク）
――ローウェル・L・バルカムの版画による

ノーバート・L・レデラーに捧げる

十一月九日（火曜日）午前十時

1　二重の惨劇

長らく不思議に思っていたことがある。すぐれた犯罪小説家たちが――たとえばエドマンド・レスター・ピアスン、H・B・アーヴィング、フィルスン・ヤング、キャノン・ブルックス、ウィリアム・ボリート、ハロルド・イートンらが、あのグリーン家の惨劇を題材にしなかったのはなぜだろうということだ。まぎれもなく近年ひときわ目立って謎めいた殺人事件――現代の犯罪史上、ほかに類を見ないと言っていいほどの事件だったのに。もっとも、事件について私自身が書きとめた大量のメモを読み返し、またさまざまな関係書類を読み込んでいて、あらためて気づかされる。事件の奥底に潜んでいた経緯がほとんど表沙汰にならなかった以上、その脱落を埋めるのはどんなに想像力豊かな記録者にも無理だろうと。

もちろん、表面的な事実は世間に知れ渡っている。なにしろ、ひと月あまりも両大陸の新聞に、このすさまじい惨劇を報じる記事があふれかえったのだ。それに、事件の概略だけでも、異常なもの、劇的なものを求める大衆の渇望を満たすに充分だった。だが、この悲劇的な事件の内幕は、一般人がどんなに想像をたくましくしようと、及びもつくまい。世に出ることのなかった事実を今、初めて明かそうとしながらも、私は非現実感のようなものにつきまとわれている。事実の大半に立ち会い、それらが現実だったと示す、議論の余地のない記録を手にしているというのに。

　この恐るべき犯罪の背後にあった残酷きわまりない巧妙さも、犯罪に至るゆがんだ心理学的動機も、隠されていた驚くべき犯罪手段の源も、世間はまるっきり知らずにいる。さらに、事件を解決に導いた分析の過程についても、何ら説明がなされていない。また、解決に付随して起きた出来事も——それ自体がきわめて劇的で尋常ならざる出来事だったが——語られることはなかった。事件が終結したのは警察による通例の捜査の結果だと思われているが、それは犯罪自体の決定的要因が世間にはほとんど知られていないからであり、また、市警と地方検事局の双方とも、示し合わせでもしたように、真相の全容を知らせようとしなかったからでもある——信じてはもらえまいという懸念からなのか、あるいはただ、誰もが口にするのをはばかるような恐ろしいことがあるせいなのか、それはわからない。

　そういうわけで、私が記録にとりかかろうとしているのは、初の完全版にして手心を加えていない、グリーン家大虐殺《ホロコースト》の物語となる。(1)もう真実を知らしめるべきころあいだろう。この物語は歴史であって、歴史的事実にひるんではならないのだから。それにまた、事件を解決した功績も、しかるべきところへ返すべきではないだろうか。

　秘められた謎を解明し、次々と恐怖が上書きされていくあの筋書きを終結に導いたのは、はなはだ奇妙なことに、公式には警察と何ら関わりのない人物だった。殺人事件に関連して、その名は一度も表に出ていない。しかしながら、その人物、そして彼の斬新な犯罪推理法なくしては、グリーン家に向けられたまがまがしい企《たくら》みが最後には成功していたことだろう。事件を捜査していた警察がその犯罪の外見的証拠を教条的に扱う一方、あの犯罪は並みの捜査官の理解など及びもつかぬ次元で実行されていたのだ。

何週間もかけて入念な分析に精魂を傾け、ついに恐怖の根源をさぐり出したその人物とは、上流社会に属する若い貴族で、地方検事ジョン・F・X・マーカムの親友だった。勝手にその名を明かすことはできないが、記述する都合上、彼をファイロ・ヴァンスと呼ぶことにする。彼は数年前にフィレンツェ郊外の邸宅に居を移し、もうこの国にはいない。再びアメリカに戻るつもりもないため、彼がいわば法廷助言者《アミカス・キュ－リエ》として関与した犯罪事件の物語を私が公表することに同意してくれた。マーカムも引退して私人となっている。また、市警において表向きにグリーン家殺人事件を指揮した、殺人課の意気盛んにして誠実な警官、アーネスト・ヒース部長刑事は、思いがけず舞い込んだ遺産により長年の念願かなって、モホーク谷のモデル農場でワイアンドット種という珍しい鶏の飼育にいそしんでいる。かくして、グリーン家を舞台とした惨劇の内幕を公表できる状況になったのである。

事件への私自身の関与についても、ひとこと説明しておかなければなるまい（「関与」といっても、実際のところ私の役割はただのおとなしい傍観者だったのだが）。何年か前から私は、ヴァンスの専属代理人を務めていた。ヴァンスが必要とする法律上、財務上の仕事に専念するため、父が経営するヴァン・ダイン、デイヴィス・アンド・ヴァン・ダイン法律事務所は辞めてしまった。ちなみに、その仕事はそう多いわけではない。ヴァンスとはハーヴァード大学での学生時代から友人どうしで、彼の法律顧問および財産管理人という私の新たな務めは、社交上でも文化面でも余録の多い名誉職のようなものだった。

当時ヴァンスは三十四歳。身長六フィートにやや足りない、ほっそりと引き締まった身体つきで、品があった。彫りが深く整った顔だちには力強く均整のとれた魅力があるものの、あざけるような冷淡な表情がつや消しになって美男子とは言いがたい。超然とした灰色の目、筋の通った細い鼻、冷酷と禁欲とをともにうかがわせる口もと。ところが、仲間たちとのあいだに通り抜けられないガラスの壁となって立ちはだかるその渋面《じゅうめん》とはうらはらに、彼はきわめて鋭敏で感情豊かなのだった。どことなく周囲と距離を置くような尊大な態度にもかかわらず、よき理解者たちにとってはそんな彼がたまらなく魅力的に思える。

教育をほとんどヨーロッパで受けた彼のアクセントやイントネーションはかすかにオクスフォード風のなごりをとどめていたが、私のたまたま知るところでは決して気取っているわけではない。他人の見方など意に介さない彼は、わざわざ気取ってみせたりなどしないのだ。彼はまた、飽くなき勉強家だった。いつも知識欲旺盛で、ほとんどの時間を民族学や心理学の研究に捧げていた。とりわけ熱中している研究対象は美術で、幸いにも充分な収入があって美術品の収集に情熱を注いでいる。だが、そもそもマーカムの管轄下にもたらされた犯罪事件に彼が注意を向けるきっかけとなったのは、関心のある心理学を個人の行動に応用しようとしたことだ。

彼が最初に関与したのは、私が別途記録したとおり、アルヴィン・ベンスン殺人事件(2)だ。あわや解決不能かと思われた二件目が、ブロードウェイで名を馳《は》せた美女マーガレット・オウデルの絞殺事件(3)。そして、同じ年の秋の終わりに、グリーン家の惨劇がもちあがった。新たに始まったこの事件の捜査も、先の二件と同様、くまなく記録に残した。私の手もとには入手できるかぎりのあらゆる文書がそろい、警察の保管文書は一語一句そのままに写しをとったし、ヴァンスと捜査当局との協議内外でかわされた無数の会話まで書きとめてある。私はさらに、詳細かつ徹底的という点でサミュエル・ピープスも顔負けの書きぶりで日記をつけていた。

グリーン家殺人事件が起きたのは、マーカムが着任した最初の年も暮れに向かうころだった。ご記憶だろうか、あの年は冬の訪れがいつになく早かった。十一月のうちに二度も猛吹雪《ふぶき》に見舞われ、この一帯でその月の降雪量記録がことごとく、十八年ぶりに更新された。早々と降った雪のことをここで持ち出すのは、それがグリーン家の事件でまがまがしい役割を演じたからだ。そう、この雪も殺人者の計画に重要な要素として含まれていた。あの晩秋の時ならぬ天候と、グリーン家の一家に降りかかった救いのない惨事とのつながりは、いまだに誰も知らず、それに感づいた者さえいないのだが。それというのも、事件に隠されていた秘密がことごとく伏せておかれたためである。

ヴァンスがベンスン殺人事件に引き込まれたのは、マーカムじきじきの挑戦に応じた結果だ。カナリア殺人事件では、みずから力になりたいと申し出た。ところが、彼がグリーン家の事件捜査に加わったのは、まったく偶然のなせるわざだった。カナリアの死の謎を解明して以来二カ月のあいだ、マーカムは地方検事局の日常業務につきものの犯罪についての問題点に関して、何度も彼を呼び出していた。グリーン家の事件が初めて話題に上ったのが、そういう問題を非公式に議論していた最中だった。

マーカムとヴァンスは長年の友人どうしだ。彼らは好みも、倫理観さえ似ていないが、それでいて互いを深く尊敬している。まったく異なる二人の友情を、私はよく不思議に思ったものだ。だが、年を経るにつれ、だんだん理解できるようになった。自分自身の性質に欠けているとそれぞれに気づいている――おそらくは失望をこらえつつ――まさにその資質をもつ相手に、二人とも引きつけられるようなのだ。マーカムは率直、無愛想で、時として傲慢《ごうまん》なこともありながら、その生き方は厳格で真剣、あらゆる障害をものともせず法律家としての良心の命ずるところに従う。誠実かつ公正な不屈の人である。一方、ヴァンスは移り気で人当たりがいい、消えることのないユウェナリス（ローマ帝国の政治、社会を風刺した詩人）流の冷笑癖の持ち主で、辛辣《しんらつ》な現実に対して皮肉っぽい笑みを浮かべつつ、気まぐれで冷淡な人生の傍観者役に徹している。だが同時に、芸術への理解の深さに負けず劣らず人間を深く理解してもいる。彼による動機の分析や鋭い人物解釈は――私にはたびたび目の当《ま》たりにする機会があった――気味が悪いほどに的を射ているのだった。ヴァンスにそういう資質を見てとれるマーカムは、その真価を感じとっていた。

十一月九日、まだ十時には間があるころ、フランクリン・ストリートとセンター・ストリートの角に建つ古い刑事裁判所ビルに車で乗りつけたヴァンスと私は、まっすぐ四階の地方検事のオフィスへ向かった。記憶に残るその午前、最近の給与強奪事件で死者を出した責任を互いにかぶせ合うならず者二人が、マーカムの詳しい取り調べを受けることになっていた。それによって、二人のうちどちらが殺人罪で起訴され、どちらが州側の証人扱いされるかが決まる。マーカムとヴァンスは前の晩に、スタイヴェサント・クラブの談話室でその状況を議論していて、ヴァンスが取り調べに立ち会いたいと言い出したのだ。マーカムも乗り気だったので、私たちは早起きしてダウンタウンへ車を走らせたというわけだ。

　男二人との面談は一時間ほど続き、ヴァンスは実際に発砲したのはどちらの男でもないという想定外の意見を述べた。

「ねえ、マーカム」保安官が囚人たちを市拘置所《トゥームズ》へ連れ戻したところで、彼はものうげに切り出した。「あの強盗《ジャック・シェパード》二人、ちっとも嘘はついていないよ——どちらも本当のことを話しているつもりなんだ。ゆえにだな、二人のうちどちらも発砲していない。なんとも困ったことだ。二人とも、見るからに極悪人——絞首刑を目指して生まれてきたような連中なのに、その宿命をきちんとまっとうさせてやれないとは、いまいましい不面目だがね。……そうだ、強盗に加担したやつがほかにもいたんじゃないかい？」

　マーカムがうなずく。「三人目は取り逃した。あの二人の言うことには、エディ・マレッポとかいう名の知られたギャングらしい」

「じゃあ、そのエデュアルドだな、撃ったのは(4)」

マーカムは言葉を返さず、ヴァンスはゆっくり立ち上がるとアルスター外套《がいとう》に手を伸ばした。

「そういえば」と、外套をまといながら彼が言う。「われらが格調高き新聞が、今朝は一面をグリーン屋敷《マンション》で大虐殺とかいう見出しで飾り立てていたなあ。どういうことだい？」

マーカムがはっと壁の時計を見やり、顔をしかめた。

「それで思い出した。チェスター・グリーンが朝も早くから電話してきて、どうしても会いたいというんだ。十一時ならと言ったんだった」

「きみが何かしてやるのかい？」ヴァンスはドアノブにかけた手を引っ込め、シガレットケースを取り出した。

「するもんか！」とマーカム。「だが、みんな、地方検事局をやっかいごとのよろず引き受け所だとでも思っているらしくてね。しかたない、たまたまチェスター・グリーンは昔からの知り合いだし——お互いマールボン・ゴルフクラブの会員なんだ——犯人はグリーン家に伝わる有名な銀食器でもいただこうって魂胆《こんたん》だったんだろうが、彼の苦情は聞いてやらねばなるまい」

「押し込み強盗——へえ、そうなのか？」ヴァンスは煙草を何度かふかした。「ご婦人を二人も撃って？」

「ああ、あさましいことだよ！　未熟者のしわざに違いない。パニックを起こしてめったやたらに発砲し、しっぽを巻いて逃げたのさ」

「ひどくおかしななりゆきじゃないか」ヴァンスは事件に気をとられた様子で、ドアのそばにある大きな肘掛け椅子にまた座り込んだ。「その由緒あるカトラリーとやらが実際になくなったのか？」

「何も盗まれたものはない。泥棒のやつ、荒稼ぎする前に恐れをなして逃げ出したとみえる」

「ちょっと信じがたいなあ。――未熟者の泥棒がりっぱなお屋敷に押し入って、ダイニング・ルームの銀器に狙いをつける。恐慌をきたして二階へ行き、それぞれ自分の寝室にいた女性二人を撃ってから逃げ出す。……なんとも哀れな話と言うほかないが、説得力がないよ。どこからそんななまぬるい説が出てきたんだ？」

マーカムは渋面をつくったが、口を開くときには自制に努めていた。

「昨夜フェザーギルが当直のところへ本部から連絡があって、屋敷へ向かう警察に同行した。彼も警察と同じ意見だ(5)」

「それにしても、チェスター・グリーンがご丁寧にもきみと話をしたがるのはなぜなのか、知りたいものだね」

マーカムは唇を堅く結んだ。その朝の彼は友情を温めるような気分ではなく、ヴァンスの軽々しい好奇心にうんざりしていた。だが、しばらくすると、しぶしぶこう言った。

「この強盗未遂事件に興味津々《しんしん》らしいから、まあ、どうしてもというなら、ここにいてチェスター・グリーンの話を聞いてみるがいい」

「待たせてもらおう」ヴァンスはにこやかに言って、外套を脱いだ。「ぼくは優柔不断なんだ。熱心な懇願《こんがん》には逆らえない。……チェスターは、グリーン家でどういう立場なんだい？　二人の死者との続き柄《がら》は？」

「殺されたのはひとりだけだ」マーカムが寛容な口調で訂正した。「いちばん上の娘が――四十代初めの未婚女性だ――即死だった。やはり撃たれた下の娘のほうは、回復の見込みがあると思う」

「それで、チェスターは？」

「チェスターは上の息子で、年は四十前後。銃声がしたあと最初に現場へ駆けつけたのが彼だった」

「一家にはほかに誰がいるんだい？　老トバイアス・グリーンは造物主のもとへ召されたんだったな」

「ああ、トバイアス老人は十年ほど前に亡くなった。だが、夫人はまだ存命だよ、身体が不自由な中風患者ではあるが。それから、子供が五人いる――いや、いた。いちばん上がジュリア、次がチェスター。それから、もうひとりの娘、シベラは、あと何年かで三十歳というところかな。その下にレックスという、シベラより一歳かそこら若い、危なっかしくて学者肌の男の子がいる。そして、いちばん下がエイダ。たぶん二十二か三になる養女だ」

「殺されたのがジュリアなんだな？　あと二人いる娘のうち、撃たれたのは？」

「妹のほう――エイダだ。彼女の部屋は、ホールをはさんでジュリアの部屋の斜向《はすむ》かいにあるようだ。泥棒のやつ、逃げようとして間違ってその部屋に入ってしまったらしい。どうやら、ジュリアを撃った直後、エイダの部屋に入ってしくじりに気づき、また発砲してから逃げた。最終的には階段を下りて、正面玄関から外に出たようだ」

ヴァンスはしばらく黙って煙草を吸っていた。

「きみの仮説上の侵入者ときたら、やけに混乱していたもんだな。エイダの寝室のドアを階段室のドアととり違えるなんてね？　それに、疑問はまだある。誰だか知らないが銀食器をちょうだいするのが使命だったそいつが、二階なんかで何をしていたんだい？」

「宝石でも探してたんだろうさ」マーカムの忍耐力は今にも尽きそうだ。「ぼくも全知全能ってわけじゃないんでね」その言い方には皮肉が混じっていた。


「まあ、まあ、マーカム！」ヴァンスがなだめすかすように言う。「つらくあたらないでくれよ。きみの話すグリーン家の強盗事件には、学問的考察にぴったりな問題点がいくつもありそうだからさ。暇つぶしに気まぐれな考えにふけったって、大目に見てくれなくちゃ」

ちょうどそのとき、マーカム配下の若々しく機敏な秘書、スワッカーが、メインの待合室と地方検事の個人用オフィスとのあいだにある小部屋へ通じるスイングドアに顔をのぞかせて告げた。

「チェスター・グリーンさんがお見えです」

2　捜査が始まる

十一月九日（火曜日）午前十一時

部屋に入ってきたチェスター・グリーンは見るからに心労にうちひしがれていたが、同情する気にはならなかった。ひと目見たときから、私はこの男のことが気に食わなかったからだ。中背で、肥満の域にさしかかろうとしている。身体の線にぐずぐずしてしまりのないところがある。配慮の行き届いた身なりであるにもかかわらず、服装に強調しすぎの点がいくつも表われている。カフスがきつすぎだし、カラーはぴったりしすぎて、色付きシルクのチーフは胸ポケットからはみ出しすぎているのだ。髪の毛はやや寂しく、寄り目のまぶたが、ブライト病（蛋白尿と浮腫を伴う腎臓病）患者のように突き出ている。短く刈り込んだブロンドの口髭《くちひげ》の下で、ゆるんだ口もと。わずかに引きぎみで、唇の下まで深く切れ込んだ顎。彼は甘やかされた怠け者《アイドラー》の典型だった。

マーカムと握手を交わし、ヴァンスと私を紹介されて着席した彼は、細心の注意を払って琥《こ》珀《はく》と金の長いホルダーに茶色いロシア製煙草を差し込んだ。

「折り入っての頼みなんだが、マーカム」と言って、象牙の懐中ライターで煙草に火をつけた。「昨夜わが家で起きた騒動を、じきじきに捜査してもらえないだろうか。今の警察のようなやり方じゃ、らちがあかない。いや、悪くないよ――警察だって。しかし……なんというか、今回の件はどうもおかしい――なんと言ったらいいのかわからないが。ともかく、いやな感じがする」

マーカムはしばらくのあいだ、相手をじっと観察していた。「何が気がかりなんです、グリーン？」

訊かれた相手は、せいぜい五、六回ふかしただけの煙草をもみ消し、煮え切らない様子で肘掛けをコツコツたたいている。

「それがわかればいいんだが。妙な事件だ――ひどく妙だよ。それに、裏に何かある――ここで止めに入っておかなければ、悪魔そのものを呼び出すことになりかねない何かが。うまく説明できないがね。そんな気がしているんだ」

「ミスター・グリーンは心霊作用《サイキック》を受けやすいのかもしれないな」悪気のなさそうな平気な顔で、ヴァンスが言った。

そう言われてぱっと振り向いたチェスターは、あからさまに偉そうな態度でヴァンスをじろじろ眺めた。「くだらん！」ロシア製煙草をもう一本取り出すと、またマーカムに顔を向ける。「どういう状況か、のぞいてみてもらえないだろうか」

マーカムはためらった。「警察の見方に納得がいかず、私に頼ってこられたのには、きっと何か理由があるんでしょうね」

「おかしなことだが、理由はない」（二本目の煙草に火をつける彼の手が、かすかに震えているように見えた）「無意識のうちに強盗説への拒絶反応が起きるだけなんだ」

彼が腹蔵《ふくぞう》なく話しているのか、それとも何かを隠しているのか、見分けるのは難しかった。それでも私の感触では、彼の不安の奥にはある種の恐怖が潜んでいるようだった。また、彼はとうてい今回の惨事を嘆き悲しんでなどいないという印象も受けた。

「強盗説に、事実と矛盾するところはまるでないように思えますね」マーカムはきっぱり言った。「侵入者が突然恐慌をきたして取り乱し、銃を無駄撃ちするという事件はよくある」

グリーンはいきなり立ち上がると、うろうろ行ったり来たりしはじめた。

「事件のことを議論はできない」とつぶやく。「そんなことじゃないんだ、わかってもらえないかな」彼はさっと地方検事をにらみつけた。「ああ！　冷や汗が出る」

「漠然としたことばかりで、つかみどころがありませんねえ」マーカムは思いやるような口調で言った。「事件で気が動転しているせいじゃないでしょうか。たぶん一日か二日もすれば──」

グリーンが片手を上げてそれを制する。

「無駄だ。いいかい、マーカム、警察に強盗は絶対見つけられない。そう感じるんだ──ここで」彼は気取ったしぐさで、手入れの行き届いた手を胸に置いた。

ヴァンスはそれまで、おもしろがっているような気配をわずかにのぞかせつつ彼を見守っていた。ここで両脚を前に伸ばしたかと思うと、彼は天井を見上げた。

「ねえ、ミスター・グリーン──深遠なる模索のおじゃまをして申し訳ないんですが──あなたのお姉さんと妹さんを始末したがっている人物にお心当たりは？」

相手はしばらくぽかんとしていた。

「ない」と、ようやく答えが返る。「あるはずがない。何の罪もない女二人を、いったい誰が殺したがるっていうんだ？」

「ぼくだって、そんなおかしなことを考えているわけじゃありませんよ。だけど、あなたは強盗説を否定なさるが、ご婦人二人が撃たれたことに間違いはないわけですから、誰か二人を殺そうとした者がいたとも推察できます。ごきょうだいであり、家族《アン・ファミーユ》そろって暮らしていらっしゃるあなたが、殺意をいだく何者かをご存じかもしれないと思いついたまでです」

グリーンはけんか腰になって、顔を前に突き出した。「知らんね」そう口走ると、マーカムに向き直って、引き続きかき口説《くど》くのだった。「ほんのちょっとでも気づいたことがあったら、もう話していそうなもんじゃないか？　この事件は神経に障る。ひと晩じゅう事件のことばかり考えていて、それで――もういやだ、我慢できない」

マーカムは曖昧にうなずいていたが、立ち上がると窓のところへ向かい、後ろ手に立ったまま灰色の石でできた市拘置所《トゥームズ》を見下ろした。

うわべは無関心な様子ながら、ヴァンスはじっとグリーンを観察していて、マーカムが窓のほうを向くと、座ったまままわずかに背筋を伸ばした。

「ところで」と、愛想のいい口調で切り出す。「ゆうべ何があったのか教えてもらえませんか？　倒れた女性たちのもとへまっ先に駆けつけたのがあなただったとか」

「姉のジュリアのところへ、だ」訂正するグリーンの声に憤慨《ふんがい》の響きが混じる。「エイダが意識不明で、背中のひどい傷から血を流しているのを見つけたのは、執事のスプルートだった」

「背中ですって？」ヴァンスは身を乗り出して、眉を吊り上げた。「後ろから撃たれたということですか？」

「そうだ」グリーンは眉をひそめ、まるでその事実に彼もまた不穏なものを感じとったかのように、自分の指先をしげしげと眺めた。

「ミス・ジュリア・グリーンは？　お姉さんもやはり後ろから撃たれたんですか？」

「いや——正面からだった」

「なんとまあ！」ヴァンスは煙の輪を、埃《ほこり》っぽいシャンデリアに向かって吹き上げた。「二人とも就寝中だったのに？」

「一時間ほど前から床《とこ》についていた。……しかし、いったいどんな関係があるんだ？」

「どうでしょうね？　だけど、とらえどころのない心霊発作《サイキック》のもとをつきとめようとするには、そういう些細《ささい》なことをつかんでおくときっと役に立ちます」

「心霊発作《サイキック》などと、くだらんことを！」グリーンはうなり声で食ってかかった。「そうじゃなくても、人間には感受性というものが——」

「まったく——まったくそのとおりです。でも、あなたは地方検事に助力を求めている。彼だって、決断するにあたってはいくつかデータがほしいはずでしょう」

マーカムが前へ出て、テーブルの端に腰をかけた。好奇心をかきたてられた彼は、ヴァンスの質問に同感だとグリーンに伝えた。

グリーンは唇をすぼめ、シガレットホルダーをポケットに戻した。

「よし、わかった。ほかに何が知りたい？」

「お聞かせください」ヴァンスが耳に心地よい声で続ける。「最初の銃声が聞こえてからの出来事を、きちんと順を追って。銃声が聞こえたんでしょう」

「そう、聞こえた——聞こえないはずがない。ジュリアの部屋は私の部屋の隣で、私はまだ寝ていなかった。大急ぎでスリッパを履き、ドレッシング・ガウンをひっかけてから、ホールに出た。暗かったから、壁を手探りしながらジュリアの部屋の入り口まで行ったんだ。ドアを開けて慎重にのぞき込むと――待ち伏せして撃ってくるやつがいるかもしれないからね――姉はベッドにいた。ナイトガウンの前を血まみれにしてね。室内にはほかに誰もいなかったので、すぐ姉のもとへ向かった。ちょうどそのときだ、もう一発、エイダの部屋からしい銃声が聞こえた。このころにはもう頭がぼうっとしていてね――どうしたらいいのかわからなくて、ジュリアのベッドのそばでなんだか腑抜《ふぬ》けみたいに立ちすくんでいた――ああ、腰抜けだったとも、そうだ……」

「無理もありませんよ」ヴァンスは励ますように言った。

グリーンがうなずく。「なんともやっかいな立場だった。うむ、とにかく、私がそこに突っ立っていると、使用人たちの部屋がある三階から誰かが階段を下りてくる音がして、スプルートじいさんの足音だとわかった。暗闇を手探りしながら、エイダの部屋へ入っていく。そこで私を呼ぶ声がしたので、急いで駆けつけたんだ。化粧台の前にエイダが倒れていた。スプルートと私でベッドにかつぎ上げた。ちょっと不安だったな。いつまた銃声が聞こえるかと思って――なぜだかわからないが。ともかく、三発目はなかった。次に聞こえたのは、スプルートがホールの電話でドクター・フォン・ブロンを呼ぶ声だった」

「あなたの話にも、何らかの強盗説と矛盾するところはないようだが」とマーカム。「そのうえ、うちの検事補のフェザーギルが言うことには、玄関先の雪の上にふた組、見分けがつきにくい足跡がついていたとか」

グリーンは肩をすくめただけで、返事をしなかった。

「ところで、ミスター・グリーン」――ヴァンスは椅子からずり落ちそうな姿勢で宙をにらんでいた――「ミス・ジュリアの部屋をのぞき込んだら、お姉さんはベッドにいたとおっしゃいましたね。どうしてわかったんです？　電灯をつけたんですか？」

「いや、まさか！」相手は質問にめんくらったようだ。「電灯はついていた」

ヴァンスの目がぱっと輝いた。

「ミス・エイダの部屋は？　やはり電灯がついていたんですか？」

「ああ」

ヴァンスはポケットに手を入れ、シガレットケースを取り出すと、ゆっくりじっくり煙草を一本選び取った。こういう行動は内心の興奮を抑えているしるしだ。

「では、どちらの部屋にも電灯がついていたわけですね。きわめて興味深い」

マーカムもやはり無頓着《むとんちゃく》なうわべに隠された熱意に気づいて、期待を込めた目で彼を見る。

「それで」ゆったり構えて煙草に火をつけると、ヴァンスは続けた。「二つの銃声のあいだは、どのくらいの時間だったんでしょう？」

グリーンは根掘り葉掘りの質問に当惑もあらわだったが、躊躇《ちゅうちょ》なく答えた。

「二、三分――少なくともそんなところだ」

「ええと」ヴァンスが反芻《はんすう》する。「第一の銃声が聞こえてから、あなたはベッドから起きてスリッパとローブを身につけ、ホールに出て壁伝いに隣の部屋まで行って、用心しながらドアを開けてのぞき込んでみてから、部屋の奥のベッドに向かった――それからでしたね、第二の銃声がしたのは。間違いありませんか？」

「間違いないとも」

「なるほど、なるほど！　おっしゃるとおり、二、三分というところですね。ええ、最短でも。驚いたね！」ヴァンスがマーカムに向かって言う。「ねえ、きみ、きみの意見を左右したいなんてさらさら思わないが、この事件捜査に加わってほしいっていうミスター・グリーンの頼みには応じるべきだと思うよ。ぼくもこの事件には心霊的なものを感じる。常軌を逸《いっ》した強盗なんて説は、やがて人を迷わす狐火《イグニス・ファトウース》だったと判明するんじゃないかな」

マーカムは考え込みつつ好奇の目で彼を見た。グリーンへ向けたヴァンスの質問にいたく興味をそそられたのはもちろん、長い経験から、ヴァンスがもっともな理由もなしにそういう提案などしないだろうことを知ってもいた。したがって、彼が落ち着きのない客に向かってこう言ったのも、私には決して意外ではなかった。

「いいでしょう、グリーン、やってみましょう。さっそく今日の午後にでもお宅へうかがいますよ。みなさんご在宅くださるようにお願いします。話を聞きたいですからね」

グリーンは震える片手を差し出した。「うちにいる者全員が――家族も使用人たちも――そろっているようにしよう」

彼は尊大な足どりで部屋を出ていった。

ヴァンスがため息をつく。「気分のいい御仁《ごじん》じゃあないな、マーカム――まったく気分のよくない輩《やから》だ。ああいう紳士とお知り合いになるっておまけがつくんだったら、政治家なんかには絶対なりたくないね」

マーカムは不機嫌そうな態度で机に向かって座った。

「グリーンは社交界の名士だ――政界のじゃない」と、意地の悪い口調で言う。「きみと同じ集団に属してる。ぼくのじゃなくてね」

「ひどいな！」ヴァンスは屈託なく伸びをした。「だけど、あの男が頼ってきたのはきみにじゃないか。ぼくのことはあんまりお気に召さなかったとお見受けした」

「きみがちょっとばかり傲慢《ごうまん》にあしらったからさ。皮肉が、気に入られる手段になんかなるもんか」

「しかしねえ、マーカム、ぼくはチェスターの歓心を買おうとしてたわけじゃないからね」

「きみはどう思う、あの男は何かを知ってるか、誰かを怪しんでるのかな？」

ヴァンスは、細長い窓の向こうの寒々とした空を見やった。

「どうなんだろう」とつぶやいてから、彼はこう言うのだった。「ひょっとして、チェスターがグリーン一族の典型なのかな？　ここ何年かはエリート集団とほとんどつきあっていないから、東海岸の名士のことにはとんと疎《うと》いんだ」

マーカムはぼんやりとうなずいた。

「そうかもしれん。グリーン一族はもともとたくましい家系だったが、今の世代はどことなくたがゆるんでしまったようだな。老トバイアス三世は――チェスターの父親だが――頑強で、いろいろな意味であっぱれな人物だった。でも、グリーン一族古来の気質を受け継いだのはあの人が最後だったらしい。遺《のこ》った家族は、ある種の崩壊をこうむったんだな。はっきりと軟弱というわけではないが、まだらに変色して腐りはじめているというか、地面に落ちて時間がたちすぎた果実のようなもんだ。思うに、金と暇がありあまっていて自制が足りないからじゃないかね。反面、新世代グリーン家には確かな知性がうかがえる。みんな頭がいいようだぞ、無益で間違った使い方をしているとしても。それどころか、きみはチェスターを見くびっているんじゃないかな。凡庸でいかにも柔弱そうでいて、あの男は決してばかじゃない」

「ぼくがチェスターをばかだと思ってるって！　おいおい、マーカム――ひどいじゃないか！　ひどい誤解だ。見くびってなどいるもんか。われらがチェスターには愚かさの片鱗《へんりん》もないよ。きみが思っているよりずっと如才《じょさい》ない男だ。あのむくんだまぶたが、ことのほか悪賢い目を覆い隠しているんだ。その証拠に、捜査に手を貸すようぼくからきみに口添えすることになったのも、だいたい彼がわざとらしくおろおろしてみせたからこそじゃないか」

マーカムは椅子に背を預けて目を細めた。

「何を考えているんだ、ヴァンス？」

「さっき言ったじゃないか。心霊的《サイキック》な発作なんだ――チェスターの潜在意識下を訪れたもののようなね」

言い逃れのようなこの返答に、ヴァンスにはしばらくのあいだ詳しく話すつもりがないのだとマーカムは悟った。顔をしかめてしばし黙り込んだのち、電話へ向かった。

「この事件を引き受けるとしたら、誰が責任者で、どんな予備知識をもらえるのか確かめておいたほうがいいだろう」

そう言って彼は、刑事課の課長、モラン警視に電話した。短いやりとりのあと、ヴァンスに笑顔を向けた。

「きみと仲よしのヒース部長刑事が事件を掌握している。折よく署に居合わせて、すぐこちらへ来てくれるそうだ[1]」

十五分とたたないうちに、ヒースがやって来た。ほぼ徹夜だったにもかかわらず、異様に張り切って元気みなぎる様子だ。相変わらず落ち着き払った大きくて向こう意気の強そうな顔の、薄青色の目に持ち前の一途《いちず》な熱意をたたえている。彼はマーカムと入念だが気のない握手を交わし、そこでヴァンスの姿を認めると、顔をほころばせて気さくに笑った。「やあ、誰かと思えばミスター・ヴァンスじゃありませんか！　このごろはいかがお過ごしで？」

ヴァンスは席を立ち、部長刑事と握手した。

「ああ、部長、きみと最後に会って以来、ルネサンス建築ファサードのテラコッタ装飾とかなんとか、つまらないことに没頭していたんですがね[2]。だけど、うれしいなあ、また犯罪がもちあがっているらしくて。たまにはすてきに怪しい殺人事件でも起きてくれないことには、ひどくつまらない世界じゃないか」

ヒースは心得顔で、問いかけるような目を地方検事に向けた。ずっと前から彼には、ヴァンスの冗談に言外の意を読み取るすべが身についている。

「このたびのグリーン家の事件のことだとも、部長刑事」とマーカム。

「そんなことだと思いました」ヒースはどっかりと腰を下ろし、黒い葉巻を唇のあいだに差し込む。「ただ、まだ何にもわかっちゃいませんよ。なじみの連中に総当たりして、昨夜のアリバイを調べているところで。やったやつが何もつかまずにずらかったりしてなけりゃ、質屋や故買屋の線を追えたんですがね。だが、何か慌てるようなことがあったんでしょう、あんなふうにいきなり仕事を切り上げたからには。とすると、この仕事に不慣れなやつなんじゃないでしょうか。もしそうなら、こっちの仕事はますますめんどうになる」彼は丸めた両手でマッチを覆うようにして葉巻にかざし、猛然と吸い付けた。「このこそ泥事件の何を知りたいとおっしゃるんです?」

マーカムは口ごもった。ありふれた強盗が犯人だと当然のように思い込んでいる部長刑事の口ぶりに接して、ためらいが生じたのだ。

「チェスター・グリーンがここに来ていたんだ」と、とりつくろう。「どうも、撃ったのが泥棒だとは思えないらしくてね。特別に取り計らって、一件を調べてみてほしいと頼まれた」

ヒースがあざけるように鼻を鳴らした。

「泡を食った泥棒のほかに、ご婦人二人にぶっ放すようなやつがいますかね?」

「ごもっとも、部長」答えたのはヴァンスだった。「だけどね、どちらの部屋にも電灯がついていたんですよ、ご婦人がたは一時間も前からベッドにおやすみだったというのに。おまけに、銃声二発のあいだには何分か間隔があいていた」

「わかっていますとも」ヒースの声にいらだちが混じる。「でも、ど素人のしわざだったとしたら、あの二階で昨夜どんなことが起きたか、わかりゃしませんよ。動転したやつが――」

「そこですよ！　どうもひっかかる。いいですか、気が動転した泥棒が、部屋から部屋へ電灯をつけて回ろうとするものですか。スイッチのありかや点灯のしかたを知っていたとしてもですよ。ましてや、あんなとんでもないことをしでかす合間に数分間も、真っ暗なホールを無駄にうろついていたりするものですか。なんたって、銃声で家人を起こしてしまったあとなんだ、そうでしょう？　ぼくには大慌ての行動には見えない。妙に計画的なように思える。おまけに、きみの言うごたいそうなど素人はどうして、略奪品のありかは階下のダイニング・ルームだというのに、二階の寝室なんかで遊んでいたんでしょうね？」

「犯人をつかまえたら全部わかりますよ」ヒースは頑固に言い返した。

「要点を言おう、部長刑事」とマーカム。「ミスター・グリーンにこの件を調べてみると約束したため、きみから詳しく話を聞きたかったんだ。もちろん」なだめるように言い添える。「きみたちの仕事のじゃまはいっさいしない。成果がどうあれ、ひとえにきみの課が功績を得ることになる」

「けっこうですとも」ヒースは経験から、マーカムと協力して手柄を横取りされる心配はないと知っている。「しかし、ミスター・ヴァンスにはいろいろとお考えがあるとしても、グリーン家の事件に特段配慮すべきものはたいしてなさそうですがねえ」

「そうかもしれない」とマーカムも認めた。「それでも、関わりをもったからには、さっそく今日の午後にでも状況を見にいこうと思うんだ、きみが現場の様子を教えてくれるならね」

「お教えすることなんか、ろくにありませんよ」ヒースは考え込みながら葉巻を嚙《か》んだ。「ドクター・フォン・ブロンから――グリーン家かかりつけの医者ですがね――真夜中ごろ、本部に電話があった。私はアップタウンの強盗事件に呼び出されてちょうど戻ったところで、すぐに若い者を二人ばかり連れて屋敷へ駆けつけました。すると、女性が二人、ご存じのとおり、ひとりは死亡し、もうひとりは意識不明で――どちらも銃弾を受けていました。ドク・ドリーマス(3)に電話してから、屋敷じゅうを調べていきました。ミスター・フェザーギルもいらして、協力してくださいましたよ。しかし、これといった発見はあまりありません。やったやつは、どうやら玄関から入り込んだに違いない。雪の上に、ドクター・フォン・ブロンのもの以外に往復する足跡がひと組残っていましたからね。ただ、雪はうっすらとしか積もってなくて、痕跡がはっきりしないんですよ。昨夜の雪は十一時ごろに降りやみました。その足跡は強盗のものとみて間違いありません。ドクターのほか、吹雪《ふぶき》のあと屋敷に出入りした者はいないんですから」

「グリーン屋敷の玄関の鍵を手にした素人の押し込み強盗か」とつぶやくヴァンス。「なんとすばらしい！」

「そいつが鍵を持ってたとは言ってませんよ」とヒース。「見てわかったことをそのままお伝えしているんです。手違いでドアの掛け金がはずれていたのかもしれないし、誰かが開けてやったのかもしれないじゃありませんか」

「続きを頼むよ、部長刑事」マーカムが、ヴァンスをたしなめるようににらみながら促した。

「ドク・ドリーマスが到着して、年上の女性の遺体を検分し、妹のほうの傷を調べました。私は家族全員と使用人たち――執事、メイド二人と料理人を聴取しました。十一時半ごろ第一の銃声が聞こえたと言うのは、チェスター・グリーンと執事だけでした。でも、第二の銃声でミセス・グリーンが目を覚ました――夫人の部屋は妹娘の部屋の隣なんです。あとはみな、騒ぎのあいだもずっと眠っていた。そのチェスターって男が、私が着くころには全員を起こしておいてくれましたがね。もれなく話を聞きましたが、誰も何も知らない。二時間ばかりして、部下を屋敷内にひとり、外にもうひとり置いて引き揚げました。そこからは、いつもの手順で進める手配を。今朝はデューボイス警部が、できるだけ指紋を採取しようと出かけていきました。ドク・ドリーマスは遺体の検屍解剖にかかっていますから、今夜には報告がもらえるでしょう。とはいえ、その筋で役に立つことが出てきそうにはありませんね。正面から至近距離で撃たれていましたから――銃がほぼ接触していたくらいの。もうひとり――妹のほうですが、こちらは火薬痕もはっきり、寝間着が焼け焦げていました。妹は背後から撃たれています。――だいたいそんなところですかね」

「その妹娘からは何か話が聞けたのか?」

「まだ無理です。昨夜は意識不明、今朝になっても話ができる状態じゃありませんでした。だけど、例の医者が――フォン・ブロンですね――今日の午後には聴取できるんじゃないかと言ってました。何かわかるかもしれませんね、撃たれる前にひと目でも相手を見てさえいれば」

「それで思いついたことがあるんですが、部長」それまでおとなしく話に耳を傾けていたヴァンスが、投げ出していた脚を引っ込めて少し身を起こした。「グリーン屋敷に誰か銃を所持している者は？」

ヒースが彼に鋭い目を向ける。

「チェスター・グリーンが古い三二口径リヴォルヴァーを、寝室の机の引き出しにしまっていたとのことです」

「へえ、今もしまってあるのかな？　きみはその銃を見たんですか？」

「見せてくれと言ったんですが、見つからなかった。もう何年も見ていないが、どこかそのへんにあるだろうとのことで。今日じゅうに捜し出す約束になってます」

「見つかるなんていう甘い期待をもたないほうがいいですよ、部長」ヴァンスは考え込みながらマーカムのほうを向く。「チェスターの心霊発作の原因がわかりはじめた。あの男もやっぱり愚かな唯物主義者なんじゃないかな。……じつに嘆かわしい」

「銃をなくして怯《おび》えたんだというのか？」

「ああ――そんなところだ……おそらくは。わかりゃしないがね。ひどくまぎらわしいから」

彼はうんざりしたような目を部長刑事に向けた。「ちなみに、強盗とやらが撃った銃は？」

ヒースがぶっきらぼうに不自然な笑い声をあげる。

「さすが鋭いですね、ミスター・ヴァンス。銃弾は二つとも手に入れました――三二口径、リヴォルヴァーで撃っていました、オートマチック銃じゃなく。だからといって、まさか――」

「おっと、部長。ゲーテじゃないが、もっと光を求めているだけですよ、Lichtを光と訳していいものならだが――」

くどくどしたはぐらかしをマーカムがさえぎる。

「昼食のあとでグリーン屋敷へ向かうよ、部長刑事。同行願えるかな?」

「もちろんですとも。いずれにせよ行くつもりでした」

「よし」マーカムがシガーボックスを差し出す。「二時にここで。……ペルフェクトを二本ばかり取っていってくれ」

ヒースは葉巻を選び取って、丁寧に胸ポケットに収めた。出口のところで振り向き、からかうようににやりと笑う。

「ご一緒してくださいますよね、ミスター・ヴァンス――道をあやまちがちなわれわれを導きに」

「万難を排してね」ヴァンスはきっぱりと言った。

3　グリーン屋敷《マンション》にて

十一月九日(火曜日)午後二時三十分

ニューヨーカーたちの通称、グリーン屋敷は、この市が旧体制《アンシャン・レジーム》だった時代の遺物だった。三世代にわたって五十三丁目の東端に建つその屋敷の、張り出し窓のうち二つは、イーストリヴァーのくすんだ川面に文字どおり張り出している。敷地はまるごとひとつのブロックを占め――距離にして幅二百フィートだ――奥行きも間口と同じくらいあった。建ってすぐのころから界隈《かいわい》のたたずまいは急激に様変わりしていったというのに、商業的発展の活気もグリーン家の住まいには手をつけずにいた。繁華な商業地区のど真ん中にあって、屋敷は理想化された平穏なるオアシスとなり、老トバイアス・グリーンの遺言状には、彼とその先祖を記念するものとして、死後少なくとも四半世紀は屋敷をそのままにしておくべしという条項が含まれていた。この世を去る前に彼は、五十三丁目側に大きな鉄門を二重に構え、五十二丁目には通用門を設けた、背の高い石塀で敷地全体を囲んでもいた。

屋敷そのものは二階半に相当する高さで、破風造りの尖塔や群れをなす煙突をいただいている。建築家がある種の軽蔑を込めて〝シャトー・フランボワイアン〟と呼ぶ様式ながら、灰色の石灰岩を積み上げた堂々たる矩形《くけい》がかもし出す静かな威厳と豪壮な伝統的雰囲気は、どんな呼び方によっても損なわれはしない。十六世紀ゴシック様式の館の随所に斬新なイタリア風装飾が取り入れられ、小尖塔《ピナクル》や張り出し部にはビザンティン様式を思わせるところがあった。細々《こまごま》と多様な意匠が凝《こ》らされてはいても華美に走ることはなく、中世のフリーメーソン建築家を強く引きつけるものではなさそうだ。要するに、〝文語調〟の建築なのではなく、屋敷は古い様式のまさに本質を表わしている。

屋敷の前庭には、カエデや刈り込まれた常緑樹のあいだにちりばめるように、アジサイやライラックの低木が配され、裏庭では一列のシダレヤナギが川に枝をさしかけている。矢筈積《やはずづ》みレンガの壁に沿って丈高いサンザシの生垣をめぐらせ、一周するその仕切り壁の内側は密で段々に刈り込んであった。屋敷の西側にアスファルト舗装の車道が、裏手の二台用ガレージへ向かう——ガレージは新しい世代のグリーン家が増築したものだ。ただし、そこにもやはりツゲが生垣をなして、車道の現代性をまぎらわせている。

どんより曇った十一月のあの日、私たちが訪れた屋敷には不吉な予感のするわびしい雰囲気がたれ込めているようだった。常緑樹を除いて高木も低木も葉を落とし、裸の枝に雪をまだらに載せている。壁沿いのむきだしになった格子垣が、まといつく黒い骸骨のようだ。とりあえず不完全ながら雪かきのしてある玄関先の歩道のほかは、いちめんに雪がうずたかくでこぼこと吹きだまっていた。石造りの屋敷は暗鬱《あんうつ》な曇り空そっくりの灰色で、深く湾曲したアーチの上が三角形にとがった切妻壁《ペディメント》になっているエントランスの、背の高い玄関扉へ続く奥行きのあまりない階段を上りながら、私の身のうちを予兆じみたぞっとする寒気がよぎった。

執事のスプルートが——白髪でしわの深いヤギのような顔をした小柄な老人だった——黙ったまま、しめやかな威厳を見せて私たちを迎え入れ（執事は私たちの来訪を知らされていたようだ）、私たちはすぐ、重苦しくカーテンの垂れた窓が川に面した、大きな薄暗い客間へ通された。ほどなくしてチェスター・グリーンがやって来て、マーカムに仰々《ぎょうぎょう》しく挨拶する。ヒースとヴァンスと私に対しては、ひとまとめにして一度だけ横柄にうなずいてみせた。

「来てくれて本当にありがとう、マーカム」そわそわと興奮ぎみにそう言って、彼は椅子の縁に腰を下ろすと、シガレットホルダーを取り出した。「まっ先に尋問をしたいんだろう。まずは誰を呼ぼうか？」

「それは後回しでかまいません」とマーカム。「まずは、使用人について教えていただきたいんですが。詳しく聞かせてください」

グリーンは座ったまま落ち着かなげにもぞもぞし、煙草になかなか火をつけられずにいるようだった。

「使用人は四人しかいない。大きな屋敷ではあるが、たいした人手は必要ないのでね。いつもジュリアが家政婦として家を切り盛りし、エイダが母の世話をしていたから。――古参のスプルートから始めようか。もう三十年もうちの執事というか家令というか、召使い頭《がしら》を務めている。まぎれもない家臣で――英国の小説にでも出てきそうなたぐいのね――献身的にして忠誠心にあふれ、謙虚で独裁的で詮索好きだ。おまけに、やけにこうるさい。お次はメイド――部屋係と雑用係、二人のメイドがいる。もっとも、雑用係のほうは一族の女性陣が独占して、たいていは無用なつまらない仕事をさせているんだがね。年上のメイドのへミングは、うちへ来て十年になる。いまだに窮屈なコルセットを着けて、安楽靴を履いてるんだ。全身浸礼のバプテスト派なんだと思う――極端に信心深い。もうひとりのメイド、バートンは、若くて軽薄で、自分のことをすごく魅力的だと思っている。フレンチのコース料理に多少の心得があるらしい。シベドアの陰で家族の男にキスされるのをいつでも待ち構えているようなたぐいのメイドだ。シベラが連れてきた――いかにもシベラが選びそうなメイドだよ。わが家のお飾りになって、めんとうな仕事は怠けつづけて、ほぼ二年になる。料理人はあかぬけないドイツ人女性だよ。典型的な家庭婦人《ハウスフラウ》ってところだな——豊満な胸と大きな足の持ち主で。暇さえあれば、ライン川上流地域だかどこだかにいる姪やら甥やらに手紙を書いている。自分のキッチンだったら、どんなに潔癖性の人だろうと床に落ちたものを拾って食べられる、それくらい清潔だって豪語しているね。私は試したことがないが。亡くなる一年前に父が雇ったんだ。好きなだけ長くいさせるようにという命令でね。——裏階段を使っている人員は以上だ。もちろん、夏には庭師が芝生のあたりをうろついている。今はハーレムあたりのもぐり酒場で冬眠中だ」

「おかかえ運転手は？」

「めんどうなものはなしですませている。ジュリアが自動車を嫌っていたし、レックスは乗るのを怖がるし——車酔いしやすいんだ、レックスは。私はレース用自動車を自分で運転するし、シベラはまるっきりバーニー・オールドフィールド（一九〇三年に初めて分速一マイルというスピードの壁を破ったカーレーサー）だしね。エイダも運転するよ、母にこき使われていなくてシベラの車が遊んでいるときは。——以上だ」

グリーンが自分の知っていることをとりとめもなく話しているあいだ、メモをとっていたマーカムが、ここでようやく吸っていた葉巻の火を消した。

「では、差し支えがなければ、屋敷を見せていただきましょう」

グリーンはいそいそと立ち上がり、先導して一階のメインホールへ向かう——丸天井、オークの羽目板張りのエントランスだ。奥の壁際に二台、彫刻を施《ほどこ》したサンバン派（ユーグ・サンバンは十六世紀フランスの家具製作者）の大型フレミッシュ・テーブルが並んでいる。寄せ木の床にりっぱなダゲスタン織りのラグ（柔らかい色調の幾何学意匠が特徴のカフカス産敷物）が敷かれ、アーチ形通路に掛かるずっしりした織物ともども色褪《いろあ》せていた。

「今出てきた部屋が、言うまでもないが、客間だ」グリーンがもったいぶって説明する。「その後ろ、このホールの先にあるのが」――幅の広い大理石の階段の向こうを指さして――「親父の書斎にして仕事部屋だった――本人は私室《サンクトウム・サンクトルム》と称していたがね。この十二年というもの、立ち入った者は誰もいない。父の死後はおふくろ《メイター》が鍵をかけたままにしている。感傷とでもいうのかね。部屋を片づけてビリヤード室にでもしたらいいと、たびたび言っているんだが、あの母をその気にさせることはできないんだ、あの人がいったんこうと思い込んだが最後。あなたがたも、難しい仕事に挑戦したくなったら試してごらんになるといい」

　彼はホールを横切って、客間の対面にある入り口アーチにかかった織物を引き開けた。

「ここが応接室《レセプション・ルーム》。このごろ使うこともあまりないがね。風通しが悪い、実用に向かない部屋でね、煙道がろくに吸い込みやしないんだ。暖炉に火を入れるたびに、掃除機を持ち込んでタペストリーの煤払《すすはら》いをしなくちゃならない」彼はシガレットホルダーを二枚の見事なゴブラン織りのほうへ振ってみせた。「あっちの、引き戸の向こうがダイニング・ルームだ。その先は執事が管轄する食器室《パントリー》と、床から拾い食いしても平気だっていうキッチン。調理場部門も検分なさりたいかな？」

「いや、いいでしょう」とマーカム。「キッチンの床はおっしゃるとおりだと思うことにしましょう。――二階を見せていただけますか？」

私たちは、大理石の彫像を取り巻く――ファルギエール（一八五九年ローマ賞受賞の、フランスの彫刻家）作の像だと思う――中央階段を上って、屋敷の表に面する二階ホールへ出た。近接して並ぶ三面の大きな窓から、葉のない木々が見渡せる。

二階では、大きな四角い箱型の屋敷に合わせて各部屋がシンプルに配置されていた。とはいえ、わかりやすく説明するため概略の見取り図を添えることにする。いまわしくも異様な企《たくら》みを殺人犯が実行に移せたのは、これらの部屋の配置のおかげだったのだから。

この階には寝室が六つ――ホールの両側に三室ずつあって、それぞれを家族がひとり一室占有していた。正面に向かってホールの左側で表に面しているのが、チェスターの弟、レックス・グリーンの寝室。その隣がエイダ・グリーンの部屋で、かなりゆったりした化粧室でエイダの部屋と隔てられた奥がミセス・グリーンの居室だった。この二室は化粧室でつながっている。見取り図からもわかるとおり、ミセス・グリーンの部屋は屋敷本体の西側立面から張り出しており、その逆さまのL字形にはみ出した部分の一角に手すりの付いた石造りのバルコニーがつくられて、そこから外壁に沿った細い外階段で芝生に下りられるようになっている。エイダの部屋とミセス・グリーンの部屋、どちらからもフレンチドアでバルコニーに出られる。

ホールの向かい側の三室は、ジュリア、チェスター、シベラの部屋だ。ジュリアの部屋が屋敷の表側にあって、奥の部屋をシベラ、真ん中をチェスターが使っている。こちら側にほかと行き来のできる部屋はない。シベラの部屋とミセス・グリーンの部屋は入り口が中央階段のすぐ後ろにあるのに対し、チェスターの部屋とエイダの部屋は階段を上りきるとすぐのところが

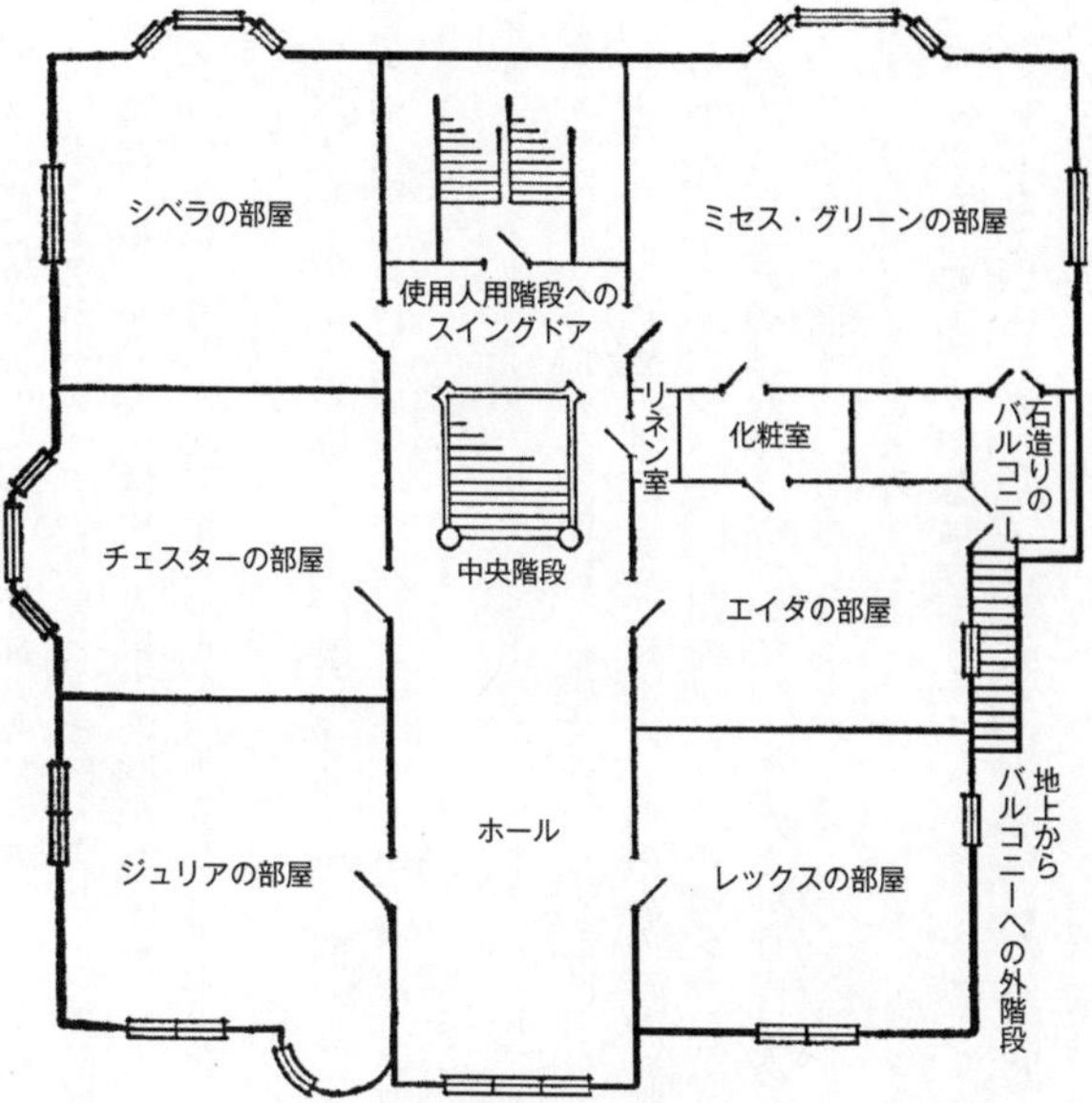

グリーン屋敷の二階見取り図

（簡略化のためバスルームとクローゼット、暖炉などは省《はぶ》いてある）

入り口となっていて、そこからさらに屋敷の正面寄りにジュリアの部屋、レックスの部屋の入り口があることも記しておこう。エイダの部屋とミセス・グリーンの部屋のあいだには小さなリネン室もある。また、ホールの奥には使用人用の階段がある。

チェスター・グリーンはこうした配置をざっと説明すると、ホールをジュリアの部屋のほうへ進んでいった。

「まっ先にここを見たいんじゃないかと」と、勢いよくドアを開ける。「何にも手を触れていないよ——警察の命令で。だけど、血のついたシーツなんか、いったい何の役に立つのかね。不愉快な汚れじゃないか」

広々した部屋がセージ・グリーンのサテンを張ったマリー・アントワネット風の調度品で華麗にしつらえられていた。入り口の反対側に、台座に載った天蓋《てんがい》付きベッドがある。刺繍《ししゅう》入りのシーツについたどす黒いしみが、前夜ここで起きた惨劇のもの言わぬ証人だった。

家具の配置に注目していたヴァンスが、古風なクリスタルのシャンデリアに目を向けた。

「昨夜お姉さんのもとに駆けつけたとき、ついていた電灯というのはあれですか、ミスター・グリーン?」と、何気なく質問する。

相手はいかにもわずらわしそうにうなずいた。

「それで、スイッチはどこにあるんでしょうか?」

「その戸棚《キャビネット》の端に隠れている」グリーンは、入り口のそばにあるひどく凝ったつくりの衣装《アル》だんす《モワール》をそっけなく指さした。

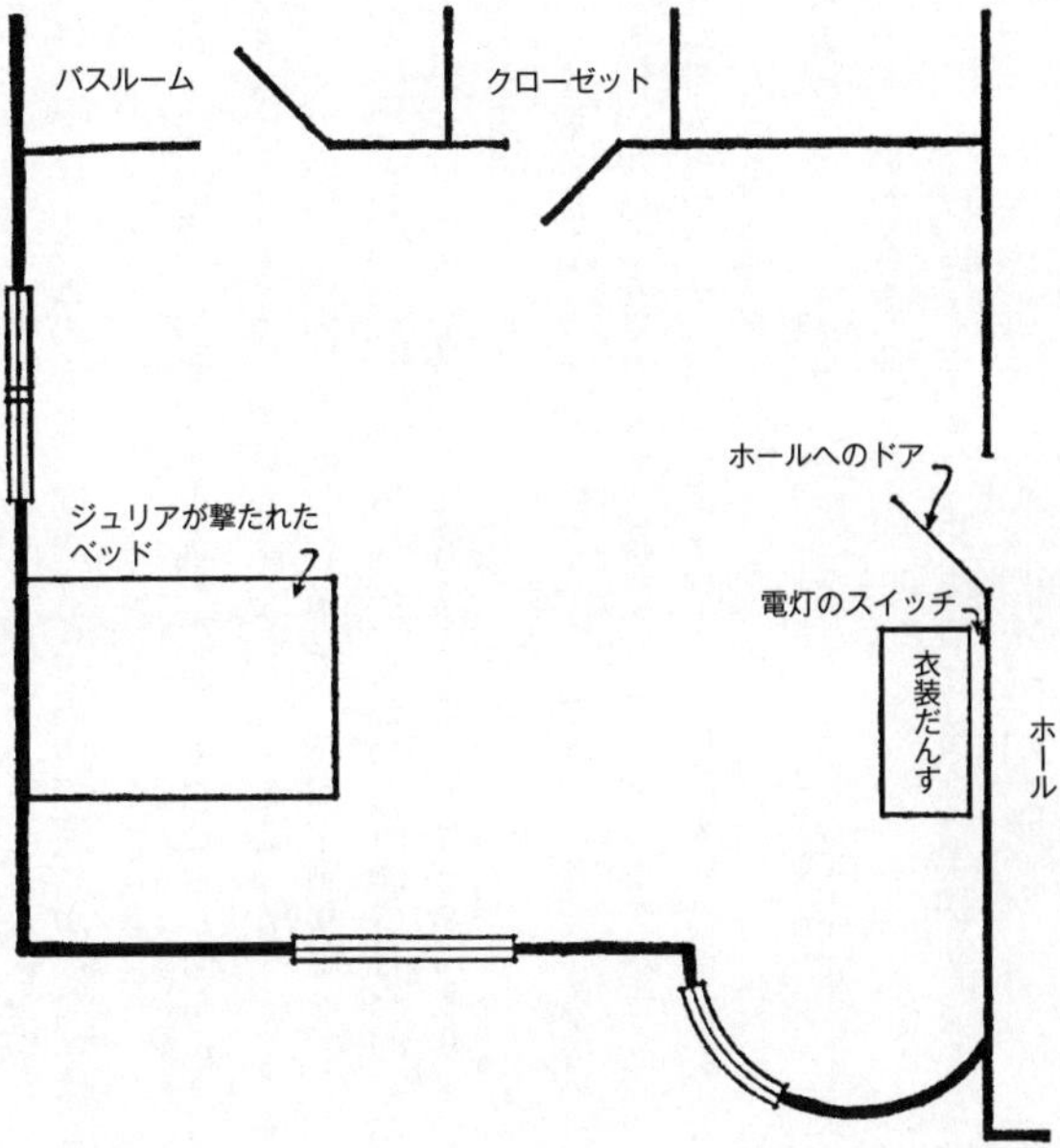

ジュリアの寝室の平面図

「見えませんね——どこかな？」ヴァンスは戸棚に近寄って、後ろをのぞき込んだ。「たいした強盗だな！」そしてマーカムのもとへ向かうと、小声で話しかけた。ほどなくして、マーカムがうなずいた。

「グリーン、ご自分の部屋へ行って、昨夜銃声が聞こえたときと同じようにベッドに横になってもらいたいんですが。それから、私が壁をたたいたら起き上がって、昨夜と同じことをひととおりやってみてください——昨夜と同じやり方で。時間を測りたい」

グリーンは身体をこわばらせ、マーカムに憤慨《ふんがい》を込めた抗議の目を向けた。

「おい——」と言いかけたが、彼はすぐに肩をすくめてみせ、ふんぞり返って部屋を出ていくと、後ろ手にドアを閉めた。

ヴァンスが時計を取り出し、マーカムはグリーンが部屋に着くころを見計らって壁をコツコツたたく。待つ時間が果てしなく長く感じられた。すると、ドアが細く開いて、外枠あたりにグリーンが顔をのぞかせた。その目が室内をゆっくり見回す。彼はドアをもう少し開けてためらいがちに室内へ入ると、ベッドへ向かった。

「三分二十秒」とヴァンス。「すごく気になるな。……どうでしょう、部長、侵入者は二回の発砲の合間に何をしていたんでしょうね？」

「知りませんね」とヒース。「おおかた、ホールでうろうろ手探りしながら階段を探していたんでしょうよ」

「そんなに長いあいだ手探りしてたら、階段を転げ落ちてしまうだろうに」

マーカムがこの言い合いをさえぎって、第一の銃声を聞いて執事が下りてきたという使用人用の階段を見にいこうと提案した。

「今のところ、ほかの寝室は調べなくてもいい」と付け加える。「ただし、ミス・エイダの部屋は、医者がいいと言ってくれ次第見せてもらいたい。そういえば、いつごろ医者の意見を聞けるでしょうね、グリーン?」

「三時にここへ来るとのことだった。時間には正確なやつだ——まさに能率の権化でね。今朝早くに看護婦《ナース》をよこしてくれて、今はそのナースがエイダと母の世話をしてくれている」

「ねえ、ミスター・グリーン」と、ヴァンスが口をはさんだ。「お姉さんのジュリアは、夜、部屋の鍵をかけずに寝る習慣だったんでしょうか?」

グリーンの顎がやや下がり、目が大きく見開かれた。

「なんと——いや! そう言われてみれば……姉はいつも中から鍵をかけていた」

ヴァンスはうわの空でうなずき、私たちはホールへ出ていった。ホール奥にある使用人用の階段吹き抜けを、ベーズ張りの薄いスイングドアが目隠ししている。マーカムがそれを押し開けた。

「これではあまり防音にならないな」

「ならないですね」とグリーン。「それに、スプルートじいさんの部屋は階段を上ってすぐのところにある。じいさんは耳もいい——時にはしゃくに障るほど耳がいいんです」

私たちが戻ろうとしたところへ、右手の少し開いたドアから不満げなかん高い声が飛び出してきた。

「あなたなの、チェスター？　いったい何の騒ぎ？　悩みも心配ごとも、もうたくさんなのに――」

　グリーンが母親の部屋に向かい、入り口に顔を突っ込んだ。

「だいじょうぶです、お母さん」と、声をいらだたせた。「警察が調べて回っているだけですから」

「警察ですって？」侮蔑するような声。「何を捜すというの？　ゆうべ私を驚かせただけじゃ足りないの？　私の部屋の外に集まって騒いだりしないで、さっさと悪党を捜しにいけばいいのに。――そう、警察なのね」悪意のある口調になってきた。「すぐここに連れていらっしゃい、私の話を聞いてもらおうじゃないの。警察ね、なるほど！」

　グリーンが力なくマーカムを見ると、彼はうなずきだけを返し、私たちは病人の部屋へ入っていった。二方に窓のある広々とした部屋に、わざとなのか、家具調度にはしっくり調和しない品ばかりをとりそろえてある。ひと目で私にも見てとれたのは、東インドのラグ、ブール細工の戸棚《キャビネット》、巨大な黄金の仏像、チーク材に彫刻を施した重そうな中国の椅子数脚、色褪せたペルシャ・タペストリー、錬鉄製フロアランプ二本、赤と金のラッカー塗りの高脚付き洋だん《ハイボー》す《ィ》だ。ちらりとヴァンスの顔をうかがうと、意外にも彼の目には困惑ぎみながら興味の表情が浮かんでいた。

　頭部鏡板も脚部の支柱もない巨大なベッドでこの屋敷の女主人が、まとまりなく積み重ねた色とりどりの絹の枕になかばもたれかかるような格好で身体を支えていた。年は六十五歳と七十歳のあいだのはずだが、髪の毛はほぼ真っ黒だ。馬のように細長い顔が黄ばんで古びた羊皮紙のようにしわくちゃながら、びっくりするほど活力がみなぎっている。私は以前目にしたジョージ・エリオットの肖像を思い出した。肩に東洋風のショールをひっかけ、多種多様なもののあふれる異様な部屋を舞台にした彼女の姿は、このうえなくエキゾチックだった。そばに落ち着いて座る、堅苦しい制服姿でバラ色の頰のナースが、ベッドにいる女性とまれに見る好対照をなしている。

チェスター・グリーンは母親にマーカムを引き合わせ、あとの者が気にかけられないのは放っておいた。夫人は初めのうち紹介を受け入れようとしなかったが、しばしマーカムを値踏みしてから、憤慨しつつもそれに辛抱してうなずいて、骨の浮いたひょろ長い手を差し出した。

「わが家がこんなふうに蹂躙《じゅうりん》されるのを避けることはできないんでしょうね」精いっぱい我慢しているという態度で、うんざりした言い方だった。「ほんのちょっとでも身体を休めようと努力していたところなのに。今日は背中が痛くてたまらないんです、ゆうべあんな騒ぎがあったから。だけど、私なんかどうでもいいんでしょう――身体の麻痺した老婆ですものね？　とにかく、誰も私を思いやってくれないんですよ、ミスター・マーカム。だけど、それもしごく当然のことね。私たち病人はこの世で何の役にも立たないんですものね？」

マーカムは儀礼上、そんなことはないとかなんとか、もごもごと口にしたが、ミセス・グリーンはちっとも聞く耳をもたず、たいへんな労力を傾けている様子でナースのほうを向いた。

「枕を整えてちょうだい、ミス・クレイヴン」いらだちまぎれに命じておいて、ついでに哀れっぽく愚痴をこぼす。「あなたまで、私を楽にしようと気づかってもくれないのね」ナースは無言で命令に従った。「もういいわ、ドクター・フォン・ブロンがいらっしゃるまでエイダについててちょうだい。——あの子の様子はどう?」不意にその声が、とってつけたように心配そうな調子になった。

「かなりよくおなりです、ミセス・グリーン」ナースは淡々とした事務的口調でそう言うと、音もなく化粧室へ入っていった。

ベッドにいる女性は、不平がましい目をマーカムに向けた。

「身体が不自由で、歩けないしひとりで立つことさえできないって、惨《みじ》めなものですよ。私の脚は両方とも、もう十年も前から絶望的に麻痺してて。考えてもみてください、ミスター・マーカム、私、このベッドとあの椅子で十年も過ごしてきたんです」——彼女はアルコーブにある車椅子を指さした——「身体ごと持ち上げてもらわないと、場所を移ることだってできないなんてね。それでも、この世にいるのも長くないと思うのが慰めです、耐えてみせましょう。子供たちがもう少し思いやってくれさえすれば、そんなにつらくもないんでしょうけれど。でも、贅沢を言ってはいけないんでしょうね。若くて元気だと、か弱い年寄りのことを考えたりするもんですか——それが世の習いってものです。ですから、もう観念しました。みんなのお荷物になるのが私の運命なの」

夫人はため息をついて、羽織ったショールをかき合わせた。

「私にご質問がおありなんでしょう？　お役に立ちそうなことは教えてさしあげられそうにないけれど、話をするにはやぶさかでありませんよ。この騒ぎのおかげで一睡もしていないし、背中もひどく痛むんですけれどね。泣きごとを言うつもりじゃありませんが」

マーカムは立ったまま、老夫人を気の毒そうに見ていた。確かに不憫《ふびん》な人だった。長患《ながわずら》いと孤独が、かつては才気も余裕もあっただろう心をゆがめてしまい、今の彼女は苦悩ばかりを大げさに気にして自己憐憫《れんびん》にひたる、受難者めいた人物になっている。マーカムは、ちょっと慰めの言葉をかけてさっさと立ち去りたい衝動にかられたようだが、義務感から踏みとどまり、できるだけのことを聞き出そうとした。

「どうしても必要でなければ、ご迷惑をかけたくないのですが、マダム」と、やさしげに声をかける。「ひとつかふたつ、質問をさせていただけるとたいへん助かります」

「今さら迷惑のひとつやふたつ、何だというの？」と夫人。「そんなものにはとっくの昔に慣れっこです。何でも訊いてください」

マーカムは旧世界風にうやうやしく頭を下げた。「ありがとうございます、マダム」そこでひと呼吸置く。「事情聴取によると、上のお嬢さんのお部屋で発砲された銃声はお耳に届かず、ミス・エイダのお部屋の銃声で目を覚まされたとか」

「そうです」彼女はゆっくりとうなずいた。「ジュリアの部屋はかなり離れていますから――ホールの向こう側で。でもエイダは、夜、私に何か用ができたときのために、自分の部屋と私の部屋のあいだのドアをいつも開けっ放しにしています。あの子の部屋の銃声なら目が覚めて当然だわ。……ああ、そうそう。ちょうど眠れそうになったところだったはず。ゆうべは背中の具合がひどく悪くて。一日じゅうつらかったわ、子供たちにはもちろん言いませんでしたけど。年取った病気の母親がどんなに苦しんでいようが気にしないんですから。……そう、それで、やっとうとうとしたところへ、あの銃声。またすっかり目が覚めて――ここに力なく横たわって、動くこともできずに、私の身にどんな恐ろしいことが降りかかろうとしているのかと思っていました。誰も私の無事を確かめにきてはくれないんですもの。誰ひとり、ひとりぼっちでよるべない身の私のことなんか、思い出してもくれなかった。そのあとも、私のことを考えてくれる人なんかいやしませんけど」

「思いやりがなかったわけではありませんよ、ミセス・グリーン」マーカムが断言した。「お二人も銃で撃たれたということで、一時はほかに何も考えられないような状況になったんでしょうから。――うかがいますが、銃声で目が覚めたあと、ミス・エイダの部屋からほかにものの音が聞こえてきませんでしたか？」

「あの子が倒れる音が聞こえました――ともかく、そんなふうな音が」

「でも、それだけだったんですね？　たとえば足音なんかはしませんでしたか？」

「足音？」彼女は頭を絞って思い出そうとしているようだった。「いいえ、足音は聞いていないわ」

「ホールへ出るドアが開いたり閉まったりする音はしましたか、マダム？」今度の質問をしたのはヴァンスだった。

夫人は冷たい目を向けて、彼をにらんだ。「いいえ、ドアの開け閉めの音は聞こえませんでした」

「それもまたおかしなことだな、そう思いませんか？」とヴァンス。「侵入者が部屋から出ていったはずなのに」

「出ていったんでしょうよ、もういなくなっているのならね」夫人がとげとげしく答え、また地方検事のほうを向いた。「あなたからほかにご質問は？」

マーカムは、彼女から重要な情報を引き出すのは無理だと悟ったらしい。

「なさそうです」と答えたところで、思い出したように付け加える。「執事とご子息がミス・エイダのお部屋に入ってくる音は、もちろんお聞きになったんですよね？」

「ええ、もちろんです。それは騒々しく入ってきましたからね——私の気持ちなんかまるでおかまいなしに。あのスプルートの騒ぎぶりときたらもう、ヒステリー女みたいな悲鳴でチェスターを呼びたてるし、電話をしながらも大声をはりあげて、ドクター・フォン・ブロンの耳が遠いのかと思うくらい。かと思えばチェスターは、どういう理由があるんだか知りませんが、家じゅうの者をたたき起こして。ああ、ゆうべは静かに休むこともできませんでした、本当にもう！　おまけに警察が野蛮な牛の群れみたいに、屋敷のまわりを延々と踏み荒らすし。不面目にもほどがあるわ。なのに私はここで——無力な老女がひとり——まったく顧《かえり》みられず忘れ去られて、背骨の痛みにさいなまれていたのよ」

マーカムが夫人にありふれた同情の言葉をかけたあと、協力への礼を述べて、私たちは引き揚げた。部屋を出て階段に向かっていると、私の耳に怒りの呼び声が届いた。「ナース！　ナース！　耳がついてないの？　すぐ来て、枕を整えてちょうだい。こんなふうに私をほっとくなんて、どういうつもりなの……？」ありがたいことに、その声もメインホールへ下りると遠のいて聞こえなくなった。

4　行方不明の拳銃

十一月九日（火曜日）午後三時

「母は気難しい年寄りでね」客間に戻ってきたところで、グリーンがぶっきらぼうに謝った。「親孝行な子供たちを四六時中こきおろしてばかりいるんだ。——さてと、お次はどこへ？」

マーカムはもの思いにふけっている様子で、答えたのはヴァンスだった。

「使用人たちの顔を見せてもらって、彼らの話を拝聴しましょう。まずはスプルートから」

マーカムがわれに返ってうなずき、グリーンは立ち上がって、入り口アーチ近くで呼び鈴の絹紐を引いた。ほどなくして現われた執事が、部屋に入ってすぐのところに忠実な気をつけの姿勢で立つ。取り調べ中、マーカムはどことなく途方に暮れ、興味すら失ってしまった様子だったので、ヴァンスが主導権を握った。

「かけてくれ、スプルート。できるだけ簡潔に、昨夜何が起きたか話してほしい」

スプルートは視線を床に落としてゆっくり前に進み出たが、センターテーブルの前に立ったままでいた。

「たまたま、自分の部屋でマルティアリス（一世紀ごろのローマの風刺詩人）を読んでいたときでした」と、しおらしく視線を上げて話しはじめた。「かすかに銃声がしたような気がいたしまして。ときどき通りで車のバックファイアが大きく響くこともありますので、確信はもてませんでしたが、やはり様子を見にいったほうがいいだろうと思い直しました。私は寝間着姿になっていたものですから、申しあげたいことはご理解いただけると存じます。急いでバスローブをひっかけて階下へまいりました。音の出どころはわかりませんでしたが、階段を下りる途中でまた銃声がして、このときはエイダさまのお部屋から聞こえたように思えました。そこで、すぐにそちらへ向かったのです。お部屋のドアには鍵がかかっていなかったのでのぞき込みましたところ、エイダさまが床に倒れておいでで――なんとも痛ましい光景でございました。チェスターさまをお呼びして、二人がかりでお嬢さまをベッドへ運び上げました。それからドクター・フォン・ブロンにお電話いたしました」

ヴァンスが執事をじっくり眺める。

「ずいぶん勇敢だったんだな、スプルート、真夜中に暗いホールへ下りて、危険を顧《かえり》みず銃声の出どころをさぐるなんて」

「恐縮でございます」ひどく慎み深い答えだった。「このグリーン家でつねに精いっぱい本分を尽くす所存です。こちらへお仕えしてもう――」

「わかっているとも、スプルート」ヴァンスが彼の話を途中で打ち切る。「ドアを開けたとき、ミス・エイダの部屋には電灯がついていたそうだが」

「はい、ついておりました」

「人影を見たり、もの音を聞いたりはしていないんだね？　たとえばドアの閉まる音なんかは？」

「いいえ、聞こえませんでした」

「だとしても、発砲した人物はきみと同じころにホールのどこかにいたはずじゃないか」

「そうだったのでございましょうね」

「きみも撃たれたっておかしくなかった」

「まことにごもっともでございます」スプルートはまぬかれた危険にまるで無頓着《むとんちゃく》らしい。

「ですが、それがどうだというのでしょう――僭越ながら申しあげますが。私はもう老いぼれで――」

「おいおい！　きみはまだまだ長生きしそうだぞ――どのくらい長生きかは、もちろんわからないがね」

「わかりませんとも」スプルートはうつろな目で前方を眺めた。「生と死という謎は解明されておりませんから」

「ふうん、哲学的なんだな」ヴァンスが皮肉っぽく評する。「ドクター・フォン・ブロンは電話に出たのかい？」

「いいえ、ご不在でしたが、夜勤のナースがもうじきお帰りだからそちらへうかがわせましょうと申しまして。先生は三十分とせずに来てくださいました」

ヴァンスはうなずいた。「けっこうだ、ありがとう、スプルート。――では、料理係のドイ《ディー・グネーディゲ・》ツ人奥《フラウ・ケッヒン》さまをここへよこしてくれ」

「かしこまりました《イエス、サー》」老執事がよろよろと部屋を出ていく。ヴァンスはその姿を考え深げな目で追った。

「人に取り入るのがうまいんだな」とつぶやく。

グリーンが鼻を鳴らした。「あの男と一緒に住まなくてすむ人はいいよ。ワロン語（ベルギー南部で話されるフランス語方言）で話しかけたって、ボラピュク語（ドイツのカトリック司祭が考案した人工言語）で話しかけたって、あのスプルートはきっと『かしこまりました《イエス、サー》』と言うだろうね。一日二十四時間この屋敷をこそこそかぎ回っている、なんともかわいらしい遊び仲間だよ！」

ガートルード・マンハイムという、四十五歳くらいのふくよかでどっしり構えたドイツ人女性料理人がやって来て、入り口近くの椅子に浅く腰かけた。ヴァンスは相手を鋭く一瞥《いちべつ》してから、質問を切り出した。

「この国のお生まれですか、フラウ・マンハイム？」

「生まれはバーデンです」喉音がやや耳につく、平板な口調だった。「十二歳でアメリカにまいりました」

「ずっと料理人だったわけではないんでしょう」ヴァンスの声は、スプルートに対するときと語調がわずかに変わっていた。

料理人はしばらく答えようとしなかった。

「はい」と、やっと返事をする。「夫を亡くしてからです」

「グリーン家に来たのはどういういきさつで？」

彼女はまたためらっていた。「トバイアス・グリーンさまにお会いして。私の夫のことをご存じだったんです。夫が亡くなったとき、お金に困りました。グリーンさまのことを思い出して、きっと――」

「わかりました」ヴァンスの視線が宙に浮いた。「ゆうべここで起きたことで、何か聞いていませんか？」

「いいえ。チェスターさまが階段の下から私たちをお呼びになって、服を着て下りてくるようおっしゃるまでは何も」

ヴァンスは立ち上がって窓のほうを向くと、イーストリヴァーを見渡した。

「けっこうです、フラウ・マンハイム。お手数ですが、年上のメイドに――ヘミングでしたっけ？――ここに来るよう伝えてください」

無言で料理人が立ち去り、入れ違いに今度は、背が高くてだらしのない女性が座った。辛辣《しんらつ》なとりすました顔に、きっちりとかしつけた髪。黒いワンピース・ドレスにかかとの低いヴィチ・キッドの革靴という格好で、レンズの分厚い眼鏡がいかめしい顔つきを強調している。

ヴァンスは暖炉の前の席に戻って、話を切り出した。

「どうやら、ヘミング、ゆうべの銃声は聞いていないし、惨事のこともミスター・グリーンに呼ばれるまで知らなかったそうだね」

　メイドは勢いよくきっぱりとうなずいた。

「私は難を逃れました」耳障りな声だった。「でも、その惨事とやらは、遅かれ早かれ訪れることだったんです。私に言わせれば、神のみわざだったんです」

「はあ、きみに言わせたわけでもないがね、ヘミング、ご意見は拝聴したよ。――では、あの銃撃には神の手が働いていたんだな？」

「神のなさったことです」語り口に宗教的情熱がこもる。「グリーン家は神に従わない、不道徳な一家ですから」彼女は、当惑ぎみに笑うチェスター・グリーンを横目で見た。「『万軍のエホバのたまわく、われ立ちて彼らを攻め――その名と遺《のこ》りたるものとを滅ぼし、その息子と、その娘とその甥たちを亡ぼさん』――ただし、甥はいませんけれど――『われ、ほろびの箒《ほうき》をもてこれを掃い除かんと、これ万軍のエホバのみことばなり』（イザヤ書第十四章第二十二―二十三節）」

　ヴァンスはメイドをつくづく眺めた。

「イザヤ書を誤解しているようだね。それで、神がほろびの箒の役を誰にさせたのかについて、天のお告げは？」

　メイドは唇をぎゅっとつぼめた。「その誰かが知っているのでは？」

「その誰かか、なるほどね。……まあいい、世俗の問題に戻ろうか。きみにはゆうべの出来事が意外ではなかったわけだね？」

「全能の神の不思議なみわざを意外に思うことなどありません」

ヴァンスはため息をついた。「もう聖書どっぷりの世界に戻ってくれていいよ、ヘミング。ただ、途中《アン・ルート》で足を止めて、バートンにわれわれがここでお待ち申しあげておりますと伝えてもらいたい」

メイドは堅苦しく立ち上がり、棒が立って歩いているような姿勢で部屋を出ていった。

バートンが、いかにもびくびくしながら入ってきた。だが、その怯《おび》えも天性の媚態《びたい》をすっかり消し去ってはいない。こちらへ向けた不安そうな目にははにかみが浮かび、反射的に片手で栗色の髪を耳にかき上げた。ヴァンスが片眼鏡《モノクル》をかけ直す。

「淡灰青色《アリスブルー》の服を着るといいよ、バートン」と、大まじめに助言する。「きみのオリーヴ色の肌にはサクランボ色よりずっとよく似合う」

娘の警戒心がゆるみ、彼女はヴァンスを戸惑ったようなあだっぽい目つきで見た。

ヴァンスが続ける。「それはさておき、わざわざ来てもらったのはね、ミスター・グリーンにキスされたことがあるかどうか訊きたかったからなんだ」

「ど、どちらの――どちらのミスター・グリーンのことですか?」彼女は完全にうろたえた。

ヴァンスの質問を聞いたチェスターは、憤慨《ふんがい》して椅子から身体を乗り出し、早口で抗議しはじめた。だが歯切れは悪く、言葉をなくして憤《いきどお》りの目をマーカムに向けた。

ヴァンスの口角がぴくっと動く。「本当はどうでもいいんだ、バートン」と、すぐに引き下がった。

「何かご質問なさらないのですか――ゆうべのことで?」娘はあてがはずれたような様子だっ

た。

「そうだ！　何か知っていることがあるかい？」

「まあ、いいえ、ありません。ぐっすり眠っていて――」

「やっぱりね。したがって、わざわざ質問はしないよ」彼は愛想よくメイドを下がらせた。

「おい、マーカム、けしからん！」バートンが出ていくなり、グリーンが声をあげた。「この――この紳士のはしたない質問は何だ――悪趣味にもほどがある！」

マーカムも、ヴァンスの軽薄な取り調べ方を不快に感じていた。

「あんなくだらないことを訊いて何になるのかわからない」と言いながら、いらだちを抑えようと努めていた。

「きみが強盗説にまだしがみついているからだよ」とヴァンス。「だけど、ミスター・グリーンがお考えのように、ゆうべの犯罪に別の説があるとしたら、この屋敷の状況を知っておくことが重要になる。それに、使用人たちに疑いをいだかせないことも、やはり重要だ。そこで、一見的はずれな質問をしたんだ。接触しなくてはならない役者たちの人物像を浮かび上がらせようとしてね。思いのほかうまくいったんじゃないかな。なかなか興味深い可能性がいくつか出てきたよ」

マーカムが言い返す間もなく、スプルートが部屋の入り口を通り過ぎて玄関を開け、誰かをうやうやしく迎えた。グリーンがすぐさまホールに出ていく。

「やあ、先生」と、彼の声が聞こえた。「そろそろお見えになるころだと思いましたよ。地方検事ご一行がいらっしゃっていて、エイダと話をしたいそうで。今日の午後にはだいじょうぶになるんじゃないかと言っておいたんですが」

「先にエイダを診《み》たほうがいいでしょう」とドクター。さっさと階段を上がっていく足音が聞こえた。

「フォン・ブロンです」客間に戻ってきたグリーンが告げた。「もうすぐエイダの回復状況を教えてもらえるでしょうよ」口調に冷淡なところがあって、この場では不可解に思えた。

「ドクター・フォン・ブロンとはいつごろからおつきあいが?」

「いつごろだって?」グリーンが驚いたような顔をした。「ああ、生まれてこのかたずっとですよ。旧ビークマン小学校にも一緒に通ったし。彼の父親が——先代のドクター・ヴェレーナス・フォン・ブロンですがね——グリーン家の子供たちを全員取り上げたんです。太古の昔からわが家のかかりつけ医にして精神的助言者、それに類するもろもろの立場にあったわけでしてね。先代フォン・ブロン亡きあとは、当然のこととして息子のお世話になっています。息子のアーサーも切れ者ですよ。薬物の心得もある。父親に仕込まれたうえ、仕上げにドイツで医学を学んでいます」

ヴァンスはおざなりにうなずいた。

「ドクター・フォン・ブロンを待つあいだに、ミス・シベラやレックスとおしゃべりしましょうか。先に弟さんでどうでしょう」

グリーンは確かめるようにマーカムを見てから、呼び鈴でスプルートを呼びつけた。

レックス・グリーンが、呼び出されるとすぐにやって来た。

「さて、何の用があるんだ？」神経質な目で、私たちの顔をじっくり見回した。不機嫌そうな、むずかっていると言ってもいいような声で、不満を垂れ流すミセス・グリーンの声を思い出させるような響きがあった。

「ゆうべのことでちょっとうかがいたいだけですよ」なだめるようにヴァンスが答えた。「ご協力いただけるんじゃないかと思いまして」

「協力できることなんかあるのか？」拗《す》ねたようにそう言うと、レックスはどすっと椅子に座り込んだ。あざけるような目で兄を見る。「このあたりで目が覚めていたのはチェスターだけだったようじゃないか」

レックス・グリーンは、貧相な肩を前かがみにした小柄な血色の悪い若者で、やつれ細ったような首には異様に大きな頭が載っている。刈り束のような直毛が秀《ひい》でた額にかぶさり、頭を振っては前髪を後ろへはね上げる癖があった。ばかに大きな鼈甲縁《べっこうぶち》の眼鏡にかくまわれたきょときょと落ち着かない小さな目は、じっとしていることがないように思える。薄い唇も、三叉神経痛のチックのように、ひっきりなしにぴくぴく動くのだった。先のとがった小さい顎を引っ込めているので、いっそう貧弱に見えた。決していい眺めとは言えない姿だが、それでもこの若者には――おそらく過度に学問好きなのだろう――底知れぬ潜在能力がうかがえる。私は年若いチェスの達人に会ったことがあるが、その彼もやはり同じような形の頭蓋骨の持ち主で、全体的によく似た容貌だった。

ヴァンスは内省的に見えたが、相手の姿を細かいところまでもれなく吸収しているのがわかった。ようやく煙草を下に置くと、ものうげにデスクランプを見つめた。

「ゆうべの惨事のあいだ、ずっと眠っていたそうですね。驚きました。一度は銃が隣の部屋で発砲されているんですが、どうしてですか？」

レックスは椅子の端に身を寄せると、首を左右に振り、注意深く私たちの視線を避けた。

「どうしてもこうしてもない」彼は敵意をむきだしに言い返したが、それと同時に気力を失ったらしく守勢に回り、急いで続ける。「ともかく、この家の壁はすごく厚いし、外の通りはいつもうるさいし……頭から上掛けをかぶっていたのかも」

「そりゃ、銃声が聞こえたら、おまえは頭から上掛けをかぶっただろうな」とチェスター。弟に対する軽蔑を隠そうともしていない。

レックスがさっと兄のほうを向いた。言いがかりに逆襲しようとしたのだろうが、すかさずヴァンスが次の質問に移った。

「この犯罪をどうお考えですか、ミスター・グリーン？　ひととおり詳しい話を聞いて、状況を把握していらっしゃいますよね」

「警察は強盗事件として扱うことにしたんじゃないのか」若者は抜け目なくヒースのほうをうかがった。「そういうことだったろう？」

「ええ、今もそうですよ」それまでうんざり顔で口を閉じたままだった部長刑事が断言した。

「でも、こちらにいらっしゃるお兄さんには別のお考えがあるらしい」

「じゃあ、チェスターは別のことを考えているのか」レックスは陰険な嫌悪の表情を浮かべて、もう一度兄のほうを向いた。「チェスターは何もかも知っているんじゃないのかね」あからさまにほのめかすような言い方だった。

ヴァンスがまた、兄弟の不和に割って入る。

「お兄さんは、ご存じのことを残らず話してくださいました。今度はあなたがご存じのことをうかがいたい」その厳しい言い方に、レックスは縮こまって椅子にもたれた。唇を激しくひきつらせ、そわそわと室内用上着《スモーキング・ジャケット》の編み紐ボタンをいじりはじめる。そのときに初めて気づいたのだが、彼の手は骨格に発育障害があるように短くて、指骨が曲がって太くなっていた。

「銃声が聞こえなかったのは確かですか？」ヴァンスがたたみかけるように言った。

「聞こえなかったと何回言わせるんだ！」声が高くなって裏返り、レックスは両手で椅子の肘掛けを握り締めた。

「落ち着け、レックス」とチェスター。「また発作を起こすぞ」

「よけいなお世話だ」弟が怒鳴り返した。「何回言わなくちゃならないんだ、ぼくは何も知らないって」

「どんなことでも念には念を入れて確かめておきたいだけですよ」ヴァンスがなだめにかかる。「われわれに根気が足りなかったせいで亡くなったお姉さんの恨みが晴らせないのでは、きっとあなたも心外でしょう」

レックスはわずかに力を抜いて、深々と息を吸い込んだ。

「ふう、知っていることがあれば話しますよ」彼は乾いた唇に舌を走らせた。「だけど、この家で何かあるたびに、決まって責められるのがぼくで――つまり、エイダとぼくなんでね。ジュリアの恨みを晴らすといったって、心に訴えるものがない。エイダを撃ったやつを懲らしめるならまだしも。平常時でもエイダは充分つらい思いをしてきましたからね。母がまるで使用人扱いして、家から出さずにそばでこきつかっているんですよ」

ヴァンスはうなずいて理解を示すと、立ち上がって、同情を込めてレックスの肩に手を置いた。彼らしくもないこのしぐさに、私は心底驚いた。根っからのヒューマニストでありながら、ヴァンスはいつも感情を表に出すことを恥じ、努めて情動を抑えていると思っていたからだ。

「あまり思いわずらわないようにしてください、ミスター・グリーン。われわれが力を尽くし、必ずやミス・エイダを撃った人間を見つけて罰します。――これでおしまいにしましょう」

レックスはいそいそと立ち上がって、しゃんと姿勢を正した。

「ああ、わかりました」彼はひそかに勝ち誇ったような視線をちらりと兄に向け、部屋を出ていった。

「レックスは変わり者でね」しばしの沈黙を破って、チェスターが言った。「ほとんどいつも、本を読んだり数学やら天文学やらの抽象的問題に取り組んだりしている。屋根裏部屋の屋根越しに望遠鏡を据え付けたがってたんだが、あの母が折り合わなくてね。それに、不健康なやつでもある。新鮮な空気が足りないぞと言ってやってるんだが、私に対する態度をご覧になったでしょう。あいつ、ゴルフなんかするやつは低能だと思っているんですよ」

「さっき発作とかおっしゃっていたのは?」とヴァンス。「弟さんがてんかんでもおもちのように思えますが」

「いやいや、そういうことじゃありませんが、ひどい癇癪《かんしゃく》が高じて痙攣性《けいれんせい》の発作を起こすことがあるんです。すぐに興奮してかっとなるやつでね。フォン・ブロンが言うには、極度の神経衰弱か何からしい。神経を高ぶらせると血の気が引いて青ざめ、震えの発作のようなものが起きる。あとになって悔やむようなことを口走ってね。まあ、たいしたことじゃありませんが。あいつは身体を動かさなくちゃいけない――牧場で一年ばかり、こむずかしい本もコンパスもT定規もなしで鍛えるといいんだ」

「お母さんには多少なりとも気に入られているんでしょうね」(ヴァンスの言葉で、レックスが話しているとき、母子の気質が妙に似通っているとなんとなく感じたのを思い出した)

「多少なりともね」チェスターはぎこちなくうなずいた。「母に自分以外の誰かをかわいがる余裕があるとき、かわいがられるのは弟だ。ともかく、レックスはほかの子供たちほど叱られたことがない」

ヴァンスはまたイーストリヴァー上の大きな窓に向かい、立ったまま外を眺めていたかと思うと、いきなり振り向いた。

「そういえば、ミスター・グリーン、拳銃は見つかりましたか?」口調ががらりと変わり、考えにふける雰囲気が消し飛んでいた。

チェスターはぎくりとして、反射的にヒースを見た。ヒースも退屈をかなぐり捨てていた。

「いや、それが、見つかっていない」彼はポケットのシガレットホルダーをまさぐっていた。「あの銃のことも、やっぱりおかしい。いつも机の引き出しに入れておいたのに——ただし、こちらさんに話を持ち出されたときにも言ったが」——まるでただの物体を指すかのように、シガレットホルダーをヒースに向けた——「もう何年もあるのを確かめた覚えがないんだ。それにしても、自分でどこかに行けるわけがあるまい？　いまいましいことに行方不明だ。誰も手を触れるはずはない。メイドが部屋を掃除するときも、引き出しには手出ししないし——ベッドメイクと家具の埃《ほこり》払いをしてもらえれば充分なんだから。おかしい、どうしたことだろう」

「お言葉どおりに、今日、しっかり捜してくださったんでしょうね？」ヒースが好戦的に顔を突き出した。強盗説に与《くみ》する彼が、どうしてそこで脅しつけるような態度をとるのか、訳がわからない。ただ、悩んでいるときのヒースはいつも攻撃的になる。捜査にほころびがあれば、それが彼を深く悩ませるのだ。

「もちろん、ちゃんと捜したとも」チェスターは憤慨して、偉そうに答えた。「屋敷内の全部の部屋のクローゼットも引き出しもあらためた。だが、どこにもない。……年に一度の大掃除のときにでも、うっかり捨ててしまったのかもしれないな」

「そうかもしれませんね」とヴァンス。「どんな拳銃ですか？」

「古いスミス・アンド・ウェッソン三二口径で」記憶を新たにしようとしているような口調だ。「握りは真珠母貝。銃身に渦巻《うずまき》模様のようなものが彫ってある——はっきりとは思い出せないが。買ったのは十五年前――もっと前だったかもしれない――いつかの夏、アディロンダック山脈へキャンプに行ったときだ。射撃練習に使った。そのうちに飽きて、引き出しの古い使用済み小切手の山の奥にしまいっぱなしになった」

「そのときはちゃんと使いものになる状態でしたか？」

「私の知るかぎりでは。じつは、手に入れたときに動きが硬かったので、撃鉄の掛け金にやすりをかけた。だから、触発引き金《ヘア・トリガー》みたいなものになっていて、ちょっとさわっただけで発射する。射撃練習にはそのほうが向くんだが」

「しまい込んだとき、銃弾は装塡してありましたか？」

「わからない。装塡してあったかもしれない。なにしろ昔のことで――」

「一緒に薬莢《やっきょう》もしまってありましたか？」

「それならはっきり答えられる。はずしてある薬莢はひとつもなかった」

ヴァンスはもう一度腰を下ろした。

「さてと、ミスター・グリーン、ひょっこり拳銃が見つかったら、もちろんミスター・マーカムかヒース部長刑事にお知らせくださいますね」

「ああ、もちろんだとも。喜んで知らせよう」チェスターは、寛大なところを見せるかのような態度で請け合った。

ヴァンスがちらっと時計を見た。

「では、ドクター・フォン・ブロンはまだ患者のところのようですから、ちょっとミス・シベラにお目にかかれるでしょうかね」

拳銃の件が片づいてほっとしたらしいチェスターは、立ち上がると入り口そばの呼び鈴の紐を引こうとした。ところが、伸ばした手を途中で引っ込めた。

「私が連れてこよう」と言って、彼はそそくさと部屋を出ていった。

マーカムがヴァンスに笑顔を向ける。

「拳銃は見つからないだろうっていうきみの予言が、どうやらこの時点では当たりじゃないかな」

「そのヘア・トリガーのすてきな武器は、二度と出てこないんじゃないか――少なくとも、この悲惨な事件がすっかり片づくまではね」ヴァンスはいつになくまじめだった。いつものあけすけなところが今は鳴りを潜めている。だが、しばらくするとからかうように眉を吊り上げ、いたずらっぽい目をヒースに向けた。

「あるいは、部長の言う強欲な新参者が、拳銃を持って逃げたか――渦巻模様に惚れ込んだか、真珠母貝の握りに魅入られたかしてね」

「グリーンが言っていたようにして紛失したのかもしれないじゃないか」とマーカム。「いずれにせよ、きみはこの問題を大きくしすぎだ」

「そうですよ、ミスター・マーカム」と、ヒースのうなり声。「それよりも、こんなふうにご家族とおもしろおかしくやりとりしてて、どうにかなるものなんでしょうかね。ゆうべ、まだ事件の熱も冷めやらぬころにもう、全員を呼びつけたんですよ。言っておきますが、誰も何にも知らなかった。エイダ・グリーンだけですよ、私が話を聞きたい相手は。彼女からは情報をもらえる可能性があります。強盗が入ってきたとき部屋の電灯がついていたなら、犯人をしっかり見たかもしれませんからね」

「部長」ヴァンスは残念そうに首を振った。「その実在するかどうかもわからない強盗のことになると、きみはもう病的と言えそうだな」

マーカムは葉巻の先端をじっと見つめて考え込んでいる。

「いいや、ヴァンス。ぼくも部長刑事の意見に傾いている。病的な想像に取り憑《つ》かれているのはきみのほうじゃないのか。きみにそそのかされて事件に首を突っ込んだのは早計だった。だからぼくは後ろに控えて、きみに場の仕切りを任せていたんだが。ここで協力を望めそうなのはエイダ・グリーンだけだよ」

「ああ、疑うことを知らないまっすぐなきみよ！」ヴァンスはため息をついて、そわそわと身体を動かした。「おや、サイキックのチェスターときたら、シベラを連れてくるのにやけに手間どっているな」

そのとき、大理石の階段に足音がして、ほどなくシベラ・グリーンが、チェスターに伴われて入り口アーチの下に姿を見せた。

5　容疑者候補　　十一月九日（火曜日）午後三時三十分

シベラはしっかりした軽快な足どりで、頭を高く上げて入ってきた。問いかけるような不遜《ふそん》な目で一同を見回す。長身でほっそりした運動選手のような体格で、美人というのではないが、彫りの深い顔だちにはかえって人目を引きつけるようなよそよそしい魅力があった。はっきりした顔は同時に強烈な印象を与え、表情に高慢なところがあって、ともすると尊大に見える。こざっぱりと肩で切りそろえた色の濃い髪もウェーヴがかかっていないため、簡素な輪郭がそれでなくともきっぱりした目鼻立ちを際立たせている。ほとんど水平の太い眉の下に、左右離ればなれのハシバミ色の目。まっすぐでやや突き出た鼻に、大きめで引き締まった口。唇は薄く、無慈悲な感じがする。黒っぽい色で極端に丈の短い運動着に、シルクウールの混色織り長靴下、男もののようなかかとの低いオクスフォードシューズという、飾り気のないいでたちだった。

チェスターが地方検事を古くからの知り合いだといって引き合わせ、マーカムにほかの面々を紹介させた。

「ご存じなんでしょうね、ミスター・マーカム、チェットがあなたを気に入っているわけを」彼女が独特のよく響く声で言った。「マールボン・クラブでゴルフをしてこの人が勝てる、数少ない会員のおひとりだからよ」

彼女はセンターテーブルの前に腰を下ろし、気楽そうに足を組んだ。

「煙草がほしいんだけど、チェット」有無を言わせぬ口調だった。

ヴァンスがすかさず立ち上がって、自分のシガレットケースを差し出す。

「ぜひともレジー煙草をどうぞ、ミス・グリーン」ここぞとばかりに行儀よくもてなす。「もしお気に召さないようでしたら、ぼくはさっそく銘柄を変えることにしましょう」

「気の早いかたね！」シベラは煙草を取って、ヴァンスに火をつけさせた。そして椅子にもたれると、マーカムをいぶかしげに見る。「ゆうべここで、とっても野蛮なパーティがあったんですってね？　この古い屋敷であれほどの大騒ぎとは前代未聞だわ。その間ずっとぐっすり眠っていた私は、運がよかった」彼女は気分を害したようにしかめつらをしてみせた。「チェットったら、全部終わってしまうまで私を呼んでくれなかったんですもの。いかにも彼らしいわ——意地が悪いったら」

これがほかの人物だったらぎょっとするところだが、彼女の軽薄なもの言いはなぜか気にならなかった。シベラは、感受性が鋭いくせにどんな不幸にも打ち負かされるのをよしとしない少女を思わせる。無情なうわべは、ゆがんではいるかもしれないが、断固たる勇気の表われなのだと私は解釈した。

しかし、マーカムは彼女の態度に腹を立てた。

「問題を軽んじなかったといってミスター・グリーンを責めることはできません」と、彼女をたしなめた。「無防備な女性が容赦なく殺され、若い娘まで殺されそうになったんです、お楽しみの部類には入りません」

シベラは彼を非難がましい目で見た。「ふうん、ミスター・マーカム、私が二年も閉じ込められてた堅苦しい女子修道院の院長そっくりなことをおっしゃるのね」そこで急にまじめな顔になった。「起きてしまったことをいつまでもくよくよ嘆いたって、どうにもならないでしょう？　いずれにしても、ジュリアは自分のいる片隅に灯をともそうとするような人じゃなかった。いつだって人のあら探しばかりする不平屋で、帳簿がいっぱいになるほど善行を積んでもいない。こんなことを言うと姉妹らしくないかもしれないけれど、それほど惜しまれもしないでしょう。チェットと私は悲嘆に暮れたりはしないから」

「妹さんが容赦なく撃たれたことはどうなんです？」マーカムは憤《いきどお》りを抑えかねていた。

シベラの目が見てわかるほどに細くなり、顔の輪郭がこわばった。だが、彼女はすぐに表情を消し去った。

「そうね、エイダは回復するんでしょう？」冷淡な声にならないよう努力しても、うまくいかなかった。「ゆっくり休めることになっていいじゃない、ナースもついててくれるし。末っ子の妹が難を逃れたからって、私においおい泣けとおっしゃるの？」

そこで、シベラとマーカムの衝突をじっくり観察していたヴァンスが、言い合いに割って入った。

「ねえ、マーカム、ミス・グリーンの気持ちが事件とどう関係するっていうんだい。彼女の態度は、こういう場合にふさわしいとされる若い淑女のふるまいとは一致しないかもしれないが、きっと彼女の見解にもしごくもっともな理由があるんだと思う。お説教はやめて、ミス・グリーンにご協力願おうじゃないか」

令嬢が彼に愉快そうな感謝の目配せをし、マーカムはどうでもよさそうに黙認するそぶりをした。彼がこの取り調べをちっとも重要視していないのは明らかだった。

ヴァンスが令嬢に愛嬌のある笑顔を向けた。

「こちらにおじゃまするることになったのは、ぼくの責任なんですよ、ミス・グリーン。お兄さんが強盗説を信じられないとおっしゃるので、この件を調べてみるようミスター・マーカムを説得したのはぼくなんです」

シベラはうなずいた。「ああ、チェットはときどきすばらしく勘が働くから。それがこの人の数少ない長所のひとつで」

「強盗については、あなたも懐疑的なのではありませんか?」

「懐疑的?」彼女は短く笑い声をあげた。「それどころか、あからさまに疑っているわよ。強盗のことは知らないし、それほど会ってみたいとも思わないけれど、突飛《とっぴ》なことが得意な私でさえ、強盗があんなにすてきなお仕事をするなんて想像できない。芸人が演じたみたいなゆうべの惨劇をね」

「あなたにはまったくわくわくさせられますね」とヴァンス。「なにしろ、少数派ですが、ぼくもまったく同意見でして」

「チェットは自分の意見に納得のゆく説明をしたのかしら？」

「残念ながら。超自然的な原因による予感とかで。お兄さんはある種のサイキック発作がもとで確信をいだかれたものと、ぼくは思いました。わかるけれども、説明はできない。確信があるのに、証拠はない。不明瞭なことこのうえない——それどころか、いささか秘密めいています」

「チェットに心霊主義的傾向があるなんて思いも寄らなかった」彼女は兄をからかうような視線で射た。「本当はいやになるくらい平々凡々とした人なんです、つきあってみればわかりますけど」

「よせよもう、シブ」チェスターが怒りの口調で言った。「おまえのほうこそ、今朝、警察は強盗を大慌てで追いかけてるってぼくが言ったら、発作を起こしたくせに」

シベラは答えなかった。ついと顔を上げて身を乗り出すと、暖炉の火格子に煙草を放り投げた。

「そういえば、ミス・グリーン」——ヴァンスが何気ない調子で話しかけた——「お兄さんの拳銃が紛失したというのはちょっとした謎ですね。机の引き出しからふっつり姿を消してしまったとか。屋敷のどこかで見かけたりしたことがありませんか？」

銃の話が出ると、シベラはわずかに身体をこわばらせた。目に決意の表情を浮かべ、口の端をかすかに吊り上げて皮肉っぽく笑った。

「チェットの拳銃が見当たらないの？」何かほかのことを考えているかのような、煮え切らない言い方だった。「いいえ……見かけないわね」そこで、しばらく口をつぐんでいた。「でも、先週はチェットの机の中にあったけど」

チェスターが怒りで前のめりになった。

「先週ぼくの机で何をしてた？」

「そんなにむきになることないでしょ」令嬢は軽くあしらった。「恋文を捜していたわけじゃないわ。まずあなたの恋愛なんか想像もできないしね、チェット……」そう考えると彼女は楽しくなったらしい。「私から借りっぱなしで返してくれない、あの古風なエメラルドのタイピンを捜してただけなんだから」

「クラブに置いてある」兄は不機嫌そうに言い訳した。

「へえ、それで！　どうりで見つからなかったわけね。だけど、拳銃はあったわよ。――なくなっているのは確か？」

「ばか言え」と兄が怒鳴りつける。「至るところを捜して回ったんだぞ……おまえの部屋もな」ついでに仕返しもした。

「まあ、よくもそんな！　それにしても、そもそもどうして銃を持ってることを白状したの？」軽蔑するような口調だった。「わざわざ巻き添えにならなくたっていいでしょうに」

チェスターはそわそわと身動きした。

「こちらが」――ヒースに対してまたも人格を無視した指さし方をした――「拳銃を持っているかと訊いたのでイエスと言ったまでだ。否定したって、使用人か愛する家族のうちの誰かがご注進に及ぶだろうからね。本当のことを言うのがいちばんだと思ったのさ」

シベラは皮肉たっぷりに笑みを浮かべた。

「いかがですか、このとおり、兄は旧弊な美徳を体現しているんです」と、ヴァンスに向かって言った。だが、動揺を隠せてはいない。拳銃の件で彼女の自信はいささかぐらついたのだ。

「ミス・グリーン、強盗説には感心しないとおっしゃいましたが」ヴァンスはなかば目を閉じて、ものうげに煙草を吸っていた。「事件を説明できるようなほかの説を考えつきますか？」

令嬢が顔を上げて、彼のほうに値踏みするような目を向けた。

「たまたま、女を二人も撃っておいて何も盗らずにこそこそ逃げる強盗なんて信じられないからといって、代替案を出せることにはならないでしょ。私は婦人警官じゃないんだし――楽しい気晴らしになる職業だろうと考えることはよくありますけど――犯罪者をつきとめるのは警察の仕事だって、漠然と思っていましたから。あなたも強盗だとは思っていらっしゃらないんでしょう、ミスター・ヴァンス。でなけりゃ、チェットの勘に従ったりはなさらなかったはず。あなたは、ゆうべここで大暴れしたのは何者だとお考えなの？」

「お嬢さん！」ヴァンスは片手を上げて抗議した。「ぼんやりなりとも考えがあったら、あなたに押しつけがましくおうかがいをたてたりはしません。ぼくは五里霧中の泥沼を鉛の足でとぼとぼ歩いているようなものなんです」

彼はなげやりな言い方をしたが、シベラの目は疑いに曇っていた。しかし、すぐに陽気な笑い声をあげ、片手を差し出した。

「レジー煙草をもう一本くださいな、ムッシュー。危うく真剣になってしまうところだったわ。真剣になってはいけないのに。たまらなく退屈ですもの。それに、しわが寄るもとになる。まだまだ若いんだから、しわなんかごめんだわ」

「ニノン・ド・ランクロ（美貌のフランス人高級娼婦。そのサロンに各界の大物が集まった）にも負けないくらい、いつまでもお若く、しわなんかに無縁でいらしてください」ヴァンスはまた、彼女の煙草にマッチの火をかかげた。「だけどもし、あまり真剣になりすぎずに言ってみるとして、お姉さんと妹さんを亡きものにしたがっていた人物にお心当たりは？」

「あら、そんなこと、私たち全員が怪しいって言わなくちゃならなくなるじゃない。うちはどう見ても理想的な団欒《だんらん》家族じゃありませんからね。それどころか、グリーン家は変人の寄せ集めよ。申し分なく居心地がよくてきちんとしたご家庭のようには、お互いに心を通わせ合っていない。いつだって互いにいがみ合って、何かにつけては言い争ったりつかみかかったり。とんだ失敗作よ――この家庭は。もっと早くに殺人が起きなかったのが不思議なくらい。なのに、私たちみんな、一九三二年までここに住んでなくちゃならないの。でなければ自力で生きていくか。言うまでもなく、誰もまともに自活なんかできやしないわ。ありがたい相続財産ですこと[1]」

彼女はしばらくむっつりと煙草を吸った。

「そうよ、私たち全員に、お互いに殺意をいだき合うもっともな理由がある。そこにいるチェットは、興奮したらあとでゴルフをするのに差し障ると思ってさえいなければ、今だって私を見下していて、とっくの昔に私たちを皆殺しにしなかったとは、自分はなんて寛大で利他的なんだろうと思っている。母が私たちを殺さずにいる理由はただひとつ、麻痺した身体では無理だからよ。その点ではジュリアも、私たちがみんな釜ゆでにされたって、顔色ひとつ変えずに見物したことでしょうね。そしてエイダは」――眉をしかめた彼女の目に、いつしか異常な凶暴性が宿っていた――「あの子は私たちが皆殺しにされるのを心から願っているわ。本当の家族ではないし、私たちを憎んでいる。かくいう私も、たいせつな家族全員を退治するのに何のためらいもない。たびたび考えてみたけれど、水ももらさぬ周到な方法を思いつかなかっただけ」彼女は煙草の灰を床にはたき落とした。「というわけよ。容疑者を捜そうというのなら、候補には事欠かないわ。先祖代々のこの屋敷に、その資格がない者はひとりもいないんだから」

彼女は意図的にいやみを言っているのだが、一皮むけば笑いごとではない恐ろしい真実が出てきそうな気がしてしかたがなかった。ヴァンスは、一見愉快そうに傾聴しているが、彼女の声の抑揚、表情の動きをひとつひとつ吸収しながら、その無差別な告発の細かい点を目下の問題に関連づけようとしているのだった。

「いずれにしても」彼は無造作に言った。「びっくりするほど率直なお嬢さんだ。だけど、当面はあなたがたを逮捕するよう進言はしません。これっぽっちも証拠がありませんからね。やっかいなことに」

「あら、そう」彼女はため息をついて、落胆を装《よそお》った。「これから手がかりがつかめるかもしれないわ。このへんで遠からずもうひとりかふたり、死者が出るでしょう。ほとんど成果が出ないまま、犯人が仕事を放り出すとは思いたくないもの」

このとき、ドクター・フォン・ブロンが客間に入ってきた。チェスターが立ち上がって迎え、形式的な紹介を手早くすませた。フォン・ブロンは遠慮がちに頭を下げて挨拶したが、私にはシベラに対する彼の態度が、感じは悪くないけれどもなれなれしすぎるように思えた。ちょっと気にはなったが、彼がこの家族と古いつきあいだということを思い出し、たぶん礼儀作法にあまりこだわらなくてもいい立場なのだろうと考え直した。

「いかがでしょう、ドクター?」とマーカム。「今日のうちにお嬢さんの話を聞けそうですか?」

「まず差し障りはないと思います」フォン・ブロンはそう答えて、チェスターの隣に腰を下ろした。「エイダは今、反動でちょっと熱があるだけですから。ただし、ショックを受けて苦しんでいるし、失血でかなり衰弱してもいます」

ドクター・フォン・ブロンは、きれいに髭《ひげ》を剃《そ》った柔和な顔の四十歳くらいの男だ。ほっそりした、女性的と言ってもいいような顔だちで、愛想のよさはほころびそうにない。私にはわざとらしく思えるほど上品で——〝知識人風〟とでも言えばいいだろうか——どことなくうぬぼれが強そうなところもある。しかし、反感をもつほどではなく、魅力的な人物だと思った。

ヴァンスは話をする彼を注意深く観察していた。彼はヒースよりももっと強く、撃たれた令嬢の話を聞きたがっているはずだ。

「すると、特に重傷ではなかったんですね?」とマーカム。

「ええ、重傷ではありません。きわどいところで致命傷にならなかった。撃たれたのがあと一インチ下だったら、肺を貫通する傷になったところです。まさに間一髪でしたね」

「聞いたところでは」と、ヴァンスが口をはさむ。「銃弾は左肩甲骨《けんこうこつ》のあたりを斜めに横切っているとか」

フォン・ブロンは頭をかがめて肯定した。

「言うまでもなく、背後から心臓を狙って撃ったものですね」穏やかな説明口調だった。「ところが、銃が発射された瞬間、エイダがやや右に身体をひねったに違いありません。それで銃弾はまっすぐ撃ち込まれず、第三胸椎《きょうつい》の高さにある肩甲骨に沿って進入して靭帯《じんたい》を引き裂き、三角筋にひっかかった」彼は自身の左腕の三角筋の位置を指し示した。

「どうやらお嬢さんは、加害者に背を向けて逃げようとしたらしい」とヴァンス。「そして、追いすがる敵がその背中に銃をほとんど押し当てんばかりにした。——そういう解釈でしょうか、ドクター?」

「ええ、そんなところではないでしょうか。そして、さっきも申しあげましたが、とっさに身をかわしたのが幸いして、彼女は一命をとりとめました」

「撃たれたその場で床に倒れ込んだのでしょうか、実際には傷が浅かったのに?」

「そう考えておかしくありません。相当な痛みだったはずですし、衝撃の大きさも考え合わせますとね。エイダは――いや、それで言うならどんな女性でも――瞬時に気が遠くなったでしょう」

「そうすると」と、ヴァンスがさらにたたみかける。「加害者が致命傷を負わせたと思い込んだはずだ、という推定にも無理がありませんね？」

「いかにももっともな推定でしょう」

ヴァンスは目をそらして、しばらく煙草を吸っていた。

「うむ」考えがまとまったらしい。「そう推定してよさそうだ。――もうひとつ考えついたことがあります。ミス・エイダは化粧台の前という、ベッドからかなり離れたところにいたわけだし、銃を押し当てられていたも同然なんですから、銃撃は故意になされたものらしい。慌てふためいてでたらめに発砲したのではなさそうですよ」

フォン・ブロンは察するところがあるようにヴァンスを見てから、その目を転じてヒースのほうをうかがった。答え方に悩んでいるかのようにしばし黙り込んだあと、用心深く遠慮がちに口を開いた。

「もちろん、そんなふうに解釈してもよろしいかと。いや、事実はそのような考えを指し示しているようにも思えます。しかしその一方で、意図せず侵入者がエイダのすぐそばにいたということも考えられます。銃弾が左肩のきわどいところに撃ち込まれたのも、まるっきり偶然だったと」

「まったくです」とヴァンス。「しかしですよ、計画的犯行という考えを捨てるとしたら、執事が銃撃後ただちに部屋へ駆けつけたとき、電灯がついていたという事実を説明しなくてはなりません」

それを聞いたフォン・ブロンは、このうえない驚きようだった。

「電灯がついていた？　そんなばかな！」額にしわを寄せて戸惑ったように顔をしかめ、ヴァンスの持ち出した情報を消化しようとしているようだ。「だとしても」彼は引き下がらなかった。「それだからこそ発砲することになったのかもしれません。侵入者が電灯のついた部屋に踏み込んでしまったとしたら、あとで警察に人相をばらされてはいけないと、そこにいる人間を撃つんじゃないでしょうか」

「ははあ、なるほど！」ヴァンスがつぶやいた。「ともかく、ミス・エイダに会って話を聞けば説明がつくことを期待しましょうか」

「そうですよ、何をぐずぐずしてるんです？」とヒース。常日ごろ無尽蔵に蓄えてある彼の忍耐力も底をつきかけていた。

「そんなに急《せ》くもんじゃありませんよ、部長」ヴァンスがたしなめた。「ドクター・フォン・ブロンがついさっきおっしゃったでしょう。ミス・エイダはかなり衰弱している。わかっていることをぼくらがあらかじめ把握しておけば、質問攻めの負担を減らせるってもんじゃありませんか」

「私が知りたいことはひとつしかありませんよ」とヒース。「撃ったやつの顔を見て、その人相を教えられるかどうか、それだけだ」

「そんなことを言ってると、部長、その切なる希望が地面にたたきつけられることになるかもしれないのに」

ヒースがふてくされて葉巻を嚙《か》みしめると、ヴァンスはまたフォン・ブロンのほうを向いた。

「もうひとつお訊ねしたいことがあります、ドクター。ミス・エイダが負傷して先生が診察なさるまで、どれくらい時間がたっていましたか？」

「もう執事から聞いているじゃありませんか、ミスター・ヴァンス」ヒースがたまりかねて口をはさむ。「ドクターは三十分ほどで到着なさったと」

「そう、だいたいそんなところでした」フォン・ブロンの口調はよどみなく事務的だった。「スプルートが電話してきたときには、あいにく呼び出しに応じて外出中でしたが、十五分ほどで戻ったので、すぐさま駆けつけました。幸い、私はこの近くの東四十八丁目に住んでいますから」

「先生がいらっしゃったとき、ミス・エイダはまだ意識不明だったんでしょうか？」

「ええ。かなり大量に出血していました。でも、料理人が傷口にタオルを押しつけて止血してくれていた。助かりましたよ」

ヴァンスは礼を言って立ち上がった。

「では、先生さえよろしければ、われわれを患者さんのところへお連れいただきましょうか。よろしくお願いします」

「なるべく興奮させないようにしてくださいよ、念のため申しあげておきますが」と言いながらフォン・ブロンは立ち上がると、先に立って階段を上った。

シベラとチェスターは同行するか迷っているようだった。しかし、私がホールのほうを振り返ってみると、二人が訊ね合うようにちらっと目を見交わしているところで、ほどなく兄妹も二階ホールで私たちに追い着いた。

6 告発

十一月九日（火曜日）午後四時

エイダ・グリーンの部屋は、簡素と言っていいほど飾り気のないしつらえだったが、こぎれいに整えられ、わずかながら女性らしさの感じられる内装とあいまって、部屋の主の心配りを表わしていた。入って左手、ミセス・グリーンの部屋と行き来できる化粧室へのドア付近に、マホガニー材であっさりしたデザインのシングルベッドがある。ベッドの向こうにあるのは、石造りのバルコニーへ出るドア。窓の右側に化粧台があって、その前に敷かれた琥珀《こはく》色の中国産ラグに不定形の大きな茶色いしみがついている。令嬢が倒れていた場所だ。右手の壁の中央には、オークの羽目板張りの高いマントルピースが付いたチューダー様式の暖炉がある。

入ってくる私たちをベッドの上からけげんそうに見る令嬢の、青ざめた顔がほんのわずか上気した。身体の右側を下に、ドアに顔を向け、包帯を巻いた肩をいくつもの枕で支えて横になっている。ほっそりした白い左手が、青い紋織りの上掛けの上に出ていた。青い目には、前夜

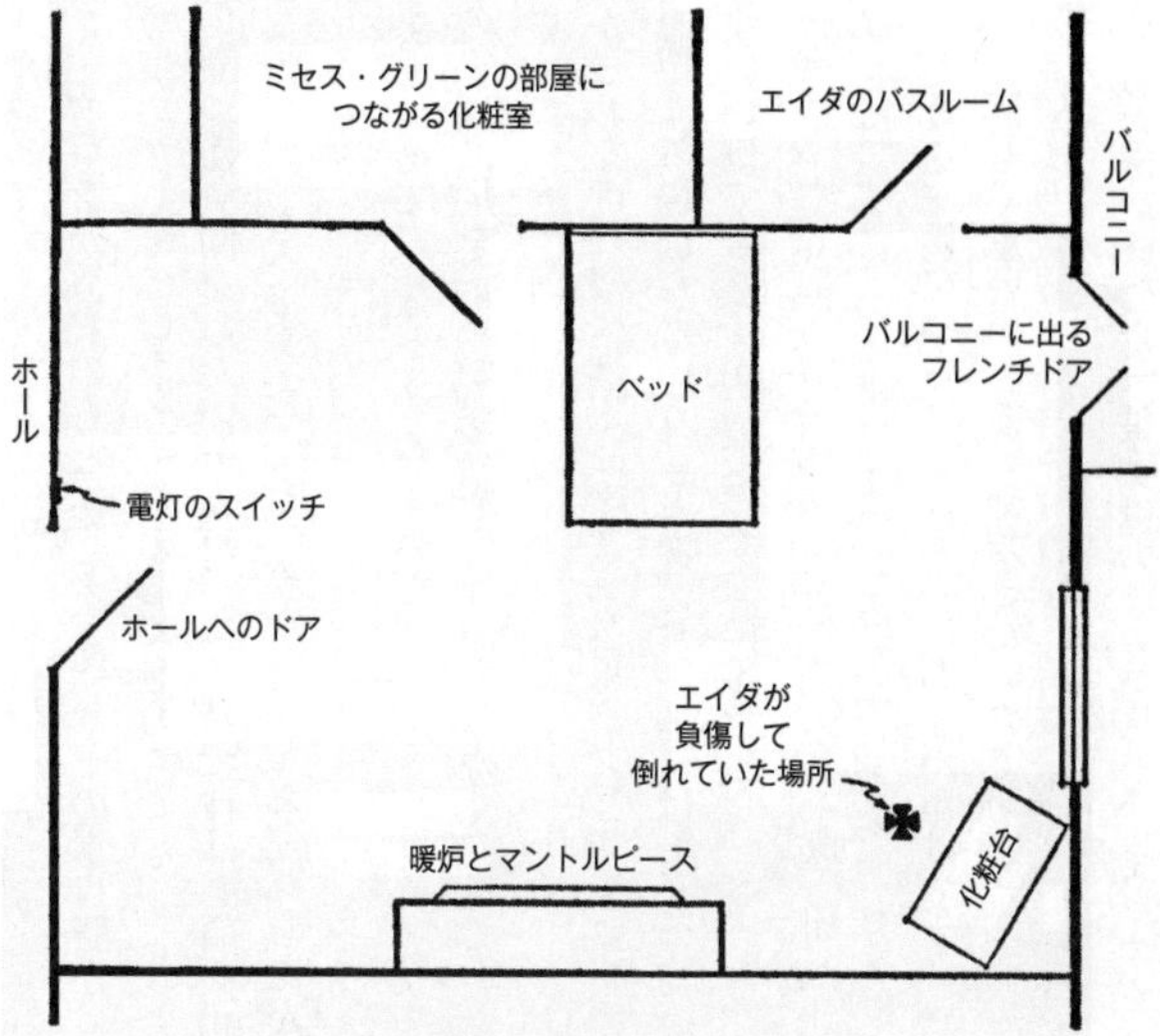
ミセス・グリーンの部屋に
つながる化粧室
エイダのバスルーム
バルコニー
ホール
ベッド
バルコニーに出る
フレンチドア
電灯のスイッチ
ホールへのドア
エイダが
負傷して
倒れていた場所
暖炉とマントルピース
化粧台

エイダの部屋の平面図

の恐怖のなごりがまだ漂っている。

ドクター・フォン・ブロンが彼女のもとへ行き、ベッドの縁に腰かけて片手を彼女の手に重ねた。庇護するようでいて、そっけなくもあるしぐさだった。

「このかたたちがいくつか質問をしたいそうだ、エイダ」彼は笑顔で元気づけるように言った。「今日はだいぶ体力がついてきたようだから、みなさんをお連れしたんだけどね。話ができそうかな？」

彼女はドクターを見つめて、か弱くうなずいた。

マントルピースのそばに足を止めて浅浮彫の作品をじっくり見ていたヴァンスが振り返り、ベッドに近寄っていく。

「部長、きみさえかまわなければ、ぼくにミス・グリーンと話をさせてくれませんか」

機転と心づかいを要する場面だということが、ヒースにはわかっていたのだろう。この人物の器の大きさを示すいい例でもあるが、彼はすぐに譲歩した。

「ミス・グリーン」ヴァンスは穏やかな温かい声で呼びかけて、小ぶりな椅子をベッドのそばへ引き寄せた。「ぼくらはゆうべの惨事にまつわる不明点を解明したいと、切に願っています。力になっていただけそうな立場にいらっしゃるのはあなただけです。ぼくらのために、ゆうべの出来事をできるだけ詳しく思い出していただきたいのですが」

令嬢は深く息を吸い込んだ。

「ひどい――ひどい目にあいました」彼女は力なく言って、まっすぐ前を見た。「眠りについたあと――時間ははっきりしませんが――どういうわけか目が覚めたんです。なぜかはわかりませんけれど、いきなりはっきりと目が覚めて、なんとも言えず妙な気分に襲われました……」彼女は目を閉じて、思わず知らず全身を震わせた。「まるで部屋に誰かがいて、私を脅《おびや》かしているような……」声が先細りになり、厳粛《げんしゆく》な沈黙が訪れた。

「部屋は暗かったんですか?」ヴァンスがそっと訊いた。

「真っ暗でした」彼女はゆっくりとヴァンスに目を向けた。「だからとても怖くて。何も見えないし、幽霊が――それとも悪霊が――近くにいるんじゃないかと思いました。叫ぼうとしましたけど、声が出せないんです。喉がからからで――ふさがったようになって」

「典型的な恐怖による声帯狭窄《きようさく》だよ、エイダ」とフォン・ブロン。「怖い目にあって声が出せなくなることはよくあるんだ。――で、それから?」

「しばらく横になったまままぶるぶる震えていましたけれど、部屋のどこからももの音はしない。なのに、わかった――わかったんです――誰かが、それとも何かが、ここにいて、私に危害を加えようとしているって。……とうとう、無理やり起き上がりました――音をたてないようにして。電灯をつけたかった――暗闇がとにかく怖くて。しばらくしてから、このベッドのそばに立っていました。そこで初めて窓の薄明かりが見えて、なんだか事態が現実味を帯びてきたんです。それで、手探りしながらあのドアのそばにある電灯のスイッチに向かいました。いくらも進まないうちに……誰かの手が……手が触れて……」

唇がわなわな震え、彼女は恐怖に目を大きく見開いた。

「あー、頭が真っ白になって」と、苦しそうに続ける。「訳がわからなくなって。また叫ぼうとしましたが、口を開けることさえできない。その――その何者かをかわして、窓のほうへ逃げました。もう少しというところで、誰かが追ってくる音が聞こえた――何かを引きずるような怪しい音が――もうだめだと思いました。……ものすごい音がしたかと思うと、肩の後ろに焼けるような衝撃が走ったんです。いきなり吐き気に襲われました。窓の明かりが消え、ずるずると沈んでいくような気がしました……」

彼女が語りやめると、張りつめた沈黙が部屋にたれ込めた。飾り立てるふうでもない彼女の話はひどくなまなましかった。名女優さながら、語りにこめた心情そのものまで聞いている者たちに伝えおおせたのだ。

ヴァンスが、しばらくの間をおいて口を開いた。

「恐ろしい思いをなさいましたね！」と、同情の言葉をつぶやく。「細かいことでいたずらにあなたを苦しめたいわけではないのですが、いくつか確かめていただきたいことがあります」

彼女は弱々しく微笑んで思いやりに感謝し、待ち構えた。

「がんばれば思い出せそうでしょうか、何がきっかけで目が覚めたのかを？」とヴァンス。

「いいえ――もの音がした覚えもありませんし」

「ゆうべはドアに鍵をかけずにおやすみだったんですか？」

「だと思います。たいてい鍵はかけませんから」

「ドアを開け閉めする音はしなかったんですね――どこからも？」

「ええ、どこからも。屋敷じゅうがひっそり静まり返っていました」

「なのに、部屋に誰かがいるとわかった。どういうふうにわかったんでしょう?」やさしい声で、ヴァンスは食い下がる。

「私——よくわからないけれど……何かあったはずだわ」

「そうですとも! 思い出してみてください」ヴァンスは困惑している令嬢のほうへわずかに身を乗り出した。「ひょっとして、ひそかな息づかいが聞こえたとか——ベッドのそばで人が動く気配がしたとか——あるいはかすかな香水のにおいとか……?」

恐怖の原因を思い出そうとしてもとらえどころなく記憶をすり抜けていくのか、彼女は苦しげに顔をしかめていた。

「わからない——思い出せません」と、ほとんど聞き取れないような声で言う。「あんまり怖かったから」

「その恐怖の原因さえつきとめられればなあ!」ヴァンスがドクターを見やると、彼は視線の意味を察したようにうなずいた。

「連想のもととなる刺激が認識されなくなることもあるのは確かです」

「どうでしょう、ミス・グリーン、部屋にいたのは知っている人物のような気がしましたか?」と、ヴァンスが続ける。「つまり、なじみのある存在だったでしょうか?」

「よくわかりません。わかるのは、それが怖かったということだけです」

「だけど、起き上がって窓のほうへ逃げたあなたを、追いかけてくる音は聞こえましたね。その音に聞き覚えがあるような気がしましたか？」

「まさか！」彼女が初めて強い声を出した。「ただの足音でした――静かな、そっと動く足音です」

「もちろん、暗いところでは誰だってそんな歩き方になるでしょうね。それとも、寝室用スリッパを履いていたのかもしれない……」

「ほんの三、四歩でした――あとはもう、恐ろしい音と焼けつくような痛みに襲われて」

ヴァンスは少し間をおいた。

「その足音を一生懸命思い出してみてください――どんな印象だったかでもいいですから。男女どちらの足音だったかでもわかりませんか？」

それでなくても青ざめていた令嬢が顔面蒼白になった。怯《おび》えた目で、部屋にいる全員を見回す。

息づかいが激しくなった彼女は、二度ばかり口を開こうとして、そのたび思いとどまった。やっと出てきたのは、おののき震える小声だった。

「わかりません――見当もつきません」

辛辣《しんらつ》にあざけるような、神経質な笑い声が唐突に響き、すぐにやんだ。シベラだった。全員が驚いて彼女に注目する。ベッドの脚もとに身をこわばらせて立つ彼女は、顔を上気させ、両脇でこぶしを固く握り締めている。

「言えばいいじゃない、私の足音だったたって」彼女は嚙みつくような口調で妹に迫った。「言いたいことが見えすいているのよ。もう嘘をつくほどの度胸は残っていないってこと？　泣き虫の子猫ちゃん」

エイダは思わず息をのみ、ドクターにすり寄っていこうとしたが、彼はいかめしい警告の目でシベラをにらんでいた。

「おいおい、シブ！　口を慎めよ」爆弾発言に続く気まずい沈黙を破ったのはチェスターだった。

シベラは肩をすくめ、窓のほうへ向かった。ヴァンスが再びベッドの令嬢に目を向けて、何ごともなかったかのように質問を続けた。

「もうひとつうかがいますが、ミス・グリーン」それまでよりもいちだんとやさしい声だった。

「手探りで電灯のスイッチに向かったとき、姿の見えない人物と接触したのは、どのあたりだったんでしょう？」

「ドアまで半分ほど近づいた——ちょうどあのセンターテーブルを過ぎたあたりでしょうか」

「誰かの手が触れたとおっしゃいましたね。どんなふうな触れ方でしたか？　押してきたんでしょうか、それともあなたをつかまえようとしたんでしょうか？」

彼女は曖昧に首を振った。

「よくわかりません。どう説明したらいいのかわかりませんが、私のほうからその手にぶつかったような気がしました。手が差し伸ばされて——私のほうへ伸びてきてでもいたんでしょうか」

「手が大きかったか小さかったかは思い出せますか？　たとえば力強い手だなどという印象を受けましたか？」

またしても沈黙。再び令嬢の息づかいが激しくなって、側庭で黒々とした木の枝が揺れるのをじっと見ているシベラに、ちらっと怯えた目を向けた。

「わかりません――ああ、わからないわ！」苦悶《くもん》の叫びを押し殺したような言葉だった。「気がつきませんでした。あまりにも突然のことで――あまりにも恐ろしくて」

「そう言わないで、思い出してみてください」と、ヴァンスの柔らかい声が執拗に促す。「きっと何らかの印象を受けたはずです。男の手でしたか、女の手でしたか？」

シベラが足早にベッドのほうへやって来る。頰がすっかり青ざめ、燃えるような目をしていた。

負傷した令嬢をしばらくにらみつけて、心を決めたようにヴァンスのほうを向いた。

「先ほど一階で、銃撃犯に心当たりはないかとお訊ねでしたわね。そのときはお答えしませんでしたけど、今ここでお答えしましょう。誰のしわざか教えてあげる！」彼女は顔をベッドのほうへねじり、そこにじっと横たわる姿に震える人指し指を突き出した。「そこにいるのが犯人よ――その、めそめそしたかわいいもらわれっ子、やさしい天使のふりしたかわいい裏切り者がね！」

途方もない、思いがけない告発に、しばらく誰も口をきけずにいた。急にエイダがうめき声をもらして、発作的にすがるようにしてドクターの手をぐいとつかんだ。

「まあ、シベラ――ひどい！」と、ささやくように言う。

フォン・ブロンは身をこわばらせ、目を怒らせた。だが彼が口をきくより先に、シベラが急いで非論理的な驚くべき告発の先を続ける。

「ええ、その子のしわざよ！　その子はあなたをだましている。いつだって私たちをだまそうとしているんだから。私たちを憎んでいるのよ――父がこの屋敷に連れてきたときからずっと、私たちを憎んでいる。私たちを恨んでいるのよ――私たちにあるもの、血のつながりそのものをね。その子にどんな血が流れているのか、わかるもんですか。自分が対等でないもんだから、私たちが憎いのね。さぞかし、私たちが皆殺しにされるのを見たいことでしょうよ。まずジュリアを殺したのは、屋敷を切り盛りしているジュリアが、ここで自分が安穏と生活するためその子に何かさせるよう取り計らったから。その子は私たちを忌《い》み嫌っているの。だから私たちを退治する計画なのよ」

ベッドの令嬢は悲しそうな目で、私たちの顔を順繰りに見ていった。その目に悪意はこもっていない。今耳にしたのは現実の声ではないだろうと思っているかのように、驚きあきれているようだった。

「なんとも興味深い」ヴァンスがものうげに言った。言葉自体はともかく、その皮肉な口調に全員の視線が彼に集中した。熱弁をふるうシベラを観察していたヴァンスの視線は、今も彼女に注がれている。

「銃撃したのは妹さんだと、本気でおっしゃるのですか？」今度は愛想よく、親しみがこもっていると言っていいような声だった。

「もちろん本気よ！」彼女は臆面もなく断言した。「その子は私たちみんなを憎んでいる」

「そういうことでしたら」ヴァンスが顔をほころばせる。「グリーン家のどこにも愛と献身はあふれていないようでしたが」悪気のない口調だった。「それに、あなたの告発は何か具体的なことに基づくものでしょうか？」

「私たちみんなを始末したがっているというのでは、具体性が足りないの？　何もかも手に入ると思っているのよ――安楽も贅沢も自由も――グリーン家の財産を相続する者がほかに誰もいなくなればね」

「凶悪犯罪でただちに告発する正当な理由になるほどの具体性はありませんね。――ちなみに、ミス・グリーン、もし法廷に証人として呼ばれたら、犯罪の方法をどう説明しますか？　ミス・エイダご本人が背中を撃たれているという事実を、まるっきり無視するわけにはいきませんよね？」

シベラはやっと、自分の告発がまったく理にかなっていないということに思い至り、むっつりと黙り込んだ。口もとが怒りと挫折感にゆがむ。

「さっきも申しあげましたけど、私は婦人警官じゃありませんからね」とやり返す。「犯罪は得意ではないの」

「論理もお得意ではないようですね」ヴァンスの声がいつのまにか気まぐれな調子になっていく。「ただし、ひょっとしたらぼくが解釈を誤ったかもしれません。あなたがおっしゃりたかったのは、ミス・エイダがお姉さんのジュリアを撃ち、別の誰かが――ひとりなのか複数なのかはわかりませんが――その直後に仕返しのつもりでミス・エイダを撃った、ということだったのかもしれませんね？　いわゆる四本の手《ア・カトル・メン》による犯罪というやつですかね？」

　シベラは目に見えて混乱していたが、手に負えない怒りはまったく治まっていなかった。

「そうね、もしそうだったとしたら」彼女は意地悪な反撃に出た。「もっとうまくやってくれなかったのが、かえすがえすも残念だわ」

「ともかく、誰だかの不運となりそうな失態ではありますね」ヴァンスは意味ありげに言った。「まあ、犯人が二人という説をまともに考慮するわけにはいかないでしょう。お姉さんと妹さんはどちらも、ほら、同じ銃で撃たれたんですから――三二口径のリヴォルヴァーでね――数分とたたないうちに。単独犯説に甘んじるほかなさそうですよ」

　シベラがにわかに色めき立った。「あなたのはどんな銃だったかしら、チェット？」と兄に訊ねる。

「ああ、三二口径だとも――古いスミス・アンド・ウェッソンのリヴォルヴァーさ」チェスターは、かわいそうなほどに落ち着きを失っていた。

「そうなの？　じゃあ、それで決まりね」彼女は私たちに背を向けて、また窓のほうへ向かった。

　室内の緊張がゆるみ、フォン・ブロンは負傷した令嬢を気づかって枕を整えてやった。

「みんな調子が狂っているんだよ、エイダ」と、なだめるように言う。「きみは心配することないんだ。シベラだって明日になれば後悔して、行ないをあらためてるさ。事件のせいでみんなの神経がささくれ立っているだけだ」

令嬢は彼に感謝の眼差《まなざ》しを向け、かけてもらった言葉で緊張がほぐれたようだった。

ほどなくして背筋を伸ばしたフォン・ブロンは、マーカムを見た。

「もうおしまいにしていただきましょうか——ともかく、今日のところは」

ヴァンスとマーカムの両人はもう立ち上がっていて、ヒースと私も続いた。ところがそのとき、シベラがまたつかつかとこちらへ向かってくるではないか。

「待って」有無を言わせぬ命令口調だった。「たった今思いついたことがあるの。チェットのリヴォルヴァーよ！　私、どこへ行ったのか知っているわ。——その子が持っていったの」彼女はもう一度エイダを指さして非難する。「このあいだ、チェットの部屋にいるところを見かけて、どうしてそんなところでこそこそしているのか不思議に思ったのよ」ヴァンスに勝ち誇ったような含み笑いをしてみせる。「ほら、具体的でしょう？」

「いつのことですか、ミス・グリーン？」ヴァンスは今度もやはり、彼女の言葉の毒をやわらげるような冷静な口調だった。

「いつ？　日付までは覚えていないわ。先週のいつかよ」

「あなたがエメラルドのタイピンを探していらっしゃった日とか？」

シベラは口ごもった。それから憤慨《ふんがい》して言う。「思い出せないわよ。日時を細かく覚えていられるわけないでしょ。わかっているのは、ホールを通りかかってチェットの部屋をのぞいたら——ドアが半開きだったのよ——その子が中にいたってことだけ……机のそばにいたわよ」

「ミス・エイダがお兄さんの部屋にいるのは珍しいことですか?」と、格別興味もなさそうにヴァンスが言う。

「その子が私たちの部屋に入ることはありません」とシベラ。「レックスの部屋にだけはときどき行くけれど。ずいぶん前にジュリアが入室禁止を言い渡しましたから」

エイダが姉に切なる懇願《こんがん》の目を向けた。

「ああ、シベラ」と嘆く。「私、あなたにそれほど嫌われるようなことを何かしたかしら?」

「あなたのしたことですって!」耳障りなかん高い声で言うシベラの目には、狂おしいほどの鬱屈《うっくつ》が宿っていた。「何もかも嫌い! 何もしていなくても! ええ、あなたは利口だわ——音をたてずにこそこそして、おどおどと堪え忍ぶふりをして、いい子ぶっちゃって。だけど、私の目はごまかせないわよ。ここにやって来たその日からずっと、あなたは私たちみんなを憎んできた。私たちを皆殺しにする機会をうかがい、計画を立て、策を練っている——この見下げ果てた——」

「シベラ!」延々たる弾劾《だんがい》を鞭をひと振りするように断ち切ったのは、フォン・ブロンの声だった。「もういいでしょう!」彼は進み出ると、令嬢の目を威嚇《いかく》するようにのぞき込んだ。彼女の言いたい放題に啞然《あぜん》とさせられていた私は、彼の態度にも驚いた。言動に不思議と親密なところがある——まるで家族も同然で、古くから一家のかかりつけ医であるというつきあいの深い立場だとしても違和感があった。ヴァンスもそれを察知したらしく、眉をわずかに吊り上げて、いかにも興味深げにこの場面を見守っていた。

「ヒステリーを起こしてる」フォン・ブロンは威嚇的な視線を下げようとしない。「自分が何を言ったのかわかっていないでしょう」

第三者が居合わせなかったら、彼はもっとはるかに強い手段に出たのではないだろうか。だが、言葉だけでも効果があった。シベラは目を伏せ、様子を一変させたのだ。両手で顔を覆い、全身を震わせてすすり泣きはじめた。

「ご――ごめんなさい。どうかしてた――ばかだったわ――あんなことを口走るなんて」

「彼女は部屋に連れていったほうがいいでしょう、チェスター」フォン・ブロンは職業的口調に戻っていた。「こんなこと、この人には荷が重すぎたんですよ」

令嬢はそれ以上何も言わずに、チェスターを従えて出ていった。

「このごろの女性たちときたら――まったく神経過敏で」フォン・ブロンはそっけなく言って、エイダの額に片手を当てた。「さあ、お嬢さん、興奮させてしまったから、眠れるように何か薬をさしあげましょう」

彼が頓服薬《とんぷくやく》を用意するため持参の医療品ケースを開けたところで、かん高い不満の声が隣の部屋から私たちの耳にはっきりと届いた。私はそこで初めて、ミセス・グリーンの部屋と行き来できる小さな化粧室のドアがほんの少し開いているのに気づいた。

「今度はいったい何の騒ぎなの？　やかましい口論をこの私の耳に入れなくたって、もういやというほど心配させてくれたでしょ？　なのに、もちろんどうでもいいんでしょうとも、私がどんなにつらくたって。……ナース！　エイダの部屋に行くドアを閉めてちょうだい。私が少しは休もうとしてるのをわかってて、開けっ放しにしておくことはないでしょ。わざと私を悩ませようとして。……ああ、ナース！　ドクターにお伝えして、お帰りの前に診《み》ていただかなくちゃ。背骨に刺すような痛みがあるのよ。なのに、ここにこうして横たわっているしかない私を思いやってくれる者はいないの？」

ドアがそっと閉められ、不機嫌な声は途絶えた。

「本当にドアを閉めてほしかったなら、とっくの昔に閉めてもらえたはずなのに」うんざりしたようにエイダが言った。やつれた白い顔に疲れ切った表情を浮かべている。「ドクター、どうしてあの人はいつも、みんながわざと自分を苦しめているというふりをするんでしょう？」フォン・ブロンはため息をついた。「前にも申しあげたでしょう、エイダ、お母さんの癇癪《かんしやく》をあまりまともに受け止めてはいけません。怒りっぽいのも不平ばかり言うのも、あの人の病気のうちなんですから」

私たちは令嬢に挨拶をして辞去し、ドクターも一緒にホールへ出た。

「あまり収穫はありませんでしたね」まるでドクターが謝っているようだった。「エイダが撃った相手を見ていなかったのが残念です」彼はヒースのほうを向いた。「ところで、ダイニング・ルームの壁のはめ込み式金庫から何もなくなっていないことを、警察は確認したんでしょうか？　あの、マントルピースの上にある黒金象眼《ニエロぞうがん》の後ろにある金庫ですが」

「まっ先に調べましたよ」部長刑事の声は若干軽蔑混じりだった。「それで思い出しました、ドク。明日の午前中にでも、部下にミス・エイダの部屋の指紋採取をさせたいんですが」

フォン・ブロンは快く同意し、マーカムに手を差し出した。

「何か私にできそうなことがありましたら、あなたでも警察でもですが」と、愛想よく付け加える。「お声をかけてください。喜んでご協力いたします。私に何ができるのかはわかりませんが、ひょっとしたらということもありますし」

マーカムが彼に礼を言って、私たちは階下に下りた。スプルートが私たちの外套《がいとう》を用意して待ち構えていた。ほどなくすると、私たちを乗せた地方検事の車は吹きだまった雪をかきわけて進んでいた。

7　ヴァンス、事件を語る

十一月九日（火曜日）午後五時

刑事裁判所ビルに到着すると、もう五時近くになっていた。マーカムの個人用オフィスにはスワッカーが青銅と陶器のシャンデリアの明かりをつけてくれていたが、不気味に薄暗い雰囲気がいちめんに漂っている。

「いいご家庭とは言えないねえ、マーカム」ヴァンスは奥行きの深い革張りの椅子にもたれ込んだ。「なんとも困ったご家庭だよ。一族の盛りが過ぎて、往時の勢いもうないんだな。現グリーン家が血を受け継いでいる父祖たちが墓から起き上がって、今の後継者たちを訪ねてきたとしたら、なんとまあ！　どえらいショックを受けることだろうね！……不思議なことに、旧家というのは安逸《あんいつ》で怠惰な環境下で退廃していくものなんだな。ほら、ウィッテルスバッハ家（十二世紀ごろからバイエルンを支配したドイツ貴族の家門）、ロマノフ家（十四世紀モスクワ大公国の大貴族に発し、十七世紀以降ロマノフ朝ロシアを統治）も、ユリアヌスークラウディウス（四世紀ローマの皇帝）の家系もそうだし、アッバース朝（八－十三世紀中央アジア、西アジア、北アフリカを支配したイスラム王朝）だって――一門が崩壊していった例はいくらでもある。……国家にしても同じことだろ。享楽と無制限の放縦が堕落を呼ぶ。軍人皇帝時代のローマやサルダナパロス（アッシリア最後の王。豪奢な生活と臆病で知られる）のアッシリア、ラムセス二世のエジプト、ゲリメル王のヴァンダル王国（ゲルマンのヴァンダル族が五世紀にアフリカ北岸に建国。ゲリメル王時代にビザンティン帝国に滅ぼされた）を見るといい。なんとも悲惨だよ」

「博識なきみのご意見には、社会史研究家なら興味の尽きないところだろうが」マーカムが、怒りを隠そうともせずに言った。「現下の状況では、格別ためになるわけじゃなし、関連性があるとも思えないね」

「その点については、そう捨てたもんでもないだろうよ」ヴァンスはお気楽に言い返した。「それどころか、グリーン一族の気質や家族関係を、現下の捜査という暗い道のりで振り仰ぐ指極星として、きみにもまじめにじっくり考えてみてほしいよ。……いや、本当のところ」――愉快そうな口調になって――「残念でならないよ、きみも部長も社会正義とかなんとかいう観念にすっかり取り憑《つ》かれているのが。社会にとっては、グリーン家のような家族は絶滅したほうがましなんじゃないかね。それにしても、おもしろい事件ではあるね――たまらなくおもしろい」

「遺憾ながら、きみみたいにこの事件をおもしろがることはできない」マーカムは辛辣《しんらつ》に言った。「よくあるけちな犯罪だと思う。きみが口出ししなければ、今朝だって、社交辞令程度に如才《じょさい》なくチェスター・グリーンをあしらってすませたところなんだ。それをきみが、謎めいたことをほのめかしたり怪しげに首を振ってみせたりするもんだから、ぼくまでうかうか事件に引きずり込まれてしまったんじゃないか。ああ、さぞかしきみには楽しい一日だっただろうよ。ぼくのほうは、三時間分の仕事が溜まってしまっただけだがね」

あからさまにもう帰れと言っているような愚痴だったが、ヴァンスには引き揚げる気配がない。

「おっと、まだ立ち去るつもりはないよ」と、不敵な笑みを見せた。「きみを今のように間違った惨憺《さんたん》たる状態のままにしてはおけない。きみには指導者が必要だ、マーカム。ぼくは固く決心したよ、きみと部長にこの不穏な思いのたけをぶちまける」

マーカムは眉をひそめた。ヴァンスのことはよくわかっているので、彼が場違いに陽気なのはうわべだけだとお見通しだ——つまり、そのうわべに隠れた特別に重大な意図があるのだと。また、古くからの親しいつきあいから、ヴァンスの行動は——一見どんなに浮世離れしてみえようと——決して伊達《だて》や酔狂ではないと身にしみている。

「わかったよ」マーカムは不本意ながら従った。「ただし、言葉を節約してもらえるとありがたいね」

ヴァンスが悲しそうに吐息をつく。

「めまぐるしいこの時代の、スピード至上主義に典型的な態度だな」彼はさぐるような目でヒースをじっと見た。「ねえ、部長、きみはジュリア・グリーンの遺体を見たんでしたね？」

「ええ、見ましたとも」

「ベッド上の姿勢として自然な様子でしたか？」

「彼女がいつもどんなふうに寝ているか、私にわかるはずないでしょう？」ヒースは反抗的で不機嫌だった。「肩の下に枕を二つばかり置いて半身を起こした姿勢で、寝具は身体にかかっていましたよ」

「姿勢に不自然なところはなかったんですね？」

「不自然とは思えませんでしたね。争った形跡はありませんでしたよ、そういうことをおっしゃりたいんであれば」

「手はどうだろう。寝具から出ていた、それとも寝具の下になっていた？」

ヒースがはっとしたように目を上げた。

「出ていた。そういえば、上掛けをしっかり握っていました」

「ぐいっとつかんでいるとか？」

「そう、そうです」

ヴァンスがさっと身を乗り出す。

「顔はどうでした、部長？　睡眠中に撃たれていましたか？」

「そうじゃなさそうでしたね。目がぱっちり開いて、まっすぐ上をにらんでいましたから」

「目が開いて、にらんでいた」と、ヴァンスが繰り返す。声が次第に熱を帯びてきた。「どんな表情だと思いましたか？　不安？　恐怖？　驚き？」

ヒースは何か察するところがあるような目でヴァンスを見た。「まあ、たぶんそのうちのどれかでしょう。口が開いていましたよ、まるで何かに驚いたようにね」

「そして両手で上掛けをつかんでいた」ヴァンスは視線を宙に泳がせた。それからゆっくり立ち上がったかと思うと、うつむきかげんに歩いてオフィスを一往復した。地方検事のデスクの前で足を止め、椅子の背に両手を置いて身を乗り出す。

「いいかい、マーカム。あの屋敷では、何か想像もできないような恐ろしいことが進行しているぞ。ゆうべ玄関からふらりと入って、二人の女性を銃撃した未詳の強盗殺人者などいるもんか。計画的犯罪だったんだよ——周到な。待ち構えていた人物がいるんだ——誰か勝手を知っている人物だ。電灯のスイッチがどこにあるか、家人がそれぞれいつごろ眠りにつくか、使用人たちはいつごろ部屋に引き揚げるか——いつ、どんなふうに銃撃すればいいのか、ちゃんと心得ていたんだ。あの犯罪には底知れず恐ろしい動機が潜んでいる。ゆうべの出来事には、信じられないほど深い底がある——人間の魂の奥まったところで腐臭を放っている部屋のような。事件の底にあるのは邪悪な憎悪、異常な欲望、醜怪な衝動、低俗な大望。うかうかして事件の重大性を見ようとしなかったら、みすみす犯人の術中に陥《おちい》るだけだ」

奇妙に押し殺した声で、いつも屈託のない皮肉屋のヴァンスだとは、にわかに信じられないほどだった。

「あの屋敷は堕落しているよ、マーカム。崩壊して滅びようとしている——たぶん物質的な崩壊じゃなくて、それよりはるかに恐ろしい腐敗だ。あの旧家の芯と根幹が朽ち果てようとしているんだ。それとともに家人もみな腐敗して、精神も理性も人格も崩壊しようとしている。まさに自分たちがつくり出した雰囲気に自分たちが汚染されたんだ。この犯罪をきみは軽く見ているが、そういう環境にあっては避けられないものだったんだよ。もっと恐ろしい、もっと悲惨なものであってもおかしくなかったとさえ思う。今回のは、ああいう異常な家が全般的に崩壊していく第三段階くらいの事件だよ」

彼はひと息ついて、どうしようもなさそうに片手を伸ばした。

「状況を考えてごらんよ。孤絶して建つ古い、広々とした家が、死に絶えた世代のかびのにおいをにじませながら、内からも外からも衰え、荒廃して薄汚れていく。手入れの行き届かない敷地に、汚れた川の水にひたひたと洗われながら建っている、過去の亡霊でいっぱいの家だ。……さて、そんな家に、相性のよくない不健全な人物が六人、不満をかかえながら、毎日顔をつき合わせて四半世紀も暮らすことを余儀なくされている——というのが、故トバイアス・グリーンのゆがんだ理想主義だったんだ。そういうわけで六人家族は、古びたかびくさい瘴気《しょうき》の立ちこめるその家で日々を送ってきた——別の生活を選ぶわけにもいかず、病弱だったり意気地がなかったりしてひとりだちもできない。抜け出すことのできない安定にむしばまれ、安逸のうちに堕落していく。互いの顔を見るのもいやになり、恨みがましく、意地悪く、嫉妬深く、不道徳になっていく。互いに神経をとことんすり減らす。怒りにかられ、憎しみに燃え、邪《よこしま》な思いをめぐらせる——不平をこぼし、けんかし、いがみ合う。……そして、とうとう限界点に達した——そんなふうに内心の憎悪を好き放題はびこらせていったんだから、論理的に言って不可避の結果だよ」

「それはよくわかる」とマーカム。「しかしだよ、結局のところ、きみが出したのはあくまでも理論上の結論だ、文学的とは言わないまでも。グリーン屋敷の状況は明らかに異常だが、ゆうべの銃撃事件とそれにどんな具体的つながりがあるというんだ？」

「具体的つながりなんかあるもんか——それがこの事件の恐ろしいところだ。だが、影の中ではあれ、結びつきはあるんだよ。ぼくは屋敷に足を踏み入れたとたんにそれを察知しはじめた。ぼくは午後じゅうずっと、むやみに手探りしていたんだがね。そのたびに手をすり抜けてしまう。あの家には迷路や行き止まりの通路、落とし戸やら悪臭のする地下牢やらがやたらとあるんだ。あって当然のもの、健全なものは何ひとつないくせに——異常な奇人変人の住む、悪夢のような家だ。ゆうべ突発して、あの古いホールをうろついた名状しがたい巨大な恐怖を、その住人ひとりひとりが反映している。きみは感じなかったのか？　あそこで話を聞きながら、各自が自分のいまわしい考えや疑惑と闘っているのを観察しているとき、ぼんやりした形の憎悪が断続的にぱっと浮かび上がってはまた鳴りを潜めていくのが見えなかったのか？」

　マーカムはそわそわと、目の前に積み重ねてある書類をまっすぐに整えた。ヴァンスがいつになく厳粛《げんしゅく》なことに動揺している。

「きみの言いたいことはよくわかる。だが、きみの考えによって犯罪の新解釈に少しでも近づくことになるとは思えないね。グリーン屋敷は不健全で——それは認める——その住人もやはり不健全なのは間違いない。しかし、その雰囲気うんぬんについてはこじつけすぎじゃないかね。ゆうべの犯罪を、ボルジア家（十五―十六世紀イタリアの名門貴族の家系）の毒殺騒動やブランヴィリエ侯爵夫人（十七世紀フランスで、侯爵家の人々や恋仲になった若い将校を多数毒殺した）の事件並みに語っているぞ。あるいは、ドルススの子ゲルマニクス（紀元前一世紀の古代ローマ帝国軍人）の殺害か、ロンドン塔でヨーク家（十五世紀バラ戦争の主役となった英国の王家）の王子たちが絞殺された事件か。舞台設定がその種の内密な、伝奇小説に出てきそうな犯罪にふさわしいのは認めるよ。だが、なにしろ押し込み強盗や武装強盗どもが国じゅう至るところで毎週、グリーン家の女性二人が撃たれたのとそっくりに、無分別に人を撃っているんだぞ」

「きみは事実に目をつぶっているんだ、マーカム」ヴァンスは真剣だった。「ゆうべの犯罪の奇妙な特徴をいくつも見過ごしている――死ぬ瞬間のジュリアは恐怖と驚愕の姿勢だった。二発の銃声のあいだに筋の通らない間隔があいていた。銃撃があったどちらの部屋にも電灯がついていた。手が伸びてきたというエイダの話。無理やり侵入した形跡がまったくない――」

「雪の上の足跡はどうなんです？」ヒースが事務的な声で口をはさんだ。

「確かに、どうなんだろう？」ヴァンスはくるりと振り向いた。「それも、このいまわしい事件でやはり不可解なことのひとつだ。犯行のあった三十分ほどのあいだに、屋敷にやって来て立ち去った人物がいる。ただし、その人物は、誰にも見とがめられずにそっと入っていけるとわかっていたんだ」

「そんなの不可解でも何でもありませんよ」と、実際的な部長刑事が断言する。「屋敷に四人いる使用人の誰かが一枚噛《か》んでたんでしょう」

ヴァンスは皮肉っぽい笑いを浮かべた。

「それで、屋敷内にいるその共犯者が、寛大にも時間きっかり玄関を開けてやって、侵入者に金目のもののありかを教えそこなったうえ、部屋の配置さえ伝える手間を省《はぶ》いたっていうのか。その結果、そいつは中に入ったはいいがダイニング・ルームを見落として二階に迷い込み、ホールを手探りでうろついてはいくつも寝室をさまよったあげくパニック発作を起こして女性二人を撃った。家具の後ろに隠れているスイッチで電灯をつけ、スプルートがすぐ近くまで来ていたあいだに音もなく一階へ下りて、のうのうと玄関から出ていったんだな！……おかしな強盗だねえ、部長。それよりもっとおかしいのは、内部共犯者だよ。――違うね、それではうまく説明がつかない――断固違うね」彼はまたマーカムに向き直った。

「だから、今度の銃撃事件の真相を見つけ出そうとするなら、あの屋敷自体の異常な状況をよく理解するしかないんだ」

「状況はもうわかっているじゃないか」マーカムが辛抱強く言った。「異常な状況だということは認めよう。だが、それが必ずしも犯罪につながるとはかぎらない。そりの合わない人間たちが集まるというのはよくあることだし、集まれば互いに憎み合う結果にもなるさ。しかし、憎悪だけで殺人の動機になることはまれだ。はっきり言って、それが犯罪行為の証拠にはならないし」

「そうかもしれない。だけど、憎悪しながらも同居を強制されていることから、ありとあらゆる異常が生まれかねないんだよ――常軌を逸した激情、唾棄すべき悪事、極悪非道の陰謀といったね。今回の事件には、解明しなくてはならない奇怪で不吉な事実がいくつも――」

「ははあ！　だいぶ具体的になってきたな。解明しなくてはならない事実というのは？」

ヴァンスは煙草に火をつけて、テーブルの縁に腰かけた。

「たとえば、そもそもチェスター・グリーンがここにやって来て、きみの助力を懇願《こんがん》したのはなぜなのか？　拳銃が紛失したから？　かもしれないが、それだけだったとは思えないね。そして、問題の拳銃はどうした？　紛失した？　あるいは、チェスターが隠したんじゃないのか？　ひどく怪しいところがあるね。シベラは、その拳銃が先週はあったと言う。だけど、本当に見たんだろうか？　そのリヴォルヴァーの遍歴をたどることができれば、事件のこともずっとはっきりするだろうに。――また、チェスターは第一の銃声をすぐに聞きつけたのに、エイダの隣の部屋にいたレックスが第二の銃声を聞かなかったと言うのはなぜだろう？――そして、二回の発砲のあいだにずいぶん間隔があいたことも、まだちょっと説明不足だな。――スプルートだって――たまたまマルティアリスなんかを読んだりするマルチリンガルの執事だ――こともあろうにマルティアリスときた！――不気味なことが起きている最中に。すぐさま現場に駆けつけた彼が、誰にも出くわさず、もの音も聞いていないとはね。――それに、あの敬虔《けいけん》なるヘミングが口走った、万軍のエホバがバビロンの子たちのようにグリーン家を滅ぼすとかいう、ご神託めいた言葉にはどんな意味があるのか？　信仰漬けの彼女の頭に、何か漠然とした考えがあるのかもしれない――いや、その考えはあまり漠然としてはいないのかもしれない。――それから、あのドイツ人料理人。遠回しに言うところの、過去のある女ってやつだな。落ち着き払ってみせてはいるが、使用人階級の出じゃないぞ。なのに、もう十年あまりもグリーン家に、忠実に料理をこしらえてやっている。グリーン家に来ることになったいきさつを聞いただろ？　夫が死んだ老トバイアスの友人だったとか。彼女が料理人として好きなだけ屋敷にいられるよう、トバイアスが取り計らったんだ。彼女にも不審なところがあるよ、マーカム――それも、いまいましいほどたっぷりと。――はたまた、頭でっかちで身体つきは貧相、間欠的に発作を起こすレックスだ。ぼくらが話を聞いたとき、どうしてあんなに興奮したんだろう？　強盗未遂事件に何の責任もない、何も知らない目撃者のとるような態度じゃなかった。――そしてもう一度繰り返すが、電灯のことだよ。誰が、そしてなぜ、電灯をつけたのか？　しかも、どちらの部屋にもだぞ！　ジュリアの部屋には発砲の前から電灯がついていた。彼女は銃撃者を見て、その意図を理解したようだからね。そして、エイダの部屋に電灯がついたのは、発砲のあとときている！　なんともおかしな話じゃないか。何か理由がなければ、こんなひどくばかげた不合理、まるっきり信じられないよ。――それから、フォン・ブロンはなんでまた、真夜中にスプルートが電話したとき不在だったんだ？　それなのに、たまたまあれほど早く到着したのはどういうことなんだ？　偶然なんだろうか？……ついでながら、部長、ふた組の足跡というのは、ドクターひとりがつけたものらしくはありませんでしたか？」

「なんとも言えませんね。雪がうっすらとしか積もっていなかったもんですから」

「いずれにしても、あまり重要じゃないかもしれないな」ヴァンスはもう一度マーカムのほうを向いて、再び問題点を指摘しはじめた。「さて続いて、二度の銃撃には相違点がいくつかある。ジュリアは寝ているところを正面から撃たれたが、エイダはベッドから出たあとで背中を撃たれた。彼女がまだ横になっているあいだに近づいて狙いを定める時間が、犯人にはたっぷりあったにもかかわらず。令嬢が起きて自分に近づいてくるまで、音もなく待ち構えていたのはなぜだろう？　ジュリア殺害で家人を起こしてしまったあとなのに、わざわざ待つとはいったいどういうことだ？　パニックに陥って撃ったように思えるかい？　落ち着き払ってるじゃないか？——それに、どういういきさつで、そのときにかぎってジュリアの部屋に鍵がかかっていないことになったんだろう？　それは特に明らかにしたい点だよ。——そして、きみも気づいただろう、マーカム、一階での聞き取りにチェスターがみずからシベラを呼びにいったときのことだ。妹を連れてくるのにずいぶん時間がかかった。はて、レックスはスプルートに呼びにいかせ、シベラは自分で連れにいったのはなぜなのか？　それに、何をそんなにぐずぐずしていたのか？　ようやくお出ましになるまでに兄妹のあいだでどんなやりとりがあったのか、ぜひとも知りたいもんだ。——また、シベラがああもきっぱり強盗ではないと決めつけ、それでいて対抗する説を出してくれと頼んだときにはぐらかそうとしたのはなぜだろう？　容疑者候補に自分自身も含めたグリーン家の全員をあげつらった、あの皮肉な率直さの背後には何があるんだろう？——それから、エイダが詳しくしてくれた話もだ。びっくりするほど不可解で、信じられないと言ってもいいようなところがある。部屋でもの音はしなかったらしいのに、彼女は自分を脅《おびや》かす存在に気づいたというんだ。おまけに、手が伸びてきたとか、そっと動く足音がしたとか——これまた、どうしても解明しなくてはね。また、男女どちらだったと思うか口にするのをためらう彼女が、自分を想定しているとシベラは思い込んだらしい。これまた説明を要するよ、マーカム。——そして、シベラのエイダに対するヒステリックな告発。その背後にあるのは何なのか？——また、忘れちゃならないのが、シベラの暴言をフォン・ブロンが叱ったとき、二人が演じた奇妙な場面だ。あれはひどく妙だったよ。あの二人にはある種の親密さがある——目に見えて《サ・ソート・オー・ジュー》。ほら、彼女は言うことを聞いただろ。それと、きみにもきっとわかったと思うが、エイダはドクターに気があるね。シベラがぶちまけているあいだ、いかにもそれらしくすり寄っていって、見開いた目でせつなそうに、守ってほしそうに彼を見ていた。ああ、かわいいエイダが彼に秋波《しゅうは》を送っている。なのに彼のほうはまとわりつかれても、高収入の医者らしい患者に対する職業上の接し方でかわす。ところがシベラには、もし勇気さえあればチェスターがいかにもとりそうな態度で接してるんだよ」

　ヴァンスは深々と煙草を吸った。

「そうとも、マーカム、これだけたくさんある問題点に満足のゆく説明がつくまで、仮説上の強盗を信じる気にはなれないんだ」

　マーカムは座ったまま、しばらく考えごとに没頭していた。

「問題点が叙事詩並みに滔々《とうとう》と列挙されるのを拝聴したがね、ヴァンス」と、やっと口を開く。「奮い立たされたとは言えないよ。きみは興味深い可能性の数々を示して、調べるに値しそうな点をいくつも挙げた。しかしだよ、きみの主張の重みになりそうなものは、ひとつひとつはとりたててすごいこともない項目の積み重ねでしかない。それぞれに妥当な答えが見つかることだろうよ。問題は、きみが一覧にしてみせた整数をつなぐ一本の糸がないために、それぞれ別の単位とみなすほかないことだな」

「なんたる法律家のガチガチ頭！」ヴァンスは立ち上がって、そこらを行ったり来たりした。「犯罪をめぐって怪しい不可解な事実が集中的に積み重なっているんだぞ、全体のうちの各項目にこだわっている場合かね！　ああ、もういい！　もうやめる。もういっさい考えないことにする。砂漠の行商人みたいにテントをたたんで、黙って立ち去ることにするさ」彼は外套《がいとう》を取り上げた。「とんでもない強盗のことはお任せする。鍵なしで屋敷に入り込んで何も盗まず、電灯のスイッチがどこに隠れているかは知ってるくせに階段は見つけられない、女性たちを撃っておいてから明かりをつけるっていう、いかれたやつだよ。リュクルゴス（紀元前九世紀ごろのスパルタの立法者）くん、そいつが見つかったなら、人道的見地から、精神病者用監房に入れてやるがいいよ。まったく責任能力なんか問えないはずだ」

　マーカムも反論はしたものの、動じていないわけではなかった。間違いなくヴァンスは、押し込み強盗という彼の考えを、ある程度まで揺るがしていた。しかし、徹底的に検証するまでは彼が自説を捨てたがらない訳も、私にはよくわかる。実際、彼が次に口にしたのが、その態度を言い訳するような言葉だった。

「見かけより底の深い事件かもしれないという、わずかな可能性まで否定するわけじゃない。だが、目下のところは、そんなわずかな可能性で、お決まりの手順に沿う以外に捜査を広げさせるわけにはいかないんだ。名門の家族をこれっぽっちも不利な証拠がないうちから審問に引きずり回したりして、ひどいスキャンダルをかきたてるわけにはいかないよ。あまりに不当で危険な道だ。少なくとも、警察が捜査を終えるまでは待たなくちゃならん。それで進展がなければ、あらためて問題点を総ざらいして進め方を決めよう。……どうだろう、部長刑事、仕事にどのくらい時間がかかりそうかね？」

ヒースはくわえていた葉巻を口からはずし、それに目をやりながら考え込んだ。

「なんとも言えません。明日にはデューボイスが指紋採取を終えるでしょうし、常習犯をできるだけ早く調べ上げているところですが。加えて、部下二人にはグリーン家の使用人たちの経歴を洗わせることにしました。かなり時間がかかるかもしれないし、さっさとすむかもしれない。運次第ですね」

ヴァンスはため息をついた。

「じつに巧妙な、見事な犯罪なのになあ！　ぼくはこういうのを待ち望んでいたんだよ。それがどうだ、メイドやら何やらの過去の情事を詮索するなんていう話かい。がっかりだ」

彼はアルスター外套のボタンをかけると、ドアに向かった。

「はいはい、きみたちがイアソン（ギリシャ神話の、金の羊毛を求めて遠征したアルゴ船のリーダー）よろしく妙な探索に乗り出しているあいだ、ぼくは用なしだな。引っ込んでいよう。ドラクロアの日記の翻訳でも再開するか」

ところが、そのときのヴァンスは、長いあいだ温めていたその仕事を完成させられない運命にあった。三日後、国じゅうで新聞の一面を、古いグリーン屋敷で起きた第二の、またもや不気味で不可解な惨劇を伝える派手な見出しが飾り、それで事件の性質ががらりと変わって、一気に現代屈指の著名事件《コーズ・セレブル》という領域に躍り出た。この第二の不幸によって、ゆきずりの強盗という説は跡形もなくふっとんでしまった。もはや疑いの余地はない。死をもたらす得体《えたい》の知れない恐怖が、あの呪われた屋敷の薄暗い通路を忍び歩いているのだ。

8　第二の惨劇

十一月十二日（金曜日）午前八時

マーカムをオフィスに残して帰った翌日、寒さが急にやわらいだ。太陽が顔を出して、零度くらいまで気温が上がった。ところが、その次の日は夜にかけて湿った細かい雪が降りはじめ、街にうっすらと白い毛布を広げた。ただ、十一時ごろになると、空はまた晴れた。

天候について言及しておくのは、グリーン屋敷で起きた第二の犯罪にもそれが奇妙に関係していたからである。またも玄関先に足跡が出現した。べちゃべちゃした溶けやすい雪だったため、警察は一階ホールと大理石の階段にも痕跡を発見した。

ヴァンスは水曜日と木曜日を書斎で、漫然と読書したりヴォラール（フランスの画商）のカタログでセザンヌの水彩画をチェックしたりして過ごしていた。三巻に及ぶ『ウジェーヌ・ドラクロアの日記』[1]が書きものテーブルに載ってはいたが、私の見るところ、ろくに開きもしないようだった。彼は落ち着きがなくうわの空で、夕食の席でもずっと黙り込んでいた（私たちは夕食は居間で二人一緒に、暖炉で大きく燃える薪《まき》の火を前にして食べている)。何かに心をかき乱されているのが、わかりすぎるほどよくわかった。そのうえ彼は、社交の場への参加を断る手紙を何通か出し、従者兼執事のカーリに、電話があったら〝不在〟ということにしておくよう命じた。

木曜日の夜、夕食のしめくくりにコニャックをちびちびやりながら、マントルピースの上にかかっているルノアールの浴女のフォルムをぼんやりと目で追っていた彼が、考えていることをやっと口にした。

「やれやれ、ヴァン、あのいまいましい屋敷の雰囲気をどうしても振り払えないんだよ。マーカムが事件を深刻にとらないことにしたのは、正しいのかもしれないな――ぼくが神経過敏だからってだけで、傷心の遺族をしつこく悩ますなんてしていいはずがない、当然だ。なのに」――彼はかすかに身震いした――「じれったくてしかたがない。気が弱くなって感情的になっているんだろうか。急にホイッスラー(アメリカの画家・銅版画家)やらベックリン(幻想的、象徴主義的画風のスイスの画家)やらに、のめりこむようになったらどうしよう! そんなことになったら、きみは耐えられるかい? かんべんしてくれ《ミゼレレ・ノストリ》!……いや、そんなことにはなるまい。でも――なんてこった!――グリーン家殺人事件が、ラミア(ギリシャ神話の、下半身がヘビの女の怪物。夜、旅人をさらって食べたという)のようにぼくの眠りを妨げる。あれはまだ終わっていないぞ。すでに起きてしまった事件は未完成のような気がして、ぞっとする……」

マーカムがグリーン家第二の惨劇という知らせをもたらしたのは、その翌朝、まだ八時前のことだった。早く起きていた私が書斎でコーヒーを飲んでいるところへ、驚いているカーリにそっけなくうなずいてみせただけでそばをすり抜けるようにして、マーカムが駆け込んできた。「今すぐヴァンスを引っぱり出してくれ――頼む、ヴァン・ダイン」ひとことの挨拶もなしで、彼はいきなり切り出した。「たいへんなことが起きた」

私が慌てて呼びにいくと、ヴァンスはぶつくさ言いながらキャメルヘアのドレッシング・ガウンを羽織って、のろのろと書斎へ入っていった。

「おいおい、マーカム！　真夜中に表敬訪問とは何ごとだ？」

「表敬訪問なんかであるもんか」マーカムがぴしゃりと返す。「チェスター・グリーンが殺された」

「ああ！」ヴァンスはベルを鳴らしてカーリを呼び、煙草に火をつけた。「コーヒーを二人分と洋服を一人分頼むよ」と、現われたカーリに命じておいてから、暖炉の前の椅子にどさっと座り、おどけた目をマーカムに向けた。「さぞかし、またあの珍しい強盗のしわざなんだろうね。懲りないやつだ。今度こそ家宝の皿でも盗まれていたかい？」

マーカムはおもしろくもなさそうに笑った。

「いや、皿は無事だったよ。もう強盗説は除外できると思う。どうやらきみの予感が当たったらしい――まったく、薄気味悪い能力だ！」

「きみの悲痛な思いのたけを話してみろよ」軽々しい言葉とはうらはらに、ヴァンスは並々ならぬ関心をかきたてられていた。ここ二日間の憂鬱《ゆううつ》はどこへやら、やる気満々と言ってもいい。

「真夜中の少し前、スプルートが本部へ電話で知らせてきたんだ。殺人課の電話交換手が自宅にいたヒースをつかまえると、彼は三十分とおかずグリーン屋敷に駆けつけた。今も屋敷にいる——今朝七時にぼくに電話してきた。ぼくも急いで出向くことにしたから、詳しい話は聞いていないんだ。わかっているのは、昨夜、前回の銃撃とほとんど同時刻に——十一時半を回ったころだが——チェスター・グリーンが銃弾に倒れたということだけだ」

「撃たれたとき彼は自分の部屋にいたのか?」ヴァンスは、カーリが運んできてくれたコーヒーをつぎながら言った。

「確か、ヒースは寝室で発見されたと言っていたな」

「正面から撃たれたのか?」

「ああ、心臓を、至近距離から」

「なかなかおもしろいね。ジュリアの死に方そのままじゃないか」ヴァンスは考え込んだ。

「かくして、あの古い屋敷にまたひとりいけにえが捧げられたわけだ。だけど、どうしてチェスターが?……ちなみに、発見者は誰だい?」

「シベラ。ヒースはそう言ってたと思う。ほら、彼女の部屋はチェスターの隣だから、銃声で目を覚ましたんだろう。それより、さっさと行こう」

「ぼくもお招きにあずかるのかい?」

「来てもらいたいんだ」マーカムはどうしても同行してほしがっているのを隠そうともしなかった。

「よし、万難を排して行くとも」ヴァンスはいきなり部屋を出て、着替えをしにいった。

地方検事の車で、東三十八丁目のヴァンスの住まいからグリーン屋敷まで、ほんの数分しかかからなかった。大きな鉄門の外でパトロール警官がひとり警備につき、玄関口では私服警官がアーチ下の階段をぶらついている。

ヒースは客間で、到着したばかりのモラン警視に真剣な顔で話を聞かせていた。殺人課の部下が二人、指示を待って窓際に控えている。屋敷は妙に静まり返っていた。家族の姿は見当たらない。

部長刑事がすぐに進み出た。いつも血色のいい顔から血の気が引き、目つきがすさんでいる。マーカムと握手し、ヴァンスに親しげな歓迎の目を向けた。

「予想が当たりましたねえ、ミスター・ヴァンス。何者かが屋敷で大暴れし放題だ。目的は盗みじゃなくてね」

モラン警視もやって来て、再び握手交換の儀式が始まる。

「この事件は大騒ぎになるぞ」と警視。「さっさと片づけないことには、とんでもない不面目だ」

マーカムの憂《うれ》いの表情がいちだんと深刻になる。

「ならば、さっさと仕事にとりかかったほうがいい。手をお貸しいただけるんでしょうか、警視？」

「その必要はあるまい」モランは落ち着き払っている。「警察のほうはヒース部長刑事に全面的に任せる。それに今はこうしてきみが——ミスター・ヴァンスも——いてくれるんだ、私の出る幕はなさそうだ」彼はヴァンスに愛想よく笑顔を向け、別れの挨拶《アデュー》をした。「引き続き連絡を頼むよ、部長刑事。人員は好きなだけ使っていい(2)」

　警視が行ってしまうと、ヒースが事件の詳細を話してくれた。

　昨夜、家族も使用人も部屋に引き揚げていた十一時半ごろ、銃声がとどろいた。そのときベッドで読書中だったシベラには、はっきり聞こえた。すぐに起きて、しばらく聞き耳を立ててから、使用人用の階段を忍び足で上った——階段入り口は部屋のドアからほんの数フィートのところだ。執事を起こして、二人でチェスターの部屋へ向かった。ドアに鍵はかかっていなかったし、部屋には煌々《こうこう》と明かりがついていた。机のそばの椅子にチェスター・グリーンが、やや身体を丸めて座っていた。スプルートが近づいてみたが、息がないとわかったので、そのまま部屋を出てドアに鍵をかけた。そして、彼が警察とドクター・フォン・ブロンに電話した。

「私はフォン・ブロンより先に着きました」とヒース。「執事が電話したときドクターはまた外出中で、伝言を受け取るのは一時近くになってしまった。もっけの幸いですよ、外の足跡を確かめるチャンスができましたから。門を入ってすぐ、前回とまったく同じように、誰かが一往復した足跡を見つけたんです。巡回中の警官を笛で呼んで、スニトキンが来るまで入り口を見張らせておきました。それから、歩道の縁沿いを歩いて入ったんです。執事が玄関を開けてくれたときまっ先に気づいたのが、ホールの敷物にひとつ、小さな水たまりができてるってことでした。ついさっき、溶けやすい雪を持ち込んだ者がいるんだとね。ホールにはほかにもぽつぽつ水たまりができてて、二階への階段には濡れた足跡がありました。五分後にはスニトキンが通りから合図をよこしたので、外の足跡を調べさせました。今度の足跡ははっきりしてましたから、スニトキンがかなり正確に寸法をとりましたよ」

足跡をスニトキンに任せてから、部長刑事は二階に上がり、チェスターの部屋を調べたらしい。しかし、椅子の男が殺されている以外には何も異状が見つからず、三十分ほどでまた一階へ。シベラとスプルートが待つダイニング・ルームへ向かう。彼が二人に事情を聞いているところへ、ドクター・フォン・ブロンが到着した。

「ドクターを二階へ連れていって」とヒース。「遺体を見てもらいました。あの男はいつまでも居残っていたいようでしたが、じゃまになると言ってやりましたよ。すると、ホールでミス・グリーンと五分か十分ばかり話をして、帰っていきました」

ドクター・フォン・ブロンが立ち去ってほどなく、殺人課の人員がもう二人到着。それから二時間ほどかけて家人に事情聴取した。ところが、シベラ以外には誰ひとり、銃声が聞こえたことさえ認める者がいない。ミセス・グリーンは聴取されなかった。三階で眠っていたナースのミス・クレイヴンが様子を見にいかされたところ、老夫人はぐっすり眠っているということだった。部長刑事は彼女を起こさないでおくことにした。エイダも起こされなかった。ナースによると、彼女は九時ごろから眠っていたという。

そんな中でレックス・グリーンが、今度の聴取ではぼんやりした、一見矛盾するような証言をした。ベッドに横になっていた彼は、雪が降りやんだころ、つまり十一時ちょっと過ぎには、まだ目が覚めていたという。それから十分くらいして、ホールで足を引きずるようなかすかな音と、ドアがそっと閉まる音が聞こえたように思う、と。彼は別に気にとめてもいなかったが、ヒースにしつこく食い下がられて、かろうじて思い出したのだった。十五分ほどあとになって時計を見たら、十一時二十五分になっていた。彼はそれからすぐ眠りに落ちた。

「彼の話でひとつだけ疑わしいのは、時刻です」とヒース。「正直に話しているんだとしたら、足音やドアの閉まる音がしたのは、発砲の二十分かそこら前ということになる。そのころ、屋敷の者は誰も起きちゃいませんよ。時刻のことでは揺さぶりをかけてみましたがね、ヒルみたいに吸い付いて放そうとしない。彼の時計を私のと比べてみましたが、ちゃんと合ってました。まあ、いずれにせよ、たいして役に立つ話じゃありません。風が吹いてドアが閉まったとか、通りのもの音をホールで聞こえたように勘違いしたってことだってあるでしょうし」

「そうは言ってもね、部長」ヴァンスが口をはさむ。「ぼくだったら、レックスの話を記録して、あとでじっくり考えるためにだいじにとっておきますよ。どういうわけか興味をそそられるんだ」

ヒースははっと視線を上げて質問しようとしたが、途中で気が変わったらしく、ひとことだけで応じた。「記録はとってありますとも」そして、マーカムへの報告をしめくくりにかかった。

住人たちの聴取をすませると、ヒースは部下たちに警備を任せていったん署へ戻り、殺人課内の捜査態勢を整えた。早朝またグリーン屋敷へ引き返してきて、今は検屍官、指紋の専門家、公式カメラマンを待っている。使用人たちには自室で待機するよう言い渡し、家族全員の朝食を各自の部屋へ運ばせるようスプルートに指示してある。

「これは大仕事になりそうです」彼は話をまとめた。「しかもやっかいな仕事に」

マーカムは深刻な顔でうなずき、暗い目をして亡きトバイアス・グリーンの油彩肖像画を眺めているヴァンスのほうをうかがった。

「この新展開は、きみが前回考えたことをいくらかまとめる役に立ちそうか？」

「まあ、この古い屋敷は死をもたらす毒気を放っているとぼくが感じたことを、実証してはくれたがね」とヴァンス。「これじゃ、まるで魔女の宴会だ」マーカムにおどけた顔をしてみせる。「きみの仕事もこれから悪魔祓《ばら》いの様相を呈していきそうに思えてきたよ」

マーカムがうなるように言う。

「魔力だの何だのはきみに任せることにしよう。……部長刑事、検屍官が到着する前に、ちょっと遺体を見せてもらおうか」

ヒースは無言で先導した。階段を上りきったところでポケットから鍵を取り出し、チェスターの部屋のドアを開ける。電灯がついたままだった――川に張り出した窓越しにもれる曇天《どんてん》の日光に、淡い黄色の円盤が浮かんでいる。

時代遅れの家具が寄せ集められた、細長く見える部屋だった。いかにも男の部屋らしい、気楽で乱雑な雰囲気だ。テーブルにも机にも新聞やスポーツ雑誌が散らばり、至るところに灰皿がある。隅に立つ扉のない棚に酒瓶が並び、つづれ織りの大型ソファ《チェスターフィールド》にはゴルフクラブのセットが横になっている。私は、ベッドに寝た形跡がないことに気づいた。

部屋の中央、古めかしいカットグラスのシャンデリアの下にチッペンデール風の両袖机、その脇に安楽椅子《スリピーホロー・チエア》がある。その椅子に、遺体となったチェスター・グリーンがドレッシング・ガウンにスリッパ履きという格好でもたれていた。やや前かがみの姿勢で、わずかにそらせた頭をふっくらとした背もたれに乗せている。シャンデリアの明かりが幽霊のような顔を照らし出す光景に、私は発作的な恐怖に襲われた。普段から突き出しぎみだった目が、言いようのない驚愕に見開かれ、眼窩《がんか》から飛び出さんばかり。落ちた顎としまりなく開いた唇がなおのこと、怯《おび》えと驚きの表情を強調していた。

ヴァンスは、死者の顔つきを一心に見つめていた。

「どうだろう、部長」と、顔も上げずに訊ねる。「チェスターとジュリアはこの世を去るとき、二人とも同じものを見たんじゃないだろうか？」

ヒースはぎこちなく咳払いした。

「そうでしょうな。二人とも何かに驚いた、それは確かです」

「驚いた、だって！　部長、きみときたら、よけいな想像力なんぞを背負わされていなくて、おめでたいことだ。この飛び出しそうな目とあんぐり開いた口が、悪魔のような所業の全真相を物語っているというのに。エイダと違って、ジュリアもチェスターも自分に迫りくる脅威を目《ま》の当たりにした。これはその驚愕と戦慄の形相ですよ」

「ですが、死人に口なしですからね」ヒースは例によってあくまでも実際的だ。

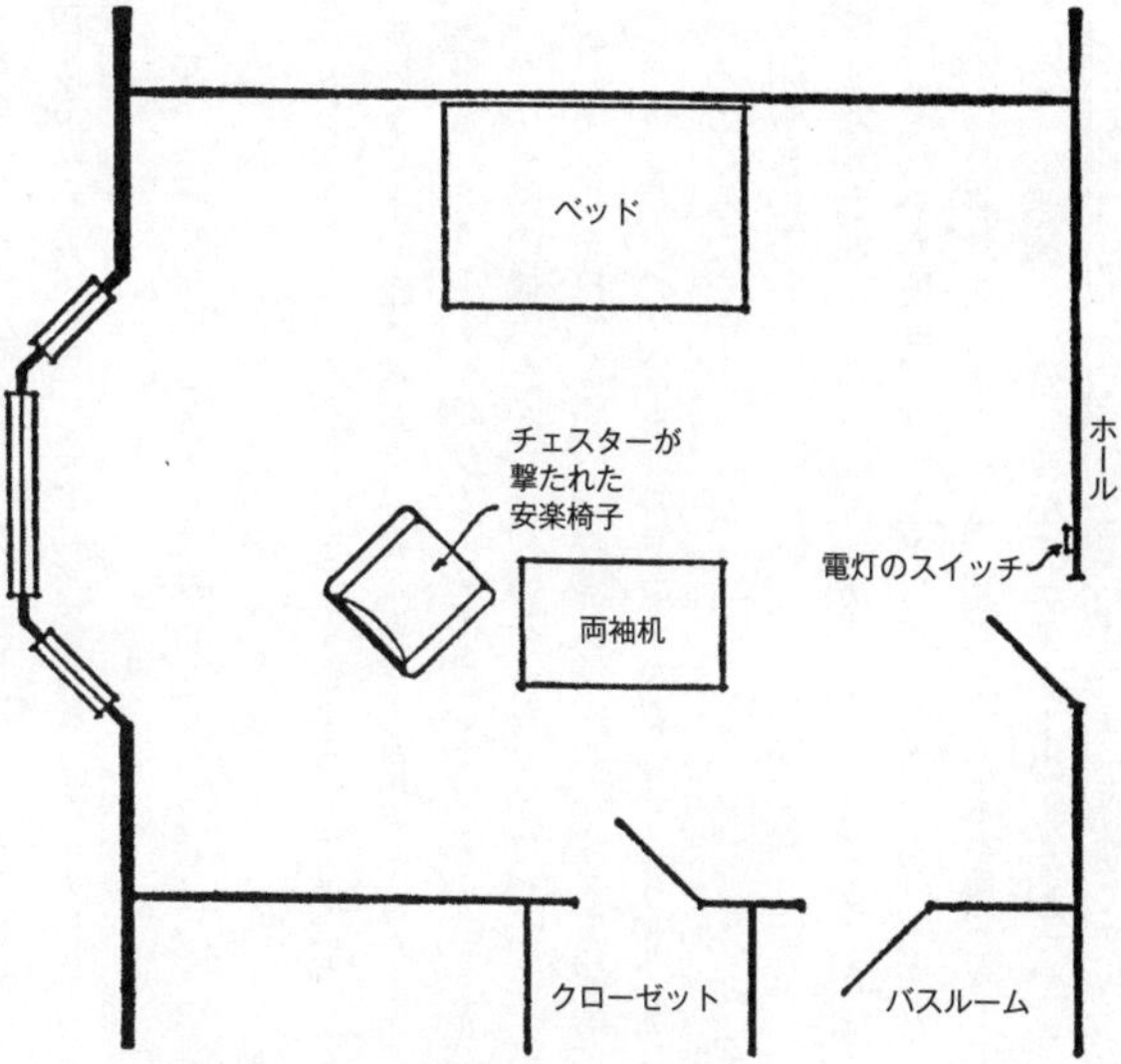

チェスターの寝室の平面図

「確かに口では語ってくれない。だけど、ハムレットのせりふにもあるように、殺人の罪は、それ自身語るべき口をもたぬとはいえ、きわめて不思議な力が人に告げ知らせるのさ（『ハムレット』第二幕第二場）」

「おいおい、ヴァンス。わかるように話せよ」マーカムが苦々しげに言う。「何を考えているんだ？」

「それがだよ、自分でもわからないんだ。雲をつかむようで」彼はかがんで、椅子の肘掛けにぶらさがる死者の手のすぐ下の床に落ちていた小型本を拾い上げた。「この世を去り際のチェスターは、本に没頭していたらしい」何気なく本を開いてみる。「『水治療法と便秘症』か。そう、チェスターはいかにも腸の悩みをかかえていそうなタイプだった。たぶん誰かから、ちゃんとした構えでゴルフボールを打てば腸内の停滞状態が解消するとでも言われたことがあるんだろう。きっと今ごろは、黄泉《よみ》の国にもゴルフコースをつくろうと、エリュシオンの野に咲く不凋花《アスポデロス》を一掃しているところだな」

　彼は急にまじめな顔つきになった。

「この本が何を意味するかわかるだろう、マーカム？　チェスターが本を読んでいるところへ殺人者が入ってきた。それでも彼は、立ち上がろうとも声をあげようともしなかった。それどころか、侵入者をすぐ目の前に立たせたんだ。読んでいた本を置こうとさえせずに、椅子にもたれてくつろいでいた。なぜか？　殺人者がチェスターのよく知っている——そして信用している人物だったからだよ！　だから、不意に現われた銃が心臓に突きつけられて、びっくり仰天、動けなくなった。一瞬信じられない思いでうろたえた隙に引き金が引かれ、銃弾が心臓を貫いた」

マーカムがすっかり途方に暮れた様子でゆっくりとうなずき、ヒースは死者の姿勢をさっきよりも詳しく調べた。

「説得力がありますな」しばらくして、部長刑事もしぶしぶ認めた。「おっしゃるとおり、そいつがすぐ目の前に立ちはだかっても、チェスターは何の疑いもいだかなかった。ジュリアもそうだった」

「そのとおりだよ、部長。二つの殺人の類似にはきわめて大きな意味がある」

「それにしてもですよ、ひとつ見落としていませんか」ヒースは悩ましげに眉をしかめた。「チェスターの部屋にはゆうべ鍵がかかっていなかったんでしょう、彼がまだベッドに入っていなかったところからすると。だから、この犯人は何の苦もなく部屋に入れたわけです。ところがジュリアのほうは、もう寝間着に着替えてベッドに寝ていたし、彼女はいつも夜間部屋に鍵をかけていたんですよ。さて、銃撃犯はどうやってジュリアの部屋に入ったとおっしゃるんです?」

「そんなのは造作もないことだよ。たとえばひとつの仮説としてだが、ジュリアが着替えて電灯を消し、あの豪華なベッドにもぐり込んだとしよう。そこで、ドアをたたく音がする――彼女には、たたいた相手が誰だかわかったんじゃないかな。起き上がって電灯をつけ、ドアを開けてから、相手と話をしているうちに寒いのでまたベッドにもぐり込む。ひょっとしたら――

誰にもわからないがね——やって来た相手はベッドの縁に腰かけていたのかもしれない。そこでいきなり銃を突き出して発砲、そそくさと部屋を出て、電灯を消し忘れる。そういう説で——細かいところまでそのとおりだとは言わないまでも——チェスターの部屋に来た人物についても、ぼくの考えとちゃんと合うだろう」

「おっしゃるとおりかもしれませんが」ヒースは半信半疑だ。「エイダを撃ったときの、あの怪しげな行動はいったいどうしてなんです？　あのときは暗闇でしたが」

「合理主義哲学者たちの教えによるとね、部長」——ヴァンスがいたずらっぽく知識をひけらかし出す——「何ごとにも理由がある。ただし、神ならぬ人間の知性は情けないほどかぎられている。このとらえどころのない犯人がエイダに対して手法を変えたのは、わけがわからないことのひとつだ。だけど、きみはいいところを突いている。この未知の人物が殺人手法を変えた理由、それを見つけ出すことができれば、捜査が大きく進展することでしょうね」

ヒースは言葉を返さなかった。部屋の真ん中に立って、室内のさまざまなものや家具に目を走らせている。おもむろにクローゼットに歩み寄ると、扉を引き開け、すぐ内側にぶらさがった電灯をつけた。彼が陰気な顔でクローゼットの中をのぞいていると、ホールに重たい足音がして、開いたドアのところへスニトキンが姿を現わした。ヒースは振り向いて、部下が口を開く隙を与えず、ぶっきらぼうに訊いた。

「足跡はどうなった？」

「データを全部持ってきました」スニトキンは部長刑事のところまで行って、マニラ紙の長封筒を差し出した。「寸法をとって型紙をつくるのはおやすいご用でしたよ。しかし、ろくに役には立たないんじゃないでしょうか。こういう足跡をつけられそうなやつが、この国にはごまんといますよ」

ヒースが封筒を開き、白い厚紙でできた、靴の中敷きそっくりな型紙を引っぱり出す。

「この足跡をつけたのは少なくともこびとじゃないな」

「そこに落とし穴がありまして」とスニトキン。「サイズにはあんまり意味がないんですよ、靴の跡じゃないんで。オーバーシューズ（水や泥をよけるため靴の上に履く靴）の跡なんです。履いてたやつの足よりどれくらい大きいかはわかりっこない。八から十までのサイズ、AからDまでの幅なら、どんな靴の上からでも履けそうです」

ヒースがあからさまに落胆した様子でうなずく。

「オーバーシューズってのは確かなのか？」待望していた貴重な手がかりをみすみす取り逃がしたくなさそうだ。

「それしか考えられません。ゴム底の溝が何カ所かでくっきり見えますし、浅くえぐれたヒールもはっきり目立ちますし。いずれにしても、ジェライム[3]に確認してもらいますが」

さまよっていたスニトキンの視線が、ふとクローゼットの床に向かう。

「そこにあるようなやつですよ、あの足跡をつけたのは」

彼が指さしたのは、靴用棚の下に無造作に放り込まれていた丈長のオーバーシューズだった。しゃがんで片方を持ち上げてみる。ひと目見るなり、彼はうっと声をもらした。「サイズも同じようだ」部長刑事の手から型紙を取り戻し、そのオーバーシューズの底に当ててみる。まるで重ねて切り取ったかのようにぴったりだった。

ヒースがにわかに色めき立った。

「おい、いったいどういうことだ!」

マーカムも近寄ってきていた。

「それはもちろん、チェスターがゆうべどこかへ出かけたということだろう」

「そんなばかな」とヒース。「あんな夜中に用があれば、執事にでも頼みゃいいでしょうに。それに、ともかく、このあたりの店はみんなもう閉まってる時間だ。足跡がついたのは、雪がやんだ十一時よりあとなんですからね」

「それにですね」スニトキンが補足する。「足跡をつけたやつが家を出て戻ってきたのか、家にやって来て帰っていったのか、どちらとも言えませんよ。足跡はひとつも重なり合っていませんから」

ヴァンスは窓際に立って外を眺めていた。

「さあ、そこですよ、部長、いちばん興味深い点は。ぼくなら、あとでじっくり考えるためにレックスの話と一緒にだいじにとっておきますよ」彼はぶらぶらと机のところへ戻ってきて、考え込みながら死者を眺めた。「違うな、部長。チェスターが夜中にオーバーシューズを履いて、こっそり秘密のおつかいに出かけたとは思えない。あの足跡にはそれとは別の解釈を探さなくてはならないでしょうね」

「それにしてもおかしすぎる、足跡がこのオーバーシューズとぴったり同じサイズだなんて」

「チェスターの足跡でないとしたら」とマーカム。「殺人者がつけた足跡だと推定せざるをえない」

ヴァンスはゆっくりとシガレットケースを取り出した。

「うん。そう推定して差し支えないだろうな」

9　三つの銃弾

十一月十二日（金曜日）午前九時

そのとき、きびきびと元気のいい検屍官のドリーマス医師が、客間にいた刑事のひとりに案内されてさっそうと現われた。目をぱちくりさせて一同を見ると、帽子と外套《がいとう》を椅子に放り投げ、全員と握手した。

「ホシはいったい何をしようとしてるんだ、部長刑事?」医師は、椅子の中の動かぬ遺体に目をやりながら訊いた。「一家皆殺しかね?」笑えない冗談への返事を待たずに窓へ向かうと、騒々しい音をたててブラインドを上げた。「諸君、心ゆくまで遺体をご覧になりましたかな?では、仕事にかからせてもらおう」

「よろしく」とヒース。チェスター・グリーンの遺体はベッドに運ばれ、まっすぐに横たえられた。「それで、銃弾はどうでしょう、ドク?　解剖する前に取り出せるって見込みなんかは？」

「ゾンデも鉗子《かんし》もないのに、どうやって？　こっちがうかがいたいもんだね！」ドリーマス医師はかぶさったドレッシング・ガウンを引きはがして傷口を調べた。「まあ、できるかどうかやってみよう」それから背筋を伸ばしたかと思うと、おどけた目を部長刑事に向けた。「はて、死亡時刻はっていういつもの質問を待っているんだがね」

「もうわかっています」

「へえ！　いつもわかっててほしいもんだ。死体を見ただけで死亡時刻を確定するなんてのは、いずれにせよたわごとだが。せいぜいできるのは、おおよその見積もりくらいなんだからな。死後硬直のし方だって、人によって違うんだし。今後も死亡時刻を推定するときに、私の言うことをあんまりまともに受け取られちゃ困るよ、部長刑事。それはそれとして、さて……」

医師はベッドの遺体の上で両手を忙しく働かせ、曲がった指を伸ばし、頭を動かした。銃創まわりで凝固した血に目を近づける。そして、つま先立って身体を揺らしながら、ちらりと天井を見上げた。

「死後十時間ってところかな？　そう、死亡時刻は十一時半から十二時までのあいだ。どうだ？」

ヒースが悪気のない笑い声をあげた。

「当たりです、ドク——ご名答」

「そうか、そうか！　いつだってうまいこと当たるんだ」と言いながら、ドリーマス医師はどうでもよさそうだった。

ヴァンスはマーカムのあとからホールへ出ていた。

「正直者だな、きみんとこの主治医《アーキエイター》は。しかも、われらがお情け深き行政の公僕だというんだから！」

「公僕には正直者が多いんだ」マーカムがたしなめるように言った。

「はいはい」ヴァンスがため息をつく。「われらが民主社会はまだ幼い。猶予を与えよ、だ」

ヒースもホールへ出てきたところへ、ミセス・グリーンの部屋のドア口にナースが姿を現わした。その背中に、部屋の奥からいらだち混じりの横柄な声が浴びせられる。

「……誰だか知らないけれど責任者に、私が会いたがっていると伝えなさい——さっさと！無礼もいいところだわ、こんなどたばたの大騒ぎ。ここに寝たきりで苦しんでいる私が、少しでも休もうとしているのに。誰も私を思いやってはくれない」

ヒースが顔をゆがめて、階段のほうを見やる。ところが、ヴァンスはマーカムの腕をとった。

「さあ、奥さまをお慰めしようじゃないか」

私たちが部屋に入っていくと、例によってベッドで、色とりどりにとりそろえた枕にもたれかかっていたミセス・グリーンは、とりすましてショールをかき合わせた。

「あら、あなたがたでしたのね？」私たちを迎えて、彼女の表情がやわらいだ。「あの不愉快な警官たちが、また私のうちで勝手放題しているんだとばかり。……この騒動はどういうことなんです、ミスター・マーカム？　ナースが言うには、チェスターが撃たれたとか。ああ、なんてことでしょう！　やむをえずそんなことをする人がいるとしても、どうして私のうちで？　私のような哀れで無力な年寄りを悩ませなくたってよさそうなものなのに。銃で襲えるところなら、よそにいくらだってあるでしょうに」殺人者が残虐行為の場としてグリーン屋敷を選んだ配慮のなさに、憤懣《ふんまん》やるかたない様子だ。「ですが、こんなことになるんじゃないかと思ってましたよ。誰も私の気持ちなんか考えてもくれませんからね。わが子たちがあらゆる手を尽くして私を苦しめることにしてるくらいなんだから、赤の他人にまで思いやりを期待はできませんね？」

「人を殺そうというときには、その犯罪によって他人に迷惑がかかることなんて気にもしないものです」マーカムは夫人の無神経なもの言いに辟易して、きつく言い返した。

「そうでしょうね」と、自己憐憫《れんびん》のつぶやき。「でも、それもみな子供たちが悪いのよ。子供として当然の義務を果たしてさえいれば、あの子たちを殺そうと押し入ってくる者なんかいないでしょう」

「しかも、あいにくにしてうまくやりおおせるとはね」マーカムが冷ややかに付け加えた。

「まあ、それもしかたがありません」夫人はいきなり恨みがましい口調になった。「罰がくだったんですよ。身体が麻痺した救いようのない状態で十年もの長いあいだ寝たきりの、年老いた哀れな母親への処遇のせいで。あの子たちが私をだいじにしてくれていると思ってらっしゃる？　とんでもない！　来る日も来る日も背中のひどい痛みに苦しみながら、私はここにじっとしているほかないんです。子供たちは私のことを気にもかけやしない」老女は陰険に目を怒らせた。「でも、ときどき私のことを考えることもあるわね。そうですとも！　私がいなくなってしまえばどんなにいいだろうって考えるのよ。私のお金がそっくり手に入るから……」

「どうやら、マダム」マーカムがぶっきらぼうに割り込んだ。「ゆうべご子息が亡くなられたころ、眠っていらっしゃったようですね」

「私が？　さあ、そうだったかもしれません。だけど不思議ね、私を起こしてやろうとして、この部屋のドアを開けっ放しにした者がいなかったのは」

「ご子息を殺す理由がある人物に、お心当たりはありませんか？」

「あるわけないでしょう？　誰も私には何も教えてくれないんですよ。私は誰にも顧《かえり》みられない、寂しく年老いた哀れな障害者……」

「いや、もうけっこうです、ミセス・グリーン」マーカムは同情しつつも慌てて切り上げた。

私たちが階段を下りていると、部屋を出てからつい今しがた閉めたドアを、ナースがまた開けてそのままにした。きっと患者の命令に応じてのことだろう。

「ほんとにかわいくないばあさんだよ」客間に入りながら、ヴァンスは含み笑いをした。「いや、マーカム、きみがいつあの人の横っ面《つら》を張りとばすかと、はらはらしたよ」

「正直なところ、そんな気にもなったさ。だがやっぱり、どうしても気の毒に思えてね。それにしても、あの人くらい徹底的に自己中心的でいられると、こっちの精神的苦痛がかなり減るってもんだ。今回のひどい事件もあの人には、自分を動揺させるための陰謀と思えるらしい」

部屋の入り口に、スプルートがうやうやしく登場した。

「みなさまにコーヒーでもお持ちいたしましょうか？」深くしわの刻まれた顔にはどんな感情も浮かんでいない。ここ数日の出来事も彼にはいっさい影響を与えなかったように見える。

「いや、コーヒーはけっこうだ、スプルート」マーカムはぶっきらぼうに言った。「それより、お手数だがミス・シベラにここへ来ていただけるよう頼んでもらえないか」

「承知いたしました」

老執事がのたのたと出ていき、しばらくするとシベラが、くわえ煙草で片手を鮮やかな緑のセータージャケットのポケットに突っ込んで、ぶらぶら入ってきた。平気そうに見せてはいても顔は青ざめ、その顔色の白いところへ深紅色に塗った唇がひときわ目立つ。目も落ちくぼみぎみで、無理やり声を出すような話し方は、まるで気の進まない役を演じてでもいるかのようだった。それでもともかく、彼女は陽気に挨拶してきた。

「ごきげんよう、みなさん。幸先のよろしくないご来訪ですこと」彼女は椅子の肘に腰かけて、落ち着かなそうに片足をぶらぶらさせた。「間違いなくグリーン家に悪意をいだく者がいる。かわいそうなチェット！　靴も履かずに死ぬことになるなんて。よりによってフェルトのスリッパよ！　屋外スポーツが大好きだったのに！　ああそうだ、話をするために呼ばれたんですよね。どこから始めましょうか？」彼女は立ち上がると、半分になった煙草を暖炉に投げ込んで、マーカムの向かいの背もたれがまっすぐな椅子に座り、目の前のテーブルの上で筋っぽく先の細い両手を組み合わせた。

マーカムはしばらくのあいだ彼女をじっと見ていた。

「ゆうべ、確かあなたは目が覚めていたんでしたね。ベッドで本を読んでいると、お兄さんの部屋で銃声がしたとか」

「ちなみに、読んでいたのはゾラの『ナナ』です。母から読んではいけないと言われたので、飛びついたんですけど、ひどくがっかりな本でした」

「銃声を聞いてからどうしました？」マーカムは、この娘の軽薄な態度に対する不快感を抑えようと苦労している。

「本を置き、ベッドから出てキモノを羽織りました。ドアのところでしばらく聞き耳を立てましたけど、それ以上は何の音もしないのでのぞいてみました。ホールは真っ暗で、ちょっと不気味な静けさでした。わかってはいたんです、妹としてはチェットの部屋へ駆けつけて、爆発音が何だったか調べるべきだって。でも、正直に申しあげますけど、ミスター・マーカム、私、すごくおじけづいてました。だから、行った先は――ああ、もう、本当のことを言いましょう、使用人用階段を駆け上がって、われらが多芸多才の執事《アドマイアブル・クライトン》をたたき起こしたんです。それから、二人で見にいきました。チェットの部屋に鍵はかかっていませんでした。果敢なスプルートがドアを開けました。チェットが、まるで幽霊にでも出くわしたような顔で座ってる。なぜだか、もう息がないとわかりました。スプルートが部屋に入って手を触れましたけど、私はじっと待ってて、そのあと二人してダイニング・ルームへ下りていきました。スプルートは電話をしたあとで、私にまずいコーヒーを入れてくれて。三十分くらいしてから、こちらのかたが」――ヒースのほうへ頭をかしげてみせる――「ひどく浮かぬ顔でお見えになって、スプルートのコーヒーを賢明にも辞退なさったのよ」

「銃声の前に何か音がしませんでしたか？」

「何ひとつ。みんな、早々とやすんでいました。最後に聞こえた音っていえば、母があのナースにかける、おやさしい愛情こもった声だったわ。まったく、みんなと変わらず怠慢なんだから、朝のお茶はきっかり九時に持ってきてちょうだい、いつもみたいにドアをぴしゃっと閉めるんじゃありません、てね。そのあと再来した平和な静けさが、十一時半になって、チェットの部屋の銃声で破られたのよ」

「静けさはどのくらい続きましたか？」とヴァンス。

「そうねえ、母が家族をこきおろすっていう日課を終えるのはだいたい十時半ごろだから、静けさが続いたのは一時間ほどかしら」

「その一時間のあいだに、ホールを忍び歩くかすかな足音なんかを聞いた覚えはありませんか？　あるいは、ドアがそっと閉まる音とかは？」

令嬢はあっさり首を振り、ポケットに入れていた琥珀《こはく》の小型ケースからもう一本煙草を取り出した。

「おあいにくさま、聞いていないわ。だからといって、家じゅうのどこでも人が忍び歩いたりドアが閉まったりしたはずはないってことにはならない。私の部屋はいちばん奥にあって、川音やら五十二丁目の騒音やらで、屋敷の表側で何があってもほとんど聞こえてこないんですもの」

ヴァンスは彼女のもとへ来て、煙草にマッチの火をかざした。

「どうも、ちっとも心配していらっしゃらないようですね」

「まあ、どうして？」彼女はあきらめのしぐさをしてみせた。「もし私の身にも何か起こるとしたら、どうせ起こる。しかたないわ。まあ、すぐにも死ぬんじゃないかって心配はしていないけれど。誰にも私を殺す理由なんかこれっぽっちもありゃしない――もちろん、昔からのブリッジ仲間は別として。だけど、それはみんな、極端な手段なんかとりそうにない無邪気な人ばかりだったし」

「それにしても」――ヴァンスは相変わらず何気ない口調で続けた――「お姉さんや妹さん、お兄さんにだって、悪意をもっていそうな人物は誰も見当たらなかった」

「その点については、私にはまるっきりわからないの。グリーン家って、家族のあいだで打ち明け話をするような家風じゃないから。先祖代々のこの地所は、ひどい不信感の巣窟《そうくつ》なんです。この家じゃだいたいにおいて、お互い嘘をついてばかり。だから、どんな秘密があることやら！　家族ひとりひとりがフリーメーソン秘密結社の一員みたいなものね。このところの銃撃にもみんな、きっと理由があるんでしょうよ。射撃練習っていう目的のためだけにどんどん人を撃ちまくるなんて、ちょっと考えられないもの」

彼女はしばらく煙草を吸いながら考え込んで、また続けた。

「そうよ、どれにも動機があるはずだわ――私にはどうしても思いつかないけれど。ジュリアは言うまでもなく意地悪で不愉快な人間だった。でも、ほとんど外出することもなかったし、いろいろわだかまった感情のはけ口は家族だったわ。そりゃ、あの人が二重生活を送っていた可能性がなくもないけれど。ああいうひねくれたオールドミスがはめをはずすとなると、これ以上ないってくらい極端に走るものでしょうから。それにしても、ジュリアに嫉妬深いロミオたちが群がっているなんて図は、ちょっと想像できないわね」彼女はおどけたしかめつらをしてみせた。「それにひきかえエイダは、代数でよく使っていた言葉で言うと、未知数ね。あの子の出自を知っていたのは父だけで、誰も教えてもらっていない。でもまあ、あの子に遊び回る暇はあんまりないから――母があの子にしょっちゅう用事を言いつけてて。だけど、若くてそこそこ器量もいいことだし」――言葉に毒気が混じった――「神聖なるグリーン屋敷の門の外でどんな人間関係をつくっているか、わかったもんじゃない。チェットはといえば、誰もあの人に熱を上げなかったようよ。あの人への褒め言葉なんか聞いたことがない。クラブのプロゴルファーだけは好意的だったけど、それもチェットが成金《パルヴニュ》よろしくチップをはずんでいたからというだけ。人の反感を買うことにかけちゃ天才的だった。過去をさぐれば、撃ち殺したくなるような動機がいくつも見つかるでしょうよ」

「どうやら、ミス・エイダの容疑についてはお考えがずいぶん変わったんですね」ヴァンスが無頓着《むとんちゃく》に言った。

シベラは若干の恥じらいを見せた。

「私、ちょっと興奮してしまいましたわね？」それから、挑戦的な口調になった。「だからといって、あの子がこの家の人間じゃないことに変わりはありません。かわいい顔して陰険な意地悪女よ。私たちがうまいこと皆殺しにでもなればいいと、心から思っている。あの子のことを気に入ってるらしいのは料理人くらいね。でもまあ、ガートルードってのは、誰かれかまわず気に入るような情にもろいドイツ人だから。あの人ったら、この界隈《かいわい》にいる野良猫や野良犬の半数にえさをやってるの。夏にはうちの裏庭がまさに動物収容所状態になるんだから」

ヴァンスはしばらく黙り込んでいたが、不意に顔を上げた。

「今のお話しぶりからすると、ミス・グリーン、銃撃は外部の者のしわざと考えていらっしゃるんですね」

「ほかに考えようがある？」はっとした彼女は心配そうに反問した。「二回とも、雪の上に訪問者の足跡があったんでしょ。よそ者と考えて間違いなさそうだけど」

「そのとおりですとも」ヴァンスはちょっと力強すぎるくらいに断言した。自分の疑問がかきたててしまったかもしれない不安を、払拭しようとしているらしい。「足跡は明らかに、どちらのときも誰かが玄関から侵入したしるしです」

「この先はご心配に及びませんよ、ミス・グリーン」マーカムがあとを引き取った。「今日のうちに指示を出して、ここでまた事件が起きる危険がいっさいなくなるまで、屋敷の表と裏を厳重に警戒させますから」

ヒースが賛同のしるしに大きくうなずいた。

「私が手配いたします。これからは、昼夜の別なく二人がかりで屋敷の警備にあたらせましょう」

「それはそれは感激ですこと！」語気を強くしたシベラだが、妙に不安を隠しきれないような目をしている。

「もうお引き取りくださってけっこうですよ、ミス・グリーン」マーカムが立ち上がった。

「ただし、われわれの調査がすむまでは、ご自分のお部屋にいていただけるとたいへんありがたい。もちろん、お母さまのところへ行くのはかまいませんが」

「それはどうも。ですが、美容のためにちょっと眠らせていただこうと思います」彼女は親しげに片手をひと振りして出ていった。

「お次は誰にします、ミスター・マーカム？」立ち上がっていたヒースは、元気いっぱい葉巻に火をつけ直した。

ところが、答えようとするマーカムを、ヴァンスが片手を上げて黙らせ、前のめりになって聞き耳を立てた。

「やあ、スプルート！」と呼びかける。「ちょっと来てくれ」老執事は言われるまますぐ音もなく現われ、うつろな傍観の表情で控えた。

「いいかい」とヴァンス。「ぼくらがこの部屋を使っているあいだ、カーテンの陰を心配そうにうろついている必要など、これっぽっちもないんだよ。思いやりと忠誠心にあふれているのはけっこうだが、用があれば呼び鈴を鳴らすから」

「かしこまりました」

スプルートが下がろうとするのを、ヴァンスが引き止める。

「せっかく来てもらったんだから、ひとつふたつ質問に答えてもらおう」

「けっこうでございます」

「まず、よくよく思い出してもらいたいんだが、ゆうべ屋敷の戸締まりをしたとき、いつもと違うことがなかったかどうか教えてくれ」

「何もございませんでした」即座に答えが返ってきた。「もしございましたら、今朝ほど警察のかたに申しあげたことでしょう」

「それで、部屋に引き揚げたあと、もの音や人の動く気配なんかはしなかったかい？　たとえば、ドアが閉まるとか？」

「何も聞こえませんでした。静まり返っておりました」

「では、ベッドに入ったのは何時ごろだった？」

「はっきりとはわかりかねます。敢えて申しあげるなら、たぶん十一時二十分ごろだったのではないかと」

「それじゃ、ミス・シベラに起こされて、ミスター・チェスターの部屋で銃声がしたと聞かされたときは、寝耳に水、びっくり仰天したわけだね？」

「さようでございます」とスプルート。「いささか驚きましたが、感情を隠そうと努力はいたしました」

「さぞかしりっぱに隠しおおせたことだろうな」ヴァンスが皮肉っぽく言った。「だけど、聞きたかったのはそこじゃない。このあいだの事件以来、屋敷でまた何か似たようなことが起きると予期してはいなかったか？」

彼は老執事を抜け目なく観察したが、その顔つきは砂漠のように単調、広漠たる海のようにに判読不可能だった。

「まことに失礼ながら、おっしゃっていることの意味がよくはわかりかねます」と、煮えきらない答えが返ってきた。「ミスター・グリーンが、なんと申しますか、殺されると予期しておりましたなら、必ずやご警告したはずでございます。それが私の職務というものでございましょう」

「質問をはぐらかすな、スプルート」ヴァンスは容赦なく言った。「ぼくが訊いているのは、最初のに続いて第二の惨事が起きるかもしれないと考えなかったかどうかだ」

「惨事がひとつだけで終わることはめったにございません、恐れながら。次に何が起きるかは決して知りようのないことです。私は運命の所業を予期はすまいと努めつつ、わが身の心構えをしっかりと――」

「ああ、もういい、スプルート――もうたくさんだ」とヴァンス。「曖昧で巧みな弁論に飢えたらトマス・アクィナスを読むことにするから」

「かしこまりました」執事は凝《こ》り固まった作法のお辞儀をして、出ていった。

その足音が聞こえなくなろうかというところで、ドリーマス医師がさっそうと入ってきた。

「ほら、お待ちかねの銃弾だよ、部長刑事」と、変色した鉛の小さなシリンダーを客間のテーブルに放る。「運がよかったとしか言いようがない。第五肋間《ろっかん》に入って心臓を斜めに貫通、僧《そう》帽筋《ぼうきん》の腹側の縁、後ろの腋窩皺襞《えきかしゆうへき》まで出てきていた。皮膚の下にあるのがさわってわかったから、折りたたみナイフでつつき出したんだ」

「わけのわからない説明を呑みこもうとして悩むのはやめときますよ」ヒースはにんまりした。「銃弾さえ手に入れば」

彼は銃弾をつまみ上げて、てのひらに載せ、目を細め、口を一文字に引き結んだ。それから、ベストのポケットに手を伸ばすと、もう二つの銃弾を取り出してひとつ目のそばに並べた。ゆっくりとうなずき、その不吉な陳列品をマーカムのほうへ差し出す。

「この屋敷で発射された三つの銃弾です。どれもみな三二口径リヴォルヴァーの弾——そっくり同じだ。もう認めざるをえませんね。三人とも同じ銃で撃たれたんですよ」

10 ドアの閉まる音

十一月十二日（金曜日）午前九時三十分

ヒースが話しているあいだにスプルートがホールを玄関へ向かい、ドクター・フォン・ブロンを迎え入れた。

「おはよう、スプルート」いつも愛想のいいドクターの声だ。「何か変わったことは？」

「いいえ、特にないと存じます」返ってきたのは感情のこもらぬ声だ。「地方検事や警察のかたがお見えになっています。外套《がいとう》をお預かりいたしましょう」

フォン・ブロンは客間をのぞき込み、私たちの姿を見ると足を止めてお辞儀をした。そこで、最初の事件の夜に会ったドリーマス医師がいることに気づいた。

「これはこれは、おはようございます、ドクター」と言いながら進み出た。「そういえば、まだお礼を申しあげていませんでした。先日は、令嬢の治療に手を貸してくださってありがとうございます。遅ればせで失礼ですが」

「礼には及びませんよ」とドリーマス。「患者さんの様子はいかがですか?」

「傷はうまくふさがりそうです。敗血症もなし。今から二階に行って様子を見てきます」そこでフォン・ブロンは地方検事のほうへ顔をめぐらせた。「支障はないでしょうね」

「ちっともありませんよ、ドクター」マーカムは急いで立ち上がった。「ご一緒しましょう、あなたさえかまわなければ。ミス・エイダに二、三うかがいたいことがあるんですが、あなたに同席していただいたほうがよさそうです」

フォン・ブロンは躊躇《ちゅうちょ》なく同意した。

「さて、私はこれで失礼しよう——仕事があるんでね」ドリーマスは陽気に言った。そう言いながらものんきに構えて、全員とひととおり握手を交わす。そのあと、彼を送り出した玄関の扉が閉まった。

「ミス・エイダがお兄さんの死を知らされているかどうか、確かめたほうがいい」階段を上りながらヴァンスが言った。「もしまだなら、必然的に知らせるのはあなたの役目になると思いますよ、ドクター」

スプルートがフォン・ブロンの到着を知らせておいたらしく、ナースが二階のホールで私たちを迎え、彼女にわかっているかぎりでは、エイダはチェスターが殺されたことをまだ知らないと教えてくれた。

令嬢はベッドに起き上がって、膝のあたりに雑誌を広げていた。顔色がまだ青白いものの、目は若々しい生気に輝き、彼女がずいぶん体力を取り戻したことを物語っている。私たちが突然現われたのにには動揺したようだが、なじみの医師の姿を見て安心したらしい。

「今朝の気分はどうですか、エイダ?」ドクターが職業柄愛想よく声をかける。「このかたがたを覚えていますね?」

エイダは心配そうな顔で私たちを見てから、弱々しい笑いを浮かべ、お辞儀をした。

「ええ、覚えています。……何かわかったことがあるんでしょうか——ジュリアの死のことで?」

「そうじゃないらしい」フォン・ブロンは寄り添うように腰を下ろすと、彼女の手をとった。「ほかの出来事があって、きみに知らせなくちゃならないんだ、エイダ」思いやりのこもる慎重な声だった。「ゆうべ、チェスターが災難にあって……」

「災難——ああ!」彼女は目を大きく見開き、全身をかすかに震わせた。「それって……」声が震えて途切れる。「わかったわ!……チェスターが死んだのね!」

フォン・ブロンは咳払いして目をそらせた。

「そうなんだ、エイダ。気をしっかりもって——その——あまり打ちのめされないようにしなくてはね。いいかい――」

「撃たれたのね！」彼女の口からその言葉が飛び出すと、顔いっぱいに恐怖の表情が広がった。

「ジュリアや私と同じように」まっすぐ目を据えて、まるで彼女だけに見える恐ろしいものに魅入られているかのようだ。

フォン・ブロンは黙っている。ヴァンスがベッドに近づいていった。

「嘘はつかないことにしますよ、ミス・グリーン」彼はそっと言った。「ご推察のとおりです」

「レックスは――シベラは？」

「お二人ともご無事です」とヴァンス。「それにしてもなぜ、お兄さんもミス・ジュリアやあなたご自身と同じ目にあったと思ったんですか？」

彼女はゆっくりと彼に目を向けた。

「わかりません――ただそんな気がして。幼いころからずっと、この屋敷で恐ろしいことが起きるって想像してきました。このあいだの夜、とうとうそのときが来たと感じて――ああ、どう説明したらいいのかわからない。何だかはわからないままずっと覚悟していたことが現に起きた、とでもいうのか」

ヴァンスはうなずいて理解を示した。

「不健康な古い屋敷ですからね、住む人の頭にありとあらゆるおかしな考えも湧いてこようというものです。だけど、言うまでもなく」軽い調子で付け加える。「決して超自然的な現象ではありません。あなたがそんなふうに感じていた一方で、今回災難が実際に起きたのは、単なる偶然の一致です。ほら、警察は強盗のしわざと見ていますし」

令嬢は言葉を返さなかった。マーカムが、元気づけるような笑顔で身を乗り出した。

「これからは常時、二人がかりで屋敷を警備させることにしますから、文句なしの権利の持ち主でなければ誰も入ってこられません」

「だからね、エイダ」とフォン・ブロン。「もう何も心配することはない。今は早くよくなることだけを考えていればいい」

しかし、彼女の視線はマーカムの顔から離れない。

「どうしてわかるんですか？」彼女の声は不安そうに緊張していた。「その――その人物が外からやって来たんだと」

「二度とも玄関先に足跡が残っていました」

「足跡が――確かなんですか？」ひたむきな声だった。

「疑いようがありません。くっきりと完全な足跡で、ここへやって来てあなたを撃ち殺そうとした人物がつけたものです。そうだ、部長刑事」――ヒースを手招きする――「お嬢さんにあの型紙をお見せして」

ヒースはポケットからマニラ紙の封筒を出し、スニトキンがとった厚紙の靴型を引っぱり出した。エイダはそれを手にとってじっと見た。唇から小さなため息がもれる。

「ご覧のとおり」ヴァンスがにっこりした。「あんまりかわいらしい足の持ち主じゃありません」

令嬢は型紙をヒースに返した。不安が去り、目につきまとって離れなかった幻影からも解放されたようだ。

「それでは、ミス・グリーン」ヴァンスが事務的な口調で続けた。「いくつか質問をさせていただきます。第一に、ナースによると、あなたがゆうべ眠りにつかれたのは九時ごろだったとか。そのとおりですか？」

「眠ったふりをしていました。だって、ナースは疲れていたし、母は盛大に不平をこぼしていたし。だけど本当は、何時間もあとまで眠れませんでした」

「それなのに、お兄さんの部屋の銃声は聞こえなかったんですね？」

「ええ。きっとそのころには眠っていたんでしょう」

「眠ってしまうまでに何かもの音は聞こえませんでしたか？」

「家族がベッドに入って、スプルートが引き揚げてからも長いあいだ目が覚めていましたか？」

「スプルートが戸締まりをしたあとは何も」

令嬢は眉を寄せてしばらく考え込んだ。

「一時間くらいだったかしら。でも、はっきりしません」

「一時間をたいして超えてはいなかったはずです」と、ヴァンスが指摘する。「銃が発射されたのは十一時半をちょっと回ったころですから。何も聞いていらっしゃらないということは――ホールで何か音がしませんでしたか？」

「まあ、何も聞いていません」彼女の顔にまた恐怖の影がさす。「どうしてそんなことをお訊ねに?」

「レックスお兄さんが、十一時ちょっと過ぎにドアの閉まるかすかな音がしたとおっしゃったんです」

彼女は目を伏せ、持っている雑誌の縁にあいているほうの手を押しつけた。

「ドアの閉まる音……」彼女はその言葉を、ぎりぎり聞き取れるほどの声で繰り返した。「あぁ! レックスがその音を聞いた?」彼女が急に目を大きく開けた。思わず唇も開く。はっと記憶がよみがえったのだ――思い出すとともに呼吸が速くなり、不安でいっぱいの表情になった。「私も聞いたわ、ドアの閉まる音を! 今思い出しました……」

「どこのドアでしたか?」抑えた口調でヴァンスが訊く。「その音がどのあたりから聞こえたかわからないでしょうか?」

令嬢は首を振った。

「わかりません――そっと閉まったので。今まで忘れていたくらいですから。でも、聞こえました!……ああ、どういうことだったのかしら?」

「たぶん何でもありませんよ」彼女の恐怖を軽くしようという意図だろう、ヴァンスは取るに足らないことだという態度をとった。「きっと風のせいだ」

しかし、もういくつか質問をして私たちが辞去するとき、彼女の顔には相変わらず深い心配の表情が浮かんでいた。

客間に戻ってくると、ヴァンスはいつになく考え込んでいた。

「どうにかしてわかるといいんだが、あの子が何を知っているのか、何を怪しんでいるのか」とつぶやく。

「あの子はつらい経験をくぐり抜けてきたんだから」と、マーカムが言い返した。「怯《おび》えているのさ。何でもかんでも脅威に思えてしまうんだよ。怪しんでいることなんかあるもんか。あったら、一も二もなく話してくれているはずだ」

「そう信じられればいいんだがね」

続く一時間かそこらは、メイド二人と料理人の聴取に充てられた。マーカムは三人から、二度の惨事に関する直接の出来事についてばかりかグリーン家の家庭状況全般についても、徹底的に詳しい話を聞き出した。過去にあった家庭内の逸話《いつわ》が数限りなく出てきて、聴取を終えるころにはこの家の雰囲気がかなりよくつかめるようになった。ただし、ほんのわずかなりとも殺人事件につながりのありそうなことは何ひとつ明らかにならない。わかったのは、グリーン屋敷ではいつも憎悪と悪意と激怒に事欠かなかったということばかりだ。使用人たちの繰り広げる不愉快な物語は――断片的でとりとめのない、それにもかかわらずすさまじい――日常的な諍《いさか》いと不平不満、辛辣《しんらつ》な言葉と不機嫌な沈黙、嫉妬と威嚇《いかく》の記録だった。

異様な家庭状況について、こと細かな情報はほとんどが、年長のメイド、ヘミングから提供された。彼女は最初の面談のときほど神がかり状態ではなかったものの、随所に聖書の引用をちりばめては、不道徳な雇い主へ与えるにふさわしい、そう神がお考えになった悲惨な運命という話題を持ち出すのだった。それにもかかわらず、過去十年のあいだに自分が見聞きしてきた屋敷の生活を、誇張や偏見があるとはいえ印象深く描き出した。ところが、全能の神が罪深いグリーン家に天罰を下された、その方法を説明する段になると、彼女の話は曖昧で不明瞭になる。長々と話してきた彼女が、今後も今の職務にとどまるつもりだと断言すると――彼女いわく、正しいほろびのみわざが完遂されたあかつきには「エホバの証人」となるべく――それを聞いたマーカムはようやく彼女を下がらせた。

一方、年少のメイド、バートンは、グリーン家とは金輪際《こんりんざい》縁を切るときっぱり言ってのけた。心底怯えきってシベラとスプルートにかけあったところ、この娘は賃金を受け取って、荷物をまとめてよいと申し渡された。それから半時間としないうちに彼女は鍵を返却し、手荷物を下げて立ち去った。残していった情報は、ヘミングがぶちまけた話をだいたいにおいて裏づけるものだった。ただ、彼女は二件の殺人を怒れる神のみわざだとは思っていなかった。もっと現実的で世俗的な考えだったのだ。

「ここではなんだかすごくおかしなことが起きてるんです」と、このときばかりは媚《こ》びを売る衝動も忘れて言った。「グリーン家の人たちはへんです。使用人たちもやっぱりへんだわ――ミスター・スプルートは外国語の本を読んでるし、ヘミングは天罰がくだるだのなんだのって説教ばっかりする。料理人ときたら、ぶつぶつひとりごとを言ってばっかりで、人の質問に答えもしない。それに、なんて家族でしょ！」彼女はぐるっと目をむいた。「ミセス・グリーンには人情ってもんがない。まるっきり魔女のばあさんなんだから。ときどき、まるで絞め殺してやりたいとでもいうような目つきで人を見ることもあるんですよ。もしも私がミス・エイダだったら、とっくの昔に気がへんになってます。だからといって、ミス・エイダがほかの人よりましってわけじゃありません。やさしく、いい人そうにふるまってますけど、あの人が自分の部屋で地団駄踏んでるのを見たことがあります。そりゃもう、悪魔そのものの形相で。一度なんか私、耳をふさぎたくなるようなひどい言葉を投げつけられたこともあるんですよ。ミス・シベラはつららみたいに冷たい人だし——怒ったときは別ですけど。その気になれば、人を殺して、それを笑い飛ばしてしまいかねないわ。それに、あの人とミスター・チェスター、なんだかおかしかった。ミス・ジュリアとミス・エイダが撃たれてからというもの、誰も見ていなさそうだと思えば二人ですごくこそこそ話をしてたんですよ。それから、お屋敷に入り浸りのドクター・フォン・ブロン。何を考えてるのかわからない人です。ドアを閉めて、病気でも何でもないミス・シベラのお部屋にいらっしゃることがたびたびあって。それと、ミスター・レックス。これがまたへんな人で。近寄ってこられるたびにぞっとするわ」彼女は身震いしてみせた。「ミス・ジュリアは、ほかの人たちほどへんじゃありませんでした。誰もかれも嫌っていて、けちだっただけです」

バートンは自分が踏みにじられたように感じたことを思うさま誇張して、とりとめもない悪口を垂れ流している。マーカムは話をやめさせようとしなかった。ぶちまけた泥の中からいくばくかの砂金を選《え》り出そうとしてのことだったが、彼が最終的に全部ふるいにかけてみたところ、きらりと輝く何粒かはスキャンダルでしかなく、それ以外には何も残らなかった。

料理人ときては、なおさら役に立たない。もともと口数の少ない彼女は、事件の話題に近づいただけでほとんど口がきけなくなった。外見に何の感情も表わしていないのは、聴取されなければならないこと自体が心外だという不機嫌を隠しているように思える。それどころか、マーカムが根気よく話を促しているうちに、彼女が反応しないのは防御手段だという印象が強くなってきた。彼女はまるで沈黙を決め込んでいるようだ。ヴァンスもそう感じたらしく、話が途切れたあいだに座っていた椅子を彼女のすぐ目の前にまで移動させた。

「フラウ・マンハイム、前回この部屋で、ミスター・トバイアス・グリーンがあなたの夫と知り合いだったという話が出ましたね。そのつてで、夫を亡くしたあなたはこちらに職を求めたとか」

「それが何か?」強情な答えが返ってきた。「お金に困っていたし、ほかに友人はいなかったんです」

「ほう、友人ねえ!」ヴァンスはその言葉を聞き逃さなかった。「かつてミスター・グリーンと親しい間柄だったからには、きっと昔のあの人のこともいくらかは知っているはずだな。それが今の状況に関係あるかもしれない。ほら、ここ数日のあいだに屋敷で起きた事件が、何年も前の出来事につながっているってことも、あながちありえなくはないからね。そんなつながりに心当たりなんかなくて当然だが、その方面で協力してもらえるとたいへんありがたい」

彼の話を、料理人は胸をそらして聞いていた。膝の上で組んでいた両手がぎゅっと握り締められ、口もとの筋肉がこわばる。

「何も存じません」答えはそれだけだった。

「じゃあ、どういうことなんだ？」ヴァンスは落ち着いて質問を重ねた。「ミスター・グリーンがこの屋敷にいたいだけいられるようにしてくれたとは、相当な特別待遇だが？」

「ミスター・グリーンはたいへんご親切で寛大なかたでした」彼女は挑みかかるような声で断言した。「あのかたを無情だと思う人や、不正だといって非難する人もいましたけれど、私たち家族にはいつもよくしてくださいました」

「ミスター・マンハイムとのつきあいが深かったんだろうか？」

料理人はしばらく答えをためらい、うつろな目で前を見ていた。

「昔、夫が困っていたときにあのかたが助けてくださいました」

「どういういきさつで？」

またためらいの間があいた。

「夫と一緒に取引をしていて――故国でですけれど」彼女は顔をしかめて、落ち着かなそうにいった。

「いつごろ？」

「覚えていません。私と結婚する前でした」

「では、ミスター・グリーンに初めて会ったのは？」

「ニューオーリンズの自宅にお見えになったとき。仕事の関係で――夫とのです」

「そうして、妻のあなたにも友人として力を貸してくれるようになったわけか」

料理人は強情に沈黙を守りつづけた。

ヴァンスが食い下がる。「ついさっき、『私たち家族』という言い方をしていたね。――子供もいるのか、ミセス・マンハイム？」

この面談のあいだで初めて、彼女の顔が表情をがらりと変えた。目が激しく燃え上がる。

「いません！」絶叫のような否定だった。

ヴァンスはしばらくのあいだ、けだるそうに煙草を吸っていた。

「この屋敷に雇われるまではニューオーリンズに住んでいたんだね？」

「はい」

「夫はそこで亡くなったんだね？」

「はい」

「それが十三年前ということになるね。――ミスター・グリーンと会ってからどのぐらいあとのことだ？」

「一年くらい」

「では、会ったのは十四年前ということか？」

気難しい料理人の冷静さに、恐怖の域に達しそうな不安が透けて見えた。

「そしてあなたは、ミスター・グリーンに助けを求めてはるばるニューヨークへやって来たわけだ」ヴァンスは考え込むように言った。「夫の死後にあなたを雇ってくれると、どうしてそんなに確信できたんだ？」

「ミスター・グリーンはたいへんご親切なかたでした」彼女が言ったのはそれだけだった。

「ひょっとして、ほかにも世話になったことがあったから、あの人の寛大さをあてにできると思ったとか——そうじゃないか？」

「そんなことは断じてありません」彼女の口は堅く閉じられた。

ヴァンスは話題を変える。

「この屋敷で起きた事件をどう思う？」

「何も思いません」彼女はぼそっと言ったが、その言葉とうらはらに不安そうな声だった。

「絶対に何かしらの意見があるはずだ、ミセス・マンハイム、ここでそんなに長く働いているんだから」ヴァンスは揺るがない視線を料理人から離そうとしない。「誰か、ここの人たちに危害を加える動機がありそうな人物がいるだろうか？」

彼女の自制がいきなり吹き飛んだ。

「そんなばかな《ドゥ・リーバー・ヘア・イエーズス》！　知りません——知りません！」苦悶《くもん》の叫びのようだ。「ミス・ジュリアやミスター・チェスターになら、もしかして——確かに《ゲヴィス》、そんなこともあるでしょう。あのかたたちは誰もかれもを嫌っていらした。不愉快な、人情のないかたたちだった。だけどエイダちゃんは——天使のようなかわいい子《デア・ズューセ・エンゲル》なのに！　どうしてあの子に危害を加えようなんて思うんです！」彼女の険しい顔は、やがて無感動な表情を取り戻した。

「いったいどうしてなんだろうね？」ヴァンスの口調には明らかな思いやりがこもっている。しばらく黙っていた彼は、立ち上がって窓のほうへ向かった。「もう部屋に戻ってかまいませんよ、フラウ・マンハイム」と、振り返りもせずに言う。「エイダちゃんはもう無事でいられるようにするから」

料理人はのろのろと腰を上げ、不安そうにヴァンスのほうをうかがいながら部屋を出ていった。

彼女が話の聞こえるところにいなくなるやいなや、マーカムが食ってかかった。

「大昔の話なんか蒸し返して何になる?」と、怒ったように問い詰める。「ぼくらが扱っているのは、この何日かのあいだに起きた事件なんだぞ。なのに、十三年前にトバイアス・グリーンが料理人を雇ったわけをつきとめようとするなんて、きみは貴重な時間を無駄にしている」

「因果関係ってものがあるだろう」ヴァンスは穏やかに言った。「そして、原因と結果のあいだにどえらく長い間があくこともままあるからね」

「それは認めよう。だが、あのドイツ生まれの料理人に、今回の殺人事件とどんなつながりがありそうだというんだ?」

「何のつながりもないかもしれない」部屋を横切って戻ってくるヴァンスの目は床に向けられている。「だけどねえ、マーカム、この大惨事につながっていそうなことなんて何ひとつ見当たらないじゃないか。ということは逆に、どこに関係が隠れていたっておかしくない。この屋敷全体に何か意味のはっきりしないものが充満している。影の中で百本もの手が犯人を指さしていながら、それが指す方向を見きわめようとすると、とたんにその手がかき消えてしまう。悪夢だ。何ひとつ意味をなさない、したがって、どんなことにも意味があるかしれない」

「おい、ヴァンス! きみらしくもない!」マーカムの口調にはいらだちと非難が混じっている。「その言葉は、つかみどころのない巫女《みこ》さんのご宣託よりたちが悪いぞ。トバイアス・グリーンが昔、そのマンハイムとやらと実際に取引をしていたとして、それがどうだっていうんだ？　トバイアス老人はいくつもいかがわしい取引にいそしんでいたっていうがね、二十五年から三十年も前の噂があてになるなら。(1) しょっちゅう訳ありな仕事で地の果てまでも駆け回っては、懐《ふところ》を膨らませて帰ってきたってね。それに、ドイツにかなり長いこといたというのは周知の事実だ。今回の事件につながりそうなことを故人の過去からほじくり出そうとしたって、手に余るだけだぞ」

「ぼくの考えを誤解しているよ」とヴァンスは言い返して、暖炉の上にかかるトバイアス・グリーンの古びた油彩肖像画の前にたたずんだ。「グリーン一族の歴史を研究するつもりなんかさらさらない。……トバイアスの頭の格好は悪くないな」そうつぶやくと、片眼鏡をかけ直して肖像画をしげしげと見る。「興味深い人物像だ。額が秀《ひい》でて、いかにも学がありそうじゃないか。いかつい、突き出した鼻。そうだな、トバイアスならいくたびも危険な冒険に乗り出していったに違いない。もっとも、口もとは非情だが――それどころか、邪悪というか。髭《ひげ》がなければ顎が見えるのになあ。丸みがあって、深く切れ込んでいるんじゃないか――チェスターの顎は生き写しだったといえるみたいなね」

「えらくためになるこった」マーカムが鼻であしらう。「あいにく、今朝のぼくには骨相学なんかおもしろくもなんともなくてね。――なあ、ヴァンス、おぼろげな過去にトバイアスから不当な仕打ちを受けたからといって、死んだマンハイムがよみがえり、グリーン家の子供たちに復讐の魔の手を伸ばすとか、芝居がかったことを考えてるんじゃないだろうな？　ミセス・マンハイムにあんな質問をする理由は、それくらいしか思いつかないぞ。だが、事実から目をそらすなかれ、マンハイムは死んでいる」

「ぼくは葬式に行ってないがね」ヴァンスはまた、椅子にだらしなく沈み込んだ。

「あんまりくだらないことを言うもんじゃない」マーカムがやり返す。「きみの脳裏を去来するのはどんなことなんだ？」

「なんてぴったり当てはまる言葉なんだ！　ぼくの頭の中の状態を完璧に表現している。数限りないことが〝ぼくの脳裏を去来〟しているとも。だけど何ひとつ頭に残らない。ぼくはまるっきりざる頭なんだ」

ヒースが話に割り込んできた。

「私の意見を言わせていただくなら、この事件をマンハイムという角度から見るのは大間違いですよ。われわれが扱っているのは現在の事件であり、銃撃してのけたやつは、たった今もこのあたりのどこかにいます」

「たぶんそのとおりなんでしょうよ、部長」ヴァンスもしぶしぶ認める。「でもね――ああ、まったく！――この事件じゃ、角度という角度が――それを言うならあらゆる尖点も弧も、接線、放物線、正弦、半径、双曲線も何もかもが――水没していてどうしようもない」

11　苦しい面談　十一月十二日（金曜日）午前十一時

マーカムがそわそわと時計を見た。

「遅くなってしまった。十二時にははずせない約束があるんだ。レックス・グリーンに当たってみよう。そのあとのことはきみに任せるよ、部長刑事。ここではもうたいしてすることもないから、いつもどおりの仕事を片づけてくれ」

ヒースはうんざりしたように立ち上がった。

「わかりました。まっ先にしなくちゃならんのは、屋敷を徹底的に調べてあの拳銃を捜し出すことですな。あの銃さえ見つかればこっちのもんだ」

「その意気込みに水を差したくはないんですけどね、部長」と、ものうげなヴァンスの声。「きみのほしがっているその凶器、とんでもなく見つけにくいだろうってささやき声が聞こえるなあ」

ヒースが元気をなくした。ヴァンスと同意見のようだ。

「なんていまいましい事件なんだ！　手がかりのひとつもありゃしない――まるで歯がたちゃしない」

彼は入り口のほうへ向かうと、呼び鈴の紐を手荒に引っ張った。スプルートが現われると、怒鳴りつけるような勢いでミスター・レックス・グリーンをすぐに呼ぶよう言いつける。そして、命令ついでに乱暴をはたらく口実になるあらを探してでもいるみたいに、下がっていく執事をいまいましげに見送っていた。

吸いさしの煙草を口にぶらさげたレックスが、おどおどと入ってきた。目が落ちくぼみ、頬はこけて、鎮静薬のヒヨスチンでも服用したかのように、短いぶかっこうな指でスモーキング・ジャケットのへりをそわそわいじくっている。怯《おび》え混じりの憤慨《ふんがい》の目をこちらに向けると、私たちの前に勇ましく突っ立って、マーカムが手で示した席には座ろうとしなかった。いきなり勢い込んでしゃべりはじめた。

「ジュリアとチェスターを殺したやつをもう見つけたのか？」

「まだですが」とマーカム。「これ以上のことが起きないよう、万全の警戒措置を……」

「警戒措置？　どんな？」

「表にも裏にも警備をつけて――」かん高い笑い声が話をさえぎった。

「なんとも心強いこった！　グリーン家のぼくらをつけ狙うやつは鍵を持ってるってのに。やつは鍵を持ってるんですよ！　いつでも好きなときに入り込めるし、誰にもそれを阻止できないんだ」

「それはちょっと言い過ぎじゃないでしょうか」マーカムはやんわりと返した。「いずれにせよ、もうすぐつかまえるつもりですが。だからこそ、こうしてまたおいで願ったのですよ――きっとご協力をいただけるだろうとね」

「ぼくが何を知ってるっていうんだ？」ふてぶてしい言い方だった。レックスは何度も煙草を長々とふかし、知らず知らずのうちに灰をジャケットにこぼした。

「眠っていたとのことですね、ゆうべ銃が発砲されたときには」マーカムは落ち着いた声で続けた。「ただし、ヒース部長刑事に聞くところでは、十一時過ぎまでは目が覚めていて、ホールでもの音がするのを聞いたそうじゃありませんか。何があったのかうかがえないかと思いまして」

「何もありゃしない！」にべもなく言うレックス。「十時半に寝たんだが、いらいらして眠れなかったんだ。しばらくすると月が出て、ベッドの足もとに光が差した。それで、起き出してシェードを下ろした。それから十分くらいすると、ホールでこすれるような音がして、すぐあとからドアがそっと閉まる音が――」

「ちょっと待ってください、ミスター・グリーン」ヴァンスが口をはさんだ。「その音のことを、もうちょっとはっきりさせていただけませんか？　どんなふうに聞こえましたか？」

「よく聞いてなかったよ」ぐずるような答えが返る。「何の音だったとしてもおかしくない。包んだものを置いたか、何かを床に引きずったか。スリッパを履いたスプルートだったりしてね、あのじいさんの足音らしくはなかったけど――とにかく、音がしたときぼくはスプルートかなとは思わなかった」

「で、それから？」

「それから？　それから十分か十五分ばかりは横になったけれど目は覚めてた。なかなか眠れなくて、それに——なんだか気になって。そこで、何時なんだろうと明かりをつけてみて、一本の煙草を半分ほど吸った——」

「それが十一時二十五分のことですね」

「そうそう。それから何分かして明かりを消し、あとはすぐ眠り込んだらしい」

話が途切れたかと思うと、ヒースが自信たっぷりに胸をそらした。

「ところでグリーン、銃器のことはどうなんだ?」と、容赦なく質問を突きつける。

レックスは硬直した。口があんぐりと開いて、くわえ煙草が床に落ちる。薄い頬の筋肉をひきつらせながら、彼は険悪な目で部長刑事をにらんだ。

「どういう意味だ?」うなるような声だった。気づくと、全身がぶるぶる震えている。

「兄貴の拳銃はどうなった?」ヒースは顎を突き出すようにして、手加減なしに追及する。

レックスの口は怒りと恐怖に激しくひきつったが、声を出せないようだ。

「どこへ隠した?」またもやヒースの厳しい声。

「拳銃?……隠した?……」レックスが言葉をようやく口にした。「この——ゴミ野郎!　ぼくが拳銃を持ってるとでも思うんなら、ぼくの部屋じゅうひっかき回して捜してみろ——こんちくしょう!」目がぎらつき、上唇がめくれて歯をむきだしている。ただ、その態度には怒りばかりでなく怯えもうかがえた。

ヒースが前のめりになってさらにたたみかけようとしたところへ、ヴァンスがすかさず立ち上がり、部長刑事の腕に手をかけた。だが、防ぎたかったはずの事態を避けるには遅きに失した。ヒースがもう言ってしまったことで、相手にひどい反応を引き起こすに充分な刺激となったのだ。

「かまうもんか、こんなブタ野郎が何を言おうと」震える指で部長刑事を指して、レックスがわめく。震える唇から金切り声の罵詈《ばり》雑言《ぞうごん》がほとばしり出た。常軌を逸《いっ》したかのような無分別の憤怒《ふんぬ》。大蛇のように巨大な頭部を前へ突き出し、チアノーゼ（血中酸素濃度の低下によって皮膚などが暗紫色になる状態）を起こした顔をゆがめている。

ヴァンスは立ったまま身構え、用心深く見守った。マーカムはとっさに椅子を後ろへ引いていた。さすがのヒースも、レックスの激昂《げきこう》ぶりにぎょっとしている。

そのときフォン・ブロンがさっと入ってきて、若者の肩に制止の手を乗せていなかったなら、どんなことになっていたかわからない。

「レックス！」と、ドクターの冷静な声。「落ち着け。エイダを起こしてしまうぞ」

若者はぱたりと口をつぐんだ。だが、獰猛《どうもう》な態度まですっかり治まったわけではない。ドクターの手を勢いよく振り払うと、ぐるりと回ってフォン・ブロンに面と向かった。

「どうして口出しなんかするんだ？」と、大声を出した。「いつもよけいなお世話ばっかり。呼ばれもしないのにやって来ては、うちのことにおせっかいを焼きやがって。お母さんの病気なんかただの口実じゃないか。あの人はもうよくなりっこない、だけど通いつづけて薬を届け、請求書を出しつづけようって魂胆《こんたん》なんだ」ずるそうな、意地悪い目でドクターを見る。「ふん、だまされないぞ。うちに来る理由はわかってる！　シベラだろ！」彼はもう一度頭を突き出すようにして、意地悪くにんまりしてみせた。「医者の結婚相手にもってこい――そうだろ？うなるような金――」

レックスは急に言いよどんだ。フォン・ブロンから目を離さずにいるが、尻込みしたかと思うと、顔面がまたひきつりはじめる。震える人指し指を立て、興奮して話し声が高くなっていく。

「でも、シベラの金じゃ足りないんだ。ぼくらの金もほしいんだな。だから姉さんに全財産を相続させようとして。そうだ――そうなんだ！　あんただな、今度のことは全部。……ああ、なんてこった！　チェスターの銃を手に入れて――あんたが！　屋敷の鍵を手に入れて――あんたなら合い鍵くらいすぐにつくれる。そうやって入り込んだんだな」

フォン・ブロンは悲しげに首を振ると、精いっぱい寛大な笑顔を見せた。気まずい空気が流れたが、彼はうまくその場をとりつくろった。

「さあ、レックス」御しがたい子供を相手にするように、そっと声をかける。「もうそのへんにして――」

「まだだ！」と、声をはりあげる若者の目が異様な輝きを放つ。「あんたはチェスターが拳銃を持ってるのを知っていた。兄さんがあれを手に入れた夏、一緒にキャンプに行ったんだからな――このあいだ、ジュリアが殺されたあとで兄さんがそう言ってたぞ」ビーズのように小さな丸い目が見開かれ、やせ細った身体が痙攣《けいれん》発作に震えている。指はまたもやジャケットのへりをいじくりはじめた。

フォン・ブロンがさっと前に出て、彼の両肩を手でつかんで揺さぶった。

「もういい、レックス！」厳しい命令口調だった。「この調子で続けると、きみを施設に閉じ込めなくちゃならなくなるぞ」

そこまでしなくてもと思うくらい厳しい脅し方だったが、効果はてきめんだった。魅入られたような恐怖がレックスの目に浮かぶ。足から突然力が抜けたようになった彼は、フォン・ブロンのなすがまま、部屋から連れ出されていった。

「扱いにくいやつだな、レックスってのは」とヴァンス。「愉快な遊び仲間にはなりそうもない。大頭症をこじらせている——皮質過敏症だよ。それにしてもねえ、部長、だめですよ、あの子をあんなふうにつついちゃいけない」

ヒースが不平を鳴らす。

「あいつにゃ何も知らないなんて言わせませんよ。あいつの部屋をとことん捜して、絶対に銃を見つけてやる」

「あんなおどおどした子が一家の大虐殺を計画できたとは思えないがねえ」とヴァンスが言い返した。「切羽詰まるとかっとなって、手近な飛び道具で襲いかかることぐらいはあるかもしれないけれど、計略をよく練ったりじっと時機をうかがったりはしないんじゃないかな」

「あいつ、何か気がかりがあって怯えてるんですよ」ヒースは不機嫌そうになおも言った。

「それももっともでしょう？　このへんにいる得体《えたい》の知れない銃撃犯が、次の標的に自分を選ぶんじゃないかと思っているのかもしれない」

「銃撃犯が別にいるんなら、まっ先にレックスを狙わなかったなんて、気がきかないやつだ」

どうやら部長刑事は、ついさっき自分に向けられたののしり言葉をまだ根にもっているらしい。

そのとき、心配そうな顔のフォン・ブロンが客間に戻ってきた。

「レックスはおとなしくさせておきました。ルミナール（鎮静・催眠剤フェノバルビタールの商標名）を五グレーンほど投与しましたから。何時間か眠って、起きるころには悔い改めているでしょうよ。今日のようにひどく興奮することはめったになかったんですが。彼は敏感すぎてね――脳性の神経衰弱症なんです。すぐにかっとなりやすい。だが、決して危険人物ではありません」彼は私たちの顔をさっと見回した。「きっと、どなたかが厳しいことをおっしゃったんですね」

ヒースがおずおずと言った。「銃をどこへ隠したのかと私が訊きましたが」

「ははあ！」ドクターは部長刑事に、なぜそんなことをするのかという目を向けた。「失敗でしたね！ レックスを相手にするには慎重でなくては。あまり強く敵対しないかぎりは心配ありません。それにしてもよくわかりませんね、拳銃のことを彼に訊くなんて、どういうおつもりだったんでしょう。まさか、今回のひどい銃撃事件に彼が関わっていたなどと疑ってはいらっしゃいませんよね」

「じゃあ、誰か銃撃したのか教えてくださいよ、先生《ドク》」ヒースはとげとげしく言い返した。

「そうしたら、私が誰を疑っていないかお教えしようじゃありませんか」

「お教えできないのが残念ですが」フォン・ブロンの口調にはいつもの快活さがにじんでいた。

「請け合いますよ、レックスは関与していない。銃撃なんて、彼の病状とかけ離れています」

「われわれが確証をつかんだ一流の殺人犯の半分がとこは、そんな弁明をしますね」とヒース。

「説得するのは無理のようですね」フォン・ブロンは残念そうにため息をつき、愛嬌のある顔をマーカムのほうへ向けた。「レックスのとんでもない非難がどうにも解せませんでしたが、警察のかたから拳銃を持ってるだろうと決めつけられたも同然と聞いて、状況がすっかりのみこめましたよ。よくあるかたちの本能的自己防衛、他者に責任を転嫁しようとする試みだったんですね。レックスは、疑いを私に向けて責めを逃れようとしただけだったんですよ。嘆かわしいことだ、彼と私はずっと友好関係を築いてきたのに。気の毒なレックス！」

「ところで、ドクター」ヴァンスがのんびりとした声を出した。「ミスター・チェスター・グリーンが初めて銃を手に入れたとき、ご一緒にキャンプにお出かけになったとか。そうだったんですか？　それとも、レックスの自己防衛本能から出た妄想にすぎないんでしょうか？」

フォン・ブロンは申し分のない優雅な笑顔をほんのちょっとかしげて、昔を思い出そうとしているようだった。

「そうだったのかもしれませんね。いつかチェスターとキャンプに出かけたことがありましたから。ええ、きっとそうだったんでしょう――はっきり言い切れるほどではありませんが。ずいぶん古い話ですからねえ」

「十五年前と、確かミスター・グリーンはおっしゃってましたね。ええ、確かに――ずいぶん古い話ですねえ。『ああ！　ポスツマス、ポスツマス、歳月の過ぎゆくことといかに早き』。気の滅入ることだ。ではドクター、ご一緒したキャンプにミスター・グリーンが拳銃を持ってお出かけだったかどうかはご記憶ですか?」

「そう言われて思い出しましたが、持っていたような気がします。それもやっぱり断言はできかねますが」

「それで射撃練習をしたかどうかは思い出されるのではないでしょうか」ヴァンスのさりげない口調が耳に快く響く。「木の幹だかブリキ缶だかを的に、パンパンっとね」

フォン・ブロンは記憶をさぐるようにうなずいてみせた。

「は――はあ。そんなこともあったかも……」

「あなたご自身も気まぐれに、ちょっと撃たせてもらったりして?」

「いかにもやりそうなことだ」子供っぽい悪ふざけをなつかしむようなフォン・ブロンの口調。「ええ、まったく、そんなところだったんでしょう」

ヴァンスが関心をなくしたかのようにふっと黙り込み、ドクターはしばらくためらってから立ち上がった。

「そろそろおいとましなければ」そう言って礼儀正しくお辞儀をすると、玄関へ向かおうとしたところで、「おっと、そうそう」と足を止めた。「忘れるところでした。ミセス・グリーンがお帰りの前にお目にかかりたいとのことです。こう申しあげるのも心苦しいのですが、あのかたに対してはご機嫌をとっておかれるのが得策だと思います。なにしろ、たいそう気位の高い老夫人で、身体の自由がきかないぶん短気で口やかましくていらっしゃいますから」

「ちょうどよかった、ミセス・グリーンの話が出たついでに、ドクター」口をきいたのはヴァンスだった。「先生にうかがおうと思っていたことがありまして。あの人の麻痺というのはどんな性質のものなんでしょう？」

　フォン・ブロンは意表を突かれたようだった。

「はあ、一種の痙性対麻痺《パラプレジア・ドロローサ》――つまり、両下肢および下半身の麻痺で、脊髄《せきずい》や神経の硬化圧迫による激痛を伴います。しかし、四肢痙直《けいちょく》は併発していない。十年ほど前、これといった前《ぜん》駆《く》症状もなしに突然発症――横断性脊髄炎にでも罹《かか》ったからでしょうか。手の施《ほどこ》しようがなくて、対症療法でできるだけ楽にさせておき、心臓の働きを高めるしかありません。血行をよくするため、ストリキニーネ六十分の一グレーンを一日三回処方しています」

「万が一にもヒステリー性運動麻痺《エイキネシア》ということは？」

「まさか！　ヒステリーはありません」そこでドクターの目がはっと見開かれた。「ああ、そうか！　ありえません。回復は見込めません、たとえ局部的にであれ。麻痺は器質性のものです」

「萎縮《いしゅく》もしている？」

「ええ、そうです。筋萎縮が顕著《けんちょ》になってきています」

「どうもありがとうございます」ヴァンスは、なかば目を閉じて背もたれに寄りかかった。

「いや、どういたしまして。――そうそう、お忘れなく、ミスター・マーカム、いつでもできるかぎりのご協力をするつもりでいます。ご遠慮なくお声をかけてください」ドクターはもう一度お辞儀をして、出ていった。

マーカムは立ち上がって足を伸ばした。

「さてと。出頭のご用命があったな」ひょうきんな口調で、事件の気の滅入るような陰鬱《いんうつ》さをなんとか振り払おうとするのだった。

ミセス・グリーンは、わざとらしいほど友好的に私たちを迎えた。

「哀れな老いぼれ役立たずのお願いを、あなたがたはちゃんとかなえてくださると思いました」と、訴えかけるような笑みを見せる。「ま、ないがしろにされることには慣れっこですけど。誰も私の願いなんかに耳も貸さないんですもの」

ナースがベッドの枕元で、老女の肩に敷かれたクッションを整えている。

「これで具合よくなりましたか？」とおうかがいをたてた。

ミセス・グリーンは邪険に手を振った。

「私の具合がよかろうが悪かろうが、大きなお世話よ！　ほっといて。いつもいつもうるさいのよ。クッションに問題なんかなかったのに。ともかくもうここにはいてほしくない。エイダの看病にお行き」

ナースは辛抱強くゆっくり息を吸い込むと、何も言わずに部屋を出ていき、後ろでドアを閉めた。

ミセス・グリーンは、それ以前の取り入るような態度を取り戻した。

「私が求めることをエイダのようにわかってくれる者は、ひとりもいないんです、ミスター・マーカム。あの子が元気になってまた私の世話をしてくれたら、どんなにほっとするでしょう！　だけど、文句は言えませんね。あのナースもそれなりに精いっぱいやってるんでしょうから。どうぞおかけくださいな、みなさん。……それにしても、私もあなたがたのように立つことさえできればいいのにねえ。無力な寝たきりでいるってどういうことなのか、誰にもわかりゃしませんよ」

マーカムはその勧めに乗じることなく、夫人が話し終えるのを待ってから口を開いた。「どうかおわかりください、心の底からご同情申しあげていることを。……私にご用がおありだとか、ドクター・フォン・ブロンにうかがいましたが」

「そうです！」夫人はマーカムの顔色をうかがった。「お願いしたいことがありまして」

言いよどむ相手にマーカムは軽くうなずいてみせたが、返事はしなかった。

「捜査を打ち切っていただきたいんです。こんなふうに気苦労や迷惑をこうむるのはもうたくさん。だからといって、私のことはどうでもいいの。気になるのは一族のこと――名門グリーン家の評判です」誇らしげな口調になってきた。「私たちを泥沼に引きずり込み、大衆の好むスキャンダラスなゴシップの対象にする必要なんかないでしょう？　私は平穏を望みます、ミスター・マーカム。先はもうそれほど長くありませんし。ジュリアとチェスターが私をないがしろにし、苦しんでいる私をほったらかしにした当然の報いを受けたからといって、どうしてわが家が警官たちに踏み荒らされなくちゃならないんです？　私は年老いて身体が不自由なんですよ、少しは思いやっていただけますよね」

夫人の顔が曇り、声は辛辣《しんらつ》になっていく。

「ずかずかやって来てわが家をひっかき回し、私をこんなにひどく悩ませる権利なんて、あなたがたにはありません。この騒ぎが始まってからというもの、一分たりとも休めないから、背骨の痛みがひどくてろくろく息もできないのよ」夫人は何度かゼイゼイと喘《あえ》ぎながら、憤然《ふんぜん》と目をぎらつかせた。「子供たちにもっとよくしてもらおうとは思わないわ——あんな親不孝の薄情者たちに。だけどあなたは、ミスター・マーカム——家族じゃない、赤の他人。どうしてあなたまで、こんな騒ぎを起こして私をいじめなくちゃならないんですか？　ひどい——ひとでなし！」

「お宅に警官たちがいるのがお気に障るようでしたら申し訳ありません」マーカムはおごそかに告げた。「ですが、私にはどうしようもない。犯罪があったとあらば捜査し、あらゆる手を尽くして罪人を処罰するのが私の責務なのです」

「処罰ですって！」老女は蔑《さげす》むようにその言葉を繰り返した。「処罰ならもうすんでいます。長年なすすべもなく寝たきりの私が受けてきた仕打ちに対して、罰が下されたのよ」

自分の子供たちをむごくも仮借《かしゃく》なく憎み、わが子二人が死によって罰せられたと冷酷に満悦しているらしき老女には、凄みのようなものがある。本来は同情心あふれるマーカムにも、その態度は不快だった。

「ご子息ご令嬢が殺害されてどれほどご満足であろうとも、私が殺害犯を見つけ出すという責務から解放されるわけではありません」マーカムは冷ややかに返した。「まだほかにおうかがいしておくことがありますか？」

夫人はしばらくのあいだ、やり場のない激情に顔をゆがめて黙り込んだ。じっとマーカムを見据える目は獰猛と言っていいほどだ。やがてその目に張りつめた悪意がゆるむと、彼女は深々とため息をついた。

「ないわ。もうけっこう。これ以上申しあげることはありません。どうせ、私みたいな役立たずを気づかってなんかもらえないんでしょ？　今度こそ身にしみました、たったひとりで寝たきりの、自力では何もできない私の具合を誰ひとりとして気にしていないって――みんなのお荷物ですものね……」

出ていく私たちのあとを、自己憐憫《れんびん》の繰り言が追いすがる。

「ねえ、マーカム」一階ホールへ下りていきながら、ヴァンスが切り出す。「あの皇太后さまの言うことには、まんざら根拠がないでもない。一考に値するよ。責務を告げる高らかな声がきみを今回の探索へ引き込んだわけだが――やれやれ！――いずこを探索すべきやら？　この屋敷にはまともなものが何もない――おのずと尋常かつ正常な推理に向かうようなものが何もないときた。奥さんの忠告どおり、やめてしまったらどうだ？　真相がわかったとしても、ピュロス王の勝利（多大な犠牲を払って手に入れた勝利）ってことになりそうだ。そっちのほうが犯罪そのものよりも恐ろしいんじゃないかな」

マーカムは答えようともしなかった。ヴァンスのひねくれ具合には慣れっこだったし、そう言うヴァンスこそ問題を未解決のまま放り出すはずがない人間だともわかっている。

「とっかかりはありますよ、ミスター・ヴァンス」ヒースがおごそかに、しかし力なくなだめた。「たとえば足跡だとかね。行方不明の拳銃も見つけ出さなくては。デューボイスが今、二階で指紋採取してますし。使用人たちの身上調査報告もじきに届きます。ここ何日かのうちに何が浮かび上がるかわかりません。日暮れまでには十人以上の人員をこの事件に投入しますから」

「ご熱心なことですな、部長！　だけどね、真相が隠されているのは、この古い屋敷の雰囲気のうちになんだ——有形の手がかりにじゃなくて。真相は、古い部屋が混然と寄せ集まっているどこかにある。薄暗い片隅やら扉の陰やらからぼうっと現われてくる。ここに——まさにこのホールにですよ、おそらく」

不穏な懸念をはらんだ口調だ。マーカムが彼に鋭い目を向けた。

「きみの言うとおりだろうな、ヴァンス」とつぶやく。「だが、そんなものをどうやってつかむ？」

「それだよ、それがぼくにもわからない。どうやって妖怪をつかまえるっていうんだ、いったい？　ぼくは、ほら、化け物のたぐいとはあんまり親しくつきあってこなかったもんでね」

「くだらんことを！」マーカムはそそくさと外套《がいとう》をひっかけて、ヒースのほうを向いた。「仕事を進めてくれ、部長刑事。こまめに連絡を頼む。そちらの捜査に何も進展がないようなら、また次の手を話し合うことにしよう」

そして、ヴァンスと私と三人で待たせてあった車へ向かった。

12　ドライヴ　十一月十二日―十一月二十五日

事件の捜査は、市警の昔ながらのりっぱなしきたりに則《のっと》って推し進められた。銃器の専門家、カール・ヘージドーン警部が、銃弾を系統立てて綿密に調べた(1)。独特の条痕からして、三つの銃弾は同じ銃から発射されたという調査結果だった。発射したのが、今はもう製造されていない、旧式のスミス・アンド・ウェッソンのリヴォルヴァーであることまではっきりした。だが、チェスター・グリーンの紛失した拳銃が犯行に使われたと実証する結果が出たところで、すでに確実視されている事実に付け加えるものは何もない。強盗用具の専門家、コンラッド・ブレナー警視補は、無理にこじあけた痕跡がないか屋敷を徹底的に調べたが、家宅侵入の形跡は見つからなかった(2)。

デューボイスとその助手のベラミーは――この二人はニューヨーク市警きっての指紋の権威だ――ドクター・フォン・ブロンも含めてグリーン屋敷の居住者全員の指紋採取までした。そしてそれを、ホールや銃撃のあった部屋に残っていた指紋と照合したのだ。しかし、うんざりするような照合作業が終わってみると、身元不明の指紋はひとつも残らなかった。現場で見つかって撮影されていた指紋は、そこにある理由が論理的に説明できるものばかりだった。

チェスター・グリーンのオーバーシューズは市警本部へ持ち込まれ、ジェライム警部に渡されて、警部はそれをスニトキンが足跡からとった型紙の寸法や模様と入念に比較した。しかし、ここでも新たな事実は何ひとつ出てこない。警部の報告によれば、雪の上に足跡をつけたのは、渡されたオーバーシューズか、まったく同じサイズの同一の靴型からつくられた別のオーバーシューズか、どちらともいえないという。

グリーン屋敷ではチェスターとレックス以外に、オーバーシューズを持っている者は誰もいないことが確認された。レックスのシューズはサイズ七で、チェスターのクローゼットにあったものより三サイズ小さい。スプルートが履くのはストーム・ラバーだけで、それもサイズ八。冬には深靴《ゲートル》を愛用するドクター・フォン・ブロンが荒天時に履くのは、いつもラバー・サンダルだった。

行方不明の拳銃が数日かけて捜索された。その任務にヒースは、捜索専門の訓練を積んだ人員を投入し、妨害された場合に備えて彼らに捜索令状も持たせた。ところが、捜索には何の支障もなかった。屋敷は地下室から屋根裏部屋まで、系統的に詳しく調べられた。ミセス・グリーンの部屋まで捜索の対象になったほどだ。最初のうち嫌がっていた老女も、やがてしぶしぶ承諾し、男たちが仕事を終えるころにはいささかなごり惜しそうな様子さえ見せた。唯一手をつけられなかった部屋が、トバイアス・グリーンの書斎だ。ミセス・グリーンが所有する鍵を決して手放そうとせず、夫の死後、誰にも入室を許していないことに鑑《かんが》みて、鍵の引き渡しを夫人にきっぱり断られたヒースは強行するのをあきらめた。ただし、それ以外は屋敷の至るところが隅から隅まで、部長刑事の部下たちによって徹底的に調べ尽くされた。だが、拳銃の影も形もなく、その労力は報いられなかった。

検屍解剖も、ドリーマス医師の予備的な所見以上のことを明らかにはしてくれなかった。ジュリアとチェスターは二人とも、至近距離で発射されたリヴォルヴァーの銃弾が心臓に入り込んだ結果による即死。どちらの遺体にも、それ以外の死因である可能性は見当たらず、争った形跡もなかった。

二つの事件当夜に屋敷付近で未詳人物や不審人物は見かけられていないが、そのころ近隣にいた人物は数人確認されている。そのうちのひとり、五十三丁目にある屋敷の向かいにあるナーコス・フラッツの二階に住む靴屋は、二晩とも窓際に座って寝る前にパイプをふかしていたが、その間、通行人はひとりもいなかったと断言した。

さりとて、グリーン屋敷に配置された護衛を引き揚げるわけにもいかない。屋敷の表側にも裏側にも昼夜見張りが立って、人の出入りをいちいち厳重に吟味する態勢が続いた。警戒が厳しいために飛び込みの商人などが寄りつかなくなったばかりか、日常的な配達業務まで滞ることもあった。

使用人たちの身上調査結果は、詳細さという点で満足のいくものではなかったものの、掘り出された事実はどれも、今回の事件に関与した可能性をしりぞけるものばかりだった。第二の事件の翌朝にグリーン屋敷を去った最年少のメイド、バートンは、ジャージーシティに暮らすきちんとした労働者階級の家庭の娘だと判明した。彼女の経歴に汚点はないし、交友関係も同じ階級に属するあたりさわりのない相手とだけのようだ。

ヘミングはといえば、寡婦《かふ》となってグリーン家に雇われるまで、鉄工所で働く夫とペンシルヴェニア州アルトゥーナに所帯をもっていた。そのころから狂信的だったらしく、当時の隣人たちの中には、夫に対して厳格かつ熱狂的に廉直《れんちょく》という細道を強《し》いていた彼女を覚えている者さえいた。夫が溶鉱炉の爆発事故で命を落としたときも、妻は何か罪を隠していたから神の手なる罰がくだったのだと公言してはばからなかったのだ。今の彼女が会うのはイーストサイドの再洗礼派教徒たちによる少人数の集会のさらに主立ったメンバーくらいで、人づきあいはほとんどなかった。

グリーン家の夏期雇いの庭師は——クリムスキーという名の中年のポーランド人だったが——捜し当てられたとき、黒人居住地区ハーレムの人目につかない酒場で、合成ウィスキーにひたってへべれけになっていた。夏の終わり以来、程度の差こそあれ至福の脱力状態をずっと維持していたらしい。庭師は警察の考慮する対象からすぐにはずされた。

ミセス・マンハイムとスプルートの素行や交友関係の調査からも、めぼしいことは何も出てこなかった。それどころか、二人とも品行方正そのものであるうえ、世間とのつきあいも皆無と言っていいほどろくにないのだ。スプルートにはこれといった友人もなく、顔見知り程度の間柄もパーク街の英国人従者ひとりと近隣の商人たちにかぎられていた。この執事は根っからの孤独好きで、みずからに許す数少ない気晴らしには誰にもじゃまされずひたるのだった。ミセス・マンハイムに至っては、夫の死後に職を得て以来、グリーン家の敷地から出ることもめったになく、屋敷の外ではニューヨークに知り合いはひとりもいないようだ。

屋敷内に協力者がいるという仮定からグリーン家殺人事件の謎が解けるのではという、ヒース部長刑事がいだいていた一縷《いちる》の望みもこれで打ち砕かれた。

「内部の犯行って線は捨てなくちゃならないんでしょうね」チェスター・グリーンが射殺された数日後のある朝、部長刑事はマーカムのオフィスで嘆息していた。

居合わせたヴァンスが、ものうげな目を向けた。

「そうは思わないけどね、部長。逆に、内部の犯行を疑う余地はありませんよ。きみが念頭に置いているような筋書きとはちょっと違うとしても」

「つまり、家族の誰かがやったとお考えで？」

「うーん――ひょっとしたら。その線に近いところかもしれない」

ヴァンスは煙草を吸いながら考え込んだ。「だけど、ぼくが言いたかったのはそういうことじゃない。環境というか、ひとそろいの条件というか――雰囲気といったらいいのかな――そのせいで起きた犯罪なんですよ。今回の犯罪を引き起こしたのは、とらえどころのない恐ろしい毒だ。そしてその毒の発生源がグリーン屋敷なんだ」

「それじゃ、私はずっとその雰囲気とやらを――それとも毒だか何だかを逮捕しようとしてたってことになるんですかね」ヒースが鼻を鳴らした。

「いや、きみの手錠を待ち構えている生身の人間がどこかにいるさ、部長――いわば、その雰囲気の代行者がね」

事件に関するさまざまな報告をじっくり調べていたマーカムが深いため息をつくと、椅子の背にもたれかかった。

「ふうむ、天に祈るよ」マーカムは辛辣《しんらつ》に口をはさんだ。「ちょっとでもその人間が正体をほのめかしてくれるといいんだが。新聞がうるさくてかなわない。今朝もまた記者が一団体詰めかけてきているんだ」

実際、ニューヨークの新聞報道史上、これほど大衆の想像力をしっかりとつかんで離さない事件はまれだ。ジュリアとエイダのグリーン姉妹銃撃は扇情的《せんじょうてき》でこそあれ通り一遍の取り上げ方だったものの、チェスター・グリーンまで殺されてからの新聞記事はまったく別の活気を呈している。非現実的なほどに邪悪なところ——犯罪史に埋もれかけた事件を思い起こさせるようなところがある事件なのだった。(3) グリーン一族の歴史を取り上げるコラムに紙面が割《さ》かれた。遠い親戚のひとりひとりまで系図が細かくたどられた。老トバイアス・グリーンの経歴があれこれ詮索され、一般人の誰もがその前半生を知ることになった。そうしたはなばなしい記事に、グリーン家の家族全員の写真が添えられた。あらゆる角度から撮影されたグリーン屋敷そのものの写真も、最近そこで起きたばかりの犯罪について派手に書き立てた記事を決まって飾っていた。

グリーン家殺人事件の噂は全国に広まり、ヨーロッパの新聞にまで事件が取り上げられたこともある。伝奇小説から抜け出したような祖先をもつ名門の旧家で起きた惨劇には、不健全な大衆の俗物根性にとって抗《あらが》いがたい魅力があるらしい。

当然のこととして、警察と地方検事局は新聞記者団に追い回される。ヒースとマーカムの両人が、この犯罪捜査に注いだ労力がことごとく無に帰したことで心痛をきわめるのも、当然のなりゆきだ。マーカムのオフィスで協議を繰り返し、そのたびに問題を注意深く検討し直したにもかかわらず、有益な意見はひとつとして出てこなかった。チェスター・グリーン殺害から二週間が経過し、事件は手詰まりの様相を呈しはじめている。

とはいえ、その二週間をヴァンスは無為に過ごしていたわけではない。この難局は彼の関心をつかんで離さず、チェスター・グリーンがマーカムに力添えを求めてきた初日の朝以来、彼が事件を考えずにいることは一度もなかった。事件を話題にすることはほとんどなくとも、協議には毎回顔を出した。彼が何気なく口にする言葉からしても、この事件の呈する難問にすっかり魅入られつつも頭を悩ませているらしかった。

グリーン屋敷そのもののかかえている秘密が犯罪を引き起こしたと固く信じる彼は、マーカム抜きで屋敷をしげしげと訪ねるようになっていた。マーカムはといえば、第二の事件以来、一度訪ねたきりだったのだが。決して責任のがれをしていたわけではない。そこで彼にできることは実際ないに等しいうえ、そのころオフィスでの日常業務がことのほか忙しかったのだ。(4)

シベラのたっての希望で、ジュリアとチェスターの葬儀は一度に、マルコム葬儀場付設の礼拝堂でとりおこなわれた。少数のごく親しい人にだけ通知され(ただし、会場の外にはセンセーショナルな事件を連想させる葬儀に吸い寄せられた野次馬が詰めかけた)、ウッドローン墓地への埋葬には身内の者のみが立ち会った。ドクター・フォン・ブロンが礼拝堂へシベラとレックスに同行し、礼拝のあいだ二人に付き添った。エイダは順調な回復ぶりながら、まだ屋敷にひきこもっていたし、下半身麻痺のミセス・グリーンはもちろん参列できなかった。いや、もしそうでなくとも夫人は参列したかどうか怪しいものだ。葬儀は屋敷でしてはどうかという話が出たときに断固拒否していたくらいだから。

ヴァンスがグリーン屋敷を初めて非公式に訪ねていったのは、葬儀の翌日のことだ。シベラは別段驚きもせずに彼を迎え入れた。

「おいでくださってうれしいわ」と、陽気なほどの歓迎ぶりだ。「あなたは警官じゃないって、初めてお会いしたときにわかりました。まさかレジー煙草を吸う警官なんてね！　それに私、話し相手がほしくてたまらなかったの。当然だけど、知り合いはみんな伝染病か何かみたいに私を避けているでしょ。ジュリアが救いがたいこの世を去ってからというもの、誰からもお誘いはなし。きっと死者への配慮ってつもりなんでしょうけど。そういうときこそ私には気晴らしが必要だってのに！」

彼女は呼び鈴で執事を呼んで、お茶を頼んだ。

「スプルートにはコーヒーよりも紅茶をいれさせたほうがずっとましなのよ、まったく！」必死で平然を保とうとでもするように、しゃべりつづける。「昨日はなんともすてきな日だった！　お葬式っておぞましい茶番ね。お式をとりおこなう牧師さまが故人の名誉をほめそやしはじめたときなんか、まじめな顔をしていられないほどだった。そのあいだもずっと——お気の毒ったらないわ——牧師さまだって病的な好奇心のかたまりだったくせに。ずいぶんお楽しみいただけたに違いないから、ご親切なお言葉に対して小切手をお送りするのを私がすっかり忘れてしまったって、不平はおっしゃらないでしょうよ……」

お茶が出されたが、引き下がろうとするスプルートにシベラはふくれっ面《つら》を向けた。

「もうお茶なんかうんざり。スコッチのハイボールをお願い」目を上げて問いかけるようにヴァンスを見たが、彼はお茶のほうがいいと言って通した。シベラひとりがハイボールを飲むことになった。

「このところ刺激に飢えていて」と、彼女は快活に弁明する。「いわば堀をめぐらせたみたいなこの屋敷が、うら若く悩み多き私の神経に障るのね。名士であるっていうのは、まったく耐えがたい重荷だわ。私、まごうかたなき有名人になっちゃったでしょ。というか、グリーン家の者はみなとびきり有名になってしまった。殺人事件のひとつやふたつで一家がこれほどはなばなしく理不尽なまでに目立ってしまうなんて、思いも寄らなかった。そのうちハリウッドから私にお声がかかるかも」

彼女はとってつけたように笑ってみせた。

「ご機嫌じゃない！　あの母でさえ楽しんでいる。新聞を各紙とりそろえて、うちのことを書いた記事を隅から隅まで読むんですよ――ありがたいことだわ、言わせてもらいますけど。あら探しをすることも忘れちゃってるくらいなんですもの。もう何日も背中がどうとかいう愚痴を聞いてませんしね。神は弱者に風を加減する――引用のし方を間違ったかしら？　私ったら、古典を引用しようとすると必ず混乱しちゃって……」

そんな調子で三十分かそこら、彼女は軽口をたたきつづけた。平気な様子が本物なのか、それとも身に降りかかった悲劇の暗雲に逆らおうという果敢な試みにすぎないのか、私には見分けがつかない。ヴァンスは、興味深く楽しそうに耳を傾けている。この娘が心を軽くする必要を感じているのだと察しているようだ。だが、あんまり話がそれていってしまわないうちに、彼が話題をありふれたことがらに誘導していった。私たちが帰ろうとして立ち上がると、シベラはぜひともまた来てほしいと言うのだった。

「とっても元気づけられました、ミスター・ヴァンス。きっとあなたがモラリストぶらないからね。親族と死別した私にお悔やみをおっしゃらなかったし。グリーン家には、押しかけてきて涙の雨を浴びせかけるような親戚がいなくて幸いだわ。そんなことされたら、私なんかきっと自殺しちゃう」

その週のうちにヴァンスと私はもう二回訪ねていき、心から歓迎された。シベラはいつも変わらず上機嫌だった。突然思いも寄らないかたちで襲ってきた恐怖を内心にかかえていたとしても、それは上手に隠しおおせていた。ただ、勝手気ままなおしゃべりに熱中し、悲嘆の片鱗《へんりん》も見せまいと懸命に努めるところに、かえって彼女がくぐり抜けてきた恐ろしい経験の影響が感じられてならない。

いずれの訪問時にも、ヴァンスが事件に直接言及することはなかった。どういうつもりなのか、私にはさっぱりわからない。彼には何か知りたいことがあって、それをさぐり出そうとしている――それは確かだ。それにしても、今のような出まかせのやり方でどんな進歩が見込めるというのか。彼という人間をよく知らなかったらシベラに気があるのではないかと勘ぐりたくもなるところだが、そんなことは思いつくと同時にしりぞけた。ところが気づいてみると、屋敷を訪問したあとの彼は毎回、どういうわけかもの思いに沈む。ある晩などはシベラとお茶を飲んだあとで、自宅の居間の暖炉の前に一時間ほど、目の前にダ・ヴィンチの『絵画論』を開いたままページをめくりもせずに座り込んでいた。

グリーン屋敷でレックスに会って話をしたこともある。初めは不機嫌で私たちがいるのも気に食わないようだった若者が、ヴァンスと二人、別れ際まで、アインシュタインの一般相対性理論やモールトンとチェンバリンの微惑星説、ポアンカレの数論といった、私のような俗人には理解の及ばない高水準の議論を交わしていた。議論に活気づいたレックスは態度を軟化させ、しまいに親しみを込めてヴァンスに握手の手を差し出したほどだ。

また別の機会にヴァンスは、ミセス・グリーンを表敬訪問する許しをシベラに願い出た。警察がさんざん迷惑をかけたことに対する、なかば公式のもののように聞こえる謝罪で、彼はたちまちのうちに老夫人のご機嫌を取り結んだ。相手の体調をこまやかに気づかいながら、麻痺について次々と質問していく――背骨はどんなふうに痛むのか、どんな症状で眠れないのか。心から思いやる彼の態度にほだされて、夫人の口からするすると、こと細かなくどくどしい恨みごとが出てくるのだった。

起きて動けるようになったものの腕をまだ吊り包帯で支えているエイダとも、ヴァンスは二度話をした。だが、この娘はなぜだか、彼が近づいていくと身構えるような様子を見せるのだった。ある日、私たちが屋敷にいるときにフォン・ブロンがやって来ると、ヴァンスは彼の会話のじゃまにならないよう発言を控えているふうだった。
繰り返しになるが、彼はいったいどういうつもりで、そんなふうに一見とりとめもなく雑談を交わしてばかりいるのか、私には見当もつかない。ひどく遠回しな言い方以外に、彼は決して事件を話題にしないのだ。むしろ、意図的にその話題を避けているようにも思える。しかし、どんなにさりげないふうではいても、屋敷にいるひとりひとりを注意深くさぐっている。そう、印象を蓄積し、さまざまな面をもつ行為を仔細に分析し、話し相手それぞれの心理的な主要因にそっとさぐりを入れているのだ。

グリーン家訪問が四、五回ほどになったころ、ひとつのエピソードがもちあがった。事件のその後の展開を明らかにするため、それをここで語っておかなければならない。そのときには考えもしなかったが、ありふれた些事《さじ》に見えて、さほど日もたたないうちにこのうえなく不吉な重要事だったと判明するのだ。それどころか、もしもこのエピソードがなかったら、グリーン家の惨劇はどこまでグロテスクな展開に行き着いたことかわかったものではない。それというのも、ヴァンスがいざというときにこの出来事を——いつもまったくの直観としか思えないものの、その実、延々と些細《ささい》な推理を重ねていったたまものである頭の閃《ひらめ》きによって——思い出したからこそ、別の、それ自体はやはりどうということのない、ただし並べてみるととてつもなく恐るべき重要性を帯びてくる出来事と、すかさず結びつけられたのだから。

チェスター・グリーンの死んだ翌々週のあいだに、天候がめっきり穏やかになった。何日かはうららかに晴れ上がり、冷気もすがすがしく、明るく爽快《そうかい》だった。雪はほぼすっかり消えて地面が固まり、冬の雪解けのあとに残りがちなぬかるみもない。木曜日、ヴァンスと私がそれまでよりも早めにグリーン屋敷を訪ねていくと、門の前にドクター・フォン・ブロンの車が駐まっていた。

「へえ！」とヴァンス。「この一家のパラケルスス（一四九三—一五四一年、スイスの医師、錬金術師）だな。もう帰るところじゃないといいんだが。あの男はぼくを引きつける。グリーン家といったいどういう関係なのか、好奇心でうずうずするよ」

玄関に入っていくと、そのフォン・ブロンがまさに出ようとしているところだった。ぬくぬくと毛皮を着込んだシベラとエイダがすぐ後ろにいて、彼に同行しようとしているらしい。

「いかにもいい日よりなので」フォン・ブロンはいささかうろたえぎみに説明した。「お嬢さんがたをドライヴにお連れしようかと」

「あなたとミスター・ヴァンスもぜひご一緒に」と、シベラがヴァンスに歓迎の笑顔を向けた。「もしドクターの気まぐれな運転が心臓によくないようでしたら、私がハンドルを握ってさしあげますから。私の運転の腕前はちょっとしたものなんですよ」

意外にもフォン・ブロンが不満げな顔をしているが、ヴァンスはおかまいなしに誘いを受けた。ほどなくして私たちはドクターのゆったりしたダイムラーに乗り心地よく収まって、街へくり出していく。シベラが運転手の隣の助手席に、エイダは後部座席にヴァンスと私にはさまれて座った。

五番街を北上してセントラル・パークへ入り、七十二丁目口で公園を出ると、リヴァーサイド・ドライヴへ向かった。眼下にいちめんの芝生さながらハドソン川が横たわり、午後もまだ早い澄み渡る空気の中に、ジャージーシティ側の断崖がドガのドローイングのようにくっきり刻まれている。ダイクマン・ストリートでブロードウェイまで進み、西へ曲がってスパイテン・ダイヴィル・ロードを、水路沿いに並ぶうっそうとした古い屋敷を見渡すパリセード・アヴェニューへ。生垣に縁取られた私道を抜けて、再び内陸のシカモア・アヴェニューへ向きを変え、リヴァーデール・アヴェニューに出た。ヨンカーズを通り抜けてノース・ブロードウェイからヘイスティングズへ、それからロングヴュー・ヒルのふもとをめぐる。ドブズ・フェリー村を越えてハドソン・ロードへ入ると、また西へ曲がってアーズリー・カントリー・クラブのゴルフ場沿いに走り、川岸にやって来た。アーズリー・オン・ハドソンの向こうに、水路に沿って丘を登る細い砂利道がある。東へ向かう幹線道路ではなくそのちょっとさびれた道を登っていくと、荒れ果てた放牧地のような高台に出た。

もう一マイルかそこら先に——アーズリーとタリータウンの中間あたりだ——こんもりした灰褐色の丘が巨石のように、私たちの行く手にまともに立ちふさがっている。そのふもとに来たところで、道がえぐり取ったような断崖に沿って西へ急角度に折れ曲がっていた。曲がり角は狭くて、片側が切り立った丘の斜面、もう片側は川まで真っ逆さまに落ち込む岩肌とあって危なっかしい。急降下する崖の縁に沿ってお粗末な木の柵が設けられてはいるものの、無謀運転やちょっとした不注意があれば、落下防止の役には立たないのではないかと思われた。

急カーブのいちばん外側に来ると、フォン・ブロンは前輪をまっすぐ絶壁に向けて車を止めた。眼前に壮麗な眺めが開けている。ハドソン川の上流と下流の両方向へ、何マイルも先まで見渡せる。そして、背後の丘が内陸部の眺めを完全に遮断しているために、ここは隔絶された場所であるような感じもした。

しばらくのあいだ、私たちは並はずれた眺望を堪能した。そのうちにシベラが口を開き、気まぐれだが大胆な口調で思いつきを口にした。

「なんてすてきなところかしら、人を殺すのにぴったり！」ほぼ垂直の急傾斜をのぞき込むように身を乗り出して声をあげた。「銃で撃つなんて危険を冒さなくたって、おあつらえむきのこの岩棚までドライヴに連れてきて、車から飛び降り、相手を車もろとも崖に落としてしまえばいいだけじゃない？　不幸な自動車事故がまたひとつ起きただけ。誰も気づきやしないわ！……そうよ、私だったら本気でそうするわね」

エイダが全身を震わせるのが感じられた。顔色も青ざめている。あまりにも思いやりのないシベラの言葉に、私は愕然とした。自分の妹がひどい目にあったばかりだということを、まるで顧《かえり》みていない。そのひどい言葉にドクターもぎょっとしたらしく、うろたえた顔をシベラに向けた。

ヴァンスはすかさずエイダの様子をうかがい、気まずく張りつめた沈黙をかき消そうとばかりに明るく言葉を返した。

「だめだめ、そんな脅しには乗りませんよ、ミス・グリーン。こんな申し分なくいいお天気の日に、犯罪のやり方なんかをまじめに考えようって人はいませんからね。テーヌ（一八二八―一八九三年、フラン

（スの批評家、哲学者、文学史家）が気候の影響力を説いていますが、こういうときにはとても心強いな」

フォン・ブロンは何も言わなかったが、シベラの顔から非難がましい視線をはずした。

「もう帰りましょう！」哀れっぽい声をあげて、エイダは膝掛けにしっかりくるまった。急に冷え込んできたとでもいうように。

フォン・ブロンが無言で車の向きを変え、私たちはそそくさと街なかへ向かった。

13　第三の惨劇

十一月二十八日、三十日

次の日曜日、十一月二十八日の夜、マーカムは非公式に話し合う場をもとうとスタイヴェサント・クラブにモラン警視とヒースを呼んだ。警官二人が来たときには、彼と夕食を一緒にしていたヴァンスと私も同席していた。そろって談話室のマーカムお気に入りの隅の席に引っ込むとまもなく、グリーン家の事件について全般的な議論が始まった。

「驚いているところだよ」警視の声は普段よりも穏やかだった。「捜査対象が何ひとつ絞れないなんて。たいていの殺人事件だと、すぐに当たりが出るとはかぎらなくても、調べるべき線が数え切れないほど浮かんでくるものだが。今度の件では、目のつけどころがどこにもないようじゃないか」

「言わせていただきますと」ヴァンスが言い返す。「目のつけどころがないということ自体がこの事件の特徴であって、そこを見落としてはいけないでしょう。それこそが重要な手がかりですから、その重要性をさぐって初めて解決へ向かえるのではないでしょうか」

「そりゃすごい手がかりだな！」と、不満げなピース。「『部長、どんな手がかりがある？』って警視に訊かれたら、私が『ええ、すごいのがあります』って言うとしますね。『どんな？』って警視が訊く。そしたら私は、『何ひとつはかどっていないってことです！』って言えばいいんですよね」

ヴァンスはにっこりした。

「意を汲んでおくれよ、部長！　まるっきり俗人のぼくがなけなしの表現力をふりしぼって伝えようとしたのは、こういうことなんだ。事件に手がかりが皆無だとしたら——出発点《ポアン・ドウ・デパール》なし、動かぬ証拠なしってことだよ——あらゆることを手がかりと——というか、パズルのピースとみなすのが妥当だ。確かに、一見ばらばらになっているピースをつなぎ合わせるのはすごく難しい。ぼくらの手もとに少なくとも百ピースは集まっているのに、ほかのピースと無関係なうちはどれにも意味がないんだから。この事件は、ひとつずつばらしてごちゃ混ぜにした文字を言葉にしていくっていう、ばかげたパズルみたいなものだ。パズルを解くには、一文字ずつ並べて理解できる単語や文にしていかなくちゃならない」

「その百はあるっていう手がかりのうち、八つでも十でも挙げてみてもらえませんかね？」ピースが皮肉たっぷりに頼む。「仕事らしい仕事がほしくてしかたないんで」

「きみも全部知ってるじゃないか、部長」ヴァンスは相手の冷やかしにとりあわない。「言っただろう、きみのところに第一報が入って以来の、事実上すべての出来事を手がかりとみなしていいんだから」

「なるほど！」部長刑事はまたむっつりと意気消沈していた。「足跡、消えた拳銃、レックスが耳にしたホールのもの音。だけど、そういう手がかりはことごとく不毛な壁に突き当たってしまった」

「ああ、そういうこともあった！」ヴァンスは青い煙の帯を吹き上げた。「うん、手がかりの一種ではある。だけど、ぼくがさっき話していたのはどちらかというと、グリーン屋敷にある事情のほうなんだ――有機体としての環境というか――あの場所の心理的要素というか」

「もうかんべんしてくれ、抽象的な理論やら深遠な仮説やらは」マーカムが辛辣《しんらつ》にさえぎった。「私たちは現実的な仕事のやり方《モーダス・オペランディ》を見つけなければならないんだ。さもなくば負けを認めるしかない」

「だけど、なあマーカム、混沌たる事実に何かしら秩序をもたらすことができないとしたら、それはもう明らかに負けだ。できるとしたら、祈るような気持ちで分析していくしかないよ」

「何か意味の通るような事実を教えてもらいましょうか」ヒースが嚙《か》みついた。「そうすりゃ、たちまちつなぎ合わせてみせますから」

「部長の言うとおりだ」とマーカム。「きみも認めるだろう、手をつけられるような意味のある事実がまだひとつもないって」

「いや、事実はこれからもっと出てくるぞ」

モラン警視が姿勢を正し、目を細めた。「それはどういう意味です、ミスター・ヴァンス？」今の発言には何か内心の琴線に触れるものがあったらしい。

「まだ終わりではない」ヴァンスは珍しく沈痛だった。「この絵は未完成なんですよ。この極悪非道な画布はさらなる惨劇をもって仕上げを迎える。恐ろしいのは、それを止めるすべがないことだ。うごめいている恐怖を今のところどうしても断ち切れない。恐怖は続くはずです」

「やはり、あなたも怖いんですね！」警視の声はいつになくうわずっている。「いやはや！こんなにぞっとする事件は初めてだ」

「お忘れじゃありませんよね」ヒースが口をはさんだが、おぼつかなげだ。「昼夜ぶっとおしで屋敷を見張らせているんですよ」

「だからって安心できるもんか、部長」とヴァンス。「犯人はもう屋敷内にいるんだ。あの屋敷のきわめて有害な雰囲気の一部なんだから。長いあいだあそこにずっといて、壁の石そのものからしみ出した毒に養われたんだ」

ヒースが顔を上げた。

「家族のひとりってことですか？　前にもそうおっしゃってましたね」

「そうともかぎらない。ただ、老トバイアスの家父長思想に発する、ゆがんだ状態に毒された者ではある」

「誰かひとりを屋敷内にもぐり込ませて、警戒に当たらせましょうか」と部長刑事。「それとも、家族ばらばらに、別の住まいに移るよう説得してもいいかもしれない」

ヴァンスはゆっくりと首を振った。

「屋敷にスパイは無用だよ。今じゃ誰もがみんなスパイの目でほかのみんなを警戒し、みんなを恐怖と疑惑の目で見ているだろう？　それと、家族を分散させることについては、財布の紐を握るグリーン老夫人が動かしがたい障害になるばかりか、トバイアスの遺言がもとで法律上ありとあらゆるやっかいごとにもぶちあたるんじゃないでしょうかね。誰もびた一文もらえないんですよ。確か、トバイアスの遺骸が虫に食い尽くされていくまるまる四半世紀のあいだ、ずっと屋敷にとどまっていなかったら。それに、グリーン一族の生き残りをうまくばらばらにして屋敷を封鎖できたとしても、殺人者をつぶしたことにはならない。殺人者の心臓が浄化の杭に貫かれるまで、終わりにはなりません」

「いよいよ吸血鬼退治か、ヴァンス？」マーカムはいらだちをつのらせていた。「屋敷のまわりに魔方陣でも描いて、玄関にニンニクを吊るそうって？」

落胆のあまりマーカムが放ったひどいいやみが私たちの追い詰められた精神状態をよく表わしていて、沈黙が長く続いた。いちはやく現実に立ち返って当面の問題を考えようとしたのはヒースだ。

「ミスター・ヴァンス、さっきグリーン老人の遺言の話をしましたね。私もそのことをずっと考えていたんですが、遺言の条項がすっかりわかれば、何か役立つことが見つかるかもしれません。何百万という財産が、全部老夫人に遺《のこ》されたらしいですよ。そこで知りたいのは、あの人にはその財産を好きなように処理する充分な権利があるのかってことだ。それと、あの老夫人ご自身がどんな遺言書をつくっているかってことも知りたいですな。あれだけの財産がらみだとすると、何かしらの動機につながるかもしれない」

「そうだ――そうだとも！」ヴァンスは手放しの賞賛の目をヒースに向けた。「ここまで出た中でいちばん実のある意見だ。敬服するよ、部長。うん、この事件には老トバイアスの財産が関係しているのかもしれない。たぶん直接的な関係ではないだろうが、その財産の影響力が――金は隠れた力を発揮するものだからね――今回の犯罪にからんでいるのは確かだ。――どうだろう、マーカム？　他人の遺言を捜し出すにはどうしたらいいんだい？」

マーカムはそれについてじっくり考えた。

「この場合はさほどやっかいではないと思う。トバイアス・グリーンの遺言は当然記録事項だから。検認裁判記録の中から見つけ出すのに多少時間がかかるだろうが、ま、グリーン家の顧問、バックウェイ&オールダイン法律事務所所長の老バックウェイがたまたま知り合いなんでね。このクラブでときどき顔を合わせるし、一、二度、ちょっとした恩を売ったこともある。ミセス・グリーンの遺言内容を内々に教えてもらえると思うよ。明日にでも頼んでみよう」

会合はその後三十分ばかりで解散となり、私たちは帰宅した。

「遺言状もたいして役に立たないんじゃないだろうかね」その晩、暖炉の前でハイボールを傾けながら、ヴァンスは言った。「この悲惨な事件でほかのものがことごとくそうだったように、何か重要な意味はあっても、画面にピースがはまって仕上がるまできっと意味がわからない」

立ち上がって本棚に向かうと、彼は小型本を一冊抜き出した。

「さて、グリーン家のことは一時的《プロ・テンパリ》に頭からぬぐい去って、『サテュリコン』にひたるとするか。古くさい歴史家たちがローマ帝国衰亡の理由についてさんざん騒いでいるが、その永久不変の答えはペトロニウスがあの都市の退廃を描いた不朽の名作のうちにあるというのにね」

腰を落ち着けて、目の前の本のページをめくっていく。しかし、とうてい集中した様子はうかがえず、彼の視線はひっきりなしに書物からそれてさまようのだった。

二日後――十一月三十日火曜日――午前十時を回ったころにマーカムからヴァンスへ電話があって、すぐオフィスへ来てほしいという。モダン・ギャラリーのアフリカ彫刻展に出かける支度中だったヴァンスだが、地方検事の緊急呼び出しとあってその道楽のほうは延期されることになった(1)。三十分とたたず、私たちは刑事裁判所ビルに着いた。

「エイダ・グリーンが今朝電話してきて、すぐに会いたいというんだ」とマーカム。「ヒースを差し向けよう、必要なら私もあとから行くと言ったんだが。それだけはやめてほしいらしく、こっちへ来ると言い張ってね。屋敷から離れたほうが話しやすいのだとのことだ。いささか取り乱しているようだったから、そうするように言った。それで、きみに電話して、ヒースにも知らせたというわけだ」

ヴァンスは腰を下ろすと、煙草に火をつけた。

「彼女がチャンスさえあればまわりのあんな雰囲気から逃れようとするのも、無理はないだろう。それにね、マーカム、ぼくはあの娘がぼくらの取り調べにとってきわめて重要になりそうなことを知っているという結論に達したんだ。きっと、気になっていることをぼくらに話そうと思い切ったんだろう」

そう言っているところへ部長刑事が通されてきて、マーカムは事情をかいつまんで伝えた。

ヒースは悲観的ながら興味を示した。「どうやら、手がかりをつかむ唯一のチャンスらしい。まだろくなことは何ひとつわかっちゃいないんだから、誰かがちょっとしたことをばらしてくれでもしないかぎり、お手上げですよ」

十分ほどして、エイダ・グリーンがオフィスに案内されてきた。顔色を取り戻し、もう腕を吊ってもいなかったが、依然としてはかなげな風情《ふぜい》だった。ただし、それまではいやでも目についていた、怯《おび》えきって尻込みするような様子は影を潜めている。

マーカムの机に向かって座った彼女は、どう切り出そうかと思案しているのか、しばし眉を寄せて日射しを見上げていた。

「レックスのことなんですけれど、ミスター・マーカム」彼女がようやく口を開いた。「本当のところ、わかりません、こちらへうかがうことにしてよかったのかどうか――すごく不実なことのようで……」意を決しかねているような目をマーカムに向けた。「ああ、どうなんでしょう――もしも、だいじに思っている身近な誰かのことで何かを――何かよくないこと、危険なことを――知っているとして、とんでもない問題になりそうだと思ったら口外してもいいんでしょうか？」

「事情によりけりですね」マーカムはまじめに答えた。「今この状況では、あなたのお兄さん、お姉さんの殺人事件を解決するのに役立ちそうなことを何かご存じならば、話してくださるのがあなたの義務でしょう」

「内緒で打ち明けられたことでも？」彼女はなおもためらっている。「それに、その人が家族であっても？」

「そういう場合でも、話してくださるべきでしょう」マーカムは噛んで含めるような口調だった。「恐ろしい犯罪が二度も起きたんですから、犯人を裁きにかけられそうな情報なら何ひとつ出し渋っていてはなりません――それが誰であろうとも」

娘はふっと目をそらした。そして、おもむろに決意して顔を上げた。

「お話ししましょう。……レックスに私の部屋の銃声についてお訊ねになったとき、あの人、聞こえなかったとお答えしましたね。それが、私には打ち明けてくれたんです、ミスター・マーカム。銃声はちゃんと聞こえていたんだと。だけど、正直に言ったら、起きてみんなに知らせなかったのを怪しまれるんじゃないかと思ったらしくて」

「ベッドにもぐったまま声を殺して、みんなには眠っていると思わせたのはどうしてなんでしょうね？」娘がもたらした情報に俄然《がぜん》関心をそそられているのを、マーカムは極力さとられないようにしていた。

「それがわからないところなんです。私にも言おうとしません。でも、何か理由があって――聞きっとそうです！――何らかの理由で怖がっている。教えてくれるよう頼みましたけれど、聞こえたのは銃声だけじゃないってことしか……」

「銃声だけじゃない！」マーカムは興奮を隠せなかった。「それ以外にも何か聞こえて、怖がっているというんですね？　しかし、どうしてその話をしてくれなかったんでしょう？」

「そこがおかしなところで。聞き出そうとすると怒るんです。だけど、何か知っていることがある――何か恐ろしい秘密をかかえてる、そう思えてなりません。……ああ、お話ししないほうがよかったのかもしれない。レックスをめんどうなことに巻き込んでしまうかもしれない。でも、あんなひどいことがあったんですから、お知らせしておくべきだという気もして。あなたからレックスに話をして、知っていることを聞き出していただけたらと思ったんです」

またマーカムをすがるように見る彼女の目は、得体《えたい》の知れない恐怖におののいていた。

「どうか、お願いですから聞き出してください――さぐり出してほしいんです」と訴えかける。

「私も少しは――安心できます、もし――もしも……」

マーカムはうなずき、彼女の手をぽんぽんとたたいた。

「聞き出してみましょう」

「ただ、あの屋敷ではよしてください」彼女がとっさに言った。「まわりに――人がいて――いろいろなものがあって――レックスは怯えて何も言えないでしょう。こちらへ呼び出してください、ミスター・マーカム。あのひどいところから出してやれば、誰かに聞かれるのをはばかることなく話せますから。レックスは今うちにいます。ここへ呼び出してください。私もいると言って。私も一緒に彼を説得してもいいし……。ああ、私のためと思ってぜひそうしてください、ミスター・マーカム！」

マーカムはさっと時計を見やり、面会予定メモにざっと目を通した。それもそうだろう、エイダに負けず劣らずマーカムもレックスを尋問に呼びつけることを切望している。躊躇《ちゅうちょ》したのもつかのま、受話器を取り上げると、スワッカーに言ってグリーン屋敷に電話をつないでもらった。あとに続く通話の様子からすると、オフィスへ来るようレックスを説き伏せるのにかなり手こずっているのは明らかだった。手っとり早く法的手段をとってもいいとやんわり脅して、やっと相手が折れた。

「どうも、罠ではないかと思っているらしいが」マーカムは考え込むように言って、受話器を戻した。「すぐに着替えて出かけると約束してくれた」

エイダの顔を安堵《あんど》の色がよぎる。

「もうひとつお話しすべきことがあったんでした」と、彼女は慌てて言った。「何の意味もないことかもしれませんけれど。先日の夜、一階ホール奥の階段のそばで紙切れを拾ったんです――手帳の一ページをちぎったような。インクで二階にある私たちの寝室の図が描いてあって、小さな×印が四つついていました――ジュリアの部屋にひとつ、チェスターの部屋にひとつ、レックスの部屋にひとつ、私の部屋にひとつ。下のほうの隅っこには、いくつかおかしな記号だか絵だかが描いてあるんです。釘が三本刺さったハートやら、オウムみたいな鳥やら。それに、三つの小石の下に線を一本引いたような絵もあって……」

葉巻を口もとに持っていきかけたヒースが、いきなり身を乗り出した。

「オウムに三つの小石!……ひょっとして、ミス・グリーン、番号をふった矢もありましたか?」

「ええ！」彼女が勢い込んで答える。「そんな絵もありました」

ヒースは葉巻をくわえ、したり顔でふてぶてしく吸い付けた。

「そいつには大いに意味がありますよ、ミスター・マーカム」興奮でうわずりそうな声を抑えている。「全部シンボルマークだ——グラフィック・サインとか呼んでます——ヨーロッパの、主としてドイツやオーストリアの犯罪者どもが使う」

「小石のシンボルだったら、ぼくもたまたま知っている」ヴァンスが口をはさむ。「石打ちの刑に処された聖ステパノの殉教《じゅんきょう》を象徴するしるし。スティリア（オーストリア南東部の山岳州。ドイツ語名はシュタイアーマルク）地方の農作暦によれば、聖ステパノの祝日の紋章だ」

「そんなこと、私はまるで知っちゃいませんが」とヒース。「ヨーロッパの犯罪者どもがそういうサインを使うんですよ」

「ああ、そうだろうとも。ぼくもロマの象徴的な言語を調べていて、いくつもそういうのを見たことがある。魅力的な研究対象だ」エイダの見つけたものにヴァンスは無関心らしい。

「その紙切れをお持ちですか、ミス・グリーン？」とマーカム。

娘はきょとんとして首を振った。

「すみません、重要とも思わなくて。持ってきたほうがよろしかったんでしょうか？」

「捨てちまったんですか？」ヒースは興奮ぎみだ。

「えっ、いえ、ちゃんととってあります。しまっておきましたけど……」

「その紙切れをもらってこないと、ミスター・マーカム」部長刑事が立ち上がると、地方検事の机に詰め寄る。「これこそ手がかりかもしれない、調べましょう」

「そんなに必要なものでしたら」とエイダ。「レックスに電話して、持ってこさせましょうか。私から説明すれば置き場所はわかるでしょうから」

「そりゃいい。こちらから行く手間が省《はぶ》けます」ヒースはマーカムにうなずいてみせた。「出かけてしまう前につかまえましょう」

マーカムは受話器をとると、もう一度スワッカーに指示してレックスに電話をつないでもらった。しばらくして電話がつながると、エイダに受話器を渡した。

「もしもし、レックス。怒らないでよ、何にも心配いらないんだから。……お願いがあるの。プライベート・メールボックスを見てほしいの、私用にあつらえた青い封筒が入っているから。それをミスター・マーカムのオフィスに持ってきてもらえないかしら。あ、取り出すところを誰にも見られないようにしてね。……それだけよ、レックス。じゃあ、早く来てね。ダウンタウンで一緒にお昼を食べましょう」

「ミスター・グリーンの到着までにまだ三十分はあるな」マーカムがヴァンスのほうを向いて言った。「ぼくはいっぱい人を待たせているから、きみとヴァン・ダインでお嬢さんを証券取引所にお連れして、いかれたブローカーたちの狂乱ぶりをご覧にいれてはどうだろう。いかがですか、ミス・グリーン？」

「ぜひ！」娘は大喜びだ。

「一緒にどうだ、部長？」

「私もですか！」ヒースが鼻を鳴らす。「お楽しみはもうけっこう。ひとっ走り大佐のところへ行って、ちょいと話をしてきます[2]」

ヴァンス、エイダ、私の三人は何ブロックか先のブロード・ストリート十八番地まで車で出かけた。エレベーターに乗り、応接室を通って（ここで制服の案内係が有無を言わさず私たちの外套《がいとう》を剝ぎ取った）、取引所フロアを見渡せる見学者用バルコニーに出る。その日の市場はいつになく活況を呈していた。修羅場の喧噪は耳を聾《ろう》さんばかりで、立会場の熱狂は興奮した群集の暴動にも似ている。私には見慣れた光景で、格別の印象はない。騒音と無秩序が大嫌いなヴァンスは、うんざりとわずらわしげに見物している。しかし、エイダはぱっと顔を輝かせた。目をきらめかせ、頬を染めている。魅入られたように、手すりから乗り出さんばかりに見つめている。

「もうおわかりでしょう、ミス・グリーン、人間がどれほど愚かになれるのか」とヴァンス。

「あら、だけどすばらしいわ！　あの人たちには活気がある。感情がある。闘志を燃やす対象があるのね」

「お気に召したんですね？」ヴァンスが笑顔を見せた。

「あこがれます。私、何かわくわくするようなことをずっと待ちこがれていました――何か……あんなふうな……」彼女は眼下を飛び回る群集のほうへ手を伸ばした。

さもありなん、彼女は長年わびしいグリーン屋敷で、病人の世話に明け暮れる単調な生活をしてきたのだから。

そのときふと顔を上げると、思いも寄らないことにヒースが入り口のところに立って、見物客の集団をきょろきょろ見回していた。苦々しげな、ひどく険しい顔つきで、緊張した目をそわそわ動かしている。私が手を上げて合図すると、すぐさまこちらへやって来た。

「ボスが今すぐオフィスに戻ってほしいとのことで、ミスター・ヴァンス」口調に不吉なものがある。「お迎えにあがりました」

ヒースをじっと見ていたエイダの顔が恐怖で青ざめた。

「やれやれ！」ヴァンスがしかたなさそうに肩をすくめる。

「ちょうど輿が乗ってきたところなのにな。だけど、ボスには従わねばならぬ――ねえ、ミス・グリーン？」

しかし、彼が思いがけない呼び出しを努めて軽く受け流そうとしたにもかかわらず、エイダはなぜか無言だった。車でオフィスへ戻るあいだも、口を閉じたまま緊迫の面持ちで、何も見ていない目をまっすぐ前に向けて座っていた。

刑事裁判所ビルにたどり着くまで、果てしなく時間がかかるように思える。道路が混雑していた。エレベーターに乗るにもずいぶん待たされた。ヴァンスはこの状況にも落ち着いているようだったが、ヒースの唇は固く結ばれ、噴出しそうな興奮に耐えているかのように鼻息も荒かった。

私たちが地方検事のオフィスへ入っていくと、マーカムが立ち上がり、思いやりあふれる目でエイダを見つめた。

「気をしっかりもってください、ミス・グリーン」穏やかな、慰めるような声だった。「悲劇的な不測の出来事が起きました。いずれはお耳に入るでしょうから――」

「レックスだわ！」エイダはマーカムの机に向かう椅子に力なくへたり込んだ。

「そうです」マーカムがそっと言う。「レックスが。あなたが出ていってからしばらくして、スプルートが電話で……」

「撃たれた――ジュリアやチェスターみたいに！」かろうじて聞こえる彼女の言葉が、古びてむさくるしいオフィスに恐怖感をもたらす。

マーカムが首をかしげる。

「あなたが電話して五分とたたないうちに、部屋に入ってきた何者かが彼を撃ったんです」

彼女は嗚咽《おえつ》に身を震わせ、両腕に顔を埋めた。

マーカムが机を回り込んで、彼女の肩にやさしく手をかける。

「さあ、顔を上げて。私たちはこれから屋敷に行って、できるかぎりのことをします。あなたも一緒に来ていただいたほうがいいでしょう」

「いや、帰りたくない」彼女はうめくように言った。「怖いんです――怖い……」

14 絨毯《じゅうたん》についた足跡

十一月三十日（火曜日）正午

私たちに同行するようエイダを説得するのに、マーカムはさんざん苦労した。娘は恐怖のあまりほとんどパニック状態に陥《おちい》っているらしい。そのうえ、レックスの死に間接的責任を感じている。しかし、ようやくのことあきらめて、私たちに車まで連れていかれるままになった。すでにヒースが殺人課へ電話連絡していたので、私たちがセンター・ストリートを出ようというときには捜査の手配がすんでいた。市警本部で待ち構えていたスニトキンともうひとり、バークという本部の刑事が、マーカムの車の後部座席に押し込まれる。グリーン屋敷まで二十分以内で到着という優秀なタイムを出した。

グリーン屋敷正門の数ヤード先、通りの突き当たりで鉄柵にもたれかかっていた私服刑事が、ヒースの合図ですぐさま進み出てきた。

「どうなってるんだ、サントス?」部長刑事がぶっきらぼうに問いただす。「今朝、屋敷を出入りしたのは誰だ?」

「知ったところでどうなさるおつもりですか?」刑事は憤然《ふんぜん》と言い返した。「執事のじいさんが九時ごろ出かけて、三十分もしないうちに荷物を持ち帰りました。三番街へ犬用ビスケットを買いにいったとか。このうちの医者が車で十時十五分過ぎにやって来ました――通りの向かいのあれです」刑事は斜め前に駐車してあるフォン・ブロンのダイムラーを指さした。「まだ屋敷にいます。そして、ドクのご到着から十分ほどして、こちらのお嬢さんが」――エイダのほうを指し示す――「出てきて、アヴェニューAへ向かうと、そこでタクシーに飛び乗った。男、女だろうが子供だろうが、私が今朝八時にキャメロンと交替して以降、そこの門を出入りしたのはその三人だけでした」

「キャメロンからの引き継ぎは？」

「ひと晩じゅう出入りはなし、と」

「ふむ、何者かがどこからかもぐり込んだのか」ヒースがうなる。「西側の塀までひとっ走りして、ドネリーをただちにここへ呼べ」

門の向こうにサントスが消えたかと思うと、すぐに側庭をガレージのほうへ急ぐ姿が見えてきた。数分のうちには、裏門《フロント》の見張りに立っていたドネリーが急ぎ足でやって来る。

「今朝、裏から入ったやつは？」と、ヒースの大声。

「誰もいません、部長。料理人が十時ごろ市場に買いものに出かけ、いつもの配達人が二人、荷物を置いていきました。昨日からこっち、裏門を通ったのはそれで全部です」

「そんなこったろうな！」ヒースは邪険に言い捨てた。

「お言葉ですが——」

「ああ、わかった、わかったよ」部長刑事はバークのほうを向いた。「塀に上って見回れ。何者かが乗り越えたんじゃないか確かめるんだ。スニトキン、おまえは庭の足跡を調べろ。終わったら報告してくれ。私は屋敷内にいるから」

私たちがもうすっかりきれいに掃き清められていた玄関先の道を歩いていくと、スプルートが迎え入れてくれた。相変わらず無表情の執事が、いつもどおりうやうやしく私たちの外套《がいとう》を預かる。

「もうお部屋へどうぞ、ミス・グリーン」マーカムがエイダの腕にそっと手を添えた。「横になって、少しお休みになるといい。引き揚げる前にご挨拶にうかがいますから」

娘は何も言わず、すなおに従った。

「スプルート、客間へ来てもらおうか」とマーカム。

老執事は私たちのあとについてきて、マーカムが席についたセンターテーブルの前にかしこまって立った。

「では、話を聞かせてもらおうか」

スプルートは咳払いして、窓の外へ目を向けた。

「たいしてお話しすることもございません。食器室でガラス器を磨いておりましたところ、銃声が――」

「もうちょっとさかのぼって頼むよ」マーカムが口をはさむ。「今朝九時に三番街へ出かけたそうだが」

「はい。シベラさまが昨日ポメラニアンを買われまして、ご朝食のあとで犬用ビスケットの買いものを頼まれましたので」

「午前中、屋敷を訪ねてきた者は？」

「どなたもいらっしゃいません――つまり、ドクター・フォン・ブロンのほかには」

「けっこう。では、あったことを残らず話してくれ」

「何もございませんでした――いつもと違うことはということですが――レックスさまが撃た

れるまでは。エイダさまがお出かけになったのが、ドクター・フォン・ブロンのいらっしゃった数分後。十一時ちょっと過ぎにはレックスさまへお電話をいただきましたね。その少しあとでレックスさまへ二度目のお電話。そこで私は食器室へ戻りました。それからいくらもしないうちに銃声が――」

「それは何時ごろだったろうか？」

「十一時二十分ごろだと存じます」

「それから？」

「前掛けで手を拭くと、ダイニング・ルームに入って耳をそばだてました。屋敷内で音がしたのかどうかわからなかったのですが、調べたほうがよさそうだと思いまして。階段を上ってみましたところ、レックスさまのお部屋のドアが開いていましたので、まずはその部屋をのぞきました。すると、あのかたが床に倒れて、額の小さな傷口から血を流していらっしゃる。ドクター・フォン・ブロンをお呼びして――」

「ドクターはどこにいらっしゃった？」ヴァンスが質問をはさんだ。スプルートは口ごもって考えている様子だ。

「二階にいらっしゃいましたので、すぐに――」

「へえ――二階にね！　あてもなくうろついていたとか？　あっちへちょっと、こっちへちょっとと見て回っていた？」ヴァンスは執事を穴があくほどじっと見た。「ほらほら、スプルート、言ってしまえ。ドクターはどこにいらっしゃった？」

「私が思いますに、シベラさまのお部屋ではないかと」

「思う《コギト》、思う《コギト》って……。まあいい、もうちょっと脳をつついて、結論まで持っていってみようじゃないか。呼ばれたドクターの有形の肉体は、どの空間区分から現われ出てきた？」

「じつを申しますと、シベラさまのお部屋のドアから出ていらっしゃいました」

「ははあ。それはそれは！　だとすると、結論はこうかな――たいして脳を働かせなくとも。その特定のドアから出てくるまで、ドクターは実際にミス・シベラの部屋にいたんだな？」

「そのように思われます」

「よせよ、スプルート！　わかりすぎるほどよくわかっているくせに」

「はあ――はい、そうです」

「では、波瀾万丈《オデュッセイア》の物語を続けてもらおうと思うよ」

「たとえるといたしますと、『イーリアス』のほうに似ています。悲劇的なところがと申しましたらわかっていただけましょうか。レックスさまがヘクトルというわけではございませんが。それはともかく、ドクター・フォン・ブロンがすぐ来てくださって――」

「すると、ドクターには銃声が聞こえなかったのか？」

「そのようです。レックスさまを見てひどく驚かれた様子でしたから。シベラさまもあとからレックスさまのお部屋にいらっしゃって、やはり驚かれました」

「二人は何か言ったか？」

「それについてはわかりかねます。私はすぐさま階下に下りて、ミスター・マーカムにお電話しました」

話の途中でエイダが入り口アーチのところに姿を見せた。目を見開いている。

「誰かが私の部屋に入ったみたい」と、怯《おび》えた声で言う。「たった今、二階の部屋に行ったら、バルコニーへ出るフレンチドアが半開きで、床に泥雪混じりの足跡が……。ああ、どういうことなんでしょう？　もしや――？」

マーカムがぐいと身を乗り出した。

「お出かけになるとき、フレンチドアは閉めてあったんですね？」

「ええ、もちろんです。冬にはめったに開けることもありません」

「鍵がかかっていたんですね？」

「はっきりしませんが、かかっていたと思います。かかっていたはず――だけど、私が鍵をかけ忘れたのでなければ、中に入れたはずがありませんよね？」

早くも立ち上がっていたヒースは、苦虫を嚙《か》み潰したような顔で娘の話を聞いていた。

「またあのオーバーシューズのやつでしょうな」とつぶやく。「今度はジェライム御大《おんたい》にお出まし願おうか」

マーカムはうなずくと、エイダに向き直った。

「お知らせありがとうございます、ミス・グリーン。別の部屋で待っていてもらったほうがよさそうだ。あなたのお部屋を調べさせていただくまでは、そのままの状態にしておいてください」

「キッチンに行って、料理人と一緒にいます。私――ひとりでいたくない」ふっとひと息ついて、彼女は出ていった。

「ドクター・フォン・ブロンは今どちらに？」マーカムがスプルートに訊いた。

「奥さまのところでございます」

「すぐにこちらへおいで願いたいと伝えてくれ」

執事は一礼して出ていった。

ヴァンスは目をほとんど閉じたまま、あちこち歩き回っている。

「どんどん手に負えなくなっていくなあ。それでなくても異常なことだらけなのに、足跡やら半開きのドアやら。とんでもないことが起きているよ、マーカム。悪霊や呪術、もしくは不思議とそれに近いことだ。なあ、ローマ民法のユスティニアヌス法典に、悪魔憑《つ》きや心霊に対する法的処置についての記述はあるのかい？」

マーカムがどやしつけようとしたところへ、フォン・ブロンがやって来た。いつもの柔和な態度はどこへやら、無言でぎくしゃくと頭を下げると、落ち着きのない手でそわそわと口髭《くちひげ》をなでつける。

「スプルートの話によりますと、ドクター」とマーカム。「レックスの部屋で銃声がしたのが聞こえなかったそうですね」

「聞こえなかった！」うろたえつつも悩ましげな顔だった。「そのわけはわかりません。ホールに面したレックスの部屋のドアは開いていたのに」

「ミス・シベラのお部屋にいらっしゃったんですよね？」ヴァンスが足を止めて、ドクターをしげしげと見た。フォン・ブロンが眉を吊り上げる。

「いました。シベラが不調を訴えていたので――」

「喉の痛みとかなんとかでしょうね、きっと」ヴァンスがあとを引き取った。「でも、そんなことはどうでもいい。問題はあなたもミス・シベラも銃声を聞いていないということです。間違いありませんか？」

ドクターは首をかしげた。「スプルートがドアをノックして、ホールの向こうへ呼ばれるまで、何も知らなかったんです」

「ミス・シベラもレックスの部屋までご一緒だったんですね？」

「確か、私のすぐあとについてきました。でも、何もさわらないようにと言って、すぐ自分の部屋へ戻らせました。私がまたホールへ出てみるとスプルートが地方検事のオフィスに電話しているのが聞こえたので、警察の到着を待ったほうがいいだろうと思いました。シベラに状況を説明してから、ミセス・グリーンに悲報を伝えにいったまま、スプルートに呼ばれるまで付き添っていました」

「二階で誰かを見かけたり、不審なもの音を聞いたりしませんでしたか？」

「誰も――何も。それどころか、屋敷はいつになく静まり返っていました」

「ミス・エイダの部屋のドアが開いていたかどうか、覚えていらっしゃいますか？」

ドクターはちょっと考えていた。「覚えていません――ということは、たぶん閉まっていたんでしょう。でなければ気がついたでしょうから」

「ミセス・グリーンの今朝のご様子はいかがです?」ヴァンスの無頓着《むとんちゃく》な質問が、何やら不適切に聞こえる。フォン・ブロンははっとした。

「お目通りの際はご機嫌よさそうでしたが、レックスが亡くなったことでかなり不安定におなりです。私がおそばを離れるときは、背骨がずきずき痛《シューティング》むと訴えていらっしゃいました」

マーカムは立ち上がり、じっとしていられないかのように入り口アーチへ向かった。

「そろそろ検屍官が到着する。その前にレックスの部屋を見ておきたい。一緒に来てください、ドクター。——ああ、スプルート、玄関にいてくれたまえ」

私たちはそっと二階に上がった。私たちがいることをわざわざミセス・グリーンに知らせないほうがいいだろうと、誰もが思っていたのだ。グリーン屋敷の部屋はどこもそうだが、レックスの部屋も広々としていた。大きな窓が正面にひとつと側面にもうひとつある。遮光カーテンがない室内に、真昼でも低い冬の日射しが降り注ぐ。以前チェスターから聞いた話を裏づけるように、壁際にはずらりと本が並び、積み重ねた小冊子や論文が隅のあいたスペースをことごとく埋めていた。寝室というよりは学習室といったおもむきの部屋だ。

左側の壁中央にチューダー様式の暖炉があって——エイダの部屋の暖炉と同じだ——その前に、レックス・グリーンの身体が横たわっていた。左腕を伸ばしているが、右腕は曲がり、何かをつかんでいるかのように手を握り締めている。丸屋根のような頭が少し横向きになって、右目上の小さな穴から額を伝う血がひとすじ見えた。

ヒースは遺体を数分間眺め回した。

「じっと立っているところを撃たれてますね、ミスター・マーカム。そのままどさっと倒れ、床にぶつかってちょっとしてから身体を伸ばした」

ヴァンスは不思議そうな顔つきで死者をのぞき込んだ。

「マーカム、なんだか妙な、つじつまの合わないところがあるな。事件が起きたのはまっ昼間で、この若者は正面から撃たれている——火薬痕まであるくらいだ。それなのに、表情はあくまでも自然じゃないか。恐怖や驚愕の影もない——それどころか、穏やかでのんきな死に顔……。信じられない。殺人者と銃が見えなかったはずはないのに」

ヒースがゆっくりとうなずく。

「私もそう思いました。おかしいったらありゃしない」彼はさらに遺体の近くまでかがみ込んだ。「銃創からすると三二口径のようですね」と、ドクターのほうを向いて確認を求める。

「そうです」とフォン・ブロン。「きょうだいを撃ったのと同じ銃ではないでしょうか」

「同じ凶器だ」ヴァンスは厳粛《げんしゆく》に断言すると、考え込みながらゆっくりとシガレットケースを取り出した。「そして、同じ人物の犯行だ」煙草を吸いながら、困惑の目でレックスの顔を見る。「それにしても、よりによってなぜこんなときに——白昼、部屋のドアは開いているし、近くに人がいるというのに。なぜ夜になるまで待たなかった？　なぜ無用の危険を冒したんだろう？」

「それはほら、レックスが私のオフィスへ話をしにこようとしていたからじゃないか」とマー

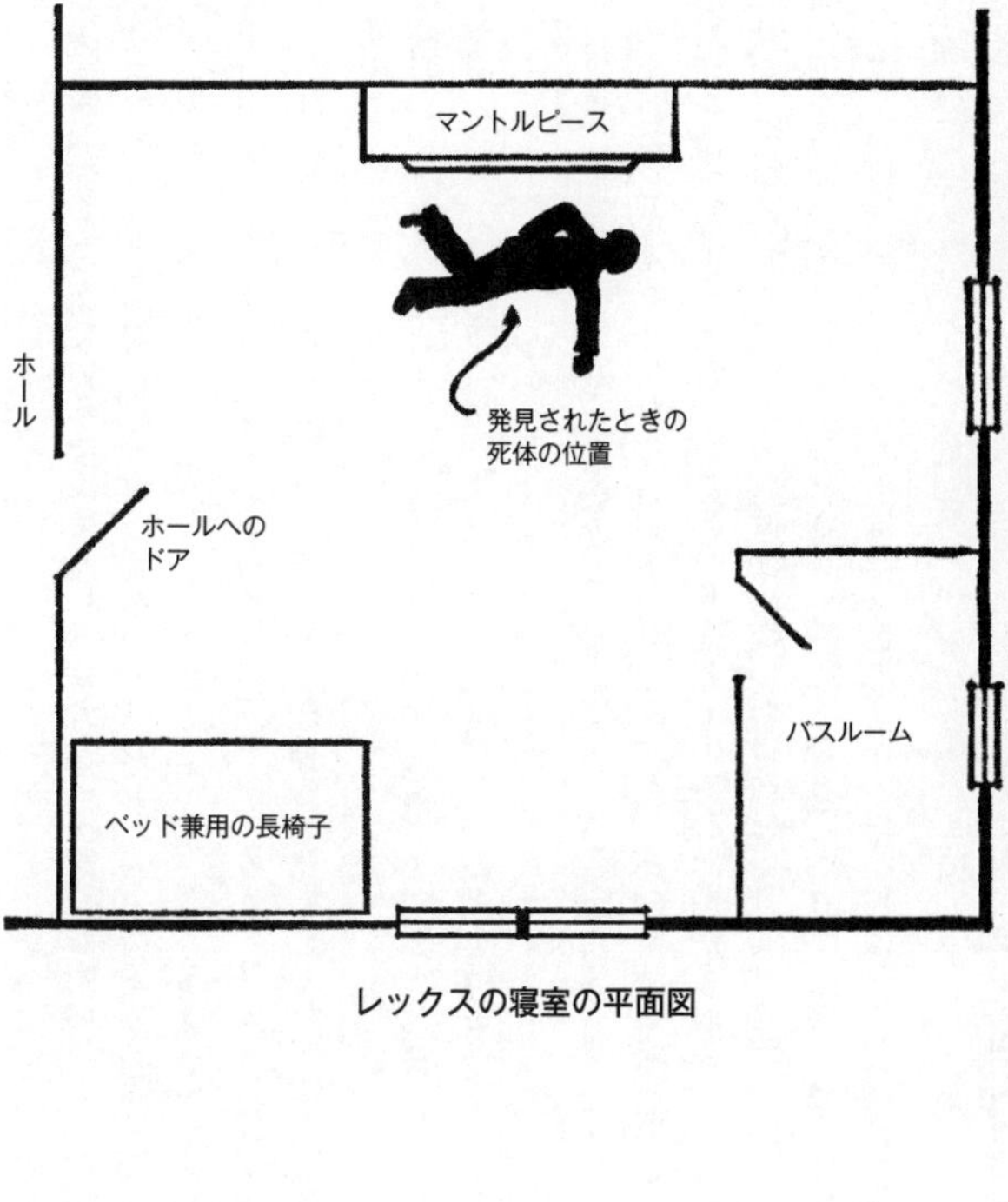

レックスの寝室の平面図

カム。

「だけど、彼が新事実を暴露する気でいるなんて誰にわかった？　撃たれたのはきみの電話から十分とたたないうち——」話を中断したヴァンスが、さっとドクターに顔を向ける。「屋敷の内線電話はどこにありますか？」

「確か三本ありますね」フォン・ブロンはすらすら答えた。「ミセス・グリーンの部屋とシベラの部屋、あとひとつはキッチンにあると思います。言うまでもありませんが、代表電話は一階の玄関ホールにあります」

「よくある親子電話か」ヒースがうなる。「通話に割り込んで聞くことなんざ、とんど誰にだってできたんじゃないか」ふと遺体の脇に膝をついた彼は、右手の指をほどいてみるのだった。

「暗号めいた紙切れは見つからないんじゃないかな、部長」ヴァンスがぼそりと言う。「口封じのためにレックスを射殺したんだとしたら、始末されたはずだ。あの電話を盗み聞きしたんなら、ほら、彼が封筒を持参しようとしていたのを承知しているわけだから」

「おっしゃるとおりだとは思いますよ。でも、確かめないわけにはいきません」

部長刑事は遺体の下を手探りしてみてから、ポケットにもひととおり手を突っ込んでいった。しかし、エイダが口にした青い封筒らしきものは影も形もなかった。彼はしぶしぶ立ち上がる。

「ありません、しかたないな」

そこで、また思いつくことがあったらしく、ホールに駆け出して階下のスプルートを呼んだ。

姿を見せた執事に、ヒースが獰猛《どうもう》に詰め寄っていく。

「プライベート・メールボックスはどこだ？」

「おっしゃることがよくわからないのですが」スプルートは冷静沈着に答える。「玄関のすぐ内側に郵便受け《メールボックス》がございます。それのことでございましょうか？」

「違う！　それじゃないことはわかりきってるだろう。私が知りたいのは、プライベートのほう――いいか？――プライベート・メールボックスだ」

「ひょっとして、投函する郵便物を入れておく小型の 箱《ピクシス》 のことでしたら、一階ホールのテーブルの上ですが」

「聖体容器《ピクシス》とおいでなさったか！」部長刑事は盛大にいやみを込めて言う。「じゃあ、下へ行って、そのピクシスとやらの中身を全部持ってきてくれ。――いや！　ちょっと待った――一緒に行こう。……いやはや、ピクシスだと！」部長刑事はスプルートの腕をとると、執事を引きずるようにして部屋を出ていった。

しばらくして、部長刑事はうなだれて戻ってきた。

「からっぽだ！」と、そっけなくひとことだけ。

「神秘の図を見失ったからといって、絶望ってわけでもないさ」と、ヴァンスが励ます。「どうせあんまり役に立たなかったんじゃないかな。これは判じ絵で解き明かすような事件じゃない。絶対値だの微積分、同次多項式、被乗数、導関数、係数だのをたっぷりまぶした複雑な数式でできているんだから。レックスがこんなに早々と地上を立ち去ることになっていなければ、彼自身がその数式を解いたかもしれないが」彼は室内に視線を泳がせた。「まだ解いていなかったとも断言できないか」

マーカムはいらだちをつのらせた。

「下へ行って、客間でドリーマス医師や本部の人員を待とう。ここでこれ以上の収穫は得られない」

ホールに出た私たちがエイダの部屋の前を通りかかりざま、ヒースはドアをさっと開け、ドア口に立って室内を見渡した。バルコニーへ出るフレンチドアがわずかに開いて、西から吹く風がチンツ地のカーテンをはためかせている。薄いベージュ色の絨毯に、ベッドを回り込むようにしてこちらのホール側ドアのところまで湿って変色した汚れがついていた。ヒースはその痕跡をしばらく眺めてから、ドアを引いてまた閉めておいた。

「足跡ですな、ふうむ。何者かが雪を踏んだ足でバルコニーから入り込み、ガラス戸を閉め忘れたんだ」

私たちが客間に腰を落ち着けるやいなや、玄関にノックの音がした。スプルートがスニトキンとバークを通してくる。

「バーク、おまえが先だ」と、現われた警官二人に部長刑事が指示する。「塀を乗り越えて侵入したらしき痕跡は？」

「どこにもありません」警官の外套もズボンも、上から下まで泥に汚れている。「塀の上に這いつくばってくまなく調べましたところ、何者かの侵入痕はどこにもありませんでした。もし侵入したやつがいるんなら、塀を跳び越えたんだ」

「よし、いいぞ。――おまえはどうだ、スニトキン」

「発見したことがありました」刑事はあからさまに勝ち誇った声で言った。「外階段を屋敷西側のバルコニーへ上がった者がいます。今朝九時ごろに雪が降ったあとですね、足跡がつきたてなので。そのうえ、前回われわれが玄関先で見つけたのと同じサイズです」

「どこから来た足跡だ？」ヒースが意気込んで身を乗り出す。

「それがいまいましいところでして、部長。玄関先階段のすぐ下から来ているんですが、正面歩道はもう掃き清められていたのでそこまでしかたどれません」

「そんなこったろうな」と、不満がましいヒース。「足跡は片道だけか？」

「それだけです。玄関の何フィートか下で歩道をそれ、屋敷の角をぐるりと回り込んで、バルコニーへの階段を上っています。そいつは道を引き返していません」

部長刑事は憮然として葉巻をふかした。

「じゃあ、そいつはバルコニーへ階段を上り、フレンチドアからエイダの部屋を通り抜けて、悪事をはたらいてから――姿をくらましたわけか！　お見事！」部長刑事がうんざりと舌打ちする。

「犯人は玄関から出ていったのかもしれない」とマーカム。

部長刑事が顔をしかめて大声でスプルートを呼びつけると、執事は即座にやって来た。

「おい、銃声を聞いて、どこから二階へ上がった？」

「使用人用階段からでございます」

「すると、そのときに何者かが表の階段を下りていくのが見えなかったかもしれないな？」

「はい、そんなこともあろうかと存じます」

「それだけだ」

スプルートは一礼して、また定位置の玄関に戻っていった。

「ふうむ、どうやらそういうことだったようです」ヒースがマーカムに言う。「それにしても、どうやって姿を見られずに敷地を出入りしたのか？　そいつが知りたいもんですね」

ヴァンスは窓辺に立って、じっと川面を見つめている。

「またもや雪に足跡とは、とてもじゃないが腑に落ちないものがあるなあ。この常軌を逸《いっ》した犯人ときたら、足にはまるで無頓着でいながら手にはひどく念入りじゃないか。指紋やら何やら、犯人が存在した形跡をひとつも残していないくせして、足跡だけは――きっちりくっきりとこれ見よがしについているとはね。だけど、そんなのはこの異様な事件全体にそぐわないよ」

ヒースはどうしようもなさそうに床を眺めた。ヴァンスの意見はもっともだ。だが、持ち前のあくまでも不屈さを失わない精神を発揮して力を奮い立たせ、おもむろに顔を上げる。

「ジェライム警部に電話だ、スニトキン。絨毯についた足跡を調べにきてほしいと伝えろ。そのあとで、バルコニーの階段についた足跡を計測してくれ。――バーク、おまえは二階ホールの見張りにつけ。西側の表二部屋に誰も入らせるんじゃないぞ」

15　屋敷内にいる犯人　　十一月三十日（火曜日）午後十二時三十分

スニトキンとバークが出ていくと、窓辺のヴァンスが向き直り、座っているドクターにつかつかと歩み寄った。

「はっきりさせておいたほうがいいと思います」と、穏やかに声をかける。「銃撃以前から最中にかけて、屋敷内のみなさんの居場所を。――ドクター、あなたは十時十五分ごろにご到着でしたね。ミセス・グリーンのところにはどのくらいの時間いらっしゃいましたか？」

フォン・ブロンは居ずまいを正し、ヴァンスに憤慨《ふんがい》の目を向けた。しかし、すぐに態度を変えて丁寧に答える。

「おそばにいたのは三十分ほどでしょうか。そのあとシベラの部屋へ行って――十一時ちょっと前だったかな――スプルートに呼ばれるまでそこにいました」

「その間ミス・シベラもずっとご一緒でしたか？」

「はい――ずっと部屋にいました」

「ありがとうございます」

ヴァンスは窓辺に戻り、ドクターを挑みかかるような目で見守っていたヒースが、くわえ葉巻を口からはずしてマーカムに頭をかしげてみせた。

「あのですね、ちょっと考えていたんですが、屋敷内に監視役を送り込むっていう例の提案です。今いるナースを辞めさせて、市警本部の者を入れちゃどうでしょう?」

フォン・ブロンが大歓迎だとばかりに見上げた。

「名案です!」と、声を上げる。

「いいだろう、部長」マーカムも賛同する。「手配してくれるか」

「さっそく今夜からでもいいですよ」と、フォン・ブロンがヒースに言う。「いつでもご都合のいいときにここでお迎えして、私からナース役のかたに指示を出します。特に専門技術を要するようなことはありませんから」

ヒースは使い古した手帳にメモした。

「ここに、そうだなあ、六時とか。それでどうでしょう?」

「けっこうですとも」フォン・ブロンは立ち上がった。「では、もうご用がないようでしたらそろそろ……」

「かまいませんとも、ドクター」とマーカム。「お引き止めしません」

ところがフォン・ブロンは、そのまま屋敷を去るのではなく二階へ行った。シベラの部屋のドアをノックする音。数分後にまた下りてきたドクターは、私たちのほうを一顧だにせず玄関へ向かった。

そのあいだにスニトキンが戻ってきて、ジェライム警部は市警本部をすぐ出て、三十分以内に到着すると部長刑事に伝えた。そして、バルコニーの階段についた足跡を計測しに外へ出ていった。

「さてと」とマーカム。「ミセス・グリーンにお目通りするとしようか。何か聞こえていたかもしれないし……」

眠そうに見えたヴァンスが目を覚ました。

「ぜひともね。だけどその前にまず、いくつか事実を確かめておこうよ。レックス死亡に先立つ三十分ほどのあいだ、ナースはどこにいたのか知りたいもんだね。それと、銃が発砲された直後にあの老夫人がひとりきりでいたかどうかも知るにやぶさかじゃない。敢えてご病人の逆《げき》鱗《りん》に触れるより先に、ナイチンゲール嬢の話を聞いてはどうだろう?」

マーカムは同意し、ヒースがスプルートをナースの呼び出しに行かせた。

職業柄、平然とした態度で入ってきたナースだが、前回会って以来、バラ色の頬が目に見えて青ざめている。

「ミス・クレイヴン」――ヴァンスはくつろいだ事務的な話し方をした――「今朝十時半から十一時半までのあいだ何をしていたか、教えていただけますか?」

「三階の自室にいました。十時ちょっと過ぎにドクターがいらっしゃってから、ドクターに呼ばれてミセス・グリーンにスープをお持ちするまで、ずっと。そのあとまた部屋に戻っていましたが、もう一度お呼びがかかって、ドクターがみなさんとご一緒のあいだミセス・グリーンに付き添っていました」

「ご自分のお部屋にいらっしゃるとき、ドアは開いていましたか?」

「ええ、開いていました。ミセス・グリーンがお呼びになるかもしれませんから、日中はいつも開けたままにしています」

「ミセス・グリーンの部屋のドアも開いていたということですね」

「はい」

「銃声が聞こえましたか？」

「いいえ、聞こえませんでした」

「うかがいたいことは以上です、ミス・クレイヴン」ヴァンスはナースをホールまで送っていった。「このままお部屋に戻ったほうがいい。これから私たちがあなたの患者さんをお見舞いしますから」

ノックのあと横柄な命令口調に迎えられて入室すると、ミセス・グリーンは私たちに悪意に満ちた目を向けた。

「またもややっかいごとね」と不平をこぼす。「私ったら、自分のうちでちっとも安心していられないわけ？　何週間かぶりにそこそこ気分がいいと思っていたのに――そこへこんなことが起きて、めちゃくちゃよ！」

「お悔やみ申しあげます――きっとご心痛だろうとは思いますが、それ以上に――私たちは息子さんの死を悔やんでいます」とマーカム。「この悲劇があなたのご迷惑になるのは申し訳ありません。それでも、だからといって事件を捜査する必要性から逃れられるものではないのです。銃が発砲されたときにお目覚めだったなら、あなたからご提供いただける情報をさぐることも避けては通れません」

「私が――身体が麻痺して、たったひとりここに横たわっている無力な私が、どんな情報を提供できるというの？」くすぶる怒りに燃える目。「あなたがたこそ私に情報を提供する側でしように」

マーカムはとげのある反駁《はんばく》を受け流す。

「ナースが言うには、今日の午前中、あなたの部屋のドアは開いていた……」

「開いていてはいけませんか？　私が家族から完全に閉め出されているとお思い？」

「まさか、とんでもありません。ただ確かめたかっただけです、ひょっとして、ホールでもの音がしたら聞こえるようなところにいらっしゃったかどうか」

「あら、何も聞こえませんでしたよ――確かめたいことがそれだけならば」

マーカムは辛抱強くねばる。

「たとえば、何者かがミス・エイダのお部屋を通ったり、お部屋のドアを開けたりするような音がしませんでしたか？」

「もう申しあげたじゃありませんか、何も聞こえなかったと」老夫人は意地悪く語気を荒らげて否定した。

「ホールを歩いたり、階段を下りたりするものはいなかったんですか？」

「いませんでしたよ、あの無能な医者とどうしようもないスプルートのほかにはね。午前中に来客の予定でもあったんですか？」

「あなたの息子さんを撃ち殺した者がいました」マーカムが冷ややかに釘を刺す。

「あの子の自業自得というものでしょう」そう言い捨ててから、彼女も少しは不憫に思ったらしい。「まあ、レックスはほかの子たちほどやっかいでも薄情でもなかった。だけど、あの子だって不届きなことは同じで、私をないがしろにしていたのよ」情状を斟酌《しんしゃく》しているらしい。「そうよ」と裁定を下す。「あの子は母親をだいじにしなかった罰を受けたんです」

マーカムはたぎるような憤《いきどお》りをもてあましている。ようやく平静をとりつくろって質問した。

「あなたの息子さんを罰した銃声が聞こえましたか？」

「聞こえませんでした」またも怒りに満ちた口調だった。「ドクターが私にも教えようとお決めになるまで、騒ぎのことを何も知りませんでした」

「しかし、あなたのお部屋ばかりかミスター・レックスのお部屋のドアも開いていたんですよ」とマーカム。「あなたに銃声が聞こえなかったというのは理解しがたい」

老夫人は容赦のない皮肉な目で彼を見た。

「あなたの理解力不足にご同情申しあげるべきかしら？」

「奥さま、追い払われないうちに退散いたします」マーカムはこわばったお辞儀をすると、きびすを返した。

私たちが一階ホールへ下りたところへ、ドリーマス医師が到着した。

「お仲間がまだ仕事中なんだそうで、部長」と、いつもの気の置けない調子でヒースに挨拶する。医師は外套《がいとう》と帽子をスプルートに渡すと、前に進み出て私たち全員と握手を交わした。

「きみら、朝食をぶちこわしてくれないときには昼食のじゃまをしてくれるんだからな」と、愚痴をこぼしながら。「死体はどこだ?」

ヒースが医師を二階に連れていき、数分後には客間へ戻ってきた。葉巻をもう一本取り出すと、端を邪険に嚙《か》みちぎる。「さて、お次はミス・シベラに会うってんでしょう?」

「そうしたほうがよかろう」マーカムはため息をついた。「それから使用人たちと話をしたら、あとはきみに任せる。もうすぐ記者連中がご登場だぞ」

「そんなこってしょうよ! 新聞に書き立てることがさぞかしどっさりあるだろうさ!」

「堂々と近々逮捕の見込みなんてことも言えないしね」ヴァンスが苦笑いする。「なんとも苦しいところだ」

ヒースは言葉にならない怒りのひと声を発すると、スプルートを呼びつけ、シベラを呼び出しにやった。

ほどなく、シベラは小さなポメラニアンをかかえてやって来た。顔色がそれまでよりいっそう青ざめ、目には見間違えようのない恐怖の色がある。私たちへの挨拶にも持ち前の快活さが欠けていた。

「いやな感じになっていく一方ね?」と言って着席した。

「恐ろしいとしか言いようがありません」マーカムが深刻な顔で返す。「心からお悔やみを申しあげます……」

「まあ、おそれいります」彼女はヴァンスが差し出した煙草を受け取った。「だけど、私もいつまでここでお悔やみを受けていられるのかしらって、そんな気がしはじめました」強《し》いて明るくしゃべっているが、声にわざとらしさがあって、気持ちを抑えているのがうかがえる。

　マーカムは彼女に同情の目を向けた。

「しばらくのあいだお出かけになるのも悪くないと思いますよ——そうですね、お友だちのお宅へでも——できればこの街を離れたところへ」

「あら、いやよ」彼女は頭をつんと後ろにそらした。「逃げるつもりはないわ。誰か私を本当に殺すつもりの人間がいるなら、なんとしてでも殺すでしょうよ、私がどこにいようと。どのみち私は遅かれ早かれ戻らなくてはならないんだし。そういつまでも市外の友人たちにくっついていられたもんじゃない。——でしょ？」不安げな悲観の目でマーカムを見る。「私たちグリーン一族を皆殺しにしようって考えに取り憑《つ》かれているのは何者か、まだ何にもわかっていらっしゃらないんでしょう？」

　マーカムが公式見解としてはまったく見込みなしと認めるのをしぶっていると、彼女は訴えるような目をヴァンスに向けた。

「私を子供扱いすることないでしょ」と、威勢よく言う。「ともかくあなたなら、ミスター・ヴァンス、容疑者がいるのかどうかくらい教えてくださいますよね」

「いいえ、ミス・グリーン！——まったくもって、いません」ヴァンスは即座に答える。「こんなふうに白状しなくちゃならないなんて驚きですが、そうなのです。だからこそ、ミスター・マーカムもしばらくよそに行っていてはと勧めたんでしょう」

「いろいろお心づかいくださって、たいへんありがたいわ。だけど、私はここにいてなりゆきを見届けようと思います」

「勇敢なお嬢さんだ」と、マーカムは困ったように褒めた。「では請け合いましょう、人の力でできることは何でもしてあなたの身の安全を守ります」

「それはどうも」吸っていた煙草を灰皿に放り投げ、彼女は膝に乗せた愛犬を漫然となではじめた。「ところで、私が銃声を聞いたかどうか確かめたかったんでしょう。まあ、聞いていませんけど。ということで、尋問はその点から先へ進むんでしょうね」

「とはいえ、弟さんが亡くなったころ、あなたは自分の部屋にいらっしゃったんですよね？」

「午前中ずっと部屋にいました。初めて入り口をまたいだのは、スプルートがレックスの訃報を伝えにきたときでした。だけど、ドクター・フォン・ブロンにさっさと中へ戻らされて。そのままさっきまで部屋にいたんです。不道徳な新世代人にしちゃ、模範的なお行儀のよさでしょ？」

「ドクター・フォン・ブロンがお部屋にいらっしゃったのは何時ごろでしたか？」とヴァンス。

シベラはうっすらと妙な笑い方をした。

「その質問があなたからで、とってもうれしい。ミスター・マーカムだったら、きっといかにも気に入らないって口調になったでしょうから——お医者さまを寝室《ブードワール》に迎えるのはしごくま《オ》っと《・フェ》うなことなのに。——まあいいわ。ドクター・フォン・ブロンにも同じ質問をなさったはずね、慎重にお答えしなくちゃ。……十一時ちょっと前、ってところかしら」

「ドクターの言葉とぴったり同じだ」ヒースがうさんくさそうに口をはさむ。

シベラがそんな部長を愉快そうな驚きの目で見る。

「不思議なことじゃないでしょ！　だけどまあ、正直は最良の策だってずっと言い聞かされてますから」

「それで、ドクター・フォン・ブロンはスプルートに呼ばれるまであなたの部屋にいらっしゃったんですよね？」ヴァンスは質問を続けた。

「ええ、そうです。パイプを吸ってたんです。母はパイプをひどく嫌っていますから、先生はよく私の部屋に忍び込んではパイプでくつろぐの」

「では、ドクターがいらっしゃっているあいだ、あなたは何を？」

「この獰猛《どうもう》な犬を洗ってやっていました」彼女はポメラニアンをヴァンスの目の高さに抱き上げてみせた。「きれいになったでしょ？」

「バスルームで？」

「もちろん。まさか化粧台で洗ってやるわけにもいきませんし」

「で、バスルームのドアは閉まっていましたか？」

「それはどうでしょうか。でも、たぶん閉まっていたんじゃないかしら。ドクター・フォン・ブロンは家族も同然なので、ときどきひどく不作法をはたらいてしまうこともあって」

ヴァンスは立ち上がった。

「ありがとうございました、ミス・グリーン。ごめんどうをおかけして申し訳ありません。しばらくまたお部屋にいていただいてもかまいませんか？」

「かまいませんか、ですって？　かまうわけないわ。安心していられるのは自分の部屋くらいのものなんですから」彼女は入り口アーチへ向かう。「何かわかったことがあれば、お知らせください――ね？　もう強がってもしようがない。私、ものすごく怯《おび》えています」そう告白したのを恥じるかのように、彼女は急ぎ足でホールを通り抜けていった。

ちょうどそこへスプルートが、指紋の専門家二人、デューボイスとベラミー、そして専属の写真係を通してきた。ヒースがホールで迎え、三人を二階へ連れていくとすぐに戻ってきた。

「さて今度はどうしますか？」

憂鬱《ゆううつ》な顔で考え込むマーカムは心ここにあらずで、部長刑事の問いかけに答えたのはヴァンスだった。

「思うに、信心深いヘミングと寡黙なフラウ・マンハイム相手にもう一度話をしてみたら、未解決問題のひとつやふたつ片づくかもしれないな」

ヘミングが呼ばれてきた。ひどい興奮を抑えかねている。占いが的中した預言者さながら、勝ち誇ったように目をぎらつかせて。ただし、伝えるべき情報は持ちあわせていなかった。午前のほとんどを洗濯室で過ごし、私たちの到着直前にスプルートが口にするまで悲劇のあったことも知らなかったのだ。それでいて、神罰を話題に多弁を弄《ろう》する。その神託めいた言葉の奔《ほん》流《りゅう》をせき止めるのにはヴァンスも手を焼いた。

料理人も、レックス殺害の捜査に光を投じてはくれなかった。午前中いっぱい、市場に出かけた時間以外は始終キッチンにいたという。銃声は聞こえなかったし、ヘミング同様、変事があったことはスプルートから知らされて初めて知った。しかし、前回とは彼女の様子がはっきり変わっていた。客間に入ってくる際、普段感情の表われないその顔に怯えと憤りがうごめいていたし、私たちの前に着席すると、膝に置いた手の指がそわそわ落ち着かなかった。

面談のあいだ、ヴァンスは彼女を注意深く観察していた。最後になって、唐突に質問する。

「この三十分ばかり、キッチンでミス・エイダとご一緒でしたね?」

エイダの名前が出たとたん、彼女の恐怖がつのるのが手に取るようにわかった。料理人は深く息を吸った。

「はい、エイダお嬢ちゃまは私のところにいらっしゃいました。ありがたや、今朝、レックスさまが殺されたとき、お嬢さまがお出かけだったのは神さまのおかげです。でなければ、レックスさまでなくてお嬢さまだったかもしれない。前にも一度殺されかけたんですから、もう一度危ない目にあってもおかしくない。お嬢さまをこの屋敷に置いてはおけません」

「お伝えしておくほうがよさそうですね、フラウ・マンハイム」とヴァンス。「この先、ミス・エイダはよく気をつけて見守られることになりますよ」

料理人は彼に感謝の目を向けた。

「どうしてエイダお嬢ちゃまを傷つけようとするんでしょう?」苦悶《くもん》する口調だった。「私もお嬢さまを見守るようにします」

彼女が引き揚げていくと、ヴァンスは言った。

「どういうわけだろう、マーカム、エイダには、あの母親みたいなドイツ人以上にいい保護者はこの屋敷内にいないんじゃないかな。――それにしても、殺人者にちゃんと足かせをはめてやらないかぎり、この大虐殺に終わりはないよ」彼は顔を曇らせた。口もとはピエトロ・デ・メディチばりに冷酷だ。「この地獄絵図は未完成だ。やっと最後の場面がまさに浮かび上がろうとしている。いまわしい――ロップスやドレ（フェリシアン・ロップスは一八三三―一八九八年、ベルギーの画家。ギュスターヴ・ドレは一八三三―一八八三年、フランスの画家。ボードレール、ダンテ、ラブレーほかの著作に挿し絵を描いた）の描いた恐怖よりなお恐ろしい」

惨めに落ち込んだマーカムがうなずく。

「そうだな、今回の事件は不可抗力で、ただの人間がやめさせようとしたって力及ばないような気がする」彼はうんざりと立ち上がり、ヒースに声をかけた。「今ここで私にできることはもうないよ、部長。捜査を続けて、五時までにオフィスへ電話をくれ」

私たちが引き揚げようとしているところへ、ジェライム警部が到着した。がっしりした体格の泰然《たいぜん》とした人物で、灰色の口髭《くちひげ》をまばらに生やし、小さな目が深くくぼんでいる。うっかりすると如才《じょさい》ないやり手商人とでも見誤りそうだ。そそくさと握手儀礼をすませると、ヒースが二階へ案内していく。

ヴァンスがもう着込んでいたアルスター外套を、今また脱いでいる。

「もうちょっとここにいて、あの足跡について警部の意見を聞きたい。なあ、マーカム、ぼくはちょっと現実離れした仮説を温めているんだがね、それを検証してみたいんだ」

マーカムはちょっとのあいだ詮索するような好奇の目で彼を眺めていた。そして、自分の時計にちらりと目をやる。

「ぼくも一緒に待とう」

十分ほどしてドリーマス医師が下りてくると、長いこと気をもたせたあげく、レックスは三二口径リヴォルヴァーで約一フィートの距離から額を撃たれていると告げた。銃弾は真正面から入って、おそらく中脳に埋もれたのではないか。

ドリーマスが帰ってから十五分ほどで、ヒースが客間に戻ってきた。思いがけず私たちがまだいるので、不安そうな顔になる。

「ミスター・ヴァンスがジェライムの報告を聞きたいというのでね」とマーカム。

「警部の仕事はもうじき終わりますよ」部長刑事は椅子に深々と座った。「スニトキンの計測を確認しているところですから。ただ、絨毯《じゅうたん》の足跡についちゃ、あんまりはかばかしくありませんね」

「指紋は？」とマーカム。

「まだ出ません」

「これからも出やしないさ」と、あとを引き取るヴァンス。「わざとつけたんじゃなければ、足跡だってなかったはずなんだ」

ヒースは彼を鋭くひとにらみしたが、口を開こうとしたところへ二階からジェライム警部とスニトキンが下りてきた。

「どうですか、警部《キャップ》?」と部長刑事。

「バルコニーの足跡は、二週間かそこら前にスニトキンが私のところによこした型紙と、サイズも模様も同じオーバーシューズがつけたものだ」とジェライム。「室内の跡については、はっきりしたことが言えない。同じ足跡のように思えるがね。薄黒いところも、フレンチドアの外にある雪の汚れのようだし。写真を何枚か撮っておいた。顕微鏡で拡大してみればはっきりするだろう」

ヴァンスが立ち上がって、ゆっくりと入り口アーチへ向かった。

「ちょっと二階へ行く許可をもらえるかな、部長?」

ヒースはけげんそうな顔をした。思いがけないこの頼みに、反射的に理由を訊ねそうになったが、「もちろんです。どうぞ」とだけ言った。

ヴァンスの態度にある何かが——納得しつつはやる心を抑えようとしているような雰囲気が——彼は自説を立証したのだと告げている。

彼が二階に行っていた時間はせいぜい五分ほど。戻ってきた彼は、チェスターのクローゼットで見つかったのとそっくりなオーバーシューズを手にしていた。それをジェライム警部に手渡す。

「足跡をつけたのはおそらくこいつでしょう」

ジェライムとスニトキンの二人が、計測した寸法と比べたり靴底の模様をざっと合わせてみたり、じっくり検分する。最後に、警部が片方を窓際に持っていくと、宝石鑑定用の片眼鏡をつけてかかとの盛り上がり部分を調べた。

「おっしゃるとおりのようですね」と警部。「ここのすり減り具合が、私のとった型とぴったり一致する」

ヒースがぱっと立ち上がってヴァンスをじろりと見た。「どこにあったんですか?」と問い詰める。

「階段の上にある小さなリネン室の奥に隠してあった」

部長刑事は興奮を抑えきれなかった。くるりとマーカムのほうを向くと、うろたえながらまくしたてる。

「課のやつら二人して屋敷じゅう銃を捜して回りましたが、そんなところにオーバーシューズなんかありませんでしたよ。オーバーシューズには特に気をつけろと言ってあったのに。それがどうです、今になってミスター・ヴァンスが二階ホールのリネン室で発見とは!」

「いやいや、部長」ヴァンスが穏やかに言う。「刑事さんたちが拳銃を捜していたとき、オーバーシューズはあそこにはなかったんだよ。前のときは二回とも、あれをはいていたやつに、うまく隠しておく時間の余裕がたっぷりあったんだ。だけど今日は、ほら、ちゃんと隠す暇がなかった。それで、一時しのぎにリネン室ってわけだよ」

「へえ、そうなんですかね?」ヒースは言葉を濁す。「じゃあ、あとの話はどうなるんです、ミスター・ヴァンス?」

「今のところ話はこれだけだよ。あとの話までわかったら、誰が撃ったのかだってわかっているはずじゃないか。ただ、言っておくがね、さっきの警官《セルジャン・ドゥ・ヴィル》たちはどちらも、怪しい人物が立ち去るのを見ていない」

「おいおい、ヴァンス」マーカムが立ち上がる。「すると、犯人はたった今も屋敷内にいるということになるぞ」

「ともかく、ぼくらが来たとき犯人はここにいたと思っていいだろうな」ヴァンスはものうげだった。

「しかし、フォン・ブロン以外に屋敷を出た者はいない」と、ヒースが口走った。

ヴァンスがうなずく。「ああ、どうやら犯人はまだ屋敷内にいるらしいね、部長」

16 消えた毒薬

十一月三十日（火曜日）午後二時

マーカム、ヴァンス、私の三人はスタイヴェサント・クラブで遅い昼食をとった。食事中は、まるで暗黙の了解ででもあるかのように事件の話題は避けられた。だが、コーヒーと煙草の時間になると、マーカムは椅子の背にもたれかかってヴァンスを厳しい目で見つめた。

「さて、あのオーバーシューズをリネン室で見つけることになったいきさつを聞かせてもらおうか。おい！　長ったらしい言い逃れだのバートレット辞典の引用句だのはいっさい聞きたくないぞ」

「もちろん喜んで胸の内を打ち明けるとも」ヴァンスは顔をほころばせた。「まったくもって単純な話さ。強盗説なんかはなから信じちゃいなかったぼくには、先入観なしにありのまま問題に取り組むことができたんだよ」

彼は煙草に火をつけ、自分でコーヒーのおかわりをついだ。

「考えてもみろよ、マーカム。ジュリアとエイダが撃たれた晩、二組の足跡が見つかった。雪がやんだのは十一時ごろだったから、足跡がついたのはそれから部長刑事が現場に到着した十二時ごろまでのあいだだな。チェスターが殺された晩、また同じような足跡が見つかった。それもやっぱり天候が回復した直後についたものだ。二つの事件それぞれに、玄関と通りを往復する足跡があった。しかも、どちらとも雪がやんだあと、はっきり間違いなく見えるようについているんだ。格別びっくりするような偶然じゃなくても、ぼくの脳にいささか違和感を与えるには充分だった。今朝、バルコニーの階段についたばかりの足跡を発見したとスニトキンが報告してきたとき、その違和感がどんどんつのっていった。足跡を残したくてしかたない犯人に、またもや同じ気象条件がついて回っているじゃないか。いやおうなしに思い至ったのが、ソロン（紀元前アテナイの立法家、ギリシャ七賢人のひとり）の言葉じゃないが、ほかのあらゆることには慎重で抜け目ない犯人が意図的に、わざわざぼくらに見せつけようとしてあの足跡をつけたってことだ。ほら、毎回、降る雪にかき消されたりほかの足跡にまぎれたりしないときだけを見計らっているだろう。……聞いてるのか？」

「先を続けてくれ。聞いている」とマーカム。

「じゃあ続けよう。三件の足跡にはもうひとつ符合することがある。最初の事件のとき、乾いた雪がぱらついただけだったから、屋敷を出てまた戻ってきたのか、それとも通りから屋敷に近づいて引き返したのか、足跡からは判別不可能だった。チェスターが死んだ晩は湿った雪にくっきりした跡がついていたのに、同じ疑問がもちあがった。屋敷を出入りする足跡が正面歩道の両側にあって、たったひとつとして重なり合ってはいなかったんだよ！　たまたまだろうか？　ひょっとしたらそうかもしれない。だけど、まったく無理がないとは言えない。かなり細い通路を行き来すれば、どこかで自分の足跡をいくつか踏みそうなもんじゃないか。もしひとつも踏まなかったとしても、行き帰りの足跡が寄り添うように平行するものじゃないだろうか。それが、二方向の足跡ラインはきっぱり離れていた。行きも帰りもそれぞれ歩道の縁ぎりぎりのところを踏んでいて、足跡をつけた人物が絶対に重ならないようにしたみたいだ。そこで、今朝ついた足跡のことを考えてみよう。屋敷に入っていく一方向の足跡だけで、出ていく足跡はなし。ぼくらは、犯人が玄関から雪かきした歩道伝いに逃げたと結論づけたけれど、しょせんそれはひとつの推定にすぎなかった」

ヴァンスはコーヒーをひと口飲み、ちょっと煙草を吸った。

「ぼくがはっきりさせたいのはこういうことだ。警察に外部犯だと思わせるというはっきりした目的で、屋敷内の誰かがまず外に出てから戻ってきた足跡というわけではないのか。そうじゃないという証拠もないんだ。しかし反対に、まず屋敷内から出ていった足跡だという形跡ならある。外部者だったら、どっちから来たのかごまかすような小細工はわざわざしないだろうからね。いずれにしても往来の先まではたどれやしないんだから。そこで、あの足跡は屋敷内の誰かがつけたという想定をとりあえずの出発点にしたんだ。——もちろん、ぼくのような門外漢の論理が、輝かしい法理学にさらなる光を添えられるかどうかはいざ知らず——」

「これまでのところ、きみの推論には筋が通っている」マーカムがぴしゃりと口をはさむ。「だが、先ほど、きみがまっしぐらにリネン室へ向かったことの説明にはちっともなっていない」

「そうだな。だけど、いろんな要因があったものでね。たとえば、スニトキンがチェスターの部屋のクローゼットで見つけたオーバーシューズが、足跡とぴったり同じサイズだったこと。最初は、未詳の犯人が自分の足跡をごまかすためにあれを使ったんじゃないかと考えていたよ。だけど、あれが市警本部へ持っていかれたあと、また似たような足跡が現われた——今朝見つかったやつだ。ぼくは仮説を微修正して、チェスターがオーバーシューズを二足もっていたと考えた——使わなくなった一足がまだ捨てられていなかったんだろう。だから、ジェライム警部の報告を聞きたかったんだ。新たに見つかった足跡が前のとぴったり同じかどうか、どうしても知りたくてね」

「しかし、だとしても」マーカムが割り込む。「足跡は屋敷内から出たものだという説は、かなりおぼつかない足場の上に立っているような気がする。ほかに根拠はないのか?」

「今それを話そうとしていたのに」ヴァンスが非難がましく答える。「そう急《せ》かすもんじゃない。ぼくが弁護士で、最終弁論ですっかり息切れしそうだとでも思ってるんだろう」

「それよりも、ぼくが裁判官で、きみに絞首刑《スース・ペル・コル》を宣告するところだと思いたいね」

「ははあ、まあいいさ」ヴァンスはため息をついて、また話を続ける。「仮に、侵入者がジュリアとエイダを撃ったあとで逃げようとしたとしようか。エイダの部屋で銃声がしたあとすぐに、スプルートが二階ホールにやって来た。しかるに、彼は何も聞いていない――ホールの足音も、玄関扉の閉まる音も。それにだよ、マーカム、闇の中、オーバーシューズを履いて大理石の階段を下りた人物は、音もなく吹く真夏の西風《ゼフィール》でもあるまいに。あの状況なら、スプルートに逃げていく音が聞こえたはずなんだ。したがって、犯人は逃げなかったものと思われる」

「じゃあ、外の足跡は？」

「前もってつけておいたんだ、誰かが表の門まで往復して。――そして、チェスターが殺された夜だがね。発砲の十五分ほど前にホールで引きずるような足音とドアが閉まる音がしたという、レックスの話を覚えているだろう？　ドアが閉まる音については、エイダもそれを裏づけた。注意してもらいたいんだが、もの音がしたのは雪がやんだあとだった――というか、月が出たあとだな。オーバーシューズを履いた人物が歩く音、または門とのあいだを往復して離ればなれの足跡をつけたあと、オーバーシューズを脱ぐ音だったんじゃないだろうか？　ドアの閉まる音というのは、オーバーシューズを一時的にリネン室へ突っ込んでおいたときのものじゃないかな？」

マーカムはうなずいた。「うん、レックスとエイダが聞いた音にはそれで説明がつくな」

「今朝の一件はもっとわかりやすい。バルコニーの階段の足跡がつけられたのは、九時から正午までのあいだだ。だけど、二人の見張りはどちらも敷地内に入ってきた者を見ていない。そのうえ、レックスの部屋で銃声がしたあと、スプルートがしばらくダイニング・ルームで聞き耳を立てていた。誰かが階段を下りて玄関から出ていったとしたら、きっとスプルートに聞こえたはずだ。まあ、犯人はスプルートが使用人用階段を上るあいだに表の階段を下りたってこともあるかもしれない。だけど、そんなことがあるかな？　レックスを殺したあと、誰かが上がってきて見つけられそうだからといって、二階ホールで待ったりするものだろうか？　そんなことはしないだろう。いずれにせよ、見張りの刑事たちは屋敷を立ち去る者はいなかったと言っている。ゆえに、結論としては、レックスの死後に表階段を下りた者はいなかった。ぼくはここでまたも、足跡は事件の前につけられていたと考えた。ただし今回は、見張りに姿を見られてしまいそうだから、犯人は門まで往復するのはやめておいた。正面階段と歩道は雪かきもされていたしね。そこで、オーバーシューズを履いて玄関を出ると、足跡をつけながら屋敷の角を回ってバルコニーの階段を上り、エイダの部屋を通って二階ホールへ入ったんだ」

「わかった」マーカムは身を乗り出して、目の前の灰皿に煙草の灰をはじき落とす。「そういうわけで、きみはオーバーシューズがまだ屋敷内にあると推理したんだな」

「そのとおり。だけど、正直に言うと、すぐにリネン室だって思ったわけじゃない。まっ先に試してみたのは、チェスターの部屋だ。次にジュリアの部屋を見て回ってから、上の使用人部屋へ行こうとして、ドアの閉まる音がしたっていうレックスの話を思い出したんだ。二階にある部屋のドアを眺め回して、すぐさまリネン室をのぞいてみた——どう見ても、一時的に隠すのにはいちばん向いていそうなところだからね。すると、ほら！　オーバーシューズが古い絨《じゆう》毯《たん》の下に突っ込んであるじゃないか。犯人は前の二回ともそこに隠して、もっとちゃんと隠す機会をうかがっていたんだろうな」

「しかし、捜査官たちが行き当たらなかったなんて、いったいどこに隠してあったんだろう？」

「それは今のところわからないね。すっかり屋敷の外に持ち出されていたのかもしれない」

数分間の沈黙があった。それから、マーカムが口を開く。

「オーバーシューズが見つかって、きみの説はりっぱに証明されたわけだな、ヴァンス。しかし、わかってるのか、それがどういうことなのか？　きみの推理が正しいなら、今日ぼくらが話をした相手のうちの誰かが犯人なんだぞ。そう思うとぞっとする。ぼくはあの家のひとりひとりについて考えてみたんだが、大量殺人者らしき人間はちょっと見当たらないぞ」

「そいつはまるっきり道徳的先入観ってやつだよ」ヴァンスの声にからかうような調子が混じる。「ぼく自身はちょっとばかしひねくれているからね、グリーン屋敷で犯人候補から除外してもいいのはフラウ・マンハイムだけだろう。こんなふうに次々と殺しを企《くわだ》てるには想像力ってものが足りないから。だけどその他の人々となると、この極悪非道な大量虐殺の奥に誰が潜んでいてもおかしくないと思うよ。殺人者がいかにも殺人者らしく見えると思うのはね、間違った考えなんだ。いかにも殺人者らしい殺人者なんていたためしがない。人を殺しそうに見えるやつにかぎって、まったく無害だったりするのさ。ケンブリッジのリチソン師（クラレンス・リチソン。一九一一年ボストンの殺人者）だって、温和できれいな顔つきをしてただろう？　それでいて、情婦に青酸カリを飲ませた。アームストロング少佐（ハーバート・ラウス・アームストロング。イングランドの弁護士）はおとなしそうな紳士然としたやつだったのに、妻にヒ素を盛るのを思いとどまらなかった。ハーヴァード大学のウェブスター教授（ジョン・ホワイト・ウェブスター。十九世紀の殺人者）だって犯罪者タイプじゃなかったけれども、バラバラ死体にされたパークマン医師の霊魂はきっと残酷な殺人者の姿を見たはずだよ。情け深い目をした人のよさそうな髭面《ひげづら》のラムソン医師（十九世紀末イングランドの殺人者）はいかにも博愛主義者と思われていて、無情にも身体障害者の義弟をアコニチンで殺した。それにニール・クリーム医師（十九世紀後半のスコットランド系カナダ人の殺人者）なんか、一見して上流の教会の聖職者かと見間違いそうな風貌だったし、やさしい声をした愛想のいいウェイト医師（一九一六年の毒殺者）も……。女性だって！　イーディス・トンプスンは夫のオートミール粥に粉末ガラスを混ぜたが、敬虔《けいけん》な日曜学校の先生みたいに見えた（一九二二年の殺人者）。マデレーン・スミス（一八五七年スコットランドの毒殺者）の容貌もたいそう品がよかった。コンスタンス・ケントはたいした美人で――人に好かれる親切な娘だったがね、幼い弟の喉を容赦なくかききった。ガブリエル・ボンパール（十九世紀末フランスの殺人者）やマリー・ボワイエ（一八七七年フランスの殺人者）なんかは貴婦人犯罪者の典型だね。ひとりは自分のドレッシング・ガウンの紐で愛人を絞め殺し、かたやチーズ切りナイフで母親を刺し殺したんだが。はたまたマダム・フェネイルー（一八八二年パリの殺人者）ときては――」

「もうたくさんだ！」とマーカム。「犯罪者の人相学講義はしばらく後回しにしてくれ。今、オーバーシューズ発見から導き出される信じがたい推論に、なんとか頭を順応させようとしているんだから」恐怖が重くのしかかるのを感じているようだ。「おい、ヴァンス！　きみが持ち出してきたこの悪夢から、どうにかして抜け出さなくては。白昼堂々とレックス・グリーンに近づいて撃ち殺すなんて、あの屋敷内の誰にできたというんだ？」

「わからない、ほんとに」ヴァンス自身も、事件の不吉な様相にすっかり打ちのめされているようだ。「だけど、屋敷内の誰か――ほかの人たちが疑ってもみない誰かのしわざなんだ」

「ジュリアのあの顔、チェスターの驚いた表情――つまりそういうことだな？　どちらも疑っていなかったんだ。だから意表を突かれてひどいショックを受けた――時すでに遅し、だ。ああ、何もかもきみの説に符合する」

「ところが、符合しないことがひとつあるんだな」ヴァンスが途方に暮れたようにテーブルを見やる。「レックスの死に顔は穏やかだった。殺されることに気づかなかったみたいに。彼の顔に驚愕の表情が浮かばなかったのはなぜだ？　拳銃を向けられたときに目を閉じていたはずはないよ、闖入者《ちんにゆうしや》に向かって立っていたんだから。不可解だ――おかしい！」

彼は眉をしかめて、いらだたしげにテーブルを指先でトントンたたいた。

「ああ、もうひとつあったよ、マーカム、レックスの死に方で不可解なことが。あの部屋の、ホールに出るドアは開いていた。なのに、誰にも銃声が聞こえなかった――二階ではね。それでいてスプルートには――一階のダイニング・ルームの奥にある食器室にいた彼には、銃声がはっきり聞こえたというんだから」

「たまたまそんなこともあるかもしれないぞ」ほとんど無意識のうちに反論するマーカム。「音っていうのは思いも寄らない聞こえ方をすることがある」

ヴァンスは首を振る。

「この事件に〝たまたま〟はないね。何もかも恐ろしく論理的に組み立てられている――細かいことのひとつひとつにもじっくり練り上げられた計画的な理由が隠されているんだ。運まかせにしたことなんかひとつもない。それでも、あくまできちょうめんに組み立てた犯罪だからこそ、やがては犯人の失敗を招くことになるだろう。どこかひとつ控えの間の鍵が見つかれば、恐怖の館の大広間へも入り込めるんだろうがね」

そのとき、マーカムが電話に呼び出された。戻ってきたとき、彼の顔には困惑と不安の表情が浮かんでいた。

「スワッカーからだった。フォン・ブロンがオフィスに来ていると――ぼくに話があるらしい」

「へえ！　何だろうな」とヴァンス。

地方検事局へ車を走らせ、私たちはすぐにフォン・ブロンと会った。

「何でもないことで騒ぎたてているだけかもしれませんが」椅子に浅く腰かけると、ドクターは詫びるような調子で話しはじめた。「今日の昼ごろにあった妙な出来事をお知らせしておくべきだと思いまして。最初は警察に知らせようとしたのですが、ふと、おかしな誤解を招きそうな気がしたのです。そこで、あなたに問題を預けて、よしなに処理していただくことにしました」

いかにもその話題をどう切り出したものか逡巡しているらしい彼を、マーカムは丁重寛大な態度をくずすことなく、急かさずじっと待っていた。

「グリーン屋敷に電話したんですが、その――気がついてすぐに」フォン・ブロンは口ごもりながら続ける。「あなたはもうオフィスに帰られたあとで。そこで、昼食をすませてすぐ、直接こちらに来てしまいました」

「ありがとうございます、ドクター」と、つぶやくマーカム。フォン・ブロンはまた口ごもり、それから大げさなご機嫌取り口調になった。

「じつはですね、ミスター・マーカム、私は常日ごろ、医療かばんに予備の救急薬をとりそろえて持ち歩いておりまして……」

「救急薬というのは？」

「ストリキニーネ、モルヒネ、カフェインほか、さまざまな催眠薬や刺激剤です。重宝することがよくあるので――」

「私に会いにいらっしゃったのは、そういう薬の件で？」

「間接的には――そうです」フォン・ブロンはちょっとひと息ついて、次に話すことを用意した。「今朝たまたま、可溶性モルヒネ四分の一グレーン錠剤の入った未開封チューブを一本と、ストリキニーネ三〇分の一グレーン錠剤入りのチューブが四本入ったパーク・デイヴィス社の紙箱をかばんに入れたんですが……」

「その予備の薬がどうかしましたか、ドクター？」

「そのですね、そのモルヒネとストリキニーネが見当たらないんです」

マーカムが目を妙にぎらつかせて身を乗り出す。

「今朝オフィスを出るときにはかばんに入っていました」とフォン・ブロン。「それで、ちょっと二カ所往診に回ってから、グリーン家に行きました。チューブがないことに気づいたのはオフィスに戻ったときです」

マーカムはしばらくドクターを眺めていた。

「かばんから薬を盗られたのはほかの往診先ではなさそうだというんですね？」

「そういうことです。どちらでもかばんから一瞬たりとも目を離していません」

「グリーン家では？」マーカムの不安が急速に膨らんでいく。

「まっすぐミセス・グリーンのお部屋へ、かばんを持っていきました。そこに三十分ほどいたでしょうか。部屋を出るとき――」

「その三十分ほどのあいだは部屋から出なかったんですね？」

「出ていませんが……」

「ちょっと失礼、ドクター」ヴァンスの気の抜けた声がはさまる。「ナースの話では、彼女を呼んでミセス・グリーンにスープを持ってくるようおっしゃったそうですね。どこからナースを呼びましたか？」

フォン・ブロンがうなずく。「ああ、そうでした。確かにミス・クレイヴンに声をかけました。部屋のドア口に立って、使用人用階段の上に向かって呼んだんです」

「なるほど。それから？」

「ミセス・グリーンのそばでナースが来るまで待っていました。そのあと、ホールを横切ってシベラの部屋へ行きました」

「かばんは？」と、マーカムが割り込む。

「ホールに置きました、表階段奥側の手すりにもたせかけて」

「そして、スプルートに呼ばれるまでミス・シベラの部屋にいらっしゃったんですね？」

「そのとおりです」

「では、十一時ごろからあなたが屋敷を出ていくまで、かばんは無防備な状態で二階ホールの奥にあったんですね？」

「はい。あなたがたと客間で別れたあと、二階に取りにいきました」

「ついでにミス・シベラに別れの挨拶もなさった」とヴァンス。

フォン・ブロンはちょっと驚いたように眉を吊り上げた。

「もちろん」

「なくなった薬の量はどのくらいですか？」とマーカム。

「ストリキニーネのチューブ四本でおよそ三グレーン——正確に言うと三と三分の一グレーンです。パーク・デイヴィスのモルヒネのチューブ一本には二十五錠入っていますから、六と四分の一グレーンになります」

「生死に関わる量ですか、ドクター？」

「答えるのが難しいご質問ですね」フォン・ブロンは専門家らしい口ぶりになった。「モルヒネに耐性がある人だと、驚くほど大量に吸収できたりしますから。しかし、特段の事情がなければ、六グレーンで命を脅《おびや》かしかねません。ストリキニーネについては、毒物学でも患者の容態と年齢によって致死量にはたいへんな幅をもたせています。平均的な成人にとって致死量になるのは、二グレーンほどでしょうか。ただし、一グレーン、いや、もっと少ない摂取量でも死をもたらした例はあります。その一方で、十グレーンも飲み込んでしまったのに回復した例もあるんですがね。しかし一般的には、三と三分の一グレーンは致死的な結果をもたらすと言うに足る量です」

「どう思う？」

フォン・ブロンが引き揚げると、マーカムは不安そうにヴァンスを見つめた。

「気に入らないね――まったく気に入らない」ヴァンスはやけになったように首を振る。「ひどく怪しい――何もかも。あの医者もそりゃあ心配するさ。上品な外見の裏には臆病風が吹き荒れているんだ。びくびくものだよ――薬がなくなったからじゃない。彼は何かに怯《おび》えているんだ、マーカム。追い詰められたような、怯えた目をしていた」

「あれほどの量の薬を持ち歩いているなんておかしいとは思わないか？」

「必ずしもおかしいとは思わない。そんな医者もいるさ。特にヨーロッパ大陸の医者なんかは常備しているよ。ほら、フォン・ブロンはドイツで医学を学んだし……」ヴァンスが不意に目を上げた。「ところで、例の二つの遺言状のことはどうなった?」

　意外な質問に、マーカムは射貫《いぬ》くような目で見返しながらも、あっさりと答えた。

「このあと手に入るはずだ。バックウェイが風邪で寝込んでいるんだが、写しを今日送ってくれる約束だから」

　ヴァンスは立ち上がった。

「カルデア人（古代カルデアの住民。天文学と占星術にすぐれていた）ぶるわけじゃないが」と、ゆっくり言う。「その二つの遺言状が、あの医者の薬がなくなったことを理解する助けになると思うよ」彼は外套《がいとう》を着て、帽子とステッキを取った。「さてと、頭の中からこのいまいましい考えを追い払いにいくとしよう。——さあ、ヴァン。今日はイオリアン・ホールでいい室内楽演奏会がある。急げばモーツァルトのハ長調に間に合いそうだ」

17　二つの遺言状

十一月三十日（火曜日）午後八時

　その日の夜八時、モラン警視、ヒース部長刑事、マーカム、ヴァンスそして私の五人は、スタイヴェサント・クラブの個室で小さな会議テーブルを囲んでいた。夕刊に派手に書き立てられたレックス・グリーン殺害のニュースが、街を興奮の渦中《かちゅう》に引き入れた。しかも、それがこれから朝刊に載るだろう記事のほんの小手調べでしかないことは、全員わかっている。迫り来る非難は避けられないが、それでなくとも現状だけでもう、捜査責任者たちを焦燥と落胆に追いやるに充分だった。小さな輪に並ぶ悩ましげな顔を見回すと、この会議の結果がいかに重大なものになるかよくわかる。

マーカムがまず口を開いた。

「遺言状の写しを持ってきたが、その話の前に、新たな進展はないのか聞いておきたい」

「進展ですと！」ヒースは吐き捨てるように言う。「午後いっぱい堂々めぐりでしたよ。焦れば焦るほど早く振り出しに戻るってな具合で。ミスター・マーカム、捜査の糸口になりそうなことなんか、ただのひとつも出てきやしません。部屋に拳銃がないって事実さえなきゃ、自殺という報告書を出して辞職してやるんだが」

「まあそう言わずに、部長！」ヴァンスが適当になだめる。「まだそれほど悲観的にならなくたっていいだろう。デューボイス警部も指紋を発見できなかったんだそうだね」

「いやあ、指紋は見つかりましたとも――エイダとレックスの指紋がね。スプルートのも、ひとつふたつはドクターの指紋もありました。だけど、それでどうなるわけでもなし」

「指紋はどのあたりにあったんだい？」

「至るところに――ドアノブ、センターテーブル、窓枠にも。マントルピースの上の木造部にだってついていましたよ」

「最後のやつは、いつか興味深い事実になるかもしれないが、今のところは意味をなさないようだな。――足跡については、その後何か？」

「何も。あのあとジェライムの報告書をもらいましたがね、目新しいことはなしです。あなたが見つけたオーバーシューズの足跡でした」

「そういえば、部長、あのオーバーシューズをどうした？」

ヒースが得意げににんまり笑う。

「いかにもあなたのなさりそうなことを真似しましてね、ミスター・ヴァンス。ただし――これぱっかりは私のほうが先に思いつきましたね」

ヴァンスが笑顔を返す。

「でかした！　いやあ、今朝のぼくはうっかりしていたよ。それどころじゃない、たった今になって思い出した」

「オーバーシューズをどうしたのか、よろしければ教えてもらえるかね？」と、いらだちまぎれに割り込むマーカム。

「はは、部長はね、あれをもとあったところ、リネン室の古い絨毯《じゅうたん》の下にこっそり戻しておいたのさ」

「そうなんです！」ヒースがうれしそうにうなずく。「新任ナースに、目を離さないよう言い含めました。なくなったら、すぐ本部に電話をさせます」

「婦人警官の配置に問題はなかったんだな？」とマーカム。

「楽勝です。何もかもきちんと嚙《か》み合ってます。六時十五分前にドクが登場、六時にはもう本部の婦人警官がやって来る。ドクが新しい任務を教えると、彼女はナースの制服を着てミセス・グリーンの部屋へ行く。奥さまがドクに、そもそもミス・クレイヴンは気に入らなかった、今度のナースがもっと思いやり深いといいんだけど、などと言う。このうえなくうまくいきましたよ。私はその場にねばっていて、隙をうかがって彼女にオーバーシューズの件を耳打ちしてから引き揚げました」

「誰に任せたんだ、部長？」とモラン。

「オブライエン——シットウェル事件を担当した巡査です。オブライエンなら屋敷内のことを何ひとつ見逃しっこありません。腕っぷしも男に負けていませんし」

「もうひとつ、その婦人警官になるべく早く知らせておいたほうがいいことがある」マーカムは、フォン・ブロンが昼食後にオフィスを訪ねてきたことを詳しく話した。「その薬がグリーン屋敷で盗まれたのだとすると、彼女に捜してもらえるかもしれない」

毒薬が紛失したというマーカムの話に、ヒース部長刑事とモラン警視は目に見えて動揺した。「なんてことだ」と警視。「この先は毒殺事件に発展していくのか？　仕上げにもう一筆ってことかな」その口ぶりよりもずっと深く懸念している。

ヒースは茫然として、つやのあるテーブルトップをじっと見ている。

「モルヒネにストリキニーネ。捜したって無駄だ。あの屋敷だったら、そんなものを隠せそうなところだらけなんですからね。ひと月がかりでも見つかりっこない。ともかく、今夜屋敷に出向いて、オブライエンに警告してきます。彼女が気をつけていてくれれば、使われそうなら察知できるかもしれない」

「唖然《あぜん》とするね」と警視。「なんとうぬぼれた犯人なんだ。レックス・グリーンの射殺から一時間とたたずして、二階ホールの毒薬がなくなっているんだぞ。とんでもない！　無情にもほどがある！　おまけに、なんてずぶとさだ！」

「この事件、無情でずぶといことだらけですよ」とヴァンス。「一連の殺人事件を支えているのは不退転の決意――そして徹頭徹尾《てっとうてつび》、慎重な計画なんです。あの医者のかばんがこれまでも何度となくさぐられていたとしても、意外じゃありませんね。コツコツと薬物を溜めていったのかもしれない。今朝の盗みが最後の略奪だったんでしょう。事件全体にわたって、おそらく何年もかけて準備した、慎重に考え抜かれたプロットがあるんですよ。ぼくらが相手にしているのはしつこい固定観念《イデー・フィクス》であり、悪魔に取り憑《つ》かれたような論理的狂気なんだ。おまけに――なおさらおぞましいことには――ぼくらに突きつけられているのは、とてつもなく非現実的な心から生まれた、ゆがんだ妄想だ。ぼくらは激しく自己中心的な、自信たっぷりの妄想と戦わなければならないわけです。この種の自信にはとんでもないスタミナとパワーがあるものでね。各国の歴史もそれによって揺れ動いてきた。ムハンマド、ブルーノ、ジャンヌ・ダルク――それにトルケマダ、アグリッピーナ、ロベスピエールも――みんなその持ち主だった。力はさまざまな働き方でさまざまな方向へ向かう。しかしながら、いずれもその根底には個々の革命精神がある」

「かんべんしてくださいよ、ミスター・ヴァンス」ヒースは不安そうだ。「この事件が、なんというか――その、現実的なものじゃないみたいな口ぶりは」

「ほかの考え方ができるかい、部長？　もう殺人が三件に殺人未遂が一件あったんだ。そこへ今度はフォン・ブロンの薬が盗まれたんだよ」

モラン警視が身体を起こすと、テーブルに両肘をついた。

「さて、どうしたものか？　それが今夜の密議《コンクラーヴェ》の議題だったはずだ」強《し》いて実務的な話し方をしている。「世帯をばらばらにするわけにもいかない。だからといって、残りのメンバーひとりひとりに個別の護衛をつけるわけにもいくまい」

「無理ですね。警察署で尋問するってわけにもいきません」と、苦々しげなヒース。

「もしできたとしても無駄だろうね、部長」とヴァンス。「この独特な芸術作品をこしらえている作者の口を割らせるような拷問方法がわからないんだから。この作品には狂信的な要素や殉教的な要素が多すぎる」

「遺言状のことを聞こうじゃないか、ミスター・マーカム」とモラン。「動機のひとつでも想像がつくかもしれない。――あなたも、ミスター・ヴァンス、この殺人事件の背後にはかなり強い動機があると思っていらっしゃいますよね？」

「疑う余地なく。ただし、動機は金銭ではないと思います。金銭も加わっているかもしれない――たぶん加わっている――けれども、一因にすぎないでしょう。動機はもっと根深い――つまり、強力だが抑圧された情念を母体としたものではないでしょうか。それでも、金銭面の条件がそういう深いところへ導いてくれるかもしれません」

マーカムがポケットからぎっしりタイプされた法律文書サイズの紙を何枚か取り出して、テーブルに広げた。

「一語一句読む必要はなかろう。私がひととおり読んだので、内容を概略説明しよう」彼はいちばん上の一枚を取り上げて、照明に近づけた。「トバイアス・グリーンが死去する一年以内に書かれた最後の遺言状は、ご承知のとおり、二十五年間は屋敷に住み、屋敷をそのまま維持するという条件で、家族全員を残余受遺者に指定している。その期間を超えたら、不動産は売却なり何なり処分してもよくなる。特に言っておくべきは、居住に関する規定が格別厳しいことだろう。受遺者はグリーン屋敷に住まなくてはならない——形式上の居住はいっさい認められない。旅行や訪問は許される。ただし、屋敷を留守にする期間が一年ごとに三カ月を超えてはならない……」

「家族の誰かが結婚する場合の規定は？」

「ない。受遺者の誰かが結婚したとしても、遺言状の制限規定は無効にならないんだ。グリーン家の者は結婚しても、やっぱりあの屋敷に二十五年間は住みつづけざるをえない。当然、夫なり妻なりが一緒に住むことになるだろう。子供が生まれた場合、遺言状によると、五十二丁目側の敷地内に小さな家をもう二軒は建てられる。この条項には例外がひとつだけ設けられている。エイダが結婚する場合は、ほかのところに住んでも相続権を失わないんだ。トバイアスの実子ではなくて、グリーン家の血を引いていないからだろうな」

「遺言状の居住条項違反に対する罰則は？」と、再び警視。

「罰則はひとつだけ——相続人排除です。完全かつ決定的な」

「融通のきかない老人だ」ヴァンスがつぶやく。「だけど、この遺言状で重要視すべきなのは遺贈の分配方法じゃないだろうか。それはどうなっているんだ？」

「分配はされなかった。何人かに少額の遺贈があるのを除けば、そっくり寡婦《かふ》に遺《のこ》されたんだ。存命中は夫人が財産を握り、死ぬときになって子供たちに——もしいれば孫にも——彼女がふさわしいと思うように分配する。だとしても、財産はいやおうなく家族内にまとまって残る」

「グリーン家の今の世代はどこから生活費を得ているんだ？　あの奥さまの施《ほどこ》しに頼っているのか？」

「そういうわけでもないんだ。条項がひとつ設けられていてね。五人の子供たちそれぞれが、ミセス・グリーンの収入のうちからひとりひとり必要十分な支給額を遺言執行者から受けることになっている」マーカムは書類をたたんだ。「トバイアスの遺言は以上」

「少額の遺贈があるとか言ったな」とヴァンス。「どういう？」

「たとえば、スプルートにちょっとした財産が遺されている——いつ仕事を引退しても楽に暮らしていけるだけの額のね。ミセス・マンハイムも、二十五年後に始まって生涯にわたる年金がもらえる」

「へえ！　なんともおもしろい。それでいて、お望みとあらば、たいそうな給料をもらって料理人でいたっていいわけだ」

「うん、そういう取り決めになっている」

「フラウ・マンハイムの身分に興味をそそられるな。いつか近いうちに彼女と腹蔵《ふくぞう》なく話をしてみよう。――遺贈先はほかにもあるのかい？」

「トバイアスが熱帯地方で発疹チフスに罹《かか》ったとき療養した病院。それに、プラハ大学犯罪学講座への寄付もあった。そういえば、妙な項目があったんだ。トバイアスは、二十五年の期間満了をもって自分の蔵書をニューヨーク市警に遺贈する、そう遺言しているんだ」

ヴァンスが虚を突かれたように背筋を伸ばした。

「おもしろいな！」

ヒースは警視に顔を向けた。

「ご存じでしたか？」

「聞いたことがあるような気がする。しかし、四半世紀先に本が贈られるといって、警官たちが小躍りして喜びそうにもないがね」

ヴァンスはいかにもどうでもよさそうにのんびり煙草を吸っていたが、まさにその手つきからして、何か並はずれた思いつきに没頭しているものと思われた。

「ミセス・グリーンの遺言状のほうは、もっと現状に即しているが」とマーカム。「私個人としては、役立ちそうな情報はないように思える。財産をきっちり公平に分けるようにしているからね。ジュリア、チェスター、シベラ、レックス、エイダという五人の子供たちは、規定によって同額の財産を受け取る――つまり、全財産の五分の一ずつを」

「そこのところはどうでもいいんですが」と、部長刑事が口をはさむ。「知りたいのは、ほかの相続人が消えたら誰が総取りするのかってことです」

「その点についてはきわめて単純な条項が適用される」とマーカム。「新たな遺言状が作成される前に子供たちの誰かが死んだら、故人の取り分が残る受取人のあいだで等しく分配されるんだ」

「じゃあ、誰かが消えると、ほかのみんなが利益を得るってことか。で、ひとりを残してみんな死ねば、残るひとりが総取りすると——ですね？」

「そうだ」

「すると現状じゃ、シベラとエイダが全部——半分ずつ——もらうことになりますね、あのばあさんが死ねば」

「そのとおりだ、部長」

「しかし、あのばあさんばかりかシベラとエイダまで死んだとしたら、財産はどうなるんです？」

「娘のどちらかに夫がいれば、財産はその夫のところへ行く。だが、シベラもエイダも独身のまま死んだら、全財産が国のものになるんだろう。つまり、存命する親族がいなければ、国が財産を取得する——そういうことだと思う」

ヒースはその可能性についてしばらく考え込んでいた。

「現状でとっかかりになりそうなことは見つかりませんね」と嘆く。「すでに起きた事件で誰もが得をするんなら。それに、まだ家族が三人残っている——ばあさんと二人の娘が」

「三引く二は一だよ、部長」ヴァンスがそっと言った。

「どういう意味ですか？」

「モルヒネとストリキニーネさ」

ヒースはぎくっとして、不快そうに顔をゆがめた。

「くそっ！」テーブルにこぶしをたたきつける。「そんなことにさせてたまるか！」そう息巻いたあと、怒りにまかせた決意も無力感に水をかけられて、部長刑事はむっつりふさぎ込む。

「気持ちはわかるよ」部長を気づかうヴァンスも気を落としていた。「だけど、待つしかなさそうだ。もしグリーン家の巨万の富が事件の原動力になっているんだとすると、少なくとももう一度起こる惨劇はどうしたって避けられない」

「二人の娘に事情を話して、別々のところへ出かけさせるようにしてはどうだろう」と警視。

「避けられないことを先延ばしにするだけでしょうね」とヴァンス。「そのうえ、彼女たちに世襲財産を失わせかねない」

「遺言状のその条項を無効にするよう、裁判所の裁定がとれるかもしれない」マーカムが心もとなげに口出しした。その彼に、ヴァンスが皮肉っぽい笑顔を向ける。

「ごひいきの裁判所が動いてくれるころには、このあたりの裁判官を殺人者がゆうゆう皆殺しにしてるんじゃないかなあ」

事件にどう対処していくか、二時間近くかけて議論されたものの、持ち出された行動方針はことごとく障害にぶつかって、ほぼ全滅した。最終的に、現実に追求できる戦術は警察の日常的な作業しかないということで合意した。それでも、散会する前にいくつかはっきり決定したこともある。グリーン屋敷の警護を増員し、向かいのナーコス・フラッツの二階にも警官をひとり配置して、屋敷の玄関や窓をしっかり見張らせる。何かしら口実をつくって、日中はできるかぎり長時間、刑事が屋敷内にいるようにする。そして、グリーン家の電話を盗聴する。

マーカムの意向にはいささか反するが、屋敷内の者と屋敷を訪ねてくる者全員を――どんなに事件とは関係がなさそうでも――容疑者とみなして警戒すべきだと、ヴァンスは主張した。そしてヒースは、この決定をオブライエンに伝えるよう警視から指示された。直感に頼ってもいいから、彼女が特定の人物に対して決して警戒をゆるめることのないように、というのだ。部長刑事はすでに、ジュリア、チェスター、レックスの身辺を調べ上げているらしい。彼らの友人関係やグリーン屋敷の外での行動を、特に犯罪を予見したり感づいたりしていたことをうかがわせるような会話の証言を集めるよう指示されて、十数人の警官が聞き込みに回っている。

マーカムが散会しようと立ち上がりかけたところで、ヴァンスがまた身を乗り出した。

「毒殺事件となった場合に備えておいたほうがいいんじゃないだろうか。モルヒネやストリキニーネの大量摂取なら、すぐに対処すれば一命をとりとめられることもある。グリーン屋敷の窓の見張りにつく警官と一緒に、ナーコス・フラッツに警察医も待機させてはどうだろう。モルヒネやストリキニーネの中毒と闘うのに必要な器具や解毒剤をすぐ使えるようにしておいたほうがいい。そのうえで、何かあったときには一刻も早く医者を呼べるよう、スプルートや新任ナースとのあいだで何か合図を決めておくことを提案する。被害者が毒殺未遂で助かれば、毒を盛った人物を特定できるかもしれない」

その計画は一も二もなく同意を得た。警視みずからが、警察医のひとりをその晩のうちに手配することを引き受けた。ヒースはグリーン屋敷に面した一室を確保しに、その足でナーコス・フラッツへ向かった。

18 開かずの書斎

十二月一日（水曜日）午後一時

翌朝のヴァンスは、いつもと違って早起きだった。ひどく気難しげな彼を、私はそっとひとりにしておいた。彼は何度か漫然と読書しようとしては、あきらめて本を置いた。ちらりとタイトルをうかがい見ると——チンギス・ハーン伝ではないか！　昼前になると、彼は所蔵する中国版画の目録づくりにいそしもうとしていた。

一時にマーカムと弁護士クラブで昼食の予定だったので、十二時ちょっと過ぎに、ヴァンスは馬力の出るイスパナ・スイザを用意させた。難問に取り組んでいるときの彼は、決まって自分で運転するのだ。その行為が神経を落ち着かせ、頭をすっきりさせてくれるらしい。

マーカムは私たちを待っていた。何やら不穏なことがもちあがったのだと、彼の表情からありありとわかる。

「打ち明けてしまえよ」メインのダイニング・ルームで片隅のテーブルにつくと、ヴァンスが水を向けた。「パトモスの聖ヨハネ（十二使徒のひとり聖ヨハネは、流刑になったエーゲ海の島パトモスの地で「黙示録」を書いた）みたいに深刻な顔をしてるぞ。さぞかし、まるっきり予想したとおりのことが起きたんだな。オーバーシューズが消え失せたとか？」

マーカムは彼をちょっとした驚きの目で見た。

「そうなんだ！　今朝九時にオブライエンが本署に電話してきて、夜のあいだにリネン室からなくなったというんだ。だが、寝る前に見たときはあったらしい」

「もちろんまだ見つかっていないな」

「ああ。電話をかけるまでにさんざん捜したそうだが」

「おかしいね。だけどまあ、彼女が手を抜いたのかもしれないし。勇猛なる部長刑事のご意見は？」

「ヒースは十時前に屋敷に着いて、調べたさ。だが収穫なし。夜のあいだホールでもの音を聞いたという者は誰もいない。部長みずから捜したが、成果はなかった」

「今朝はフォン・ブロンから何か聞いてるかい？」

「いや。だが、ヒースが会っている。十時ごろ屋敷にやって来て、一時間近く滞在した。薬が盗まれたことに相当うろたえている様子で、すぐに何か手がかりでも見つかっていないかと訊いてきたそうだ。ほとんどの時間、シベラと一緒にいたんだとさ」

「ああ、悲しいかな！　不愉快な考えにじゃまなんかさせず、目の前にあるトリュフを味わおうじゃないか。ところで、このマデイラ・ソース、なかなかいけるね」ヴァンスは事件の話題をしりぞけた。

ところが、その昼食会は忘れられないものになった。食事が終わりに近づいたころ、ヴァンスがある提案をしたからだ――行動を起こせとしつこく主張したと言ったほうがいいかもしれない。それがやがて、グリーン屋敷の惨劇を解決し、真相を説明することになるのだ。デザートにたどり着いたとき、ずっと黙り込んでいた彼が顔を上げてマーカムを見た。

「ぼくはパンドラ並みの好奇心に襲われて、屈服してしまったよ。トバイアスの開かずの書斎に入らずにはいられない。あの神聖なる私室が安眠の妨げにまでなりはじめた。きみの口からあそこの書物が遺贈されるって話が出てからというもの、ずっと気が休まらずにいるんだ。トバイアスの文学的嗜好《しこう》を知りたくて、それになぜ警察を受取人にしたのか知りたくてたまらない」

「だがなあ、ヴァンス、どんな関係があるっていうんだ?」

「よしてくれ！　きみときたら、ぼくがとっくに自問自答した質問のほかは思いつかないんだな。そんな質問に答えられるもんか。だけど、事実は変わりやしない。たとえきみが令状をドアにたたきつけなきゃならんとしても、ぼくはあの書斎を調べなくちゃならない。あの古い屋敷には不吉な底流があるんだ、マーカム。手がかりのひとつやふたつ、あの隠された部屋で見つかるかもしれないよ」

「ミセス・グリーンがあくまでも鍵を渡してくれなかったら、めんどうなことになる」マーカムはもう、不本意ながら同意していた。グリーン家殺人事件が突きつけてくる難問を、どんなに遠回しにだろうと明らかにしてくれそうな提案なら、何でも認めようという気分なのか。

屋敷に着くころには三時近くになっていた。マーカムからの電話に応えて、ヒースが先に到着していた。私たちはそのまますぐにミセス・グリーンと対面した。部長刑事から目で合図されて、新任ナースが部屋を出ていくと、マーカムは単刀直入に切り込んだ。私たちが入ってくるのをいぶかしげに見ていた老夫人は、積み重ねたクッションにじっともたれかかり、敵意を込めてマーカムをにらみつけながら待ち構えている。

「奥さま」どことなく厳しい口調だ。「おじゃまして申し訳ありませんが、やむをえない事態がもちあがって、どうしてもミスター・グリーンの書斎に入れていただかねば――」

「いけません」みなまで聞かずに割り込んだ夫人の声が、激昂《げきこう》して高くなっていく。「あの部屋に入ってはいけません！ 十二年間、誰ひとりとして敷居をまたいでいないんですよ、夫が晩年を過ごした聖域を今さら警察に冒瀆《ぼうとく》させてなるものですか」

「奥さまが拒絶なさりたいお気持ちはわかりますが」とマーカム。「それにもまして考慮すべき問題があるのです。あの部屋を捜索しなくてはなりません」

「殺すと言われてもお断りよ！」夫人が叫ぶ。「私のうちに押し入ろうなんて、あつかましいったらない」

マーカムが自信たっぷりに手を上げて制した。

「話し合いにきたわけではありません。鍵をいただきにきただけです。もちろん、ドアを蹴破ったほうがいいとおっしゃっても……」彼はポケットから書類の束を取り出した。「かまいません、あの部屋の捜索令状です。こんなものを奥さまに突きつけるのはたいへん遺憾ですが」

（令状などありはしないのに、なんと大胆不敵なことだ）

ミセス・グリーンの口から罵詈雑言《ばりぞうごん》がどっと飛び出した。怒りに理性が吹き飛び、たちまちのうちに胸の悪くなるようなあさましい生きものと化した。マーカムは落ち着き払って、夫人の逆上的発作が通り過ぎるのを待った。やがてののしり言葉を使い果たした夫人は、彼の冷徹無情な態度を見せつけられて敗北を悟ると、顔面蒼白、精根尽きてクッションに沈み込んだ。

「鍵をお使いなさい」夫人は苦々しげに降伏した。「乱暴者にうちを壊されるなんていう極めつけの不名誉だけはごめんです。……そこの戸棚《キャビネット》のいちばん上の引き出し、象牙の宝石箱の中にあります」彼女は力なくラッカー塗りの高脚付き洋だんす《ハイボーイ》を指さした。

ヴァンスが部屋を横切って鍵を確保した。二重歯で握りに装飾《フィリグラン》を施《ほどこ》した、細長い旧式な道具だ。

「鍵はずっとこの宝石箱にしまってあったんですか、ミセス・グリーン？」引き出しを閉めながら、ヴァンスが訊いた。

「十二年もね」哀れっぽい声。「それが今になって無理やり取り上げられようとは――それも、警察に。私のような年寄りの無力な障害者を守ってくれるはずの、その警察にですよ。恥知らずな！　でも、期待なんかしちゃいけないのよね？　誰だって私をいじめて喜んでいるんですから」

目的のものを入手したマーカムは悔恨の情にかられ、事態の深刻さを訴えながら夫人を一生懸命なだめようとした。しかし、それも功を奏さず、しばらくすると、先にホールに出ていた私たちのところへやって来た。

「こういうことは苦手だよ、ヴァンス」

「だけど、お見事。昼食時から一緒にいたんじゃなかったら、てっきり捜索令状をとってたんだと思ったところだ。きみはまぎれもない策士《マキャヴェリ》だよ。敬意《テ・サルート》を表する！」

「いいから仕事にかかれ、鍵を手に入れたからには」マーカムは腹立たしげに命じた。私たちは一階へ下りていった。

ヴァンスは注意深くあたりを見回して、誰にも見られていないことを確かめてから書斎へ向かった。

「十二年も使われなかったにしては、すんなり開くな」差し込んだ鍵を回して、どっしりしたオーク材のドアをそっと押し開けた。「ちょうつがいが、きしみもしない。驚いたな」

立ちはだかる闇。ヴァンスがマッチを擦《す》った。

「どこにもさわらないようにしてくれよ」ヴァンスはそう警告すると、マッチを前に高く掲げ、分厚いヴェロア地のカーテンが下りた東向き窓へ向かった。彼がカーテンを引き開けると、盛大に埃《ほこり》が舞い上がる。

「ともかくこのカーテンは、長年誰の手にも触れていないんだな」

曇天《どんてん》の真昼の光が部屋に満ちて、驚くべき隠遁所の全貌が明らかになった。壁という壁のいちめんに床から天井近くまで達する開架書棚が並び、大理石の胸像や、ずんぐりしたブロンズの壺が横に並ぶ一列にしか、隙間がない。部屋の南端に重厚なフラットトップの机、中央には彫刻を施した長テーブルに珍しい異国風の装飾品が満載だ。窓の下や部屋の四隅に小冊子や書類挟みが積み上がり、書棚のモールディングに沿ってガーゴイルや古びて黄ばんだ版画がかかる。巨大な穿孔真鍮《せんこうしんちゅう》のペルシャ風ランプが二つ天井に吊り下げられ、センターテーブルの脇には高さが八フィートもある中国の燭台《しょくだい》が立っている。床にはあらゆる角度に敷きつめられて重なり合う東洋風絨毯《じゅうたん》。暖炉の左右に、梁《はり》に届かんばかりの不気味なトーテムポール。何もかもが厚く埃に覆われていた。

ヴァンスはドア口へ戻り、もう一本マッチを擦って、内側のノブを注意深く調べた。

「最近部屋に入った者がいるな。このノブには埃が跡形もないぞ」

「指紋が採れるかもしれませんよ」とヒース。

ヴァンスは首を振る。

「試してみる価値もない。相手は手の跡を残すようなばかじゃないよ」

彼はドアをそっと閉めて、掛け金をかけた。それから部屋を見回した。ほどなくして、机の脇にあるとてつもなく大きな地球儀の下を指さした。

「お捜しのオーバーシューズだよ、部長。やっぱりここにあったか」

ヒースはオーバーシューズに飛びつくようにして窓際へ運んでいった。

「間違いなくあのオーバーシューズです」

マーカムが例によって腹立たしげな、さぐるような目でヴァンスをにらんだ。

「何か思いついていたんだな」非難がましい口調だった。

「もうきみに話したこと以外には何も。ついでにオーバーシューズがたまたま見つかっただけだ。ぼくの知りたいことは別にある——何を知りたいのかが自分でもわからないんだがね」

ヴァンスはセンターテーブルの近くに立って、室内にある品々に視線をさまよわせた。その視線がふと止まったのは、右の肘掛けが書見台になった、枝編み細工の背の低い読書用椅子だ。暖炉と反対側の壁から数フィートのところにあって、カピトリーニ美術館が所蔵するローマ皇帝ウェスパシアヌスの胸像のレプリカが載った細長い書棚に向いている。

「片づけられていない」ヴァンスがぼそっと言う。「十二年前からあの場所にずっとあったんじゃないはずだ」

彼は椅子のところにいくと、それを見下ろしながら黙って考え込んだ。マーカムとヒースも思わずあとに続き、彼が凝視しているものに目をやる。台状の肘掛けの上に深皿があって、太いろうそくの燃えさしが立っているのだった。皿の縁ぎりぎりまですすけた蠟の滴《しずく》が溜まっている。

「皿がいっぱいになるほど何本もろうそくを灯したんだ」とヴァンス。「亡きトバイアスがろうそくの明かりで読書していたとは思えない」椅子の座面と背もたれにさわってみてから、その手を見た。「埃をかぶってはいるが、十年も積もり積もった埃だとはとても思えない。かなり最近になって、誰かがこの書斎で本を読みあさっていた。しかもこっそりと。カーテンを開けようとも、明かりをつけようともしなかった。ろうそくを一本だけ灯して、トバイアスがとりそろえた文献を試し読みしていった。どうやら品揃えがお気に召したらしいね、この皿ひとつだけでも夜《よ》な夜《よ》な読みふけっていた証拠になる。何度皿を取り替えたものやら、わかったもんじゃない」

「あの奥さんに教えてもらえるかもしれないですよ。今朝オーバーシューズを隠したあとで、あの鍵をもとのところへ返しておくチャンスがあったのは誰なのか」とヒース。

「今朝鍵を返したやつなんかいないよ、部長。ここへしょっちゅう来るやつが、いちいち鍵を拝借しては返しておくわけがないだろう。十五分もあれば合い鍵をつくってもらえるんだから」

「それはそうでしょうが」部長はすっかり途方に暮れている。「鍵を手に入れたのが誰なのかわからないかぎり、膠着《こうちゃく》状態から抜けられませんよ」

「まだ書斎をすっかり調べ終わってもいない」ヴァンスが言い返す。「昼食の席でマーカムに言ったとおり、ここに来た主目的はトバイアスの文学的嗜好を確かめることなんだからね」

「あなたには大収穫でしょうな！」

「そうとも言えないよ。忘れちゃいけない、トバイアスの蔵書の遺贈先は警察なんだぞ。……さあ拝見しよう、ご老体《ろうたい》はどんな本をお供に暇をつぶしていたのかな」

ヴァンスは片眼鏡を取り出すと、丁寧に磨いて目にはめ込んだ。そして、いちばん近い書棚にくるりと向かう。私も前に出て、彼の肩越しにのぞき込んだ。埃をかぶった本の列に目を走らせて、思わず驚きの声をあげそうになった。これは、犯罪学文献を網羅した稀少な私設文庫ではないか——私は名だたるコレクションをいくつも知っているが、これは国内屈指の充実ぶりだ。あらゆる形態の犯罪と、そこから派生する問題がそろっている。ぎっしり詰まったトバイアス・グリーンの書棚には、絶版となって久しい、当節は蔵書家垂涎《すいぜん》の的である稀覯本《きこうぼん》が肩を並べる列もあるのだった。

並ぶ本のテーマがまた、狭義の犯罪学にかぎられていない。犯罪に関連するさまざまな部門の本も並んでいた。まるまる一画を占めているのは、精神病と犯罪、社会病理学と犯罪病理学、自殺、貧困と慈善事業、刑務所改革、売春とモルヒネ中毒、死刑、異常心理学、法典、犯罪社会の隠語と暗号、毒物学、警察の捜査体系。言語もさまざまだった——英語、フランス語、ドイツ語、イタリア語、スペイン語、スウェーデン語、ロシア語、オランダ語、ラテン語(1)。

ヴァンスは目を輝かせて、ぎゅう詰めの書棚を見ていった。マーカムもすっかり心を奪われている。ヒースはといえば、あちこちで腰をかがめては、興味のおもむくままおずおずとのぞき込んでいた。

「すごいな!」と、ヴァンスがつぶやく。「なるほど、蔵書の将来の保管先にきみたちのところが選ばれるわけだ、部長。すごいコレクションだよ! すばらしい! マーカム、あの奥さまをごまかして鍵を巻き上げた甲斐があっただろ?」

突然、彼が身体をこわばらせ、ドア口のほうへ頭を突き出すと同時に片手を上げて、静かにと合図した。私の耳も、ホールで誰かがドアの木部をかすめ通るような、かすかなもの音を聞きつけていたが、どうとも思わなかった。私たちはしばらくじっと緊張していた。だが、もう音はしなかった。ヴァンスがさっとドアのところへ行って、引き開けた。ホールに人けはない。

彼はドア口でしばらく耳をそばだてていた。それからドアを閉め、また部屋に引き返した。

「絶対に誰かがホールで立ち聞きしていたんだ」

「衣《きぬ》ずれみたいな音がしたな」とマーカム。「どうってことないだろう、スプルートかメイドが通り過ぎたんだよ」

「ホールをうろつくやつがいたって、気にするこたあないでしょうに」とヒース。

「それはどうかな。ともかくぼくには気になるね。ドアのところで聞き耳を立てていたやつがいるなら、ぼくらがここにいることによって、犯行に関与した人物が不安な状態に陥《おちい》ったわけだからね。つまり、ぼくらが何を見つけたか確かめたがっているやつがいるのかもしれない」

「はあ、誰かがおちおち寝ていられなくなるほどの発見があったとは思えませんがね」ヒースがぶつぶつ言った。

「つまらないことを言ってくれるね、部長」ヴァンスはため息をついて、読書用椅子の正面にある書棚に向かった。「このあたりに、景気づけになるようなものでもありゃしないかな。埃に朗報のひとつやふたつ書き込んでないか見てみよう」

彼はマッチを次々に灯しながら、本のてっぺんを注意深く調べていった。いちばん上の棚から始めて一段ずつ、横一列に並ぶ本を順番に見ていく。下から二番目の段になったとき、何かが気になったようにかがみ込むと、分厚い灰色の二巻本をあらためてじっくり見た。マッチの火を消し、その二冊を窓際へ持っていって調べた。

「こいつはとんでもないぞ。あの椅子から手の届くところにある本で、最近手を触れた形跡があるのはこの二冊だけだ。この古い二巻本、何だと思う? ハンス・グロース教授（一八四七―一九一五年、オーストリアの刑法学者。犯罪学の先駆者）の『ハントブフ・フュア・ウンターズーフングスリヒター・アルス・ジュステーム・デア・クリミナリスティク』――つまり『予審判事のための犯罪科学ハンドブック』だ」ヴァンスはからかうような目でマーカムを見た。「なあ、まさかきみが夜な夜なこの書斎で、容疑者のいたぶり方を勉強していたんじゃあるまいね?」

マーカムはその悪ふざけを受け流した。ヴァンスが内心に不安を覚えているしるしだと気づいたのだ。

「事件とは関係なさそうなテーマじゃないか」とマーカム。「誰かがこの部屋に来ていたのと偶然同時期に、屋敷で犯罪が起きたってことかもしれないぞ」

ヴァンスは言い返さなかった。考え込みながら本をもとのところへ戻すと、残る最下段の本に目を走らせた。不意に膝をついたかと思うと、またマッチを擦った。

「場違いな本がある」はやる気持ちを抑えているような口調だ。「分類の違う本が、ちょっと不揃いにまとめられているぞ。それに、埃をかぶっていない。……ねえ、マーカム、疑い深い法律家頭のきみが言う偶然が、ほら、ここにも! タイトルを読んであげよう。『毒物――その効能と検出』アレグザンダー・ウィンター・ブライズ著[2]、そして『法医学、毒物学、公衆衛生学教本』グラスゴー大学法医学部教授ジョン・グレイスター著。それから、フリードリヒ・ブリューゲルマンの『ユーバー・ヒステリッシェ・デンマーツーシュテンデ』、シュワルツヴァルトの『ユーバー・ヒステロ＝パラリューゼ・ウント・ゾムナムブリスムス』。おい! どうもおかしいぞ……」

　立ち上がった彼は、興奮して行ったり来たり歩き回った。

「いや——まさか。絶対に違う。はっきり言ってありえない。……フォン・ブロンが嘘をつく理由があるか？」

　私たちは全員、彼が何を考えているのかわかった。ヒースでさえすぐに気がついた。ドイツ語を話さなくても、二つのドイツ語タイトルは——あとのほうのタイトルは特に——翻訳するまでもなく理解できるものだったのだ。ヒステリー性夢遊病！　ヒステリー性麻痺と夢中遊行症！　二つのタイトルの不気味で恐ろしい暗示。グリーン屋敷のいまわしい惨劇との関連性。私は背筋が冷たくなった。

　ヴァンスがそわそわと歩き回るのをやめ、深刻そうな目でマーカムを見た。

「底知れず深みにはまっていく一方だ。——今ここで想像を絶することが起きているんだ。——さあ、もうこの汚染された部屋から出よう。この部屋の悪夢めいたたわごとは聞かせてもらった。それをこれから解釈するんだ——不吉な暗示の中にかすかな正気を見いだすんだ。——部長、カーテンを閉めてもらえないか、ぼくは本を整えるから。ぼくらが来た形跡をなるべく残さないようにしよう」

19　シェリー酒と麻痺　　十二月一日（水曜日）午後四時三十分

私たちが再びミセス・グリーンの部屋を訪れると、老夫人は穏やかに眠っているようだったので起こさないことにした。ヒースがオブライエンに鍵を渡して、宝石箱に戻しておくよう指示すると、私たちは階下へ下りた。

四時を少しだけ過ぎたばかりだというのに、冬の日は早くも暮れかけている。スプルートがまだランプを灯していない一階ホールは薄闇に包まれていた。幽霊でも出そうな雰囲気だ。屋敷の静寂がまた重苦しく、神罰が下ると脅されているような気がする。私たちは外套《がいとう》を放り出していたテーブルにまっすぐ向かい、さっさと外に出ようとした。

ところが、古い屋敷の醸《かも》す気の滅入るような雰囲気を、そう早く振り払うことはできなかった。やおらテーブルに手を伸ばそうかというところで、客間の向かいの入り口アーチで仕切りカーテンがかすかに揺れたかと思うと、張りつめた声がささやきかけてきたのだ。

「ミスター・ヴァンス——すみませんが！」

振り向いた私たちが驚いたことには、応接室のすぐ内側でずっしりとした織物の陰に隠れるようにして、エイダが立っていた。血の気が失せた顔が、深まる薄暮にひときわ白い。唇に人指し指を一本立てて、声を出さずに手招きする。私たちは使われなくなった寒々しい部屋にそっと入っていった。

「どうしてもお話ししなくちゃならないことがあって」彼女は声を潜めて――「怖くて！　今日お電話しようとしましたが、電話が怖くて……」彼女は発作的に震えた。

「怖がることはありませんよ、エイダ」と、なだめ、励ますヴァンス。「何日かしたら、こんな恐ろしいことも終わるでしょう。――お話というのは？」

彼女はなんとか落ち着こうと努め、震えが治まるとためらいがちに話を続けた。

「ゆうべ――とっくに真夜中を過ぎていましたけれど――目が覚めて、おなかがすいたなと思ったんです。それで、起き出しました。ショールにくるまって、忍び足で一階へ下りました。料理人がいつも私のために、食器室に何かしらつくり置いてくれるので……」また言葉が途切れ、彼女は悩ましげな目で私たちの顔をさぐるように見る。「でも、階段の下の踊り場まで来たところで、ホールでかすかに、足を引きずるような音がしたんです――ずっと奥のほう、書斎のドアあたりで。心臓が口から飛び出しそうになりながら、手すり越しにのぞいてみました。ちょうどそのとき――誰かがマッチを擦《す》って……」

また震えに襲われた彼女は、両手でヴァンスの腕をつかんだ。私は娘が卒倒するのではないかと思ってそばに寄ったが、ヴァンスの声が彼女を落ち着かせた。

「誰だったんですか、エイダ？」

息をのんであたりを見回す彼女の顔に、極度の恐怖がありありと見える。そして、前に身を乗り出した。

「母でした。……歩いていました！」

その意外な新事実のもつ恐ろしい意味に冷や水を浴びせられ、場が静まり返った。しばらくして、ヒースの喉に詰まっていた息がヒューともれた。マーカムは、かかっていた催眠術が解けたかのように頭をのけぞらせた。いちはやくわれに返って、口をきけるようになったのはヴァンスだ。

「お母さんは書斎のドア付近にいらっしゃったんですね？」

「ええ。鍵を手にしているように見えました」

「ほかに何か持っていたものは？」ヴァンスは冷静を保とうとしていたが、あまりうまくいっていない。

「気がつきませんでした――怖くて」

「たとえば、オーバーシューズのようなものを運んではいませんでしたか？」ヴァンスは食い下がった。

「何か持っていたのかもしれません。わかりません。あの長い東洋風のショールを巻いていましたから、全身すっぽりそれに包まれて。ショールに隠していたのかも……。それとも、それを下に置いてマッチを擦ったのかもしれないし。母を見たとしか言えません――ゆっくり動いていた……そこの暗闇の中を」

娘は信じられない幻影の記憶にすっかり取り憑《つ》かれている。彼女は、次第に濃くなっていく陰影を茫然自失の目で見つめていた。

マーカムがそわそわと咳払いした。

「ご自分でもおっしゃいましたが、ゆうべ、ホールは真っ暗だったんでしょう、ミス・グリーン。たぶん怖かったせいですよ。へミングか料理人だったということは？」

エイダはいきなり憤慨《ふんがい》してマーカムを見返した。

「いいえ！」そのひとことのあとは、もとの怯《おび》えた口調になる。「母でした。マッチの火が顔の近くにあって、恐ろしい目つきだった。ほんの何フィートかしか離れていないところで――まっすぐ見下ろしていたんですから」

彼女はヴァンスの腕をつかんだ手に力を込めて、もう一度彼につらそうな目を向ける。

「ああ、どういうことなんでしょう？　てっきり――母はもう二度と歩けなくなったのだとばかり思っていたのに」

ヴァンスはその悲痛な訴えに耳を貸さなかった。

「たいへん重要なことをうかがいます。お母さんはあなたに気づきましたか？」

「わ――わかりません」かろうじて聞き取れる声だ。「身体を引っ込めて、音をたてないように階段を駆け上がりましたから。そのあと、鍵をかけて部屋にこもりました」

ヴァンスはすぐには口をきかなかった。しばらく娘を見やっていたかと思うと、遅ればせに慰めるような笑みを浮かべる。

「当面お部屋にいらっしゃるのがいちばんいいでしょうね。心配はいりませんから、今話してくださったことは口外しないでください。怖がることはないんですよ。ある種の麻痺患者が精神的ショックや興奮によるストレスから睡眠中に歩く例も知られています。ともかく、今夜は新任ナースがあなたのお部屋で寝るように手配しましょう」ヴァンスは彼女の腕をぽんと親しげにたたいて、二階へ帰らせた。

ヒースからオブライエンに必要な指示を出したあと、私たちは屋敷を出て一番街へ向かった。

「おい、ヴァンス！」マーカムの声はしゃがれている。「早急に手を打たなくちゃならんぞ。あの子の話から、これまで考えてもみなかった恐ろしい可能性がころがり出てきた」

「明日にでもあの老女をどこかの療養所に収容する令状がとれませんかね？」とヒース。

「どういう根拠で？　純然たる病理学上の申し立てになる。こっちにはひとかけらの証拠もないんだぞ」

「それはともかく、ぼくならそんなことはしないね」ヴァンスが口をはさむ。「急《せ》いてはことをし損じる、だよ。エイダの話からいくつかの結論が引き出されるが、今ぼくら全員が考えていることが間違っていたら、へたな手を打って事態を悪化させるだけだからな。頼みの綱はひとつ。見つけ出さなくては——どうにかして——このたちの悪い事件の底にあるものを」

「へえ？　どうやって見つけ出すおつもりで、ミスター・ヴァンス？」ヒースはなげやりになっていた。

「まだわからない。だけど、ともかく今夜のグリーン屋敷は無事だから、多少の時間が稼げた。もう一度フォン・ブロンと話をしてみよう。医者というのは——とりわけまだ若手だと——安直な診断を下しがちだから」

ヒースがタクシーをつかまえ、私たちは三番街をダウンタウンに向かった。

「それなら何の差し支えもないな」とマーカム。「示唆に富む話だって出てくるかもしれないし。いつにする？」

ヴァンスは窓の外を眺めている。

「今からでどうだ？」彼の気分はがらりと変わっていた。「ここは四十丁目だ。それにお茶の時間じゃないか！　これ以上好都合なことがあるかい？」

彼は身を乗り出して、運転手に行き先を指示した。

ほどなくしてタクシーは、フォン・ブロンの住まいである褐色砂岩の家の前で縁石に横づけした。

ドクターは私たちを心配そうな顔で迎えた。

「何かあったわけではありませんよね？」と、私たちの顔色をうかがう。

「ありませんとも」ヴァンスはあっさり答えた。「近くを通りかかったもので、ちょっとお寄りしてお茶がてら医学談義でもと思ったんですが」

フォン・ブロンはややいぶかしげに彼を見つめた。

「かまいませんよ。お茶もおしゃべりもご一緒しましょう」呼び鈴で使用人を呼ぶ。「そうだ、もっといいものもある。年代もののアモンティリャード（スペイン南部の町モンティーリャ原産の中辛口シェリー酒）がありましてね——」

「それはそれは！」ヴァンスはうやうやしく頭を下げ、マーカムのほうへ振り向いた。「ほら、時間に遅れないよい子は運に恵まれるだろう?」

運ばれてきたシェリー酒がしずしずと注がれる。

ヴァンスがグラスを取り上げて口をつける。その様子を見ると、この瞬間、世界に良質な葡萄酒よりもだいじなものなど何もないと思わされそうだ。

「ほう、ドクター、陽光降り注ぐアンダルシア丘陵のブレンダーは、できのいい貴重な大酒樽をたんまりかかえているんですね。さすがのヴィンテージものだ。この年なんか甘口葡萄酒を添加しなくてもいいくらいです。なのにスペイン人が決まって葡萄酒を甘くするのは、ちょっとでも辛口だと英国人が嫌うからでしょうか。ほら、いいシェリー酒を根こそぎ買うのは英国人だもの。連中は昔からシェリー酒、サック酒に目がありませんからね。不朽の名詩の数々にも歌われています。ベン・ジョンソンがほめたたえ、トム・ムーアやバイロンも。だが、なんといってもシェイクスピアでしょう——自身がシェリー酒を熱愛していた——最大にして最上の賛辞を捧げたのは。ほら、フォールスタッフの呼びかけ《アポストロフィ》を覚えていませんか——『そもそも上等なシェリー酒には二重の功徳《くどく》がある。第一に、そいつはまず頭にのぼる、そしてそこにとぐろを巻いていたばからしいくだらないモヤモヤした毒気を吹き払う、そして頭の働きを鋭敏かつ創造的にし、即座に生きのいい愉快なものの姿形を思い描かせてくれる』（小田島雄志訳『ヘンリー四世』第二部第四幕第三場、白水社、一九八三年）ご存じかと思いますが、ドクター、シェリー酒はかつて、痛風その他、新陳代謝異常による不調の治療薬とされていましたね」ヴァンスはひと息つくと、グラスを置いた。

「とっくの昔に、このおいしいシェリー酒をミセス・グリーンに処方してさしあげているのではありませんか。あの奥さまがあなたのところにこれがあると知ったら、押収令状でも出しそうなものですが」

「いや、ひと瓶さしあげたことはあるんですが」とフォン・ブロン。「あの人はチェスターにやってしまいました。葡萄酒がお好きではないんですよ。父から聞いた話では、夫人が夫のりっぱなワインセラーをひどく嫌っていたとか」

「父上が亡くなられたのは、ミセス・グリーンが半身不随になる前でしたね？」ヴァンスが無造作に訊いた。

「ええ――一年ほど前でした」

「では、夫人の病状を診断したのはあなただけですか？」

フォン・ブロンは軽い驚きの目でヴァンスを見た。

「そうですが。お偉方に助言を仰ぐまでもないと思って。症状ははっきりしていたし、既往症とも一致していましたから。それに、それ以降の病状は何もかも私の診断を裏づけています」

「それはそうでしょうが、ドクター」――ヴァンスは最大限の敬意を払って話しかける――「門外漢の観点からすると、その診断の精度に疑問が生じるようなことが起きまして。ですから、失礼ながら率直にお訊きするのをお許しください。ミセス・グリーンの病気を別の、ひょっとしたらさほど重くないものと解釈することはできないでしょうか？」

フォン・ブロンは大いに困惑している。

「ミセス・グリーンの病気は両脚の器質性麻痺——というか、下半身全体の対麻痺《つい》です。そうでないとはこれっぽっちも考えられません」

「もしもミセス・グリーンが両脚を動かしているのをご覧になったら、あなたはどんな心的反応を起こしそうでしょう?」

フォン・ブロンは疑い深い目でヴァンスをまじまじと見たあげく、無理やり笑った。

「心的反応ときましたか。肝臓が喉までせり上がってくるような気がして、幻覚だと思うでしょうね」

「そこで、肝臓がまったく正常に機能していると確かめられたら——次には?」

「すぐにでも奇跡を熱心に信じるようになるでしょう」

ヴァンスは愉快そうに顔をほころばせた。

「どうかそんなことになりませんように。まあ、それにしても、いわゆる治療上の奇跡もあるにはあるんですが」

「医学の歴史に初心者の言う奇跡的な治癒というやつがいっぱいあることは認めます。しかし、そのすべてにまっとうな病理が隠されているんです。でもミセス・グリーンの場合、誤診しそうな抜け穴は見つかりません。夫人が足を動かしたとしたら、既知の生理学原理を全否定することになる」

「それはそうと、ドクター」——ヴァンスは唐突な質問を持ち出した——「ブリューゲルマンの『ヒステリー性夢遊病について』をご存じですか?」

「いえ――知りません」

「では、シュワルツヴァルトの『ヒステリー性麻痺と夢中遊行症について』は？」

フォン・ブロンは口ごもり、素早く考えをめぐらせてでもいるようにじっと一点を見つめた。

「シュワルツヴァルトはもちろん知っています。でも、その著作のことは知りません……」じわじわと彼の顔に驚きの表情が浮かぶ。「まさか。その本のテーマとミセス・グリーンの病気を結びつけようというんじゃないでしょうね？」

「その二冊ともグリーン屋敷にある本だと言ったら、どう思われます？」

「屋敷の現状とは無関係だと思いますね、『若きウェルテルの悩み』やハイネの詩集『ロマンツェーロ』があるのと変わりはない」

「残念ながら賛同しかねます」ヴァンスが丁重に言い返す。「われわれの捜査に間違いなく関係がある。あなたならそのつながりを説明してくださるのではと思ったんですが」

フォン・ブロンはその問題をじっくり考えているらしく、いかにも悩んでいる顔つきだった。

「お力になりたいのはやまやまですが」しばらくのちにそう言うと、はっと顔を上げた。目の輝きが違う。「さしでがましいようですが、その二冊の本のタイトルにある正式な学術用語を誤解していらっしゃるのかもしれない。私はひところ精神分析系の文献をかなり読み込んだんですが、フロイトやユングは夢中遊行症や夢遊病という用語を、一般用語の夢遊症や半麻酔状態とはまったく異なる意味で使っています。精神病理学や異常心理学で言う夢中遊行症は、両面価値《ビヴァレンス》《アン》や二重人格に関連して用いる専門用語で、失語症や記憶喪失などの症例に見られる隠れた自己、潜在意識の自己の行動を指します。睡眠中に歩くことではないのです。たとえば、記憶を失ったり人格が変わったりする精神的ヒステリーの場合、その患者は夢遊症患者と呼ばれる。新聞によくある〝記憶喪失の被害者〟と同じなんですよ」

彼は立ち上がって書棚に向かった。しばらく物色してから、何冊か抜き出した。

「たとえばこれ。フロイトとブロイアーが一八九三年に書いた、『ヒステリー現象の心理的機構について』というタイトルの古い論文です。読んでごらんになれば、夢中遊行症という用語をもってある種の神経症による一時的錯乱を表わしているとわかる。――こっちは、やはりフロイトの『夢判断』、一八九四年発表。この中でもその用語が詳しく説明されています。――ついでに、この『神経性恐怖症』。著者のシュテーケルはフロイト派の最大分派を率いていたというのに、同じ用語を使って分裂性性格を指しています」彼は三冊の本を、ヴァンスの前のテーブルに置いた。「よろしければお持ちください。頭を悩ませていらっしゃることのヒントくらいにはなるかもしれません」

「すると、シュワルツヴァルトやブリューゲルマンが指しているのも、よくあるタイプの夢遊病ではなく、覚醒時の精神状態のことだとお考えなんですね？」

「そうです、そう考えたい。シュワルツヴァルトはもと精神病理学院講師で、恒常的にフロイトとその教えに接していましたから。ただし、申しあげたとおり、私はどちらの本も読んだことがありませんよ」

「両方のタイトルに〝ヒステリー〟が入っているのはどういうことでしょうか？」

「ちっともおかしくありませんよ。失語症、記憶喪失、失声症だって——しばしば無嗅覚症や無呼吸症まで——ヒステリーの症状なんですから。ヒステリー性の麻痺はざらにあります。純然たるヒステリーの結果として、何年も筋肉を動かすことができないという麻痺患者の例も多い」

「まさしく！」ヴァンスはグラスを持ち上げ、シェリー酒を飲み干した。「そこでもって、きわめて異例なことをお願いしたいのですが。——ご存じのとおり、警察と地方検事局に対する新聞紙上の批判は激しさを増すばかりで、グリーン家の事件捜査に携わる一同の怠慢を責めています。したがって、最高権威の専門家によるミセス・グリーンの病状報告書を入手するのが得策だろうと、ミスター・マーカムが決定いたしました。そこでご提案ですが、あくまでも形式的な手続きとして、そうですね、フェリックス・オッペンハイマー博士[1]のようなかたにお願いしてはどうかと」

フォン・ブロンはしばらく口をきかなかった。そわそわとグラスをもてあそびながら、意図を推し測ろうとでもするようにヴァンスをじっと見据えている。

「診断してもらうとよろしいのではないでしょうか」やっと受け入れた。「それで患者についてあなたがたの疑念が晴れるのでしたら。——いや、その案に不服があるわけじゃありません。喜んで手配いたしましょう」

ヴァンスは立ち上がった。

「寛大なお言葉、ありがとうございます、ドクター。ただ、急かすようで申し訳ありませんが、大至急お願いします」

「承知しました。明日の朝オッペンハイマー博士に連絡をとって、公式な依頼であることを説明しましょう。きっと迅速にとりかかっていただけると思います」

再び乗ったタクシーの中で、マーカムが当惑を口に出した。

「フォン・ブロンというのは有能で頼りになる男に思える。それでいて、ミセス・グリーンの病気のこととなると、ひどい間違いをしたようじゃないか。オッペンハイマーが診察してなんと言うか聞いたら、ショックを受けるんじゃないだろうか」

「ねえ、マーカム」と、ヴァンスの陰気な声。「オッペンハイマーの報告書を手に入れることに成功すれば、大いにうれしいんだがね」

「成功すればって！　どういう意味だ？」

「さあね、自分でもわからない。わかるのは、グリーン屋敷で何か邪悪な恐ろしい陰謀が進行中だということだけだ。その裏にいるのが何者なのか、ぼくらにはまだわかっていない。だけど、その何者かはぼくらに目を光らせている。ぼくらの動きを把握して、その都度ぼくらの裏をかくんだからね」

20　第四の惨劇

十二月二日（木曜日）午前

その翌日は私の記憶に一生残るであろう日になった。私たちの誰もが予見していたにもかかわらず、いざ本当にそうなったときには、まったく予想外だったかのように驚愕させられていた。それどころか、いやな予感がしていただけにいっそう、法外な事件だという感が強くなったのだ。

朝からどんよりと暗く、今にも天気が崩れそうだった。湿った冷気が漂い、鉛色の空が息苦しいほど低くたれ込める険悪な空模様。私たちの陰鬱《いんうつ》な心境を映してでもいるのか。早くから起きているヴァンスは口数が少なかったけれども、事件のことを考えているのがわかる。朝食後一時間あまりも暖炉の前に座って、コーヒーを飲みながら煙草を吸っていた。それから、古いフランス語版の『ティル・ウレンスピーゲル』に関心を向けようとしてその気になれず、オスラーの『現代医学』第七巻を抜き出して、バザードが書いた脊髄炎《せきずいえん》の項を開いた。一時間ばかりやけになってかじりついていたが、とうとう本を書棚に戻した。

十一時半にマーカムから電話があった。至急オフィスを出てグリーン屋敷へ向かうので、途中私たちを拾うという。それだけしか言わず、彼はぶっきらぼうに電話を切った。

十分ほどで正午になるころ、マーカムが来た。暗澹《あんたん》たる顔で肩を落とした姿から、言葉はなくともまた事件が起きたのは一目瞭然だ。

いつでも出られるように外套《がいとう》を着て待っていた私たちは、すぐ彼の車に同乗した。

「今度は誰が?」車がぐるりとパーク・アヴェニューへ入っていくところで、ヴァンスが訊いた。

「エイダだ」マーカムが苦虫を噛《か》み潰したように答える。

「そうじゃないかと思った、昨日の話のあとだから。――毒なんだろ?」

「ああ――モルヒネだ」

「まあ、ストリキニーネで死ぬよりは楽か」

「死んではいない、やれやれ!」とマーカム。「というか、ヒースが電話したときにはまだ息があった」

「ヒースが? 屋敷にいたのか?」

「いや。ナースが殺人課にいた彼に知らせ、それから彼がぼくに電話をくれた。ぼくらが着くころにはヒースもグリーン屋敷にいるだろう」

「エイダは死んではいないと言ったな?」

「ドラムが――モランがナーコス・フラッツに配置した警察医だよ――すぐさま駆けつけたんだ。ナースが電話するころまでには一命をとりとめていた」

「じゃ、スプルートがちゃんと合図したんだな?」

「そのようだ。礼を言うよ、ヴァンス。医者を待機させろと言ってくれて、心底感謝する」

グリーン屋敷に到着すると、待ち構えていたヒースが玄関を開けてくれた。

「死んじゃいませんよ」開口一番聞こえよがしに言うと、私たちを応接室に引き込んでこそこそ説明に及ぶ。「スプルートとオブライエン以外、屋敷の者はまだ誰も知っちゃいないんです。スプルートが見つけて、この部屋の表側のカーテンを全部下ろしました――示し合わせておいた合図です。ドク・ドラムが向かいから駆けつけるのを待ってスプルートが玄関を開け、誰にも見られずに二階へ連れていきました。ドクはオブライエンを呼んでもらって、しばらく二人がかりで娘を介抱したあと、オブライエンに課へ連絡させた。二人とも、二階のあの部屋に鍵をかけてこもりっきりです」

「内密にしておいて正解だな」と、マーカムがねぎらう。「エイダが回復しても他言無用にして、彼女から何か聞き出せるかもしれない」

「私もそう考えていました。スプルートには、誰かにちょっとでももらしたら、そのやせこけた首を絞めてやると脅しつけておきました」

「そして執事はうやうやしくお辞儀して、『かしこまりました』と言ったんだな」とヴァンス。

「いや、まさにそのまんま！」

「ほかの者たちは今どこにいる？」とマーカム。

「ミス・シベラは自分の部屋にいます。十時半にベッドで朝食をとって、メイドにこれから寝直すと言ったそうで。奥さまも眠っていらっしゃる。メイドと料理人は屋敷の奥のほうに引っ込んでます」

「今朝、フォン・ブロンは来ていたのか？」とヴァンス。

「来ましたとも――日参してますからね。オブライエンによると、十時に来て、夫人のところに一時間ばかりいて引き揚げたとか」

「あのドクターにもモルヒネの件は知らされていないんだな？」

「知らせてどうします？　ドラムっていうりっぱな医者がいるんだし、フォン・ブロンが知ったら、シベラやらほかの連中やらに口を滑らすかもしれないんですよ」

「まったくだ」ヴァンスがうなずいた。

私たちはホールへ戻って外套を脱いだ。

「ドラム医師を待つあいだに、スプルートの話を聞くことにしよう」とマーカム。

客間に入って、ヒースが呼び鈴の紐を引く。間をおかずに老執事が現われ、感情のかけらもうかがわせず私たちの前に立った。その不人情なほどの不動心にはおそれいる。

マーカムがもっと近くへと手招きする。

「さて、スプルート、何があったのかはっきり聞かせてくれ」

「私はキッチンで休憩しておりました」――いつもながらの生彩を欠く声――「ふと時計を見て仕事に戻ろうと思いましたところへ、エイダさまのお部屋の呼び鈴が鳴りました。どのお部屋の呼び鈴も、ご存じでしょうが――」

「どうでもいい！　何時だったんだ？」

「ちょうど十一時でした。それで、先ほど申しあげたように、エイダさまの部屋の呼び鈴が鳴りまして。すぐ二階へ行ってお部屋のドアをノックいたしましたところ、お返事がありません。勝手に開けさせていただいて、部屋をのぞき込みました。エイダさまはベッドに横になっていらっしゃいましたが、ご様子がおかしい――なんと申しましょうか。そのとき、ひどく妙なことに気づきました。シベラさまの小犬がベッドの上に――」

「ベッドの脇に椅子か何かあったのか？」ヴァンスが割り込んだ。

「はい、確かございました。足載せ台《オットマン》が」

「それで、あの犬が人の手を借りずにベッドによじ登れたんだな？」

「はあ、そうでございますね」

「わかった。続けてくれ」

「ええと、犬がベッドの上にいまして、後ろ足で立ち上がって呼び鈴の紐にじゃれついているようでした。妙なのは、その後ろ足がエイダさまの顔を踏んでいるのに、お嬢さまはそれに気づいてもいないようだったことです。内心、いささかぎょっとして、ベッドまで行って犬をつまみ上げました。それでわかったのですが、呼び鈴の紐の端に絹のタッセルが付いておりますが、その糸を何本か犬が歯のあいだにくわえておりまして。つまり――信じていただけるでしょうか？――エイダさまのお部屋の呼び鈴を鳴らしたのはその犬だったと……」

「驚いたな」ヴァンスがつぶやく。「それで、スプルート？」

「お嬢さまを揺り起こそうとしました。シベラさまの犬が顔の上で跳ねていてもご存じなかったのだから、起きてくださるとは思えませんでしたけれども。それから一階へ下りて、緊急時の指示に従って応接室のカーテンを下ろしました。お医者さまが来てくださったので、エイダさまのお部屋へご案内いたしました」

「知っていることはそれで全部か？」

「何もかもお話しいたしました」

「ご苦労だった、スプルート」マーカムがせかせかと立ち上がる。「では、ドクター・ドラムに私たちが来ていることを知らせてくれないか」

ところが、しばらくして客間に姿を見せたのはナースだった。中肉中背で丈夫そうな三十五歳くらいの女性だ。眼光鋭い茶色の目、細い口、引き締まった顎。どことなく有能そうな雰囲気をまとっている。ヒースには親しげに挨拶の手をひと振りし、私たちにはよそよそしく形式的なお辞儀をした。

「ドク・ドラムは今ちょっと患者のそばを離れられないんです」そう言って腰を下ろした。「ですから、先に行くようおっしゃって。もうじき下りてきます」

「それで、報告は?」マーカムは立ったままでいる。

「命は助かると思います。三十分ほど機能回復運動と人工呼吸をしていたんですが、ドクが早いうちに歩かせたいとおっしゃってますから」

不安がいくぶんやわらいだマーカムが、再び座った。

「わかる範囲のことを全部話してくれ、ミス・オブライエン。どうやって毒を飲ませたか、思い当たるふしはないか?」

「からになったスープカップくらいしか」婦人警官は落ち着かなげだ。「あれにモルヒネの痕跡が残っているような気がします、きっと見つかります」

「薬物がスープに混入されたと考えるわけは?」

躊躇《ちゅうちょ》していた彼女が、不安そうな目でさっとヒースを見た。

「こういうことです。いつも十一時ちょっと前に、ミセス・グリーンにスープをお持ちします。ミス・エイダがそのへんにいらっしゃれば、二人分お持ちします――奥さまのお申しつけなんです。今朝、私がキッチンに下りていくときお嬢さまがお部屋にいらっしゃったので、カップを二つ運んで戻りました。それが、戻ってみるとお部屋にはミセス・グリーンおひとりだけ。奥さまにはその場でカップをお渡しして、もうひとつはミス・エイダのお部屋のベッドのそばのテーブルに置いたんです。それからホールに出て、ミス・エイダを呼んでみました。お嬢さまは一階にいらっしゃいました――客間にいらしたのかな。それはともかく、すぐ上がってこられて、私はミセス・グリーンの繕《つくろ》いものがあったので、三階の自分の部屋へ……」

「ということは」マーカムが話をさえぎる。「きみが部屋を出てから一階にいたミス・エイダが上がってくるまでの一分かそこら、ミス・エイダの部屋のテーブルの上でスープは無防備だったわけだな」

「あいだは二十秒とあいていません。そして、私はずっとドアのすぐ前にいました。そのうえドアが開けてあって、部屋に人の気配はしませんでした」マーカムの言葉に不注意を責められたと感じ、必死で自己弁護しているらしい。

ヴァンスの口から次の質問が出た。

「ホールでミス・エイダのほかに誰か見かけなかったか?」

「ドクター・フォン・ブロン以外には誰も。お嬢さまをお呼びしたとき、ドクターが一階ホールで外套を着ていらっしゃるところでした」

「ドクターはすぐ屋敷を出ていったのか?」

「え――ええ」

「玄関を通り抜けるところをちゃんと見たのか?」

「い――いいえ。でも、外套を着ていましたから。それに、ミセス・グリーンと私にお帰りの挨拶をなさっていたので……」

「いつ?」

「二分とたっていません。ミセス・グリーンのお部屋を出ていらしたドクターと、ちょうどスープをお持ちしたとき鉢合わせしたんです」

「では、ミス・シベラの犬は――ホールのどこかに犬がいなかったか?」

「気づきませんでした。私がホールにいたとき、そのへんに犬はいませんでした」

ヴァンスは椅子にぐったりもたれかかり、またマーカムが質問する側に回る。

「ミス・エイダを呼んだあと、部屋にどのくらいのあいだいた?」

「執事が来て、ドクター・ドラムがお呼びだと知らされるまでです」

「どれくらい時間がたっていたと思う?」

「だいたい二十分――もうちょっと長かったかもしれません」

マーカムはしばらく煙草を吸いながら考え込んだ。

「わかった」彼がやっと口を開いた。「どうやらモルヒネは、どうにかしてスープに混入されたらしい。――もうドクター・ドラムのところへ戻ったほうがいい、ミス・オブライエン。われわれはここでドクターを待つ」

「なんてこった！」ナースが二階へ行ってしまうと、ヒースがうなるように言った。「こういう仕事にかけちゃ、うちにいる中でもいちばん腕が立つやつなのに。それがどうだ、こんなところでしくじるとはね」

「しくじったかどうか、はっきりしないんじゃないかな、部長」ヴァンスは夢でも見るように天井をじっと仰ぎ見ている。「つまりは、ほんのちょっとのあいだホールに出て、朝のスープにお嬢さんを呼んだだけじゃないか。あのモルヒネはね、もし今朝のスープに入れられなかったとしても、明日か明後日、いやもっと先かもしれないが、いつか入れられただろうよ。いや、今朝のことは、慈悲深い神々がトロイの城門に迫るギリシャの軍勢に加担されたように、ぼくらにも神々のご加護があったのかもしれない」

「神々のご加護があれば」とマーカム。「エイダが回復して、あのスープを飲む前に誰が部屋に入ってきたかを教えてくれるだろうな」

　そのあとに続いた沈黙を、部屋に入ってきたドラム医師が破った。若々しくまじめそうな、積極的な態度だ。椅子にどっしりと深く腰かけ、大判の絹のハンカチで顔の汗をぬぐった。

「彼女は危険なところを切り抜けました」と、まず伝える。「たまたま窓辺で外を見ていたんですよ——まったくの偶然でした——すると、カーテンが下りた——ヘネシー[1]より先に気づきました。とっさにかばんと人工呼吸装置《プルモーター》をひっつかんで、すぐさまここまで来ました。執事が玄関で待ち構えていて、二階へ連れていってくれました。妙にむっつりしてるやつですね、あの執事。娘はベッドに横向きに倒れていました。一見しただけで、ストリキニーネじゃないなと思いましたね。痙攣《けいれん》発作も発汗や痙笑《けいしょう》（顔面痙攣による笑い）もありません。ひっそりと安らかなもんでした。呼吸が浅く、チアノーゼが出ている。モルヒネらしい。次に瞳孔《どうこう》を調べました。針の先ほどに小さくなっている。もう間違いありません。そこでナースを呼び、処置にかかりました」

「きわどいところでしたか？」とマーカム。

「そりゃもう、きわどかったですね」医師はもったいぶってうなずいた。「急いでなんとかしなければ、どうなっていたかわかりません。私は、紛失した六グレーンを彼女が全部摂取したと考えて、かなり強力なアトロピン（ベラドンナなどナス科植物由来のアルカロイド。痙攣緩和、瞳孔拡大の作用がある）を皮下注射しました――五十分の一グレーン。効果はてきめんでした。それから過マンガン酸カリウムで胃洗浄。そのあとは人工呼吸――その必要もなさそうでしたが、念のために。そして、ナースと二人がかりでせっせと腕や脚の運動をさせて、彼女を覚醒させておくようにしました。いやあ、たいへんでしたよ。窓を開けた部屋で汗をかいたものだから、肺炎にでもならないといいんですが。……まあ、そういうわけで。彼女の呼吸は着実に改善していますので、おまけにもう一度アトロピン百分の一を注射。とうとう彼女をどうにか立たせましたよ。今ごろはナースが行ったり来たり歩かせているところです」彼は誇らしげにハンカチを見せびらかすようにして、もう一度顔をごしごし拭いた。

「あなたのおかげで本当に助かりました、ドクター」とマーカム。「あなたのお手柄で事件が解決に向かう可能性も大いにある。――いつごろ患者に話をきけるようになるでしょうか?」

「今日いっぱいは倦怠感《けんたいかん》と吐き気に悩まされるでしょう――全身の虚脱状態というか、つまり、息苦しさ、眠気、頭痛などなどを伴って――と、これでは答えになっていないな。しかし、明日の朝なら、彼女も好きなだけ話ができる状態になっているでしょう」

「それで申し分ありません。ところで、ナースが話していたスープカップの件は?」

「苦みがあった――モルヒネですよ、ええ」

ドラムが話を終えようとしたところへ、玄関へ向かうスプルートが通りかかった。直後にフォン・ブロンが入り口アーチのところで足を止めて、客間をのぞき込む。挨拶をかわすまでに張りつめた沈黙があったことから、彼は警戒心をつのらせて私たちをじっと見た。

「何かあったのですか?」

立ち上がったのはヴァンスだった。とっさの判断で、スポークスマンを買って出たのだ。

「ええ、ドクター・フォン・ブロン。エイダがモルヒネを飲まされました。こちらはドクター・ドラム。たまたま向かいのナーコス・フラッツにいらして、呼ばれました」

「それでシベラは――無事ですか?」フォン・ブロンは慌てた。

「ええ、ご無事ですとも」

安堵《あんど》のため息をもらし、彼は椅子にへたり込む。「教えてください。いつですか――毒殺が発覚したのは?」

ドラムが訂正しようとする隙を与えず、ヴァンスが即答した。

「今朝、あなたが屋敷を出た直後です。キッチンからナースが運んできたスープに毒が入れられていた」

「そんな……ありえない」フォン・ブロンは疑っているようだ。「私が帰ろうとしたところにちょうど、ナースがスープを持ってきた。部屋に入っていく姿を見ましたよ。毒がどうやって――?」

「それで思い出しましたが、ドクター・フォン・ブロン」ヴァンスの口調は甘美と言っていいほどだ。「ひょっとして、外套をお召しになったあとでもう一度二階に上がった、なんてことは?」

フォン・ブロンは怒りと驚きの目で彼をにらむ。「まさか！　そのまま屋敷を出ましたよ」

「ナースが一階のエイダを呼んだすぐあとでしたね」

「そうですが。ナースは確かに一階へ呼びかけていたと思います。そしてエイダがすぐに階段を上がっていった――私の記憶が正しければ」

ヴァンスはしばらくのあいだ、フォン・ブロンの困ったような顔をさぐるような目で見ながら煙草を吸っていた。

「無礼を申しあげるつもりはさらさらありませんが、今またここに来られたのは、どうも前回のご訪問からあまり間があいていませんね」

フォン・ブロンの顔色が曇ったが、私にはその表情に混じる憤慨《ふんがい》は察知できなかった。

「そのとおりです」ときっぱり答え、彼は目をそらした。「じつは、自分のかばんにあった薬物がなくなってからというもの、今にも恐ろしいことが起きるような気がして、なんとなく自分のせいだと思えてしかたなかった。この近くに来ると、どうしても屋敷を訪ねてみずにはいられなかった——事態がどうなっているか確かめずにはいられなかったんです」

「心配なさるのもごもっとも」ヴァンスはあたりさわりのない口調でそう言うと、無頓着《むとんちゃく》に付け加える。「ドクター・ドラムが引き続きエイダを診《み》ることにご異存はありませんね」

「引き続き？」フォン・ブロンは座ったまま背筋を伸ばした。「どういうことですか？　つい先ほど——」

「エイダが毒を飲まされたと申しあげた」ヴァンスがあとを引き取った。「毒殺されるところでした。しかし、死にはしませんでした」

フォン・ブロンは唖然《あぜん》とした。

「そうだったのか、よかった！」と声をあげ、そわそわと立ち上がる。

「それから、われわれはこの件をいっさい表に出しません。ですから、あなたにもその決定に従っていただきます」とマーカム。

「もちろん従いますとも。——それで、エイダを見舞うことはできるのでしょうか？」

マーカムが口ごもっているので、ヴァンスが答えた。

「お望みとあらば——どうぞ」彼はドラムのほうを向いた。「ドクター・フォン・ブロンをお連れいただけますか？」

ドラムとフォン・ブロンは連れだって部屋を出ていった。

「彼が心配するのも無理はないな」とマーカム。「自分の不注意で紛失した毒薬を飲まされた人間がいるとわかったら、いい気はしない」

「シベラのことほどエイダの心配はしていませんでしたね」とヒース。

「観察力が鋭いな！」ヴァンスが顔をほころばせる。「そうだとも、部長。エイダが死んだかどうかより、シベラの身に起こりうることのほうをあからさまに気にかけていた。……はて、そこにどういう意味があるんだろう。興味をそそる問題だ。だけど――なんてこった――それじゃ、ぼくの持論がひっくり返っちまう」

「じゃあ、持論があったんだな」マーカムは責めるような口ぶりだ。

「まあね、持論ならいくらでもあるさ。ついでに言うと、全部気に入っているやつだ」ヴァンスが屈託のない口調でそう言うのは、自分が疑っていることをまだ明かすつもりはないという意味でしかない。マーカムもそれ以上追及しなかった。

「持論なんかなくたってかまうもんですか」とヒース。「エイダの話を聞けばね。明日あの娘が話してくれたら、たちまちのうちに誰が毒を盛ったか見当がつくでしょうから」

「うまくすればね」と、ヴァンスはつぶやくように言った。

しばらくしてドラムだけが戻ってきた。

「ドクター・フォン・ブロンはもうひとりのお嬢さんの部屋に寄っています。すぐに下りてくるそうで」

「患者についてはなんと？」とヴァンス。

「とりたてて何も。彼女のほうはドクターの顔を見たとたん、張り切って歩き出しましたがね。ドクターに笑顔まで見せましたよ、びっくりだ！　いい徴候です、それは。回復は早いでしょう。かなり耐性があったんだな」

ドラムの話がそろそろ終わるころ、シベラの部屋のドアが閉まる音がしたかと思うと、階段を下りる足音が聞こえた。

「そういえば、ドクター」客間に入ってこようとするフォン・ブロンに、ヴァンスが声をかけた。「オッペンハイマーにはもうお会いになりましたか？」

「十一時に会ってきました。じつは、今朝ここを出たあと、その足で会いにいったんですよ。明日十時に診察することをお引き受けいただきました」

「ミセス・グリーンもご承知ですか？」

「ああ、はい。夫人には今朝お話ししておきました。不服はおっしゃいませんでしたよ」

しばらくして、私たちは引き揚げることにした。フォン・ブロンが門までついてきて、私たちは彼が車で走り去るのを見送った。

「今度こそ、明日には何かわかるといいんだが」ダウンタウンへの途上でマーカムが言った。いつになく落ち込みが激しく、弱りきった目をしている。「なあ、ヴァンス、オッペンハイマーがどんな報告をよこすかと思うと、身が震えそうだよ」

しかし、オッペンハイマー博士が報告をよこすことはついになかった。翌午前一時から二時のあいだに、ミセス・グリーンが痙攣発作で死亡したのだ。ストリキニーネ中毒だった。

21　残り少ない家族

十二月三日（金曜日）午前

マーカムが私たちにミセス・グリーンの悲報をもたらしたのは、翌朝十時前だった。ナースが患者に朝のお茶を届けにいった九時になるまで、その惨劇は発覚しなかった。ヒースがマーカムに連絡し、マーカムがグリーン屋敷へ向かう途中、ヴァンスに新たな展開を知らせるべく立ち寄ってくれたのだ。すでに朝食をすませていたヴァンスと私は、屋敷まで彼に同行した。

「これで、一本しかない支柱が蹴倒される」マディソン・アヴェニューを屋敷へ急行しながら、マーカムは肩を落としていた。「あの老夫人が犯人である可能性を考えるのも恐ろしかったが、あの人は正気じゃないんだからと、ずっと必死に自分を慰めていたんだ。ところがどうだ、いっそぼくらの疑っていたことが真相だったらよかったとさえ思うよ。残る可能性はもっとずっと恐ろしいじゃないか。相手は冷酷非情で抜け目のない、理性のかたまりだ」

ヴァンスがうなずく。

「そうだ、狂った相手より、もっとたちが悪い。それにしても、ミセス・グリーンの死を深く悼《いた》む気にはなれないんだよ。いやな女だったなあ、マーカム――あんなにいやな女はそういないよ。この世界も彼女を失ったことを嘆きはしないだろう」

ヴァンスが口にしたことは、マーカムからミセス・グリーンが死んだと知らされたときの私の感慨そのものだった。その知らせに動揺したのは言うまでもないが、犠牲者を気の毒には思わなかった。意地が悪くて非人間的な彼女は、憎悪を生きがいにして、まわりにいるみんなに我慢ならない思いをさせた。この世を去ってくれたほうがよかったのだ。

ヒースとドラムの二人が客間で待っていた。興奮と憂鬱《ゆううつ》の交錯する部長刑事の顔に、絶望のあまり死にもの狂いになった薄青色の目が光る。ドラムの顔に見えるのは、いかにも医者らしい落胆の表情だけだ。どうやら彼がいちばん気にしているのは、自分の腕を披露する機会が奪われたことらしい。

ヒースがぼんやりと握手をかわしたあと、ざっと状況を説明した。

「オブライエンが今朝九時に、あの奥さまが死んでいるのを発見して、スプルートにドク・ドラムへの合図を頼みました。彼女が課に電話して、私からあなたとドク・ドリーマスに知らせました。私は十五分か二十分ほど前にここに来て、部屋を封鎖しました」

「フォン・ブロンには知らせたか?」とマーカム。

「電話して、十時に手配した診察を中止してもらいました。あとで連絡すると言って、質問する隙を与えず切りました」

マーカムはそれでよしと手で示し、ドラムのほうを向いた。

「あなたからも話を聞かせてもらおう、ドクター」

ドラムは姿勢を正して咳払いすると、堂々として見えるよう考え抜かれた姿勢をとった。

「私がナーコス・フラッツの一階のダイニング・ルームで朝食をとっているところへ、ヘネシーが入ってきて応接室のカーテンが下がっていると言うので、装備一式をひっつかんで走っていきました。執事に連れられて老夫人の部屋へ行くと、ナースが待っていました。しかし、ひと目見るなり、もう手の施《ほどこ》しようがないとわかりました。死亡していました――身体がねじ曲がり、青ざめて冷たくなって――死後硬直も始まっていた。死因はストリキニーネの大量摂取。おそらく、あまり苦しまなかったでしょう――三十分以内に消耗と昏睡《こんすい》が訪れたはずですから。つまり、ご老体《ろうたい》だとそこから抜け出せないのです。老人はストリキニーネでたちまちのうちに死んでしまう……」

「叫んだり、異変を知らせたりする能力についてはどうでしょう?」

「なんとも言えませんね。痙攣《けいれん》で声が出せなくなったかもしれない。ともかく、誰も夫人の声を聞いていません。最初の発作のあとで意識を失ったのではないでしょうか。私の経験から言って――」

「ストリキニーネを摂取したのは何時ごろだと思われますか?」

「ふむ、そうですね、正確にはわかりかねますが」ドラムはもったいぶった言い方になった。「死が訪れるまで痙攣発作が長引くこともあれば、毒を飲み込んでから短時間で死が訪れることもありますからねえ」

「それで、あなたの推定する死亡時刻は?」

「繰り返しますが、確実なところは申しあげられません。死後硬直と死体痙攣現象とを混同して、その罠に陥《おちい》る医者のなんと多いことか。しかしながら、そこにははっきりした相違点がありまして――」

「なるほどね」マーカムは、ドラムの生意気な知識のひけらかしにいらだちをつのらせていた。「しかし、ご説明をいっさい棚上げにして、あなたのお考えでミセス・グリーンの死亡時刻は？」

ドラムはじっと考え込んだ。

「おおまかなところで、そうですね、今日午前二時とか」

「では、ストリキニーネを摂取したのは、早ければ昨夜十一時とか十二時とか？」

「ありえます」

「いずれにしても、ドク・ドリーマスがここに来りゃ、わかるでしょう」ヒースがにべもなく一蹴《いっしゅう》した。今朝のヒースは機嫌が悪い。

「薬物が投入されたらしきグラスなりカップなりはありませんでしたか、ドクター？」ヒースの発言をごまかそうとばかりに、マーカムがたたみかける。

「ベッドの近くにグラスがあって、その側面に硫酸塩の結晶らしきものが付着していました」

「それにしても、致死量のストリキニーネが混入すれば、たいていの飲みものなら苦みで気づきそうなものじゃないか？」ヴァンスがいきなり鋭く切り込んだ。

「確かに。ただ、サイドテーブルの上に〈シトロカーボネート〉(1)の瓶もありました――よくある胃の制酸剤ですが。薬物があれの水溶液に入っていたなら、味もわからなかったでしょう。ちょっと塩気があるうえ、かなり発泡しますから」

「ミセス・グリーンは自分だけで飲めただろうか？」

「無理じゃないでしょうか。念入りに水と混ぜなくてはなりませんから、夫人でなくともベッドに寝たままだと、やりにくいことこのうえない」

「ふむ、そこがまずもっておかしい」ヴァンスはものうげに煙草に火をつけた。「したがって、ミセス・グリーンにシトロカーボネート水を飲ませた人物が、ストリキニーネも投入したと考えてよさそうだ」と言うとマーカムのほうを向いた。「ミス・オブライエンが何か知っていないかな」

ヒースがすぐさまナースを呼んできた。

しかし、彼女の証言は解明につながらなかった。彼女は読書中だったミセス・グリーンのもとを十一時ごろ辞して自室へ引き揚げると、寝る支度をして、三十分後にはエイダの部屋へ引き返し、ヒースの指示どおりひと晩その部屋でやすんだ。八時に起きて着替えると、キッチンにミセス・グリーンのお茶を取りにいった。彼女の知るかぎり、ミセス・グリーンは寝る前に何も飲んでいない——十一時までにシトロカーボネート水を飲んでいないのは間違いない。さらには、ミセス・グリーンがひとりで飲もうとするはずがない。

「つまり、誰かほかの人間が飲ませたと？」とヴァンス。

「そうに違いありません」ナースは言い切った。「自分から何か飲みたいと思ったとしても、あの人なら自分でつくったりせず、屋敷じゅうの人間を起こすほど大騒ぎしたでしょうから」

「決まりだな」ヴァンスがマーカムに言う。「十一時以降に何者かが夫人の部屋へ入って、シトロカーボネートの水溶液をこしらえた」

マーカムは立ち上がり、部屋の中をそわそわと歩き回る。

「さしあたっての問題はつまるところ、誰にその機会があったかつきとめることだな。ミス・オブライエン、きみはもう戻ってくれていい……」それから、彼は呼び鈴の紐を引いてスプルートを呼んだ。

手早く執事に質問して、以下の事実が判明した。

- スプルートは屋敷を戸締まりして、十時半ごろ自室に引き揚げた。
- シベラは夕食後ただちに自室へ戻ったまま出てこなかった。
- ヘミングと料理人は十一時すぎまでキッチンにいた。そのときスプルートは、彼らが部屋に上がる音を耳にした。
- スプルートがミセス・グリーンの死を最初に察したのは、今朝九時、ナースに言われて応接室のカーテンを下ろしにいったときだった。

マーカムは執事を下がらせ、料理人を呼びにいかせた。彼女はミセス・グリーンが死んだことも、エイダが毒を飲まされたことも知らないようだった。前日はほぼ一日じゅう、キッチンか自室にいたという。

次はヘミングとの面談だった。質問の内容から、彼女はたちまち疑い深くなった。突き刺すような目を細め、それみたことかとばかり賢《さか》しらに私たちをにらむ。

「ごまかされやしませんよ」と、いきなりわめきたてた。「神がまた、ほろびの箒《ほうき》で掃き清められたんだ。けっこうなことですよ、今度も！　〝神を愛する者みな守られ、不道徳なる者みな滅ぶべし〟（詩編百四十五編二十節）」

「〝滅ぼされん〟だ」ヴァンスが訂正した。「そんなに手厚く守られてきたきみには知らせてよさそうだ。ミス・エイダとミセス・グリーンの二人とも、毒を飲まされた」

彼はメイドを注意深く見守っていたが、じろじろ見るまでもなく彼女の頬から血の気が引き、顎がたるむのがわかった。神の破壊力はこの献身的な愛弟子《まなでし》にすら衝撃だったようだ。彼女の信仰をもってしても恐怖をやわらげることができなかったのだ。

「このお屋敷をおいとまさせてもらいます」彼女は力なく言った。「神のあかしをたてるにはもう充分に見せていただきました」

「それはいい考えだ」ヴァンスがうなずく。「早く出ていけばそれだけ、グリーン家についてもっともらしく触れて回る時間ができる」

ヘミングはいささか茫然として立ち上がり、入り口アーチへ向かった。そこでくるりと振り返ると、悪意を込めてマーカムをにらみつけた。

「この邪悪の巣を抜け出す前に、言わせてもらっときますがね。ご家族の中でも最悪なのはシベラさまです。神が次に手を下されるのは、あの人ですよ——覚えておくといい！　救おうとしたって無駄。あの人も——裁かれる！」

ヴァンスはさえない顔で眉を吊り上げた。

「へえ、ヘミング、ミス・シベラはこれまでにどんな罪深いことをしてきたんだい？」

「ありふれたことですがね」メイドはおもしろそうにしゃべった。「あの女はあばずれとしか言いようがありません。あのドクター・フォン・ブロンといちゃついて、外聞が悪いったら。しょっちゅうべったり一緒にいるんですから」意味ありげにうなずいてみせる。「ゆうべもドクターが来て、あの人の部屋に行ったんですよ。お帰りはいつになったやら」

「聞き捨てならんな。どうしてそんなことを知っている？」

「私が中に入れてやったようなもんですから」

「きみが？　何時ごろのことだ？――スプルートはどうした？」

「ミスター・スプルートは食事中でした。私が玄関に出て空模様を見ていたら、ドクターが歩いていらっしゃいましてね。『やあ、ヘミング』って、おもねるような笑顔で挨拶すると、私の横をこそこそすり抜けて、そのまんまシベラさまのお部屋へ」

「ミス・シベラは気分が悪くてドクターを呼んだのだろう」ヴァンスが無難な説明をつけた。

「ふん！」ヘミングは軽蔑するように頭をつんとそらして、つかつかと部屋を出ていった。

ヴァンスがすかさず立ち上がり、もう一度呼び鈴でスプルートを呼んだ。

「ドクター・フォン・ブロンがゆうべここへいらっしゃったのを知っていたかい？」と、姿を現わした執事に訊く。

執事は首を振った。

「いいえ。そんなことはまったく存じませんでした」

「それだけだ、スプルート。——では、ミス・シベラに私たちがお目にかかりたいと伝えてもらえないか」

「かしこまりました」

十五分ほどして、やっとシベラが現われた。

「私ったら、このごろやけに眠くて」彼女は言い訳をしながら、大きな椅子に腰を下ろした。

「朝から何の集まりなんでしょう？」

ヴァンスは彼女にたわむれ半分、うやうやしく煙草を一本差し出した。

「それをご説明する前に、よろしかったら、ゆうべドクター・フォン・ブロンが何時にお帰りになったか教えていただけませんか？」

「十一時十五分ですけど」彼女は敵愾心《てきがいしん》を燃やし、挑むような目つきになっている。

「ありがとうございます。では申しあげますが、母上とエイダのお二人が毒を飲まされました」

「母とエイダが毒を飲まされた？」意味がよくわからないとでもいうように、彼女はせりふをおうむ返しにする。しばらくのあいだ身じろぎもせず、無表情のまま冷酷に目を見開いていた。その目がゆっくりとマーカムに据えられる。

「あなたが勧めてくださったようにしようかしら。仲のいい女友だちがアトランティック・シティにいるから。……この屋敷はどんどん——気味悪くなっていく」無理やりかすかな笑みを浮かべる。「海辺の街へ今日の午後にでも出かけていくわ」この娘が強がりを見せる元気もなさそうに見えるのは初めてだった。

「たいへん賢明な判断です」とヴァンス。「何はさておき出かけて、ぼくらが事件を解決するまで滞在する手はずをつけてください」

彼女がそんなヴァンスを見て、軽く当てこする。

「そんなに長居はできないんじゃないかしら」そして、思い出したように言い添える。「母もエイダも死んだのでしょうね」

「亡くなったのは母上だけです」とヴァンス。「エイダは回復しました」

「さすがね！」彼女の顔の曲線という曲線が尊大な侮蔑を表わしている。「庶民にはたいした抵抗力があるって言うわ。ほうら、あの子とグリーン家の巨万の富とのあいだに立ちはだかるじゃま者は、もう私ひとりだけになった」

「妹さんは危ういところを助かったんですよ」マーカムが叱責する。「もし私たちが用心して医師を待機させていなかったら、今ごろはその巨万の富とやらの相続人はあなたひとりしか生き残っていなかった」

「そうね、そりゃさぞかし怪しく見えることでしょうね？」こちらがまごついてしまうほどあけすけな質問だ。「だけどご安心を。この事件を計画したのが私だったら、エイダちゃんは回復しなかったでしょうから」

マーカムが言い返せずにいるうち、彼女は椅子から立ち上がっていた。

「では、荷造りしますから。もううんざりよ」

彼女が部屋を出ていくと、ヒースがいぶかしげな顔でマーカムに訊く。

「いかがなもんでしょう？　あの娘が街を出ていくのをほっといていいんですか？　彼女はグリーン家の中でひとりだけ無傷でいるんですよ」

部長刑事の言いたいことはよくわかる。その場にいた全員の頭をよぎった考えがこうして口に出されたことで、一同はしばらく沈黙していた。

「彼女を無理に引き止めておくなんて危ない橋は渡れない」やっとマーカムが言い返した。

「何かあったら……」

「わかりました」ヒースが立ち上がる。「ただし、彼女を尾行させることにしましょう――お任せください！　腕の立つ部下二人をここへ呼んで、屋敷の玄関を出るところから解決のめどがつくまで、彼女にはりつかせます」部長刑事はホールへ出ていった。電話でスニトキンに指示している声が聞こえてくる。

五分ばかりして、ドリーマス医師が到着した。さすがの彼ももはや元気をなくしたのか、挨拶もどこか湿っぽい。ドラムとヒースに連れられてすぐにミセス・グリーンの部屋へ向かい、マーカム、ヴァンス、私の三人は一階で待機する。十五分ほどして戻ってきた彼は、すっかり沈み込んでいた。いつもいきなかぶり方をしている帽子も傾けていない。

「どうですか？」とマーカム。

「ドラムと同意見だ。老夫人が死亡したのは、そうだな、一時から二時までのあいだだ」

「ストリキニーネを摂取したのは？」

「十二時前後だな。だが、推測にすぎない。ともかく、シトロカーボネート水と一緒に飲んだんだ。グラスを味見したよ(1)」

「ところで、ドクター」とヴァンス。「解剖のときに、脚の筋肉の萎縮《いしゅく》状態についても報告をいただけませんか？」

「もちろんいいとも」ドリーマスはちょっと意外そうだった。

ドリーマスが引き揚げると、マーカムはドラムに言った。

「そろそろエイダと話してみたいんだが。今朝の体調はどうだろう？」

「ああ、良好ですよ！」ドラムは誇らしげだ。「老夫人を診《み》たあとですぐ、エイダの様子を見にいきました。弱ってはいますし、あれだけアトロピンを注射しましたからちょっと口が渇いていますが、それ以外はほとんどもとどおりになりました」

「母親が死んだことはまだ聞かされていないんだな？」

「まだひとことも」

「いずれ、いやでも知ることになるんだ」ヴァンスが口をはさむ。「これ以上伏せておいても意味ないよ。どうせショックを受けるなら、ぼくらが顔をそろえているときのほうがいいだろうし」

私たちが部屋を訪ねると、エイダは窓辺に頬杖をついて座り、雪が積もった庭を眺めていた。部屋に入ってきた私たちに驚いたらしく、恐怖に襲われたかのように彼女の瞳孔《どうこう》が拡大した。

彼女が経験した恐怖を思えば、神経過敏になるのも無理はない。

しばらくあたりさわりのない会話でヴァンスとマーカムが二人して彼女の気を静めてから、マーカムが問題のスープを話題に出した。

「つらい話を蒸し返すのはおいやでしょうが、昨日の朝のことを教えていただけるかどうかが非常に重要なのです。——ナースに二階から呼ばれたとき、あなたは客間にいらっしゃったんですね？」

唇と舌が渇いていて、娘はちょっと話しづらそうだった。

「ええ。母に雑誌を持ってくるよう頼まれて、ちょっと一階へ探しにいったところで、ナースに呼ばれたんです」

「二階へ戻ったとき、ナースの姿を見ましたか？」

「はい。使用人用階段のほうへ行くところでした」

「戻ったとき、部屋には誰もいませんでしたか？」

彼女は首を振った。「誰もいるはずありませんよね？」

「それをはっきりさせたいのです、ミス・グリーン」マーカムは厳粛《げんしゅく》に答えた。「誰かがあなたのスープに薬物を入れたのは間違いないんですから」

彼女は身震いしたが、答えない。

「あなたがお部屋にいるあいだに入ってきた者はいませんか？」マーカムが質問を続ける。

「ひとりもいません」

もどかしくなったヒースが質問に割り込んできた。

「ちなみに、すぐにスープを飲みましたか？」

「いえ――すぐに飲んだわけでは。ちょっと寒いなと思って、羽織るものを探しにホールの向かいのジュリアの部屋まで行き、古いスペイン風のショールを借りたんですけど」

ヒースはうんざりしたのを顔に出して、大きくため息をついた。

「この事件ときたら、行く先々で必ず何か現われて行き詰まるんだな。――ミスター・マーカム、ミス・エイダがスープをここに置いてショールを取りにいったんなら、部屋に忍び込んで毒を入れるくらい誰にだってできたでしょうよ」

「ごめんなさい」ヒースの言葉が自分の行動をとがめてでもいるように聞こえたのか、エイダが謝った。

「あなたのせいじゃありませんよ、エイダ」とヴァンス。「部長刑事がひどく落ち込んでいるってことだ。だけど、これだけ教えてください。ホールに出たとき、そのへんにミス・シベラの犬がいませんでしたか？」

彼女は不思議そうに首を振った。

「あら、いいえ。シベラの犬がどうかしたんですか？」

「たぶんあの犬があなたの命を救ってくれたんですよ」ヴァンスは、ひょんなことからスプルートが異変に気づいたいきさつを説明した。

彼女は半信半疑で息が詰まりかけたような驚嘆のつぶやきをもらし、とりとめのない夢想に引き込まれていった。

「お姉さんの部屋から戻って、すぐにスープを飲んだんですか?」ヴァンスは次の質問に移った。

その質問で、エイダがやっとわれに返る。

「はい」

「へんな味がしませんでしたか?」

「特にへんだとは。母の好みで塩気の多い、いつもの味だと思いました」

「そのあと何が起きましたか?」

「何も起きません。ただ、へんな気分になり出しました。首の後ろが堅くなって、ひどくほかほかして眠気を催して。身体じゅうで皮膚がひりひりするし、腕にも脚にも力が入らない。眠くてたまらなくて、ベッドに仰向けにころがりました。それしか覚えていません」

「またあてがはずれた」ヒースは不満そうだ。

ちょっと沈黙があって、ヴァンスがエイダのほうへ椅子を引き寄せた。

「ところで、エイダ、気を確かに。よくない知らせがある。……夜のあいだにお母さんが亡くなった」

娘はしばらくじっと座っていたが、やがて、絶望のあまり澄み切った目をヴァンスに向けた。

「亡くなった?　どうして?」

「毒で――ストリキニーネの過剰摂取だった」

「それって……自殺ですか？」

私たちははっとさせられた。私たちが思いつかなかったひとつの可能性を示している。しかし、一瞬ためらったのち、ヴァンスがゆっくりと首を振った。

「いや、自殺とは思えない。あなたに毒を飲ませた人物が、お母さんにも毒を飲ませたのではないだろうか」

ヴァンスの答えに彼女は動転したようだ。顔が青ざめ、目は恐怖に見開かれている。まもなく、精神的に消耗したかのような深いため息をついた。

「ああ、次には何が起こるんでしょう？……私——もういや！」

「何も起きやしませんよ」ヴァンスが断言する。「これ以上何も起きるはずがない。あなたは、つきっきりで守られる。そしてシベラは、今日のうちにアトランティック・シティへ出かけてしばらく滞在することになりました」

「私もどこかへ行けるといいのに」彼女は哀れっぽく吐息をもらした。

「その必要はありませんよ」とマーカム。「あなたにはニューヨークのほうが安心でしょう。引き続きナースにあなたのお世話をしてもらいます。それに、何もかも解決するまでは日中も夜も、屋敷内に警官をひとり配置しますから。ヘミングは今日出ていくそうですが、スプルートと料理人もあなたに気を配ってくれますよ」立ち上がって、慰めるように彼女の肩をぽんとたたく。「もう誰にもあなたに危害を加えさせやしません」

私たちが一階へ下りていくと、スプルートがちょうどフォン・ブロンを招じ入れているところだった。

「驚きました！」ドクターは私たちに声をかけた。「今シベラからミセス・グリーンのことを聞いて」マーカムを見て、一瞬いつもの温厚な態度をかなぐり捨てて食ってかかる。「どうして知らせてもらえなかったんでしょうか？」

「あなたの手をわずらわせるまでもなかったからですよ、ドクター」マーカムは落ち着き払って答えた。「ミセス・グリーンは死後数時間たって発見されました。近くに警察医もいたことですし」

フォン・ブロンの目に怒りの炎が燃えた。

「シベラに会うのも禁止されるんですか？」彼は冷ややかに訊いた。「今日街を出ることにしたから、準備を手伝ってほしいと頼まれたんですが」

マーカムが脇へよけた。

「ご自由にどうぞ、ドクター、何なりとお望みどおりに」あからさまに冷たい声だった。

フォン・ブロンはこわばったお辞儀をして、階段を上っていった。

「怒ってますね」ヒースが苦笑いする。

「違うよ、部長」とヴァンス。「ドクターは心配しているんだ――そうとも、ひどく心配している」

その日正午を回ったころ、ヘミングがグリーン屋敷をきっぱり辞めて立ち去った。そして、シベラが三時十五分の列車でアトランティック・シティへ向かった。もとの住人たちのうちで屋敷に残ったのは、エイダ、スプルート、ミセス・マンハイムの三人きり。ただし、ヒースがミス・オブライエンの任務を無期限延長して、あらゆる出来事から目を離さないように命じた。また、さらに刑事をひとり常駐させて警護を増強した。

22　影のような人物

十二月三日（金曜日）午後六時

その日の夕方六時に、マーカムはスタイヴェサント・クラブでまた非公式な会合を招集した。モラン警視とヒースが参集したばかりか、オブライエン警視正までが市警本部から帰宅する途中で立ち寄った[1]。午後版の新聞各紙は捜査の不首尾をつついて、容赦ない警察批判を繰り広げている。マーカムはヒースやドリーマスと相談のうえで、記者団にはミセス・グリーンの死亡を「かかりつけ医の指導のもとで常用していた刺激剤、ストリキニーネの過剰摂取の結果」と説明した。スワッカーが発表内容をタイプして配ったので、間違いなくそのとおりの表現で伝わったはずだ。発表は、「薬物を誤ってみずから摂取したことを否定する証拠はない」としめくくられた。だが、厳密にマーカムの報告に即して書いたとはいえ、記者たちは記事に微妙に故殺をほのめかす言葉をまぎれ込ませていたため、読者はこれも本当は殺人事件ではないかと思った。エイダの毒殺未遂は厳重に内密にされたままだ。しかし、この件の公表を控えたところで、空前と言っていいほどまであおりたてられた大衆の病的な想像力の前には何の役にも立たない。

マーカムもヒースも、事件を解決しようと不毛な努力をすることに疲れはじめていた。地方検事の隣席にどっしりと深く腰を下ろしたモラン警視が、心労に徐々にむしばまれて持ち前の平静さを失いそうになっているのは、ひと目でありありとわかる。さすがのヴァンスにも緊張と不安の徴候が現われていた。ただ、彼の場合、いつもの態度とはっきり違って見えるのは心配しているせいではなくて、油断なく気を引き締めているからだ。

その日、全員の顔がそろうとすぐに、ヒースが事件について概説した。話はさまざまな線に沿った捜査に及び、その都度とった警戒措置を列挙する。話し終えて、まだ誰も発言しないうちに、彼はオブライエン警視正に向かってこう言った。

「ありきたりの事件なら、できることはいくらでもありました。銃も毒薬も家宅捜索できたでしょう。麻薬捜査班がひと部屋とか狭い部屋を家捜しするような具合に――マットレスを切り裂き、絨毯《じゅうたん》をひっぺがし、木造部をたたいてみて――だけど、グリーン屋敷じゃ二、三カ月かかっちまいますよ。それでもしブツが見つかったとしても、何の役に立ちますかね？　あのあばら屋で開けっ広げに暴れてるやつが、かわいい三二口径を取り上げられたり毒薬を横取りされたりしたからって、おとなしくなるもんか。チェスターやレックスが撃たれたあとで、残りの家族を全員逮捕して締めあげたってよかった。しかし、このごろじゃ誰にそんなことしたって、いちいち新聞が黙っちゃいませんからね。それに、グリーン家みたいな名門家族を尋問するのは、はっきり言ってためになりませんや。金も手づるもそりゃもうたんまりあるんですから。一流弁護士の大群に、訴訟だの裁判所命令だのあの手この手でこっちがノックアウトされるのがおちだ。重要参考人として勾留したって、人身保護令状に訴えて四十八時間でおさらばですから。それならば、腕に覚えのある大男を束にして屋敷に張り込ませるか。だけど、いつまでも守備隊を置いてはおけない。引き揚げさせたとたんに、また犯行が始まるんでしょうよ。ほんとにもう、警視正、すっかりお手上げなんです」

オブライエンはうなりながら、刈り込んだ白い口髭《くちひげ》を引っ張っている。

「まったくもって部長刑事の言うとおりですよ」とモラン。「通常の措置や捜査がほとんど功を奏さなかったのですから。われわれが相手にしているのはどうやら家庭内の事件のようです」

「それだけじゃない」とヴァンス。「相手は並はずれて巧妙な陰謀でもある――このうえなく細かい点まで考え抜いて計画を練り上げ、随所で念入りな隠蔽《いんぺい》工作を施《ほどこ》した犯罪です。その結果にすべてを賭けている――まさに命懸けです。こんな犯罪を引き起こすもととなるものは、底なしの憎悪と膨れあがった希望くらいしかないでしょう。そういう属性のものに対しては、ええ、並みの妨害手段なんかとても通用しませんよ」

「家庭内の事件とはね！」オブライエンが重々しくモラン警視の言葉を繰り返した。まだその発言について考え込んでいたらしい。「残る家族はあまりいないようだがね。証拠からして、外部の者があの家族を全滅させようとしているんじゃないのか」彼はヒースに苦い顔をしてみせた。「使用人はどうなんだ？　連中にだったらちょっかいを出してもびくびくしないでいいだろう？　もっと早くに使用人のひとりくらい逮捕していれば、新聞がキャンキャン吠えたてるのを、とにかくしばらくはやめさせられただろうに」

マーカムはすかさずヒースの弁護に回った。

「その件で部長刑事の側に怠慢と思えるようなことがあったとしたら、すべて私の責任です」口調に冷ややかな非難がにじむ。「この事件に関して私に発言権があるかぎり、不愉快な批判を抑えるという目的だけで逮捕に踏み切ることはありません」そこで態度がわずかにやわらいだ。「使用人たちに関しては、ほんのわずかでも有罪をうかがわせるところがありません。メイドのヘミングは悪意のない狂信者で、殺人を企《くわだ》てるなど知能的にもとてもじゃないが無理です。今日、グリーン家を辞めるのを許可しましたが……」

「居場所はわかっています、警視正」当然されるであろう質問の機先を制して、ヒースが慌てて付け加えた。

「料理人については」と、マーカムが続ける。「彼女もやはり、重要視するのもまったく問題外。気質から言って、殺人者の役どころには当てはまりません」

「では、執事はどうだ？」オブライエンの声はとげとげしい。

「三十年もあの家族に仕えてきて、トバイアス・グリーンの遺言状で気前よく遇されてもいます。いささか変わり者ではありますが、もし彼にグリーン家を滅ぼす理由があったとしたら、この年になるまで待ってはいなかったはずです」マーカムは一瞬、困ったような顔をした。

「しかし、正直言って、あの老人には謎めいたよそよそしい雰囲気があります。見るたびに、ずいぶんと多くのことを知っていて隠しているのではないかという気がする」

「きみがそう言うのはじつにもっともだよ、マーカム」とヴァンス。「だけど、スプルートはこんなやりたい放題の悪事には向いていない。判断が慎重すぎるよ。あまりにも用心深いうえに、考え方がえらく保守的だし。絶対見破られないと思えば敵のひとりくらいは刺し殺すかもしれないがね。彼には、この事件のように凄惨ならんちき騒ぎができるほどの勇気も、構想する元気もない。年をとりすぎているんだ——あまりにも。……ああ、そうか！」

ヴァンスは前のめりになって、威勢よくテーブルをたたいた。

「うっかり取りこぼしていたのは、それだ！　生命力！　この犯罪の底にあるのは、それだよ——すさまじいほどの、しなやかで自信たっぷりの生命力。大胆かつ生意気な徹底した冷酷さ——恐れを知らずむこうみずな自負心——自分自身の能力に対する揺るがぬ自信。それらは老人にないものだ。どれもみな若さの特権だ——覇気があって冒険好きな若者の——犠牲をいとわず、危険を顧《かえり》みない者の。……違うね、スプルートは適任じゃない」

モランがそわそわと椅子を動かし、ヒースのほうを向いた。「シベラを見張りに、アトランティック・シティには誰をやったんだ？」

「ギルフォイルとマロリー——選《え》りすぐりの二人です」[2] 部長刑事は残酷な喜びにも似た笑みを浮かべる。「あの娘を逃がしやしませんよ。いたずらのひとつだってさせません」

「ところで、ドクター・フォン・ブロンのほうにも手は打ってあるのかな？」どうでもよさそうにヴァンスが訊く。ヒースはまた抜け目のない笑顔を見せた。

「そっちは、レックスが撃たれてからずっと尾行させてますよ」

ヴァンスは感心した。

「きみのことがますますもって好きになるよ、部長」からかうような口ぶりに、言葉どおりの本心が透けて見える。

オブライエンはテーブルにのっそりと身を乗り出して葉巻の灰を落とすと、不機嫌な顔で地方検事をにらんだ。

「新聞に発表した話、あれはどういうことだね、ミスター・マーカム？　老女が自分でストリキニーネを飲んだと言いたいようだが。でたらめなのか、それとも何か根拠があるのか？」

「何も根拠はありませんでして、警視正」マーカムが心底悔しそうに言った。「自殺説ではエイダが毒を飲まされたことと整合性がとれませんし――それで言うなら、それ以外のこととも しっくりしません」

「そうとも言い切れないんじゃないか」オブライエンが言い返した。「ここにいるモランに聞いているぞ。きみたちはあの老女が半身不随のふりをしていると考えていたそうじゃないか」テーブルの上で腕を組み換え、太くて短い人指し指をマーカムに突きつける。「こう考えてはどうだ。老母が拳銃で子供を三人撃ち殺し、弾薬が尽きたから二人分の毒薬を盗んだ――残る二人の娘用に。そして末娘にモルヒネを飲ませたとすると、残る毒薬はひとり分しかない……」警視正は言葉を切って、意味ありげに目を細めた。

「ははあ、わかりましたよ」とマーカム。「あなたのご高説は、われわれの用意した医者が想定外にもエイダの命を救ったために、エイダの排除に失敗した夫人はゲームは終わったと観念してストリキニーネをあおった、というのですね」

「まさしく！」オブライエンがこぶしでテーブルをたたく。「筋が通っている。そればかりか、事件が片づいたことになるじゃないか――え？」

「確かに筋が通っていますねえ」答えたのは、ヴァンスの穏やかでゆっくりした声だった。「だけど、こう言っては申し訳ないが、あまりにも都合よく片づきすぎではないでしょうか。できすぎの空論というか、誰かがぼくらのために用意しておいてくれたんじゃないかと思えてしまうな。きわめて論理的かつわかりやすいその考え方を、ぼくらが採用するようにしむけられているのでは。ですが、警視正、人を憤死《ふんし》させそうに不快な人だったとはいえ、ミセス・グリーンは自殺するようなタイプじゃありませんでした」

ヴァンスがしゃべっているあいだに、ヒースが中座した。しばらくして戻ってきた彼は、オブライエンが夫人は自殺という自説をだらだらねちねち弁護しているのをさえぎった。

「その線の議論はもう必要ありません。ちょっとドク・ドリーマスに電話で確かめてきましたので。検屍解剖が終わりました。老夫人の脚の筋肉は衰弱しきって――まったく使いものにならない状態で、脚が動く可能性は万に一つもなかった、まして歩くなどもってのほかだったとのことです」

「なんと！」その知らせが一同にもたらした驚愕から、まっ先にわれに返ったのはモランだった。「では、エイダがホールで見たというのは誰だったんだ？」

「そこですよ！」ヴァンスは湧き上がる興奮に逆らおうとして焦った。「それがわかりさえすれば！　それがこの難問全体の答えになるんだが。殺人者だったとはかぎらないが、あの書斎で夜な夜《よ》な《よ》、ろうそくの明かりで異様な書物を読みあさっていた人物こそ、すべての謎を解く鍵なんだ……」

「しかし、エイダがあんなにはっきり特定したのに」マーカムはうろたえた。

「ああいう状況ではあの子を責めるわけにもいくまいね」とヴァンス。「恐ろしい体験をくぐり抜けて、心身ともに健康な状態ではなかったんだ。それに、あの子も母親を疑っていたという可能性がまったくないとは言えない。もし疑っていたとすれば、とうに真夜中を過ぎたホールの人影が現実化した恐怖の対象に見えたというほうが、ずっと無理のない考え方だろう？　恐怖というストレス下で、強い心象が反映されて対象がゆがんで見えるのは、そう珍しいことじゃない」

「つまり、彼女が見たのはほかの人物で、頭の中があの老女のことでいっぱいだったせいで、それを母親だと思い込んだってことですか？」とヒース。

「ことによるとね」

「それにしても、東洋風のショールなんていう細かいことまで見ているんだぞ」とマーカム。「エイダが顔を見間違えるくらいのことならあってもおかしくないが、あの母親愛用のショールをはっきり見たと断言していたじゃないか」

ヴァンスは曖昧にうなずく。

「その点は重々承知だ。それこそがアリアドネの糸となって、このクレタの迷宮からぼくらを導き出してくれるのかもしれない（ギリシャ神話でテセウスは、怪物ミノタウロスの住む迷宮を、クレタ王の長女アリアドネがくれた魔法の糸玉の糸をたどりながら脱出した）。ショールのことはもっと突き詰めて調べないと」

ヒースが手帳を取り出し、顔をしかめて一心にページを繰っていった。

「忘れちゃいけませんよ、ミスター・ヴァンス」と、顔も上げずに言う。「エイダがホールの奥、書斎の入り口付近で見つけた図のことを。ショールを羽織った人物ってのはそいつを落としたやつで、書斎まで捜しにいったのかもしれない。しかし、エイダを見てすくんでしまったんだ」

「しかし、誰だか知らんがレックスを撃ったやつが、紙切れを彼の手から奪ったのは明らかなんだから、もう心配することはなかっただろうに」とマーカム。

「それもそうですね」ヒースは不承不承認めた。

「憶測ばかりめぐらせてもしようがない」とヴァンス。「この複雑にからまり合った事件は、細かい謎をつぶしていくくらいでは解きほぐせない。できることなら、あの晩エイダが見た人物を特定しなくては。それからだよ、ぼくらの捜査に大動脈が開けるのは」

「どうするつもりだ?」とオブライエン。「ミセス・グリーンのショールを羽織った女を見た者はエイダひとりしかいないのに」

「そのご質問の中に答えがあります、警視正。もう一度エイダに会って、彼女自身の恐怖からくる連想を打ち消してみなければなりません。あれは母親ではありえないことを説明すれば、彼女がほかのことを思い出してくれて、正しい道筋に乗れるかもしれない」

そして、そういう方針でいくことになった。会合を終えてオブライエンが帰っていくと、残りのメンバーはクラブで夕食をとった。八時半にわたしたちはグリーン屋敷へ向かった。

エイダは料理人と二人だけで客間にいた。暖炉の前に座る娘の膝に、『グリム童話集』が伏せてある。ミセス・マンハイムは入り口近くで背もたれのまっすぐな硬い椅子にかけて、前掛けいっぱいの繕《つくろ》いものにせっせと手を動かしていた。階級差のはっきりした堅苦しいこの屋敷で目にするには奇妙な光景だ。恐怖や不幸というものはいやおうなく、どんな社会規範だろうとなぎ倒してしまうのだと思わずにはいられない。

私たちが部屋に入っていくとミセス・マンハイムが立ち上がり、繕いものをかき集めて出ていこうとした。ところが、ヴァンスがそれを引き止め、料理人は無言で再び腰を下ろした。

「またおじゃましに来ました、エイダ」ヴァンスが質問する役を引き受けた。「だけど、ご協力をお願いできそうな人が、もうあなたくらいしかいないもんですからね」彼は笑顔で娘を安心させておいて、穏やかに話を続ける。「先日の午後、話してくださったことについて、もう一度聞かせてほしいんですが……」

彼女は目を大きく見開いて、畏怖《いふ》するかのように黙って待ち構えた。

「お母さんの姿を見たような気がするとおっしゃいましたが――」

「本当に母を見たんです――確かに！」

ヴァンスが首を振る。「いいえ、お母さんではなかったんですよ。お母さんは歩くことができなかったんです、エイダ。間違いなく手の施しようがない下半身不随で。両脚ともにほんのちょっとでも動かすことすらできませんでした」

「だって――どうしてそんな」当惑という程度ではすまない、人智を超えた悪意に遭遇したかのような恐怖と警戒心がうかがえる声だった。「ドクター・フォン・ブロンが母に、今朝専門のお医者さまに診察してもらうっておっしゃってましたけど。だけど、母がゆうべのうちに死んでしまったから――それじゃ、どうしてそんなことがわかるんですか？　そうよ、そんなはずない。見たんですもの――あれは母でした」

彼女は必死で正気を保とうともがいているようだった。だが、ヴァンスは再び首を振る。

「ドクター・オッペンハイマーがお母さんを診察することにはなりませんでしたが、ドクター・ドリーマスが診《み》ました――今日。お母さんはもう何年も前から動けなくなっていたそうです」

「まあ！」息だけでほとんど声にならない叫びだった。娘は話すこともできないようだった。

ヴァンスが続ける。「こうしておじゃましたのは、あの晩のことをもう一度思い出して、ほかに何か役に立つようなことを――何か些細《ささい》なことでもいいから、覚えていらっしゃらないかうかがうためなんです。その人物はちらちら揺れるろうそくの明かりで見えただけでしょう。見間違えたってちっともおかしくありません」

「だけど、見間違えようがありません。すぐ近くにいたんですよ」

「あの晩、目が覚めておなかがすいたなと思う前、お母さんの夢を見ませんでしたか？」

彼女は口ごもり、かすかに身震いした。

「それはわかりませんけれど、母の夢はしょっちゅう見ていました――怖くていやな夢です――誰かが私の部屋に入ってきた最初の夜以来ずっと……」

「そのせいで見間違うことになったのかもしれませんよ」ヴァンスはしばらく間をおいてから訊いた。「あの晩ホールにいた人物が、お母さん愛用の東洋風ショールを羽織っていたのは、はっきり覚えているんですね？」

「ええ、まあ」と、彼女はわずかにためらったあと答えた。「まず気がついたのがそれでしたから。それで顔を見て……」

取るに足らないがびっくりするようなことが起きたのはそのときだ。私たちはミセス・マンハイムに背を向けていたので、そのうちに彼女も部屋にいることを忘れていた。その彼女の口から降って湧いたようにしゃがれたすすり泣きの声がもれたかと思うと、膝の裁縫かごが床に落ちたのだ。とっさに私たちが振り返ると、料理人はどろんとした目つきでこちらを見ていた。

「誰かを見たからどうだっていうんですか？」生気のない単調な声。「たぶんこの私だったんでしょう」

「そんなばかな、ガートルード」エイダがすぐさま打ち消す。「あなたじゃなかった」

ヴァンスはいぶかしげな表情で料理人を観察していた。

「ミセス・グリーンのショールを羽織ったことがあるんですか、ミセス・マンハイム？」

「もちろんそんなことするわけない」エイダが割り込んだ。

「では、家人が寝静まったあと書斎に忍び込んで読書したことは？」ヴァンスは食い下がった。料理人は機嫌をそこねたように繕いものを拾い上げると、またむっつりと黙り込む。ヴァンスは彼女をしばらく眺めてから、エイダに向き直った。

「あの晩、お母さんのショールを羽織っていたかもしれない人に心当たりはありませんか？」

「あ――ありません」娘は唇を震わせて口ごもる。

「こらこら、いけませんよ」ヴァンスがちょっと厳しい口調になった。「人をかばったりする場合じゃないでしょう。あのショールをよく使っていた人がいませんか？」

「よく使ってた人はいません……」彼女は口をつぐんで、すがるような目でヴァンスを見たが、彼は動じなかった。

「では、お母さん以外に使ったことがある人は？」

「でも、あれがシベラだったら見間違えるはずない――」

「シベラ？　あのショールを借りることがあったんですか？」

エイダがしぶしぶうなずいた。「ずっと前に一度。あの――あのショールをすごく気に入っていて……。ああ、こんなことをどうして言わせるの！」

「ほかにあのショールを羽織った人は見たことがないんですね？」

「ええ。母とシベラ以外には誰も」

ヴァンスはにわかに励ますような笑顔になって、彼女の得体《えたい》の知れない悩みを吹き消そうとした。

「ほら、怖がっていたのがばかばかしくなったでしょう」と、軽い調子で言う。「あの晩、あなたがホールで見たのは、たぶんお姉さんだったんですよ。お母さんの出てくるいやな夢を見たせいで、見間違えたんでしょう。そのせいで怖くなって、閉じこもって悩んでいたわけだ。かわいそうに、ねえ？」

しばらくして私たちは屋敷を引き揚げた。

ダウンタウンへ向かう車の中で、モラン警視が言った。「いつも言っていることなんですがね、緊張したり興奮したりしているときの身元特定というのはあてにならない。今回のことはそのいい例ですよ」

「シベラと落ち着いておしゃべりを楽しみたいもんだな」ヒースは自分なりに忙しく考えをめぐらせている。

「さて、われわれはどこまで進んだんだろう？」沈黙していたマーカムが口を開いた。

「一歩も進んじゃいないさ」と、ヴァンスの沈んだ声。「いまだ先の見通せない霧の中だ。――ちなみに、エイダがホールで見たのはシベラだなんて説に、ぼくはちっとも納得しちゃいないからね」

マーカムが驚く。

「じゃあ、いったい誰だっていうんだ？」

ヴァンスは暗澹《あんたん》とため息をついた。「こっちこそ教えてほしいよ。それを教えてくれれば、物語を完結させてやるから」

その夜、ヴァンスは二時近くまで書斎の机で書きものをしていた。

23 欠けている事実

十二月四日（土曜日）午後一時

土曜日は地方検事局の〝半休日〟で、マーカムはヴァンスと私を銀行家クラブでの昼食に招いてくれていた。ところが、私たちが刑事裁判所ビルに着いてみると、マーカムは山と溜まった仕事の沼で溺れかけている。彼専用の会議室に仕出しを頼むことになった。ヴァンスは正午に家を出る前、びっしりと書き込んだ用箋を何枚かポケットに入れていた。私の推測するところ――あとでそのとおりだとわかったのだが――前夜の書きものだ。

昼食を終えるとヴァンスは椅子の背にだらりともたれて、煙草に火をつけた。

「ねえ、マーカム、今日きみのご招待を受けたのは、芸術を論じるっていう目的のためだけなんだ。受けて立つ気になってくれるだろうね」

マーカムは露骨に迷惑そうな顔をした。

「よしてくれ、ヴァンス、とんでもなく忙しくて、わざわざきみの高尚な話を聞いてはいられない。芸術にひたりたいんなら、ここにいるヴァンを連れてメトロポリタン美術館にでも行くがいい。ぼくにかまわず」

ヴァンスはため息をついて、首を振り振り非難した。

「これぞアメリカの声！　『芸術なんていうくだらないおもちゃがおもしろいんなら、あっちへ行ってそれで遊んでおいで。おれにはだいじな仕事があるからほっといてくれ』ってね。悲しいかな。だけどこの場合、あっちへ行くのはお断りだね。ましてや、メトロポリタン美術館なんていう、ヨーロッパが引き取りを拒否した死体の陳列室になんか遊びにいくもんか。まだしも、どうして街の彫像めぐりを勧めないんだよ」

「水族館を勧めりゃよかったか――」

「わかった。どこでもいいからぼくを追い払いたいんだな」ヴァンスは傷ついたような口調で言う。「だがね、ぼくはこれから芸術的作品についてためになる話をするぞ」

「じゃあ、あんまり大きな声を出すなよ」マーカムが立ち上がりながら言う。「ぼくは隣の部屋で仕事をするから」

「だけど、ぼくの話はグリーン家の事件に関係があるんだよ。絶対に聞き逃さないほうがいい」

マーカムが足を止めて振り向く。

「例によって長ったらしい前口上だったのか、おい？」彼は再び着席した。「まあ、実のある話なら聞かせてもらおうじゃないか」

ヴァンスはしばらく煙草を吸っていた。

「ねえ、マーカム」と、けだるくやる気のなさそうな調子で話しはじめる。「できのいい絵画と写真とのあいだには根本的な違いがある。そのことに気づかない画家も多いが、写真が天然色になったら――いやはや！　伝統にすがりつく芸術家がごっそりお役ご免になることだろうね！　それでも、絵画と写真のあいだには大きな溝があるんだよ。その技術的な差異というのが、ぼくの伝えたい重要なことなんだ。たとえば、ミケランジェロの『モーゼ像』は、石版をかかえた顎鬚《あごひげ》の古老の肖像写真とどう違うのか？　ルーベンスの『早朝のステーン城の風景』と、観光客がライン川流域の城を撮影したスナップ写真との相違点はどこにあるのか？　セザンヌの静物画はなぜ、皿に盛ったリンゴの写真よりすぐれているのか？　なぜ聖母を描いたルネサンス絵画は何百年も鑑賞に堪えるのに、母と子をただ写真に撮るだけだとシャッターを切った瞬間に芸術ではなくなってしまうのか？……」

彼は片手を上げて、マーカムが口を開こうとするのを止めた。

「無駄話をしてるんじゃない。しばらく我慢してくれ。すぐれた絵画とただの写真との違いは、こういうことなんだ。一方は配置し、構図を決めて、まとめあげたもの。一方は行き当たりばったりにある場面の印象や現実の断片を、自然にあるがままの姿で切り取ったものだ。つまり、表現形式があるか、無秩序であるかの違いだな。たとえば、真の芸術家が絵を描くとしたら、色彩や描線をあらかじめ得た着想に合わせて配置する――つまり、その画面のあらゆる要素を基本の構想に沿わせるわけだ。そして、構想に沿わない、あるいは構想を損なう対象物や細部は切り捨てる。そうやっていわゆる均質な表現形式を完成させるんだ。絵画に描かれた対象物や細部はことごとく、はっきりとした意図のもとそこにあり、隠れた構成パターンに合致する特定の位置に配されている。画面上に無意味なものはいっさいないんだ。細部にすら無関係なものはないし、つながりのない対象物は描かれないし、色の明暗も考えなしに配置されてはいない。

形と線はことごとく互いに依存し合い、どの対象物も——それどころか筆の運びひとつひとつが——決まったパターンのうちで的確な場所を占め、所定の機能を果たしている」

「たいへんためになる話だが」マーカムはこれ見よがしに時計を見た。「グリーン家の事件は？」

「ところが写真のほうは」ヴァンスは話をさえぎられてもおかまいなしだ。「美的な意味での構想や配置がない。そりゃ、写真家だって人物のポーズや衣装に凝《こ》るぐらいのことはするだろうが——ネガに焼き付けるつもりの木の枝を切り取ったりもするかもしれないが、画家のようにあらかじめ思い描いた構想に合う内容の画面を構成するのは、まず無理というものだ。写真には必ず意味のない細部が写り込んだり、さまざまな光と影が調和せず、質感が整わなかったりもする。あるいは、しっくりしない線や違和感のある面もある。カメラというのはひどくあけすけなものだよ——芸術的価値になどおかまいなしに、前にあるものを何でもかんでも記録してしまうんだから。その結果、当然ながら写真は秩序と調和に欠ける。よくてせいぜい単純でわかりきった構成にしかならない。おまけに、無関係な要素だらけ——意味も目的ももたない対象物だらけだ。画一性のある構想は写真にはない。無計画、不均質、無目的、無定形——それが写真の性質なんだ」

「くどくど言わなくてもわかる」マーカムはいらだっていた。「ぼくにだって人並みの知能はあるんだ。——そのごたいそうな自明の理が、どこらへんに導いてくれるんだ？」

ヴァンスが愛嬌たっぷりの笑顔になった。

「東五十三丁目にさ。だけど、その目的地に着くまでに、もうちょっとだけ敷衍《ふえん》させてもらうよ。——構想が難解かつ巧妙な絵画だと、見る者にはその構成がすぐにはわからないことがよくある。というか、構想が単純でわかりやすい絵画だけがすぐに理解できるんだな。たいていの場合、絵画を鑑賞する者は注意深く見なければいけない——リズムを追い、形を見比べ、細部を考察し、顕著《けんちょ》な特徴が調和しているかどうかを見るんだ——しかるのちに、隠れていた構想がはっきりしてくる。たいてい、調和のよくとれた完璧なバランスの絵画は——ルノアールの人物画、マティスの室内画、セザンヌの水彩画、ピカソの静物画、レオナルド・ダ・ヴィンチの解剖図なんかは、構図という観点からすると一見無意味に見える。形がばらばらでまとまりなく思えるかもしれない。色彩の広がり具合や線状の明暗が勝手気ままに置かれているような印象を受けるかもしれない。鑑賞者が画面上の整数すべてを関連づけ、それぞれの対位法的な働きをひととおりたどってみて初めて、それらが意味をもち、作者の制作動機となった構想が見えてくる——」

「わかった、わかった」と、マーカムがさえぎる。「絵画と写真は違う。絵画に描かれるものには構想がある。写真に撮られたものには構想がない。絵画の構想を見きわめるためにはじっくりと見なければならないことが多い。——この十五分間、きみがとりとめもなく長々と話してきたことはそんなところだろう」

「やたらと反復の多い、冗長な法律文書の真似をしてみただけじゃないか」とヴァンス。「そうすりゃ、法律家頭のきみにも意味が伝わるかと思ってね」

「まんまと意趣返ししやがって」とマーカム。「続きは？」

ヴァンスはまじめな顔に戻った。

「マーカム、グリーン家の事件で起きたさまざまな出来事を、ぼくらは写真に撮られた無関係な対象物のように見ていたんだよ。出てきた事実をひとつひとつ調べはしたけれど、ほかの既知の事実全部とのつながりを充分に分析してはいなかった。事件全体を、孤立した整数の連続、あるいは集合のようにみなしていたんだ。ひとつひとつの重要性を見落としてしまったのは、それぞれの出来事がひとつの部分でしかない基本的パターンの形をまだ特定していないせいだよ。――わかるかな？」

「いいから！」

「けっこう。――さて、言うまでもなく、この驚くべき事件全体の奥にはある構想が潜んでいる。偶然起きたことはいっさいない。行動ひとつひとつが前もって計画されている――いわば、巧妙かつ入念に仕組まれた構図が隠されている。すべてが、中心にあるその形から生じているんだ。すべてが、基礎構造となるひとつの着想のもとにつくり出された。したがって、最初の二重銃撃事件以降に起きた主な出来事で、前もって計画された犯罪パターンと無関係なものはひとつもないことになる。事件のあらゆる局面、あらゆる事象をひとまとめにすると、一貫性のある構図になる――互いに影響し合って調和のとれた全体像にね。つまり、グリーン家の事件は一枚の絵画なんだ、写真じゃなくて。そういう見方で事件を調べていけば――あらゆる外面的要因の相互関係をつきとめて、目に見えている形からそれぞれもとになっている線までたどっていけば――そうすれば、マーカム、この絵の構図がわかるだろう。このドキュメンタリーの題材を積み上げていく土台となった、異常な描き手の構想が見えてくるだろう。この醜悪な絵のパターンに隠された形さえ見つかれば、描き手もわかる」

「言いたいことはわかるよ」マーカムがゆっくりと言った。「だが、それが何になる？　ぼくらにはあらゆる外面的要因がわかっていて、調和のとれた全体像とかいうわかりやすい構想にはどうしてもうまくはめ込めないでいるんじゃないか」

「今のところはまだね」とヴァンス。「だけどそれは、まだ秩序立てて考えていないからだよ。捜査ばっかりしてて、ほとんど考えていなかった。現代の画家たちがドキュメンテーションと呼ぶもの――つまり、絵画のうちの目に見える部分の客観的アピールにばかり気をとられていたってことだな。まだ観念的な内容をさぐっていない。見落としているんだよ、〝暗示的形式〟(1)を――ずさんな用語だな。だけど、そいつはクライヴ・ベルのせいだから」

「それで、この血塗られたカンヴァス創作上の構想をどうやってつきとめる？　ついでに、絵のタイトルを『親族偏重《ネポティズム》のなれの果て』とでもするかな」マーカムはそんなふうにふざけた言い方で、ヴァンスの長広舌から受けた深刻な印象をやわらげようとしている。ヴァンスが滔々《とうとう》と比較対照論を持ち出したからには、当面の問題にうまく応用するはっきりした見込みがあるはずだとはいえ、これ以上落胆する結果にならないよう、期待しすぎるのもはばかられたのだ。

マーカムの質問に応えて、ヴァンスは持参した書きものを取り出した。

「ゆうべ、グリーン家事件の顕著な出来事を時系列に沿ってざっと書き出してみた――つまり、過去何週間かのあいだにぼくらが目《ま》の当たりにしてきた、この恐ろしい絵画の重要な外面的要因を総ざらいしたんだが。細かいもれは多々あるだろうが、主要な形はここに出そろった。作業用の基礎にするには充分な数の項目をリストアップできたと思う」

　彼は書きものをマーカムに渡した。

「そのリストのどこかに真相が潜んでいる。事実と事実を組み合わせれば――色の明暗に従って事実どうしを正しく結びつければ――隠れてこの犯罪に熱中しているのは誰なのかわかるだろう。パターンさえつきとめれば、それぞれの項目が決定的な意味をもつようになるから、そこから伝わるメッセージをはっきり読み取れるはずだ」

　マーカムは要約を手にして、椅子を明るいところへ移動させると、無言で目を通した。

　私はその文書の原本を保管している。私の持っている記録文書のうちで最も重要で、影響力も最も大きかったものだ。なにしろ、グリーン家殺人事件を解決する手段になったのだから。この要約がなかったら、かの有名なグリーン屋敷の大量殺人は間違いなく迷宮入りしていただろう。

　以下にそれを一字一句原文のまま掲載する。

全般的事実

1　互いに憎み合っている空気がグリーン屋敷に充満している。

2　半身不随で寝たきりのミセス・グリーンは、口やかましく不平がましい。屋敷じゅうの者にいやな思いをさせている。
3　子供が五人いる――娘二人に息子二人、養女がひとり。五人に共通するところは皆無で、絶えず反目しては互いに敵意を向け合っている。
4　料理人のミセス・マンハイムはトバイアス・グリーンの古い知り合いで、遺言状で厚遇されているにもかかわらず、過去の事実をいっさい明かそうとしない。
5　トバイアス・グリーンの遺言状に、家族はグリーン屋敷に二十五年間住まなくてはならないと明記されている。違反すれば罰として相続人排除。ただし例外としてエイダだけはグリーン家の血を引いていないので、結婚すれば屋敷以外で家庭をつくることが許される。遺言によって、財産の管理、処分はミセス・グリーンに任されている。
6　ミセス・グリーンの遺言状では、五人の子供が平等な遺産受取人となる。そのうちのひとりが死亡した場合、残った遺族が平等に相続する。もし全員が死亡した場合は、それらの家族が相続する。
7　グリーン家の寝室は次のような配置になっている。ジュリアとレックスの部屋が屋敷の表側に向かい合う。チェスターとエイダの部屋が中央に向かい合う。そしてシベラとミセス・グリーンの部屋がいちばん奥に向かい合う。隣接する部屋どうしの行き来はできないが、例外はエイダとミセス・グリーンの部屋で、この二部屋から同一バルコニーにも出られる。
8　ミセス・グリーンが十二年間封鎖していたつもりのトバイアス・グリーンの書斎に、

犯罪学およびその関連テーマの文献の見事なコレクションがある。
9 トバイアス・グリーンの過去はどことなく謎めいている。国外で怪しい取引に関わっていたという噂も多い。

第一の犯罪

10 ジュリアが午後十一時三十分、至近距離で正面から発砲されて死亡。
11 エイダがやはり至近距離で、背後から発砲される。その後回復。
12 ベッドで発見されたジュリアの顔に、恐怖と驚愕の表情。
13 エイダが発見されたのは、化粧台の前の床の上。
14 どちらの部屋にも電灯がついていた。
15 二回の銃声のあいだに数分経過。
16 フォン・ブロンがすぐに呼ばれて、三十分以内に到着する。
17 屋敷を出ていって戻ってくる、フォン・ブロンのものではない足跡がひと組発見される。しかし、雪の性質上、判然としない。
18 足跡がつけられたのは、犯行前の三十分ほどのあいだ。
19 どちらの銃撃も、凶器は三二口径リヴォルヴァー。
20 チェスターが古い三二口径リヴォルヴァーの紛失を報告する。
21 チェスターは警察の強盗説に納得せず、地方検事局の捜査を要求する。

22　ミセス・グリーンがエイダの部屋の銃声で目を覚まし、エイダが倒れる音を聞く。しかし、足音やドアが閉まる音は聞いていない。

23　スプルートが使用人用階段を下りてくる途中で第二の銃声がするも、彼はホールで誰にも出くわさない。もの音も聞いていない。

24　エイダの隣の部屋にいるレックスが、銃声は聞こえなかったと言う。

25　レックスが、チェスターは事件について口で言う以上のことを知っているとほのめかす。

26　チェスターとシベラのあいだに何か隠しごとがある。

27　シベラもチェスター同様、強盗説をしりぞけるが、別の説を出そうとはせず、グリーン家の家族の誰が犯人であってもおかしくないとあけすけに言う。

28　エイダの話によると、彼女は真っ暗な部屋で、危険な気配がして目が覚めた。闖入者《ちんにゅうしゃ》から逃れようとしたが、引きずるような足音が追ってきたとのこと。

29　エイダが、ベッドから出てまず誰かの手に触れたと言うが、誰の手らしかったかは明かそうとしない。

30　シベラが、部屋にいたのは自分（シベラ）だと言えばいい、とエイダを挑発。さらに、エイダがジュリアを撃ったと公然と非難する。また、エイダがチェスターの部屋にあった拳銃を盗んだとも言う。

31　フォン・ブロンの態度や言葉づかいのはしばしに、シベラと妙に親密なことがうかがえる。
32 エイダがフォン・ブロンにあからさまな好意を示す。
第二の犯罪
33 ジュリアとエイダの銃撃から三日後、午後十一時三十分に、チェスターが三二口径リヴォルヴァーで撃たれて死亡。
34 死者の顔に驚愕と恐怖の表情あり。
35 シベラが銃声を聞いてスプルートを呼ぶ。
36 シベラいわく、銃声がした直後にドア口で聞き耳を立てたが、それ以外に音はしなかった。
37 チェスターの部屋に明かりがついていた。犯人が入ってきたときは読書中だったらしい。
38 玄関先の歩道に、はっきりした往復の足跡がひと組発見される。足跡がついたのは犯行のあった三十分ほどのあいだ。
39 足跡にぴったり合うオーバーシューズが、チェスターの部屋のクローゼットで発見される。
40 エイダにはチェスターの死の予感があり、事件を知らされたとき、ジュリアと同じように銃殺されたと思った。しかし、足跡からして外部犯らしいと告げられると目に見えて安堵《あんど》する。

41 レックスが、発砲の二十分前にホールでもの音がして、ドアの閉まる音も聞こえたと言う。

42 レックスの話を聞いて、エイダも十一時過ぎにドアの閉まる音が聞こえたことを思い出す。

43 エイダは何かを知っている、あるいは疑っているらしい。

44 料理人が、エイダに危害を加えようとした者がいることに対して感情をあらわにするが、ジュリアとチェスターを撃ち殺したくなるのはもっともだと言う。

45 レックスが面談で、屋敷内部の誰かが犯人だと考えているのをはっきり態度に表わす。

46 レックスがフォン・ブロンを犯人だと言って非難する。

47 ミセス・グリーンが捜査をやめてくれと言う。

第三の犯罪

48 チェスターが殺されておよそ二十日後の午前十一時二十分、エイダが地方検事のオフィスから彼に電話して五分とたたないうちに、レックスが三二口径リヴォルヴァーで額を撃たれる。

49 レックスの死に顔に、ジュリアやチェスターのときのような恐怖や驚きの表情はなし。

50 遺体の発見場所は、暖炉前の床の上。

51 エイダが地方検事局へ持ってくるよう彼に頼んだ図は行方不明。
52 ドアが開いていたのに、二階にいて銃声が聞こえた者はいないが、一階の食器室にいたスプルートの耳にははっきり聞こえる。
53 フォン・ブロンはその日の午前中シベラを訪ねている。ただしシベラは、レックスが撃たれたころはバスルームで犬を洗ってやっていたと言う。
54 エイダの部屋で、バルコニーのドアから入ってきた足跡が発見される。ドアは半開きになっている。
55 玄関先の歩道からバルコニーまでの足跡がひと組だけ発見される。
56 足跡がついたのは、その日の午前九時以降のいつでもありうる。
57 シベラは屋敷を離れるつもりはないと言う。
58 三度にわたって足跡をつけたオーバーシューズがリネン室で発見される。ただし、屋敷でリヴォルヴァーを捜したとき、そこにはなかった。
59 リネン室に戻しておいたオーバーシューズが、その夜のうちに姿を消す。

第四の犯罪

60 レックスが死んだ二日後、十二時間のあいだにエイダとミセス・グリーンが毒を飲まされる——エイダはモルヒネを、ミセス・グリーンはストリキニーネを。
61 エイダはすぐに手当てを受けて、回復する。

62 エイダが毒を飲む直前に、フォン・ブロンが屋敷を出ていくところを目撃される。
63 エイダがスプルートに見つけてもらえたのは、シベラの犬が呼び鈴の紐をくわえたおかげ。
64 モルヒネは、ミセス・グリーンのついでにエイダも習慣的に飲まされている朝のスープに入っていた。
65 エイダが言うには、ナースに呼ばれてスープを飲みに戻ってから、部屋に入ってきた者はいない。ただし、ほんのちょっとのあいだスープをほったらかしにしてジュリアの部屋にショールを取りにいったとのこと。
66 毒入りスープが飲まれる前にシベラの犬がホールにいるのを、エイダもナースも見た覚えがない。
67 エイダがモルヒネを飲まされたあと、朝になって、ミセス・グリーンがストリキニーネ中毒で死んでいるのを発見される。
68 ストリキニーネを摂取したのは、前夜十一時以降としか考えられない。
69 ナースは十一時から十一時三十分までのあいだ、三階の自室にいた。
70 フォン・ブロンがその晩シベラを訪ねていたが、シベラによると十一時十五分に帰っていったという。
71 ストリキニーネが混入されていたのは、ミセス・グリーンが介助なしで飲むはずのないシトロカーボネート水。

72 シベラがアトランティック・シティの女友だちを訪ねていく決心をし、午後の列車でニューヨークを発つ。

順不同の事実

73 ジュリア、チェスター、レックスの三人とも同一のリヴォルヴァーで撃たれている。

74 三度発見された足跡はどれも、疑いを外部犯に向けようとして、意図的に屋敷内部の誰かがつけたものらしい。

75 犯人は、ジュリアもチェスターも夜遅くに部屋着姿で自室に迎え入れそうな人物。

76 犯人は、エイダに正体を知られないよう、彼女の部屋には忍び込んでいる。

77 チェスターが死んで三週間近くたってから、エイダがだいじな知らせがあるといって地方検事局へやって来る。

78 エイダによると、じつは彼女の部屋の銃声を聞いたと、レックスが打ち明けたという。ほかにも音が聞こえたが言い出しかねていたらしい。そこでレックスを呼び出してほしいと、彼女が地方検事に頼む。

79 エイダが、一階ホールの書斎の入り口付近でおかしな記号が描いてある謎めいた紙切れを見つけた話をする。

80 レックスが殺された日、医療かばんの中のストリキニーネ三グレーンとモルヒネ六グレーンが盗まれていると、フォン・ブロンからの報告あり——グリーン屋敷で盗まれたようだ。

81　書斎に足しげく通って、ろうそくの明かりで本を読んでいた者がいると判明。読んだ形跡のある本――犯罪科学のハンドブック、毒物学関係書二冊、ヒステリー性麻痺や夢中遊行症についての論考が二冊。

82　書斎利用者はドイツ語に堪能。読まれていた本のうち三冊はドイツ語で書かれている。

83　レックスが殺された日、夜のあいだにリネン室から姿を消したオーバーシューズが、書斎で発見される。

84　書斎の調査中、ドアのところで立ち聞きする者あり。

85　前夜ミセス・グリーンが一階ホールを歩いていたと、エイダからの報告あり。

86　フォン・ブロンは、ミセス・グリーンの麻痺は器質性のものであって、下半身を動かすことは不可能だと断言する。

87　フォン・ブロンが、ドクター・オッペンハイマーにミセス・グリーンを診察してもらう手配をする。

88　フォン・ブロンがミセス・グリーンに診察の件を伝え、その翌日に診察を予定する。

89　ドクター・オッペンハイマーの診察を受ける前に、ミセス・グリーンが毒殺される。

90　検屍解剖で、ミセス・グリーンの脚の筋肉はすっかり萎縮《いしゅく》していて歩けなかったことが決定的になる。

91　検屍のことを聞かされても、ホールの人影が母親のショールを羽織っていたと言って譲らないエイダが、説得されて、そのショールをシベラも羽織ることがあったと白状する。

92　ショールのことをエイダに問い詰めていると、エイダがホールで見たのは自分だったのではないかとミセス・マンハイムが言い出す。

93　ジュリアとエイダが銃撃されたとき屋敷内にいた、あるいはいたかもしれないのは——チェスター、シベラ、レックス、ミセス・グリーン、フォン・ブロン、バートン、ヘミング、スプルート、ミセス・マンハイム。

94　チェスターが銃撃されたとき屋敷内にいた、あるいはいたかもしれないのは——シベラ、レックス、ミセス・グリーン、エイダ、フォン・ブロン、バートン、ヘミング、スプルート、ミセス・マンハイム。

95　レックスが銃撃されたとき屋敷内にいた、あるいはいたはずなのは——シベラ、ミセス・グリーン、フォン・ブロン、ヘミング、スプルート、ミセス・マンハイム。

96　エイダが毒を飲まされたとき屋敷内にいた、あるいはいたかもしれないのは——シベラ、ミセス・グリーン、フォン・ブロン、ヘミング、スプルート、ミセス・マンハイム。

97　ミセス・グリーンが毒を飲まされたとき屋敷内にいた、あるいはいたはずなのは——シベラ、フォン・ブロン、エイダ、ヘミング、スプルート、ミセス・マンハイム。

マーカムは要約を読み終えて、もう一度ざっと目を通した。それから書きものをテーブルに置いた。

「うん、ヴァンス、主要な点をしっかり網羅してあるな。しかし、何の一貫性も見つからん。それどころか、事件の紛糾ぶりを強調しただけのように思える」

「それでもだ、マーカム、真相を完全に明らかにするにはその項目を整理して解釈するしかないと、ぼくは確信している。ちゃんと分析すれば、ぼくらの知りたいことはすべてわかるだろうさ」

マーカムがもう一度ページをめくってみる。

「いくつかの項目をはずせば、容疑者になりそうな者が何人かいるんだがな。だが、リスト中の誰を犯人と想定しても、たちまち矛盾する動かしがたい事実にいくつもぶちあたる。この要《プレ》約《シー》はむしろ、関係者全員が無実だっていう証明に使ったほうがよさそうじゃないか」

「表面上はそのようだな」とヴァンス。「だけど、まずは構想の発生源となった線を見つけなくては。それから、派生したパターンの形をその線に結びつけていくんだ」

マーカムがあきらめたようなしぐさをする。

「人生もきみの美学理論くらいわかりやすければいいな！」

「ずっとわかりやすいさ」とヴァンス。「カメラという装置にだって人生は記録できるんだ。だけど、芸術作品を生み出せるのは、深い哲学的洞察力を伴う、高度に発達した創造的知性だけだからね」

「きみはここに何らかの意味を——美学的な意味だかなんだか知らんが——見いだせるのか？」

マーカムがいらいらと書きものをたたいた。

「今見えるのは、いわば網目模様《トレーサリー》だ――あるパターンを暗示するような。でも、正直なところ、柱になっている構想はまだまだ見えてこない。どうも、この事件の重要な要因がいくつか――おそらくパターンを調和させる線が何本か――まだぼくらの目から隠されているんじゃないかなあ。ぼくの要約は、このままじゃ解釈できないってわけじゃないが、欠けている整数が手に入りさえすればはるかに仕事がしやすくなるんだがね」

十五分ほどして私たちがマーカムのオフィスへ戻ると、スワッカーが入ってきて机に一通の手紙を置いた。

「妙なものが届きましたよ、ボス」

手紙を取り上げて読むマーカムの、眉間《みけん》に寄せたしわが深くなっていった。読み終わった手紙をヴァンスに渡す。レターヘッドに〝コネティカット州スタンフォード、第三長老派教会牧師館〟とあり、前日の日付で、牧師アンソニー・シーモアと署名されている。細かくきっちりした筆跡で書かれた内容は、次のようなものだった。

ジョン・F・X・マーカム殿

謹啓――私こと、自分の知るかぎりにおいて秘密をもらしたことはございません。しかるに、不測の事態がもちあがって、結んだ約束の固守をゆるめてでも、守秘よりも重要な義務を進んで負うべき場合もあると存じます。

新聞によりますと、ニューヨークのグリーン家でとんでもなくいまわしいことが起きたとか。よくよく内省と祈りを重ねたのち、約束した結果として一年あまり私の胸ひとつに収めていた事実を、貴殿にお伝えするのが私の本分であるとの結論に達しました。こうして信頼を裏切ろうとするのもひとえに、あるいはここからよい成果があがるのではないか、また、貴殿であれば本件をやはり厳秘に扱ってくださるはずだと信じるがゆえであります。お役に立たないかもしれません——じつは私にも、グリーン一族に降りかかった恐ろしい呪いを解く糸口になるのかどうかわかりません——が、あのご家族の一員に密接に関わる事実であるゆえ、貴殿にお伝えしておいたほうがよかろうと思う次第です。

昨年八月二十九日の夜、車で当館へ乗りつけてきた、秘密裏に結婚したいという男女がありました。ちなみに、私のところではかけおちした二人のそういう頼みをきくこともよくあります。特にその二人連れは人品卑《いや》しからぬしっかりした人物と見受けましたので、二人の希望をのんで、挙式を秘密にしておくと確約したのです。

結婚許可証に——その日の午後、ニューヘイヴン（コネティカット州南部の港町。イエール大学の所在地）で入手したものでした——記された名前は、ニューヨークシティ在住のシベラ・グリーン、および、やはりニューヨークシティ在住のアーサー・フォン・ブロンでした。

ヴァンスは手紙を読んで、マーカムに返した。

「ふうん、なあ、ぼくはあんまり驚かない——」

急に言葉を切って、彼は目の前をじっと見据えた。そして、そわそわ立ち上がると、うろうろ歩きはじめる。

「しまった！」

その声にマーカムがぱっと顔を上げて、不審そうな目を向ける。「何のことだ？」

「わからないのか？」ヴァンスは地方検事の机に駆け寄る。「これだ！　ぼくの表に欠けている事実だよ」彼は最後の一枚を広げて、こう書き込んだ。

98　シベラとフォン・ブロンは一年前にこっそり結婚した。

「しかし、それが何の役に立つのかわからんな」とマーカム。「目下のところ、ぼくにもわからないよ」とヴァンス。「だけど、今宵は沈思黙考に費やすことにしよう」

24　不可解な旅

十二月五日（日曜日）

その日の午後、ボストン交響楽団がバッハの協奏曲とベートーベンのハ短調交響曲を演奏することになっていた。ヴァンスは地方検事局を出ると、そのまま車でカーネギー・ホールに向かい、コンサートのあいだじゅう、ゆったりとした気分で座っていた。終わると、家まで二マイルの距離を歩いて帰ると言い張った。彼としてはほとんどありえないことだ。

夕食がすむと、ヴァンスはすぐ私におやすみを言い、スリッパにガウンという姿で書斎に入っていった。その晩私は仕事がたくさんあり、終わると真夜中をとっくに過ぎていた。自分の部屋に向かう途中、ヴァンスの書斎のドアが少し開いていたので、彼が机に向かって、例の一覧表を前に両手で頭を抱えこむようにしているのが見えた。精神を集中しているのだ。考えごとをするときのいつもの癖で煙草を口にしており、肘のあたりにある灰皿は吸い殻の山だった。この新しい問題が彼の心をここまでとらえているのかと驚きながら、私はそっと通り過ぎた。

足音に気づいてふと目を覚ますと、まだ午前三時半だった。私はそっと起き上がり、不安に思いながらも漠然とした好奇心に引きずられるようにして、廊下に出た。突き当たりでぼうっと壁に光が差している。薄暗がりの中を進むと、その光は少し開いた書斎のドアからもれているることがわかった。同時に、足音もその部屋から聞こえてくるのだと気がついた。思わずのぞき込むと、ヴァンスがガウンのポケットに両手を突っ込み、顎を胸に沈めて部屋の中を歩き回っている。煙草の青い煙がもうもうと立ちこめるせいで、その姿はかすんで見えた。私はベッドに戻ったが、一時間ほど眠れずにいた。やっとまどろむことができたのは、書斎から足音がリズミカルに伝わってきたからだろう。

起きたのは八時だった。薄暗くてうっとうしい日曜日だったので、居間でコーヒーを飲むときは電灯をつける必要があった。九時になって書斎をのぞいてみると、ヴァンスはまだ机に向かっていた。読書灯はともっているが、暖炉の火はすっかり消えている。私は居間に戻ると、新聞の日曜版に目を通そうとしたが、グリーン家事件の記事をざっと見ただけでやめ、パイプに火をつけて暖炉の前に椅子を引き寄せた。

ヴァンスが居間のドア口に姿を現わしたのは、十時近くになってからだった。ひと晩じゅう起きて、精神をすり減らし、みずからに課した問題と格闘していたのは、一目瞭然だ。目のまわりには隈《くま》ができ、口もとをしかめ、肩のあたりがげっそりしている。そんな姿にショックを受けつつも、私は強い好奇心を抱かずにいられなかった。一睡もせず考え抜いた結果を知りたかった私は、部屋に入ってきた彼を期待に満ちた顔で迎えた。

私と目が合うと、ヴァンスはゆっくりとうなずいた。

「ようやくデザインがわかったよ」彼は暖炉の火のほうへ両手を差し出した。「こいつはぼくが想像していた以上に恐ろしい事件だ」と続けたあと、しばらく黙っていたが、やがて口を開いた。「マーカムに電話をかけて、すぐに会いたいと伝えてくれないか。朝食を一緒にしようと。ぼくはちょっと疲れてるって、うまく説明してくれ」

そう言うとヴァンスは居間を出ていったが、カーリに向かって風呂の準備をするよう呼びかけるのが聞こえた。

マーカムを朝食に誘うのには、何の問題もなかった。事情を説明すると、彼は一時間もしないうちに到着した。服を着替えて髭《ひげ》を剃《そ》ったヴァンスは、この朝初めて会ったときよりも見違えて生気を取り戻したように見えたが、顔色はまだ青白く、目にも疲れが残っていた。

朝食のあいだは誰もグリーン家の件に触れなかったが、書斎に移って安楽椅子《イージー・チェア》に収まると、マーカムははやる気持ちを抑えきれなくなった。「ヴァンは電話で、きみがあの一覧表から何かを見つけたと言っていたが」

「ああ」ヴァンスは気落ちしたような口調だ。「ぼくはすべての項目をつなぎ合わせてみた。そして、結果はいまいましいものだった。真相が容易にわからなかったのも、無理はない」

マーカムは緊張した面持ちで身を乗り出した。信じられないという表情だ。「真相がわかったんだな?」

「ああ、わかったよ」穏やかな返事だった。「というのは、このいまわしい事件の裏にいる人物がぼくの頭の中ではわかったということだが、気持ちのうえでは信じられない。ぼくの中のあらゆるものが、その真実を受け入れることに反発しているんだ。むしろ、それを受け入れるのが怖いのだとも言える……いかんな、ぼくも円《まる》くなったものだ。中年になったということか」彼は微笑もうとしたようだが、うまくいかなかった。

マーカムは黙ったまま、話の続きを待っていた。

「ともかくだな」ヴァンスは続けた。「今はまだ犯人を指摘するつもりはない。もうひとつふたつ、事実を確かめてからでないと、話せないんだ。絵柄《パターン》は充分わかりやすいが、新たな関係性を認識できた対象は、悪夢に出てくるもののようにグロテスクなかたちをとる。まずさわって、それから評価して、それが単なる気の迷いでないことを確かめなければならない」

「その検証には、どれくらい時間がかかる?」マーカムには、問題解決を急《せ》かしても無駄であることがわかっていた。ヴァンスが事態の深刻さを充分に認識していると理解しているから、ある点を調査してからでないと結論を出さないという彼の決断を、尊重したのだ。

「長くはないと願いたいね」ヴァンスは机に向かうと、紙に何かを書いてマーカムに渡した。「トバイアスの書斎にある本のうち、誰かが夜中に忍び込んで読んだ形跡のある五冊のリストだ。この本がほしい――すぐにでも。だが、本を持ち出したことを誰にも知られたくはない。だからナースのオブライエンに電話してミセス・グリーンの鍵を手に入れて誰も見ていないときに取ってくるよう、命じてくれないか。持ち出したら何かに包んで、屋敷を警備している刑事に頼んでここへ届けさせるよう、指示してほしい。どの本棚にあるか、説明しておいたほうがいいだろう」

マーカムはその紙を受け取ると、何も言わずに立ち上がったが、ヴァンスの仕事部屋の入り口で立ち止まった。

「警備の刑事が屋敷を出ても、だいじょうぶだろうか?」

「かまわないだろう。当面は何も起きないさ」とヴァンス。

マーカムは仕事部屋に入っていったが、二、三分で戻ってきた。

「本は三十分後に届く」

刑事が荷物を運んでくると、ヴァンスは包みをほどいて椅子の横に本を並べた。

「さて、マーカム。ぼくは少しばかり読書をするつもりだ。気にしないでくれたまえ」何気ない口調だが、その言葉の裏には切迫した真剣さがあった。

マーカムはすぐに立ち上がった。私はあらためて、このまったく異なる性格の二人が互いをすっかり理解し合っていることに驚嘆した。

「ぼくも個人的な手紙を何通か書かなくちゃならないから、これで失礼しよう。カーリのオムレツはすばらしかったよ。次はいつ会う？　お茶の時間にでもおじゃましようか」

ヴァンスは親愛の情を込めて手を差し出した。

「五時にしよう。それまでには読み通しておくよ。わがままを言ってすまないね」と言ってから、重々しい口調でこう付け加えた。「あとですべてを話せば、ぼくがなぜ結論を待たせたのか、わかってもらえると思う」

その日の午後五時少し前にマーカムが戻ってくると、ヴァンスはまだ書斎で本を読んでいた。しかし、まもなくすると居間の私たちに合流した。

「全体の絵がはっきりしてきた。幻想的だったイメージが、次第に恐ろしい現実の様相を呈してきたんだ。いくつかの点は立証できたが、いくつかの事実はまだ裏づけが必要だ」

「きみの立てた仮説を証明するためかい？」

「いや、そうじゃない。この仮説は自己補正される。それが真実であることに疑いはない。だがね、マーカム、あらゆる種類の証拠が疑いなく認められるまで、ぼくは受け入れない」

「その証拠は法廷でぼくが使えるような性質のものなのかい？」

「そういうことは考えたくもない性質のものだ。今回のケースは刑事手続きとまったく無関係だと思う。だが、代わりに社会がその〝肉の一部〟を与えられるべきであり、神の子である庶民の中からシャイロックとして正当に選ばれたきみが、ナイフを振るうことになる。ただし、ぼくがその現場に立ち会うことはないと断言するよ」

マーカムは不思議そうにヴァンスをじっと見つめた。

「なんだか薄気味悪い言い方だな。だが、きみの言うように今回の事件の犯人を発見したのなら、なぜ社会が罰を与えてはいけないんだ?」

「もし社会が全知全能なのだったら、判決を下す権利があるだろう。だがね、社会は悪意に満ちているし、洞察力や理解力のかけらもない。ごまかしを称揚し、愚かさを賛美する。知的な者を十字架にかけ、病める者を地下牢に閉じ込める。しかも、〝犯罪〟と称するもののとらえがたい原因を分析し、先天的に不可抗力な衝動をする気に入らない人物をすべて死刑にするような、権利と能力をもつと主張している。それが、きみたちのありがたがっている社会だ。よってたかって獲物を狙い、殺戮の欲望によだれを垂らしている、狼の群れさ」

マーカムはヴァンスの言い方に驚きながらも、やや心配そうな面持ちで見つめていた。

「きみは今回の事件で犯人を逃がす準備をしているんじゃないか?」マーカムの口調は憤慨《ふんがい》と皮肉のこもったものだった。

「いや、きみの獲物はきみに渡すさ。グリーン家の殺人犯は特に凶悪なタイプだから、葬るべきだとは思う。ぼくはただ、きみの愛する社会が生み出した電気椅子といういたましい装置を使うことが、この犯人に対処するための正しい方法とは言えないと、助言したいだけだ」

「でも、そいつが社会にとって脅威であることは認めるんだろう?」

「もちろんさ。しかも恐ろしいことに、あのグリーン屋敷の犯罪トーナメントは、ぼくらが止めないかぎり延々と続く。だからぼくは慎重を期しているんだ。今のままでは逮捕すらできないだろう」

お茶を飲み終わるとヴァンスは立ち上がり、身体を伸ばしてから、ぶっきらぼうに言った。

「ときにマーカム、シベラの行動について何か報告が来たか?」

「たいしたことは来てないな。まだアトランティック・シティにいて、しばらくは帰らないつもりらしい。彼女は昨日スプルートに電話をかけてきて、着替えをトランクもうひとつ分送れと言ったそうだ」

「ほう、まだいるのか。そいつはありがたい」ヴァンスは思い立ったようにドア口へ向かった。

「ちょっとグリーン家に行ってくるよ。一時間はかからないだろうから、ここで待っていてくれるかい? テーブルの上に《ジンプリチシムス》(一八九六年創刊のドイツの社会風刺週刊誌)の新しい号が置いてあるから、ぼくが戻るまで読んでいるといい。この国にトニー(一八六七年生まれのドイツ人カリカチュアリスト)やグルブランソン(一八七三年生まれのノルウェー人カリカチュアリスト)がいないせいで、きみのグラッドストン的な外見を風刺漫画にされることがないのを、神に感謝するんだな」

ヴァンスがしゃべりながら手招きしたので、私は何か問いたげなマーカムにその暇も与えず、ホールへ出て階段を下りた。五分後には、タクシーでグリーン屋敷の前に着くことができた。

スプルートがドアを開けると、ヴァンスはそっけない挨拶だけして、彼を客間へ引き入れた。

「昨日ミス・シベラがアトランティック・シティから電話をかけてきて、着替えのトランクを送るように頼んだそうだね」

スプルートは頭を下げた。「ええ、ゆうべ発送いたしました」

「ミス・シベラは電話口でなんと言った?」

「接続が悪かったので、よく聞き取れませんでした。ただ、しばらくニューヨークに戻るつもりはなく、持っていかれた服が足りなくなったので送るようにとのことでした」

「この家のその後の状況については、聞かれなかったかい?」

「ごく普通のお話だけでした」

「留守のあいだに何かありはしなかったか、気にかけている様子もなかったのか?」

「ええ。こう申しては不誠実に聞こえるかもしれませんが、実際、まるで気にされていないような口調でした」

「トランクいっぱいという量から察するに、向こうにはどのくらいいるつもりだと思う?」

スプルートはしばらく考え込んだ。

「それはなんとも言えませんが、敢えて申しあげるなら、シベラさまは、あとひと月以上アトランティック・シティにいらっしゃるおつもりだと思います」

ヴァンスは満足げにうなずいた。

「スプルート、もうひとつ特に重要な質問がある。エイダさんが撃たれた夜、きみが最初にエイダさんの部屋に行って化粧台の前の床に倒れているのを見つけたとき、窓は開いていたか?思い出してほしい。はっきりした答えがほしいんだ。あの窓は化粧台のすぐ脇にあり、石のバルコニーに続く階段を見下ろす位置にあるが、あれは開いていたかね。それとも閉まっていた？」

スプルートは眉根を寄せて、その時の様子を思い起こしているようだった。それから、ようやく口を開いた。

「窓は開いていました。今、はっきりと思い出せます。チェスターさまと私がエイダさまをベッドにかつぎ上げたあと、エイダさまが風邪を引かれてはならぬと、すぐに窓を閉めました」

「窓はどのくらい開いていた？」ヴァンスはじれたように訊ねた。

「八インチか九インチと言ったところでしょうか。一フィートかもしれません」

「ありがとう、スプルート。もういい。あとは料理人に会いたいと伝えてくれないか」

数分後にミセス・マンハイムが入ってくると、ヴァンスはデスクライトの近くにある椅子を示した。彼女が席につくと、ヴァンスはその前に立ち、厳しい表情で冷たく相手を見つめた。

「フラウ・マンハイム、真実を語るときが来たのです。ぼくはあなたにいくつかの質問をするため、ここに来ました。それに対してきちんとした答えが返ってこないかぎり、ぼくはあなたを警察に通報します。その際には、情状酌量の余地はなくなります」

夫人は唇を引き締め、ヴァンスの鋭い一瞥《いちべつ》を避けて視線をそらした。

「あなたは以前、ご主人が十三年前にニューオーリンズで亡くなったと言いましたね。それは正しいですか？」

ヴァンスの問いかけにほっとしたように、彼女はすらすらと答えた。

「ええ、そうです、十三年前です」

「何月ですか？」

「十月です」

「長いあいだ病気だったのですか？」

「一年ぐらいでした」

「どんな病気で？」

今度は、彼女の目つきが怯《おび》えたように見えた。

「正確にはわかりません」と言うと、彼女は言いよどんだ。「お医者さんが会わせてくれなかったので」

「彼は病院にいたのですか？」

彼女は何度も素早くうなずいた。「ええ、そう、病院です」

「トバイアス・グリーンさんに会ったのは、ご主人が亡くなる一年前だと言いましたね。つまりご主人が入院されたころ、今から十四年前ということになります」

彼女は漠然とした表情でヴァンスを見たが、何も答えなかった。

「そして、ミスター・グリーンがエイダを養子にしたのは、ちょうど十四年前だった」

夫人は大きく息を吸い込み、パニックになったような表情で顔をゆがめた。

「その後ご主人が亡くなったとき、あなたはミスター・グリーンのところに来た。彼があなたに職を与えてくれると知っていたからだ」

ヴァンスは彼女に近づき、肩に親しげに触れた。

「フラウ・マンハイム、ぼくは以前から疑っていたんですよ」ヴァンスはやさしく言った。「エイダがあなたの娘であるとね。そうじゃありませんか?」

夫人は痙攣《けいれん》するように嗚咽《おえつ》して、エプロンに顔を隠した。

「グリーンさんに約束したんです。エイダのそばにいさせてくれるなら、誰にも——エイダ自身にも、そのことは言わないと」

「そして、あなたは誰にも言わなかった」ヴァンスは慰めるように言った。「ぼくが察したのは、あなたのせいではありません。でも、なぜエイダはあなたのことがわからなかったんです?」

「彼女は五歳のときから、遠くの学校にいたんです」

ヴァンスはうまく彼女の不安と苦痛をやわらげることができた。夫人が帰っていくと、彼はエイダを呼び寄せた。

客間に入ってきたエイダの困ったような眼差《まなざ》しと青白い頬が、彼女の緊張をはっきりと物語っていた。彼女からの最初の質問は、彼女の心の中にある恐怖を代弁するものだった。

「何かわかったんですか、ミスター・ヴァンス?」すっかり落胆したような口調だ。「この大きな家にひとりでいるのは恐ろしいわ。特に夜間は音がするたびに……」

「あまり想像力を働かせてはいけないよ、エイダ」と言うと、ヴァンスはこう付け加えた。「ぼくらは以前よりずっと多くのことを知っていて、近いうちに、あなたの不安はすべて解消されると思います。じつは、ぼくが今日ここに来たのは、そのことに関してなのです。あなたがまた、ぼくらの助けになるかもしれないと」

「できることならそうしたいわ！　でも、考えても考えても……」

ヴァンスは微笑んだ。

「考えるのはぼくらに任せてください、エイダ。ぼくが聞きたかったのは、ひとつだけです。あなたは、シベラがドイツ語をうまく話せるかどうか知っていますか？」

エイダは驚いた様子だった。

「ええ、うまく話せますわ。ジュリアやチェスター、レックスもそうです。父はあの人たちがドイツ語を学ぶよう、強く勧めたんです。父も、英語と同じようにドイツ語を話せました。シベラについては、彼女とドクター・フォン・ブロンがドイツ語で話しているのを、よく聞きました」

「でも、彼女には訛《なま》りがあったんでしょうね」

「ドイツに長くいたことがないので、少し訛りがあります。でも、彼女はとても上手にドイツ《スポーク・ヴェリー・》語を話し《ウェル・ジャーマン》ていました」

「それこそ、ぼくが確かめたかったことです」

「だったら、何か知っているんですね！」彼女の声は熱心さで震えていた。「ああ、このひどい不安の日々が終わるのは、いつになるんでしょう。この数週間、毎晩、明かりを消して眠るのが怖いんです」

「もう電気を消すのを怖がる必要はありませんよ」とヴァンス。「もうあなたが命を狙われることはないんですから」

彼女はしばらくヴァンスを見つめていたが、彼の態度の何かに心を動かされたようだった。私たちが帰るとき、彼女の頬には色が戻っていた。

帰宅すると、マーカムが落ち着きなく書斎を歩き回っていた。

「さらに何点か、確かめることができた」とヴァンス。「だが、いちばん重要なことを見逃していた――ぼくが発掘したものの信じられないような醜悪さを説明できることだ」

彼はそのまま仕事部屋に入り、中から電話をかける声が聞こえてきた。数分後に戻ったヴァンスは、心配そうに腕時計を見た。そしてカーリを呼ぶと、一週間の旅行のために荷物を詰めさせた。

「出かけてくるよ、マーカム」とヴァンス。「旅に出ると心が広くなるって言うだろう？　あと一時間足らずで汽車の出発時刻だ。一週間は留守にする。そんなに長いあいだぼくがいなくて、だいじょうぶかって？　いや、ぼくが不在のあいだ、グリーン家に関しては何も起こらないよ。というより、この問題は一時的に棚上げするように勧める」

ヴァンスはそれ以上何も言わず、三十分ほどで出発の準備をした。

「ぼくが留守のあいだ、きみにできることがひとつある」彼は外套《がいとう》に着替えながらマーカムに言った。「ジュリアが死ぬ前日からレックスが殺された翌日までの天気状況を、詳細なリストにしてほしい」

彼はマーカムも私も駅まで同行させせず、その謎めいた旅がどこへ向かうものなのかさえ、私たちは知らぬままになってしまった。

25 逮捕

十二月十三日（月曜日）午後四時

ヴァンスがニューヨークに戻ったのは、八日後のことだった。彼は十二月十三日、月曜日の午後に帰着し、風呂に入って服を着替えると、マーカムに電話して三十分後に訪ねていくからと言った。そして、ガレージから愛車イスパナ・スイザを出させた。彼が神経をとがらせていることが、よくわかる。実際、帰ってきてから私とろくに言葉を交わしていない。午後遅い時間帯の往来を縫うようにダウンタウンへ向かいながらも、うわの空でふさぎ込んでいた。一度だけ旅の収穫はあったかと訊ねてみたところ、彼はただうなずいただけだった。しかし、センター・ストリートに入ったとき、彼は少し気を取り直して言った。

「間違いなく収穫があるはずの旅だったんだよ、ヴァン。何が見つかるかわかってて行ったんだから。だけど、自分の推理を信じる気になれなかった。自分の目で記録を見てからでないと、自分の出した結論に無条件降伏できなかったんだ」

地方検事局では、マーカムとヒースの二人が私たちを待っていた。ちょうど四時で、古い刑事裁判所ビルの南西一ブロック先にそびえ立つニューヨーク生命ビルの向こうにもう日が落ちていた。

「重要な話だろうから、部長刑事にも来てもらった」とマーカム。

「うん、山ほど話すことがある」椅子に身体を投げ出すようにして座ったヴァンスが、煙草に火をつける。「だけどまずは、ぼくの留守に何か起きなかったか知りたい」

「何もなかった。きみの予言は的中したぞ。グリーン屋敷はいかにも平穏無事だ」

「とはいえ」ヒースが口をはさむ。「今週は、何か手がかりをつかむ、ちょっとはましなチャンスがあるかもしれませんよ。シベラが昨日アトランティック・シティから帰ってきて、それ以来フォン・ブロンも屋敷をうろついていますからね」

「シベラが帰ってきたのか?」ヴァンスは席を立ち、目をみはった。

「昨日の夕方六時にな」とマーカム。「あの海岸にいるのを新聞屋がさぐり出して、センセーショナルな記事にした。かわいそうに、あの娘はそれからというもの一時間たりともそっとしておいてもらえなくなって、昨日、荷物をまとめて帰ってきた。ぼくらは、部長刑事が彼女の監視につけた刑事たちを通してその動きを知った。今朝、ぼくが駆けつけて、彼女にもう一度出かけるよう勧めたんだがね。彼女はどうしてもいやだといって、かたくなにグリーン屋敷を出ていこうとしない——記者だのゴシップ屋だのに追い回されるくらいなら死ぬほうがましだと言ってね」

ヴァンスは立ち上がって窓際に移動し、灰色のビルの輪郭を眺めていた。

「シベラが帰ってきただって?」彼はそうつぶやいてから、振り返った。「頼んでおいた天気状況の報告は?」

マーカムは引き出しに手を伸ばし、タイプした用紙を一枚彼に手渡した。

それに目を通すと、彼は机の上に放り投げて返す。

「しまっておくがいいよ、マーカム。十二人のりっぱで誠実な人たちに対峙《たいじ》するとき、必要になるだろう」

「あなたの話ってのは？ ミスター・ヴァンス」必死で抑えてはいるものの、部長刑事の声には焦燥感がにじんでいる。「ミスター・マーカムの話じゃ、あなたは事件の筋道をつかんだんでしょう。後生ですから、容疑の証拠をつかんでいるんなら、こっちによこして、私に逮捕させてくださいよ。このろくでもない事件に悩まされて、もう限界なんですから」

ヴァンスは気を取り直した。

「うん、犯人はわかってますよ、部長。証拠もある——今ここで言うつもりはないですがね」

——彼は険しい顔で断固としてドアに向かう。「だが、もはやぐずぐずしてはいられない。ぼくらが手を出さざるをえない。——外套《がいとう》を着るんだ、部長。きみもだ、マーカム。暗くなる前にグリーン屋敷に行ったほうがいい」

「それにしても、おい、ヴァンス！」とマーカム。「なぜ洗いざらいしゃべらない？」

「今は説明できないんだ——理由はあとでわかってもらえるだろう」

「そこまでわかっているなら、どうして逮捕させてくれないんですか？」

「きみが逮捕することになりますよ、部長——一時間としないうちにね」熱意のない言い方だったが、ヴァンスが逮捕の見込みを口にしたのは、ヒースとマーカムの二人にとって衝撃だった。

五分もすると、私たち四人はヴァンスの車でウェスト・ブロードウェイを北上していた。

例によってスプルートがまるで興味のなさそうな態度で私たちを迎え、脇にかしこまって私たちを通してくれた。

「ミス・シベラにお目にかかりたい」とヴァンス。「おひとりで客間に来るように伝えてもらいたいんだが」

「あいにく、シベラさまはお出かけでございます」

「では、ミス・エイダにお会いしたい」

「エイダさまもお出かけでございます」執事の淡々とした口調が、私たちのまとっている緊迫した雰囲気とは妙にちぐはぐに聞こえる。

「いつごろお戻りだろうか?」

「わかりかねます。ご一緒にドライヴにお出かけになりました。そう長時間のことではないと存じます。中でお待ちいただけますか?」

ヴァンスはためらった。

「そうだな、待とう」心を決めたヴァンスは、客間に向かって歩き出した。

ところが、入り口アーチにさしかかったところで彼は突然振り返り、ホールの奥へゆっくりとさがっていくスプルートを呼び止めた。

「ミス・シベラとミス・エイダが一緒にドライヴだって? 出かけてからどのぐらいたつ?」

「十五分か――二十分くらいでございましょうか」執事の眉が心なしか吊り上がりぎみなのは、ヴァンスの豹変《ひょうへん》ぶりにひどく驚いたしるしらしい。

「誰の車に乗った?」

「ドクター・フォン・ブロンの車でございます。こちらへお茶を――」

「ドライヴへ行こうと言い出したのは誰だ、スプルート?」

「どうにもわかりかねます。茶器をお下げしようとまいりましたところ、そのようなお話をしていらっしゃいましたので」

「聞いた話を全部繰り返してくれ!」ヴァンスは興奮もあらわに早口でまくしたてる。

「この客間にまいりますと、ドクターが、お嬢さまがたには新鮮な空気を吸うのはいいことだろうとおっしゃいまして、シベラさまは、新鮮な空気はもうたくさんだとおっしゃいました」

「ミス・エイダは?」

「何もおっしゃらなかったと存じます」

「おまえが屋敷にいるあいだに出かけたんだな?」

「はい、さようでございます。私が玄関を開けました」

「ドクター・フォン・ブロンも一緒に車に乗ったのか?」

「はい。ただ、ドクターはリグランダー夫人のお宅でお降りになるようでした。往診に呼ばれたとかで。ご出発の際のドクターのおっしゃりようからいたしますと、お嬢さまがたがドライヴなさったあとで、ドクターはこちらへ夕食後に車を取りにいらっしゃるおつもりのようでございました」

「なんだと！」ヴァンスは硬直し、老執事へ燃えるような目を向けた。「急げ、スプルート！ リグランダー夫人の住所を知っているか？」

「マディソン街六十何番地かだと存じますが」

「夫人に電話してくれ——医者がもう来ているかどうか訊くんだ」

不思議なことに、執事は動じもせず、この脅しつけるような、一見わけのわからない要求に応えるべく電話口に向かった。戻ってきたときも執事は無表情で、こう報告した。

「ドクターはまだリグランダー夫人宅にお着きになっていません」

「ずいぶん時間がかかっている」ヴァンスは半分自分に言い聞かせているようだ。「出ていくときは誰が運転していた、スプルート？」

「わかりかねます。特に注意しておりませんでした。ただ、私の印象では、シベラさまがまっ先に乗り込まれましたので、運転なさるおつもりだったのでは——」

「行くぞ、マーカム！」ヴァンスが玄関へ急ぐ。「こいつはまったく気に入らないぞ。ぼくの頭がとんでもないことを考えている。おい、急ごう！　もしたいへんなことになったら……」

車にたどり着くと、ヴァンスがハンドルに飛びついた。わけがわからず茫然としているヒースとマーカムも、彼のただならぬ様子に気圧《けお》されて後部座席に乗り込み、私は運転席の横に座った。

「交通規則も速度制限もことごとく破るぞ、部長」ヴァンスが狭い道で車を操りながら宣言する。「バッジと身分証の用意を頼む。無駄足を踏ませることになるかもしれないが、それくらいは覚悟しなくちゃ」

一番街へ突進し、曲がり角を斜めにつっきってアップタウンへ向かう。五十九丁目で西に急旋回してコロンバス・サークル方面へ。レキシントン・アヴェニューで路面電車に足止めされ、五番街では交通係官につかまった。しかし、ヒースが名刺をちらつかせてちょっと言葉をかけるのを尻目に、私たちの車はセントラル・パークを横切った。カーブが連続する私道を危なっかしく曲がりながら八十一丁目に出て、リヴァーサイド・ドライヴに向かう。あまり混雑していないので、ダイクマン・ストリートまで一気に時速四十から五十マイルで突っ走る。

神経のすり減るような厳しい試練だった。夕闇が迫るばかりか、リヴァーサイド・ドライヴの傾斜に沿ってところどころ、溶けた雪のいちめんに凍結した路面が滑りやすくなってもいた。しかし、ヴァンスは優秀なドライヴァーだった。二年前から乗り慣れている車の扱い方を完璧に心得ている。横滑りしてふらついたこともあったが、後輪が高い縁石に接触する前になんとかもち直した。クラクションを鳴らしつづけたのでほかの車が道をあけ、かなり見通しがきくようになった。

いくつかの交差点ではスピードを落とさざるをえず、二度ばかり交通係官に止められたが、後部座席に誰が乗っているかわかったとたんに放免された。ノース・ブロードウェイではバイクの警官に縁石に寄せられて、派手に罵声を浴びせられた。だが、ヒースがそれに負けない華麗な罵声を浴びせ返す。陰になったマーカムの姿を見た係官はうって変わっておとなしくなり、ヨンカーズまでずっと私たちの前衛として先導して道をあけ、交差点ごとに優先通行させてくれた。

ヨンカーズ・フェリー近くの鉄道を貨車が通行中、数分待たされた。マーカムがチャンスとばかりに感情を爆発させる。

「こんな非常識なとばし方をするには、それなりの理由があるんだろうな、ヴァンス」怒声だった。「だがな、ついていくこっちだって命懸けなんだから、きみの目的くらい知りたいね」

「今説明している暇はない」ヴァンスはぶっきらぼうに答えた。「これが無駄足じゃなければ、この先にとんでもない惨劇が待ってるんだ」顔面蒼白になって、心配そうに時計を見る。「プラザからヨンカーズまでで二十分縮められたな。しかも、目的地まで直行だから——もう十分ばかり時間が稼げた。恐れていることが今夜予定されているんなら、もう一台の車はスパイテン・ダイヴィル・ロードを通って、川沿いの裏道を抜けていくはず……」

そのとき遮断機のバーが上がって、車が急発進するや、ぐいぐいスピードを上げていった。

ヴァンスの言葉が私の心にひっかかった。スパイテン・ダイヴィル・ロード——川沿いの裏道……。不意に脳裏に記憶がよみがえる。数週間前にも、シベラ、エイダ、フォン・ブロンと一緒にドライヴに出かけた——そして、異様な、名状しがたい恐怖感にとらわれる。詳しく思い出してみると、ダイクマン・ストリートで幹線道路をはずれ、うっそうとした古い屋敷にめぐらせた生垣沿いに私道を縫ってリヴァーデール・アヴェニューからヨンカーズに入った。再び幹線道路をはずれ、アーズリー・カントリー・クラブを過ぎてタリータウンの方へ川岸のさびれた道を上り、そそり立つ断崖上に車を止めてハドソン川の眺望を楽しんだ……。ハドソン川を見下ろす、あの崖！　そうだ、シベラのあの残酷な軽口——そこが人を殺すのにおあつらえむきではないかという皮肉な言葉。それを思い出したとたん、ヴァンスがどこへ向かっているのかがわかった——彼が何を恐れているのかわかった！　もう一台の車もアーズリーの先のあの人目につかない絶壁に向かっている——三十分近く先行した車が。

今ロングヴュー・ヒルのふもとにいると思うまもなく、ハドソン・ロードに飛び込んでいく。ドブズ・フェリーでまた警官が必死に手を振って行く手を阻むも、ヒースがドアの踏み板に身を乗り出して意味不明な叫びを発し、ヴァンスはスピードをゆるめることなく警官をかわしてアーズリーに向かった。

ヨンカーズを過ぎてから、ヴァンスは道中の大型車にいちいち目を光らせていた。フォン・ブロンの車高が低い黄色のダイムラーを捜しているらしい。カントリー・クラブのゴルフ場脇で狭い道に入ろうとブレーキをかけたとき、彼の口から押し殺したつぶやきがもれた。

「神よ、手遅れでありませんように[1]！」

アーズリーの駅で急旋回する車があわやひっくり返るかと息が止まりそうになり、川沿いの悪路では揺れに逆らって両手でシートをつかんでいなければならなかった。目の前の丘をその先の絶壁に沿った未舗装道路まで、高速ギアでぐんぐん登っていく。

丘の上にさしかかったところで、ヴァンスの口から叫び声が飛び出すと同時に、遠くで上下に揺れる赤い光に私も気づいた。またいちだんとスピードを上げて前の車に少しずつ近づいていくと、すぐに形と色がわかるようになった。間違いなくフォン・ブロンのダイムラーだった。「隠れてろ」ヴァンスが肩越しにマーカムとヒースに叫んだ。「前の車を追い越すとき、顔を見られないようにするんだ」

私が前扉のパネル下にしゃがみ込んだ直後、車が急に道をそれた。ダイムラーを回り込んだようだ。次の瞬間また道に戻った車は、先頭を切って突進していた。

半マイルほどで道が狭まった。片側には溝が深くえぐれ、その反対側には低木が生い茂っている。ヴァンスが急ブレーキをかけると、後輪が凍った固い土の上を滑りながらほぼ直角になって止まり、完全に道をふさいだ。

「降りてくれ、きみたち！」とヴァンス。

私たちが車を降りるやいなや、追走してきたもう一台がブレーキで滑りながら、私たちとのあいだがあと数フィートしかなくなったところでつんのめるように止まった。ヴァンスが走って引き返し、止まった車の前扉を開ける。興奮と不吉な胸騒ぎでわけのわからないまま、とっさに私たちもそろってあとを追った。ダイムラーはセダンタイプで窓が高く、西の空の残照とダッシュボードの照明で、かろうじて人影が見えるだけだ。だがそのとき、薄暗がりにヒースの懐中電灯がぱっと光った。

必死に目を凝《こ》らしていた私は、飛び込んできた光景に唖然《あぜん》とした。追跡中に悲惨な結末になるかもしれないとは思っていたし、いまいましくも起こりそうなことをいくつか思い浮かべていた。しかし、目の前に現われた事実はまるっきり予想外だった。

後部座席はからっぽで、もしやと思っていたフォン・ブロンの姿はない。前部に二人の娘が乗っていた。向こう側の隅のほうでシベラが、頭を前に垂れてぐったりしている。こめかみに醜い切り傷がついて、頬を血が伝っていた。運転席のエイダが、冷徹で獰猛《どうもう》な目で私たちをにらみつけている。ヒースの懐中電灯に顔をまともに照らされて、彼女は最初こちらが誰だかわからなかった。しかし、まぶしい光に目が慣れてくると、彼女の視線はヴァンスに集中し、口汚いののしり言葉が飛び出した。

それと同時に、ハンドルに置いた彼女の右手がかたわらのシートに垂れ、再び振り上げたその手に小さなリヴォルヴァーが光った。閃光と鋭い銃声に続いて、ガラスが砕ける音。弾丸が風防ガラスに当たったのだ。ヴァンスは踏み板に片足をかけて車内に身体を乗り出し、リヴォルヴァーを握ったエイダの腕が上がろうとするのを、手首をつかんで止めた。

「いけませんよ」ものうげなヴァンスの声は不思議なほど穏やかで、敵意は感じられない。「ぼくまでリストに加えさせるわけにはいかないな。そんなことだろうとは思っていたけれどね」

ヴァンスを撃ちそこなったエイダは逆上のあまり、凶暴な怒りにかられて彼に襲いかかった。うなり声とともに下品な罵詈雑言《ばりぞうごん》や耳を疑うようなばちあたりな言葉が、彼女の唇からあふれ出す。まがまがしいまでに猛烈な怒りにかられて、彼女はすっかりわれを忘れていた。野生動物のように、追い詰められて敗北を悟りながらも、なけなしの本能から自暴自棄になって捨て身で戦う。しかし、ヴァンスが彼女の両手首をがっちりつかんだ。ひとひねりするだけで腕を

ずり出す。

うに、やさしいと言っていいほどの扱い方をした。さっと後ろに下がって、彼女を車道に引きへし折ることもできる。ところが、彼はまるで父親が激昂《げきこう》した子供をおとなしくさせるかのよ

「さあ、部長！」ヴァンスは疲れ切った顔で言った。「手錠をかけたほうがいいね。けがをさせたくない」

予想外のことの顚末《てんまつ》を戸惑いながら見守っていたヒースは、あまりの驚きに素早い対応ができなかったようだ。しかし、ヴァンスの声ではっとした。金属音が二度響くと、エイダはとたんに不機嫌そうに力を抜いた。ひとりで立っている力もなくしたのか、息を喘《あえ》がせながら車に寄りかかった。

ヴァンスが身をかがめて、道に落ちたリヴォルヴァーを拾い上げた。ざっと見てからマーカムに渡す。

「ほら、チェスターの銃だ」そう言って、エイダのほうへ哀れむような目を向ける。「彼女をオフィスに連れていけ、マーカム——ヴァンが運転するから。ぼくもできるだけ早く行くよ。シベラを病院に連れていかなくちゃならない」

彼はさっさとダイムラーに乗り込んだ。そして、巧みな操作で狭い道の車を反転させた。

「そうだ、その子には気をつけるんだよ、部長！」と、振り返ったヴァンスの言葉を残して、車はアーズリーへ走り去った。

私はヴァンスの車を運転して街に戻った。マーカムとヒースは、娘を中にはさんで後部座席

に座った。一時間半のあいだ、ほとんど言葉は交わされなかった。沈黙している三人を、私は何度か振り返り見た。マーカムと部長刑事は、明らかにされた意外な事実にすっかり打ちのめされている様子だ。あいだで身体を丸めたエイダは、目を閉じ、頭を前に突き出して無表情なまま。一度は手錠でつながった両手でハンカチを顔に押し当てた。押し殺したすすり泣きが聞こえたような気もする。だが、私は緊張のあまり、注意を払うことができなかった。運転に集中するために全精力を傾けなくてはならなかったのだ。

刑事裁判所ビルのフランクリン・ストリート側入り口の前で車を止め、エンジンを切ろうとしたとき、ヒースの驚きの声がして、私は思わずスイッチから手を離した。

「なんてこった！」彼はしわがれ声でそう言うと、私の背中をドンとたたいた。「ビークマン・ストリート病院へやってください――ちくしょう、急いで、ミスター・ヴァン・ダイン。信号なんざクソ食らえ！　ともかく急ぐんだ！」

何があったのか、振り返らなくてもわかった。車をセンター・ストリートに戻し、病院へ急行する。エイダを救急病棟に運び込み、入り口を通りながらヒースは大声で医師を呼んだ。ヴァンスがマーカム、ヒース、私の三人が待つ地方検事局に入ってきたのは、それから一時間以上してからだった。ヴァンスはすぐに部屋をぐるりと見回してから、私たちの顔を見た。

「ぼくは彼女に気をつけるよう言っておいたよ、部長」彼は椅子にどさっと腰を下ろしながら言った。だが、その声には非難も無念も混じっていない。

誰ひとり口をきかなかった。エイダの自殺に動揺はしていたが、一種の良心の呵責《かしやく》を感じながらも、誰もが漠然ともうひとりの娘のことを心配して、やきもきしていたように思う。

私たちの沈黙の意味を察したヴァンスが、安心するようにとうなずいてみせた。

「シベラはだいじょうぶだ。ヨンカーズのトリニティ病院に連れていったよ。軽い脳震盪《のうしんとう》だった――エイダがフロントシートの下に常備してあるスパナで殴ったんだな。二、三日もすればよくなるだろう。病院にはミセス・フォン・ブロンと届け出て、そのあと夫に電話をかけた。家にいるところをつかまえたら、夫は慌てて出てきたよ。今は彼女に付き添っている。ちなみに、リグランダー夫人のところで連絡がつかなかったのは、彼が医療かばんを取りにオフィスに立ち寄ったからだった。その遅れがシベラの命を救った。そうでなければ、エイダが車ごとシベラを断崖絶壁に突き落とす前に追い着けたかどうかわからない」

彼はちょっと時間をかけて煙草を深々と吸った。そして、マーカムに向かって眉を吊り上げてみせた。

「青酸カリだろ?」

マーカムはちょっと驚いていた。

「そうだ――いや、医者はそう考えている。彼女の唇からビター・アーモンドのにおいがした」彼は怒ったように頭を突き出した。「それにしても、わかっていたんなら……」

「ああ、いずれにせよ、ぼくは止めやしなかっただろう」ヴァンスは途中であとを引き取って言った。「部長への警告をもって、国家に対する、まったく架空のものでしかない義務を果たしたことになるんだからね。だけど、そのときは知らなかった。ついさっきフォン・ブロンが情報をくれたんだ。彼に説明してやるついでに、これまでほかにも毒薬が紛失したことがなかったか訊いたんだが——グリーン家皆殺しなんていう極悪非道で危険な殺人事件を企《くわだ》てるやつが、万一失敗した場合に備えていないとは思えなかったからだよ。三カ月ほど前に、暗室から青酸カリの錠剤が一錠なくなったらしい。ちょっと訊いてみたら、その数日前、エイダが部屋をのぞき込んで回ってあれこれ質問していたことも思い出した。いざというときにはその青酸カリ一錠でこと足りるだろう——そう思って、まさかのときのための自害用にとっておいたんだな(2)」

「それよりも私が知りたいのは、ミスター・ヴァンス、あの娘がどうやって計画を実行したかですよ」とヒース。「共犯者がいたんでしょうか？」

「いや、部長、エイダが計画して、ひとりで何から何まで実行したんだ」

「そんな、いったいどうやって——？」

ヴァンスが片手を上げた。

「簡単なことばかりなんだ、部長——例の鍵さえ手に入れてしまえば。ぼくらがだまされたのは、ひどく巧妙にして大胆な陰謀だったからだ。だけど、もうどんな陰謀か推測する必要はなくなった。起きたことを何もかも解説してくれる、印刷されて製本された説明書があるんだから。しかも、架空の話やただの思いつきじゃない。ウィーンのハンス・グロース博士という、この分野で世界的に有名な専門家が収集、記録した、現実にあった犯罪の歴史書なんだ」

彼は立ち上がって外套を取り上げた。

「病院からカーリに電話したところ、遅ればせながら全員の夕食を用意してくれているそうだ。食事をすませてから、事件の全容を振り返って説明しよう」

26　驚くべき真相

十二月十三日（月曜日）午後十一時

「きみも知ってのとおりだが、マーカム」その夜遅く、書斎の暖炉を囲んだ席でヴァンスが口を開いた。「ぼくはあの一覧表をいろいろにつなぎ合わせてみて、犯人が誰であるかを知ることができた(1)。基本的なパターンがわかってしまうと、細部まで完璧につじつまの合う、均整のとれた全体像が見えてきたんだ。だが犯罪の手口はまだ不明瞭だった。そこできみに、トバイアスの書斎にある本を取り寄せてもらった。知りたいことはきっと、その中にあるはずだと思ってね。まず、最も有力な情報源と思われる、グロースの『予審判事のための犯罪科学ハンドブック』に目を通した。これはすごい論文だよ、マーカム。犯罪の歴史と科学の全分野をカバーしているうえに、犯罪技術の大要でもある。具体的な事例を挙げ、図解入りで詳細に説明しているんだ。この分野における、世界的かつ標準的な百科事典であると言ってもおかしくない。読んでいくうちに、ぼくの探していたものが見えてきた。エイダは、彼女のあらゆる手法、あらゆる道具を、細々《こまごま》とした点まで実際の犯罪史に真似ていたんだ。ぼくらが彼女の計画に対抗する能力をもたなかったと、責めることはできない。なにせ、ぼくらはエイダひとりに欺《あざむ》かれたのではなく、彼女以前の何百人という狡猾《こうかつ》な犯罪者たちの経験に加え、世界一の犯罪学者ハンス・グロース博士の分析科学が相手だったわけだからね」

ヴァンスは言葉を切って、新しい煙草に火をつけた。

「しかし、彼女の犯罪だという説明ができるようになっても、ぼくは何かが、何か根本的なものが欠けているように感じた。彼女がこうした恐怖の饗宴《きようえん》を実現できるようにした、原動力のようなものだ。ぼくらはエイダの生い立ちも、祖先も、受け継がれた本能も、何も知らない。その知識なしには、いかに明確な論理に貫かれていても、この犯罪を信じることができない。したがって、ぼくの次のステップは、エイダの心理的、環境的なみなもとを確認することだった。ぼくは当初から、エイダがミセス・マンハイムの娘であると疑っていた。しかし、この事実を検証しても、事件との関連性が見えてこなかった。ミセス・マンハイムとの面談で、トバイアスと彼女の夫が昔、怪しい取引をしていたことは明らかで、彼女はのちに、夫は十三年前の十月に、一年間の入院のあと、ニューオーリンズで死んだと認めた。彼女はまた、きみも記憶するとおり、夫が亡くなる一年前にトバイアスに会ったとも言った。これは今から十四年前で、ちょうどエイダがトバイアスの養子になったころのことだ(2)。ぼくは、死んだマンハイムがこの犯罪と何らかのつながりをもっているのではないかと考えてみた。スプルートがじつはマンハイムだったという可能性も考えてみた。だとすれば、脅迫という汚れた糸でつながっている可能性があるからだ。そこで、さっそく調査することにした。先週の謎めかした旅がそうで、ニューオーリンズへ行ったんだが、なんなく真実を知ることができた。十三年前の十月の死亡記録を調べると、マンハイムが死ぬ前の一年間、触法精神障害者として精神病院に入院していたことがわかった。警察でも、彼の記録を確かめることができた。アドルフ・マンハイム、つまりエイダの父親は、ドイツの有名な殺人犯であり、死刑を宣告されたが、シュトゥットガルトの刑務所から脱走してアメリカにやって来た。亡くなったトバイアスが何らかのかたちでその脱獄に関与したのではないかと、ぼくは疑っている。だが、この点についてぼくが間違っていようがいまいが、エイダの父親が殺人者であり、プロの犯罪者であったという事実は変わらない。そこに彼女の行動の背景を説明するカギがある」

「父親と同じように彼女も頭がおかしかったってことですか？」とヒース。

「いや、ぼくはただ、犯罪の芽が彼女の血に受け継がれたと言いたいだけだ。犯罪の動機が強力になったとき、彼女の中の受け継がれた本能が自己主張したんだと」

「だが、単に金だけでは、彼女のような残虐行為を引き起こすほどの強い動機にはならないと思うがね」とマーカム。

「彼女を奮い立たせたのは、金だけではない。本当の動機はもっと深いところにあった。おそらく人間の動機としては最も強力なもの——憎しみと愛と嫉妬と、自由への欲求の、奇妙かつ恐ろしい組み合わせだ。そもそも彼女は、あの常軌《いつ》を逸したグリーン家のシンデレラのような存在だった。みんなから蔑《さげす》まれ、使用人扱いされ、口うるさい病人の世話に時間を割《さ》かされて——シベラの言うように——自分で生計を立てることを強《し》いられていた。十四年ものあいだそんな仕打ちに悩まされ、恨みをつのらせ、周囲から毒を吸収してきた彼女が、ついにはあの家の者全員を軽蔑するようになったのは、むしろ当然と言えるだろう。それだけでも、彼女が先天的にもっていた本能を呼び覚ますのには充分だったはずだ。彼女がもっと前に行動を起こさなかったことが不思議なくらいだ。そこにもうひとつ、同じくらい強力な要素が加わった。彼女がフォン・ブロンを好きになったことだ。彼女のような立場の女性にとって自然ではあったが、その後、シベラが彼の愛情を獲得したことを知る。しかも、二人が秘密裏に結婚していることを知ったか、知らないまでも強く疑うようになった。そうなれば、ただでさえ憎い姉に対する憎悪は増幅するだろう。

ところで、エイダは一族の中でただひとり、トバイアス老人の遺言によって結婚後もあの屋敷に住むことを強要されなかった。その事実に彼女はチャンスを見てとった。自分が切望するものをすべて奪い取り、同時に、生まれつき情熱的な彼女が殺してやりたいほど憎む連中を排除する、チャンスだと。一族を皆殺しにして、グリーン家の何百万という財産を手に入れれば、フォン・ブロンをわがものにできると考えた。復讐心も動機のひとつではあったが、この恋愛問題こそが、のちに彼女が犯す一連の惨劇の原動力となったと、ぼくは考えている。それが彼女に力と勇気を与え、恍惚《こうこつ》とした境地に引き上げることで、あらゆることが可能になるという錯覚を起こさせたんだ。また、目的のためにはどんな代償を払うこともいとわないという気持ちにもなった。もうひとつ補足しておくならば、若いほうのメイドのバートンが言ったことを覚えているかね。彼女は、エイダがときどき悪魔そのものの形相になり、耳をふさぎたくなるようなひどい言葉を投げつけると話した。あのひとことだけでピンとくるべきだったんだが、あの段階で誰がバートンの言うことをまじめに受け取ることができただろう？

彼女の極悪非道な計画の起源をたどるには、まずあの開かずの書斎のことを考えなければならない。屋敷にひとり、孤独で憤慨《ふんがい》しきっており、憤懣《ふんまん》を抱きながら束縛された生活を送る邪《よこしま》でロマンチックなエイダが、パンドラを演じることは必然だった。彼女は機会を狙って鍵を手に入れ、すぐに合い鍵をつくらせた。それからは書斎が彼女の隠れ家となり、過酷で単調な日常生活からの逃避先となった。そして、犯罪学に関するいくつかの書物に出会う。彼女がそれを気に入ったのは、くすぶりつづける抑圧された憎しみのはけ口としてだけでなく、彼女の汚れた本性に反応する琴線に触れたからだった。やがて彼女はグロースの偉大な著書に出会い、あらゆる犯罪の技法が図と実例入りで説明されているのを発見する。『予審判事ハンドブック』が、潜在的殺人者のガイドブックになるとはね！　彼女の血塗られた饗宴のアイデアは、次第にかたちになっていく。最初は自己満足のために、自分が憎んでいる連中を本にある方法で殺していったらと想像しただけだったかもしれない。しかしやがて、間違いなく、その想像は現実味を帯びていった。エイダはそこに実用の可能性があることを見てとり、恐ろしい計画を練りはじめる。病んだ想像力によって、その成功を信じるようになったんだ。ぼくらへのもっともらしい話しぶりも、見事な演技も、巧妙なごまかしも、すべて彼女がつくり出したこの恐ろしい幻想の一部だった。いつだったかグリム童話の本を膝に置いていたが、あのことからもわかっていなければいけなかった。あれはわざとらしい演技などでなく、悪魔の憑依《ひょうい》のようなものだった。彼女は自分の夢に生きていたんだ。若い女が極端な野心や憎悪にとらわれると、しばしばそうなるものだ。コンスタンス・ケントは、スコットランド・ヤードの全員を完全にだまして、彼女の無実を信じさせたじゃないか（十六章の訳註参照）」

ヴァンスはしばらく考え込むように煙草を吸った。

「歴史を振り返ってみれば、ぼくらが悩まされている問題の実証的な例がたくさん出てくるというのに、ぼくらは本能的に真実から目をそらしてしまう。不思議なことだね。犯罪史には、エイダのような立場におかれた若い女性が残虐な犯罪に手を染めた例が、数多くある。有名なコンスタンス・ケント事件のほか、マリー・ボワイエ、マデレーン・スミス（以上、十六章参照）、グレーテ・バイアー（一九〇七年ドイツの殺人者）の事件などだ。(3) そういう事件を思い出してさえいたら――」

「現代の話をしてくれよ、ヴァンス」マーカムはいらだったように言った。「きみは、エイダがグロースの本からすべてのアイデアを得たと言うが、あれはドイツ語で書かれている。エイダがドイツ語を読みこなせたと、どうしてわかるんだ?」

「あの日曜日、ヴァンと一緒にグリーン家に行ったとき、ぼくはエイダにシベラがドイツ語を話すかどうか訊ねた。彼女自身もドイツ語をよく知っているかどうか、答えでそれがわかるような質問をしたんだ。するとエイダは、典型的なドイツ語の言い回しの順で「シベラはとても《スポー》上手にドイツ語を話していました《ク・ヴェリー・ウェル・ジャーマン》」と答えた。この言い回しは、ドイツ語でしゃべるのが彼女にとってほとんど本能的であることを示している。ちなみに、彼女にはぼくがシベラを疑っていると思わせたかった。ぼくがニューオーリンズから戻るまで、ことを急がせないようにね。シベラがアトランティック・シティにいるかぎり、エイダから安全だとわかっていたからだ」

「それにしても」とヒース。「彼女はミスター・マーカムのオフィスにいたのに、どうやってレックスを殺したんですかね」

「順を追って説明しよう」とヴァンス。「ジュリアが最初に殺されたのは、彼女がこの家を切り回していたからだ。彼女がいなくなれば、エイダは自由に動くことができる。そしてもうひとつ、ジュリアを最初に殺すことは、エイダが描いた計画に最も適合していた。つまり、自分も狙われているんだという、もっともらしい設定ができるからだ。エイダはチェスターのリヴォルヴァーの話を聞いたに違いない。それを手に入れたあと、最初のチャンスが来るのを待っていた。そして絶好の条件を備えた機会が、十一月八日の夜にやってきた。家じゅうが寝静まった十一時半に、彼女はまずジュリアの部屋をノックした。ドアを開けてくれたのでジュリアのベッドの端に座り、遅くにやってきた理由か何かを話したに違いない。そして、隙を見てドレッシング・ガウンの下から銃を取り出し、ジュリアの心臓を撃ち抜いた。自分の寝室に戻ると、明かりをつけたまま、化粧台の大鏡の前に立ち、右手に銃を持って後ろへ手を回すと、左の肩甲骨《けんこうこつ》に斜め下から当てた。鏡と照明は、リヴォルヴァーの銃口をどこに向けるか正確に確認するため、必要不可欠だった。この作業を三分間ですべて終えると、引き金を引いた……」

「でも、若い娘が芝居のために自分を撃つなんて！」とヒース。「不自然ですよ」

「エイダはもともと不自然な娘だったんですよ、部長。彼女の筋書きに自然なものなどなかった。だからぼくは、彼女の家族の歴史を調べようと思ったんだ。自分を撃つことだって、彼女の本性を考えてみれば、きわめて論理的なことだった。それに、危険はほとんど、いやまったくなかった。銃はチェスターが手を加えてヘア・トリガーのようになっていたから、引き金にちょっとさわっただけで発射できる。したがって、弾がそれる恐れはない。ちょっと肉を削るくらいですむわけだ。しかも犯罪史には、エイダとは比較にならないほど小さな目的のために自分を傷つけた例はたくさんある。グロースの本には、そうした事例が満載されているよ」

ヴァンスはテーブルに置かれていた『予審判事ハンドブック』の第一巻を手に取ると、付箋をつけたページを開いた。

「いいですか、部長。大意を訳しながら読んでいきますよ。『自己の身体に損傷を加える例は珍しくない。凶器を用いた暴行の被害者のふりをするものもあるし、損害賠償あるいは恐喝の材料にしようとするものもある。つまり、些細《ささい》な諍《いさか》いのあと、故意にみずから与えた傷害を相手に見せ、争いによって受けたものと主張するような例はよく見られるのである。このような自己毀損の特徴としては、目的を達していないことがきわめて多いこと、またほとんどの場合、極端に信心深いか、孤独な生活を送っているものであることが挙げられる』(4)どうですか、部長刑事。きみならきっと、軍隊勤務がいやで自己毀損をやった兵士をご存じでしょう。最も一般的な方法は、銃口に手を当てて発砲して、指を吹き飛ばすというやつだ」

ヴァンスは本を閉じた。

「そして忘れてはならないのは、エイダが前途に希望をもてず、自暴自棄になっており、得るべきものはあっても失うものは何もなかったということだ。殺人の計画がうまくいかなければ、おそらく自殺しただろう。肩にちょっとした傷を受けるくらい、それによって得られる大きな利益を考えれば、彼女にとってほとんど意味がなかった。そして、自己犠牲に関して女性はほとんど無限の能力をもっている。エイダの場合、それは彼女の異常な素質の一部であった。というわけで部長、エイダが自分を撃ったということは、完全につじつまが合うんですよ」
「でも、後ろからなんて！」ヒースは唖然《あぜん》とした表情だ。「私にはどうにもわからない。誰だって——」
「そこですがね」ヴァンスは『予審判事ハンドブック』の第二巻を取り上げ、また付箋のあるページを開いた。「じつはグロースも、そういうケースをたくさん集めています。大陸ではごく普通のことなんです。エイダが自分の背中を撃つというアイデアをグロースの本から得たのは、間違いない。この本には何ページにもわたってその実例が載っていますが、ほんの一節だけ読んでみましょう。『傷の位置で惑わされてはならぬということは、次の二つの例によって証明される。ひとつはウィーンのプラーター公園で、ある男が数人の目前で自分の後頭部をリヴォルヴァーで撃って自殺した例。数人の目撃者の証言がなければ、誰も自殺説を認めなかっただろう。また、ある兵士は、軍用ライフルを適宜の位置に固定すると、その上に仰向けにかぶさって、背中を撃って自殺した。これもまた、傷の位置から自殺説を排除してはならぬことを示す事例である[5]』
「ちょっと待ってください！」ヒースは身体を乗り出すようにして、ヴァンスに葉巻を向けた。「銃はどうなったんです？　発砲の直後にスプルートがエイダの部屋に入ってますが、室内に銃は落ちていなかったでしょう？」

ヴァンスは答えぬまま『予審判事ハンドブック』の付箋のあるページをめくり、翻訳を始めた。

「『ある日の早朝、男の他殺死体が発見されたと当局に連絡があった。知らされた場所で発見されたのは、裕福な穀物商の男であるA・Mとわかったが、耳の後ろを銃で撃たれ、うつ伏せに倒れていた。銃弾は脳を貫通したあと、左目上部の前額骨の内側で止まっていた。死体が発見された場所は、深い谷川に架かる橋の真ん中であった。現場の調査が終わり、解剖のため死体を運び出そうとしたとき、捜査官が偶然にも妙なものを見つけた。死体が横たわっている場所の反対側にある橋の朽ちた木の欄干《らんかん》に、小さいがごく新しいへこみがあったのだ。それは、何か硬くて角ばったものが欄干の上縁に激しく当たってできたと思われる跡だった。そのへこみは殺人事件と関係があるのではないかと思った彼が、橋の下の川底をさらわせてみたところ、長さ約十四フィートの丈夫な紐が現われ、一方の端には大きな石が、もう一方の端には銃が結びつけてあった。銃は一発撃っており、その銃身はA・Mの頭から取り出した弾丸と一致するものだったので、この一件は自殺と断定された。つまりA・Mは石を橋の欄干に吊るし、銃を耳の後ろで撃った。その瞬間に銃は手から放れ、石の重さで欄干を越えて水中に引きずり込まれたのである』(6)質問の答えになりますかな、部長?」

ヒースはぽかんとした目で彼を見つめた。

「その男の銃が橋の下に落ちたのと同じように、エイダの銃も窓から外へ落ちたというんですか?」

「疑いの余地はありません。ほかに隠す場所などありませんからね。あのとき窓は一フィートほど開いていたと、スプルートは言っている。エイダは窓の前に立って、自分の背中を撃ったんだ。ジュリアの部屋から戻ってきた彼女は、リヴォルヴァーに紐をつけ、もう一方の端に重りのようなものをつけて、その重りを窓の外に吊るした。手から離れたリヴォルヴァーは窓枠に引き寄せられ、バルコニーの階段に積もった柔らかい雪の中に消えていったというわけだ。ここで、天候が重要な意味をもつことになる。エイダの計画には雪が深く積もることが必要だが、十一月八日の夜は彼女が恐るべき目的をとげるのに理想的だった」

「うーむ。ヴァンス、こいつは現実世界の話というより、幻想的な悪夢のように思えてくるな」マーカムはいつもと違う緊張した口調だった。

「マーカム、これは現実であるとともに、現実の複製なんだ」ヴァンスは重々しく言った。「すべてはかつて本当にあったことで、グロースの論文に名前と日付、詳細がきちんと記録されている」

「どうりで、いくら捜しても銃が見つからなかったはずですよ」ヒースの口調には、驚きといまいましさが入り混じっている。「すると足跡のことはどうなんです？　あれも彼女が偽造したんですかね」

「そう――グロースの本から得た細かい指示のもとに、多くの有名犯罪者の足跡偽造法を参考にしたんです。あの夜、雪がやむとすぐに彼女は階段を下りて、チェスターの捨てたオーバーシューズを履き、玄関から正門まで歩いて戻ってきた。そして、その靴を書斎に隠したんです」

ヴァンスはもう一度、グロースの本に目を向けた。

「足跡をつけること、それを鑑別すること、さらに言えば、自分の足には大きすぎる靴で足跡をつけることについて、知りたいことがすべてここにある。短い一節を訳してみよう。『犯罪者は、特に自分自身に疑いがかかることを予見している場合、容疑を他人に向けようとすることがある。たとえば、自分の靴といちじるしく異なる靴を履くことで、いわば目に飛び込んでくるような鮮明な足跡をつくり出すことがある。そのようにして、多くの実験により証明されているように、しばしば、完全に人を欺く足跡をつくり出すことができるのである』(7) そして、ある節の終わりで、グロースは特にオーバーシューズに言及している。おそらくこの記述が、エイダがチェスターのオーバーシューズを使うきっかけになったのだろう。彼女は相当に抜け目のない女性だから、これだけの暗示があれば充分だったに違いない」

「その抜け目のなさで、尋問のときわれわれを出し抜いたわけか」マーカムは苦々しくコメントした。

「そのとおり。だがそれは、彼女が一種の誇大妄想をもっていて、その物語を生きていたからにほかならない。しかも、すべてが事実に立脚しているし、細かいところまで現実に根ざしていた。彼女が部屋で聞いたという何かを引きずるような音は、チェスターの大きなオーバーシューズを履いて歩いたときの実際の音から想像したものだった。そこから考えて、ミセス・グリーンが歩けるようになったらどんな音がするかと想像したんだろう。そして、ぼくの考えるところ、最初からミセス・グリーンをある程度疑わしく思わせておくのが、エイダの本来の目的だった。ところが、一回目の尋問のときのシベラの態度が、彼女の戦術を変えるきっかけとなった。おそらくシベラは妹を疑って、その問題をチェスターに相談したが、チェスターも多少エイダを疑っていたんだろう。客間にシベラを呼び寄せたとき、彼が自分で呼びにいったのを覚えているかい？　彼はおそらく、自分はまだエイダが犯人だと決めたわけではないので、具体的な証拠が出るまでおとなしくしていたほうがいいと、彼女に忠告したんだろう。シベラは同意し、エイダがなんとも知れぬものが侵入してきたと奇妙なことを言い出し、しかも暗闇で彼女に触れたのは女性の手だとほのめかすまで、直接的なもの言いは控えていた。シベラは、エイダが自分のことを言っているのだと思ってたまらなくなり、あんな暴言を吐いたんだ。しかし驚いたことに、それが偶然にも真実だった。シベラはぼくらがまだ疑惑さえ抱いていないうちに真犯人を指摘し、その動機まで言い当てたんだ。もっとも、矛盾を指摘されるとそれを引っ込めて考えを変えてしまったがね。しかも彼女は、エイダがチェスターの部屋で銃を探しているのを実際に見ているのに」

マーカムはうなずいた。

「驚くべきことだ。だが、エイダはシベラが自分を疑っていることを知ったのに、なぜ次にシベラを殺さなかったんだろう」

「そこが狡猾なところさ。シベラを殺せば、彼女の言葉に重みをもたせることになってしまう。エイダは完璧に手を打ったんだ」

「話を続けてくださいよ」とヒースが言った。話が横道にそれたのが耐えられないのだろう。

「そうだね、部長刑事」ヴァンスは椅子の上で座り直した。「しかし、まず天候の話に戻らなければならない。というのは、このあとに続く出来事にはすべてに対して天候が不吉なモチーフになっていると思えるからだ。ジュリアが殺されてから二日目の晩はとても暖かく、雪はかなり溶けてしまった。エイダが銃を拾いにいったのは、その晩だった。あの程度の傷で四十八時間以上寝込むことはまずない。彼女はかなり回復していたから、コートを羽織ってバルコニーに出ると、銃が雪に隠されている場所まで数段の階段を下りていった。そして、ベッドの中へ持ち込んだ。誰も捜そうなどとしない場所だ。それからまた辛抱強く待っていると、翌日の晩に雪が降り出して、知ってのとおり十一時ごろやんだ。これで舞台は整い、悲劇の第二幕が始まるわけだ。

エイダはそっと起きて、コートを着ると階下の書斎へ下りていった。そこでオーバーシューズを履いて、玄関から門まで足跡をつける。そして、大理石の階段に足跡がつくようにそのまま二階へ上がり、オーバーシューズはリネン室に一時的に隠す。チェスターが撃たれる少し前にレックスが聞いたという、足を引きずるような音とドアの閉まる音が、それだった。エイダはその後、何も聞かなかったと言ったが、レックスの言った話を聞かせると、怖くなったらしく、やはりドアが閉まる音を聞いたと、都合よく言い出した。そう、あれこそ、彼女にとってきわどい瞬間だったわけだ。だが、彼女はその芸当を見事にやってのけた。そして、足跡の型紙を見せて、犯人は外から来たとぼくらが考えているように思わせたときの彼女の安堵《あんど》感《かん》も、今では理解できる。さて、彼女は靴を脱いでリネン室にしまったあと、コートを脱ぎ、ドレッシング・ガウンを着てチェスターの部屋に行った。おそらくノックもせずにドアを開け、親しげに挨拶しながら中に入った。彼女がチェスターの座っている椅子の肘に腰かける姿が、見えるような気がする。あるいは机の端にね。そして、何か適当な話をしている最中にリヴォルヴァーを抜き、チェスターの胸に突きつけ、彼が恐怖と驚きから立ち直る暇もないうちに引き金を引いた。弾丸が斜めに飛んだのは、撃たれた瞬間に本能的に動いたからだろう。エイダはすぐに自分の部屋に戻り、ベッドに入った。こうして、グリーン家の悲劇の第二章が完成されたわけだ」

「フォン・ブロンはどちらの犯罪のときもオフィスにいなかったが」とマーカム。「そのことは不思議に思わなかったのかい?」

「最初は思った。でも、要するに医者である以上、深夜に外出していても怪しむ必要はないさ」

「ジュリアとチェスターに手をかけるのはエイダにとって簡単だったでしょうが、レックスの場合はどうやったのか、気になるところですね」とヒース。

「じつはね、部長刑事」とヴァンス。「彼女のあのトリックは、きみが悩まされるほどのものじゃないんですよ。ぼくも、どうして早く気がつかなかったのかと、いまいましいくらいだ。エイダ自身が充分な手がかりを与えてくれてるんだから。ただ、それを説明する前に、グリーン屋敷の構造を詳しく思い出してほしい。エイダの部屋には、オークの羽目板張りのマントルピースが付いたチューダー様式の暖炉がある。レックスの部屋にも同じものがあり、二つの暖炉は同じ壁を隔てて背中合わせになっている。ご存じのようにあの屋敷は非常に古く、過去のある時期――おそらく暖炉がつくられたとき――に、二つの部屋のあいだには壁孔《へきこう》があった。エイダの部屋のマントルピースの羽目板のひとつから、レックスの部屋の羽目板に抜ける孔《あな》があったんだ。この小さなトンネルは、羽目板六インチ四方くらいの大きさで、奥行きの長さは二つのマントルピースに壁の厚さを加えた二フィート強だった。もとはたぶん、両方の部屋のあいだで秘密裏に通信するためのものだったと考えられるが、その点は今は重要ではない。問題はこのトンネルが今でも存在するということだ。ぼくは今夜、病院からダウンタウンに帰る途中でそれを確認してきた。さらに、トンネルの両端にある羽目板にはバネが付いていて、開いても手を放せば自然に閉じて、もとの位置に戻り、普通の羽目板だとしかわからなくなる仕掛けであることを、付け加えておこう」

「わかったぞ！」ヒースが満足げに声を上げた。「レックスは昔からある殺人金庫のような仕掛けで撃たれたんですね。泥棒が金庫の扉を開けると、中に固定されてある銃で頭を撃たれるってやつだ」

「そのとおり。同じような仕掛けは多くの殺人事件で使われてきた。昔の西部でもそうだ。牧場主が留守のあいだ賊が小屋に入り、ドアのすぐ上の天井にショットガンを吊るして、紐の一端を引き金に、もう一端をドアの掛け金に結びつけておく。牧場主が数日後に帰ってきて小屋に入ろうとしてドアを開けると、脳天を撃たれて死ぬが、そのころ犯人は遠くへ逃げ去っているというわけだ」

「それですよ！」部長刑事は目を輝かせた。「二年前にアトランタでそういう事件があったんですが、殺されたのはボスコムという名前の男でした。ヴァージニア州のリッチモンドでもありました」

「実例はたくさんあるんですよ、部長。グロースはオーストリアの有名な事件を二つ引用しているし、この手法を全般的に解説してもいる」

ヴァンスはまた『予審判事ハンドブック』を開いた。

「第二巻の九四三ページで、グロースはこう書いている。『最近アメリカで金庫に備え付けられている最新の安全装置は、必ずしも金庫に使うとはかぎらない。実際、どんな容器にも応用が可能である。化学薬品または自動発砲装置を使うもので、その目的は、金庫を不正に開ける人間をなくすことにある。司法上の問題としては、泥棒を警告や傷つけることなしにいきなり殺すことが法的に許されるのか、判断されなければならない。しかし、一九〇二年にはベルリンで、輸出会社の金庫に取り付けられた自動発砲装置によって、強盗が額を撃ち抜かれたことがあった。この形式の自動発砲装置は、殺人犯によっても使われたことがある。G・Zという機械工が、陶磁器用飾り棚にピストルを取り付け、引き金を取っ手に固定することで、自分が別の都市にいるとき妻を撃ったのである。またブダペストの商人R・Cは、兄弟のもつ葉巻貯《ヒューミ》蔵箱《ドール》の中にリヴォルヴァーを仕込み、蓋を開けると発砲するようにして、相手の腹に弾丸を撃ち込んだ。だが、発砲の衝撃で箱がテーブルから飛び出し、商人が処分する前に機構《メカニズム》が露出してしまったのだった』
　この後半二つのケースについてグロースは、採用されたメカニズムを詳細に説明しています。そして部長刑事、この陶磁器用飾り棚に取り付けられたリヴォルヴァーが、ブーツジャック（ブーツを脱ぎやすくするためのV字形の器具）で固定されていたと言えば、きっと興味をもたれるでしょう」
　ヴァンスは本を閉じたが、膝の上に置いたままにした。
「エイダがレックス殺害のアイデアを得たのは、このくだりで間違いない。彼女とレックスは、二人の部屋のあいだに隠されたトンネルを、ずっと以前に発見していたのだろう。子供のころから――二人はほぼ同い年だ――おそらく秘密の通信手段として使っていたと思われる。だから、『プライベート・メールボックス』と呼んでいたわけだ。そして、エイダとレックスのあいだにこの知識があることから、殺人の方法は完全に明らかになる。今夜ぼくは、エイダの部屋のクローゼットで、おそらくトバイアスの書斎から持ってきたと思われる、古風なブーツジャックを見つけた。幅は全体で六インチ、長さは二フィート弱で、通信用のトンネルにぴったりと収まる。エイダはグロースの図に従って、銃の握りをブーツジャックの先細りになった爪のあいだに強く押し込んで、万力のように固定した。それから引き金に紐を結び、もう一方の端をレックス側の羽目板の内側に取り付けた。羽目板を大きく開けると、ヘア・トリガー状態のリヴォルヴァーがすぐ発射され、中をのぞき込んだ者にまともに銃弾を浴びせることになる。レックスが額に弾を受けて倒れると、羽目板はバネの作用でもとの位置に戻り、次の瞬間、銃弾の発射元を示す証拠は何もなくなるというわけだ。レックスが穏やかな表情で死んでいたことも、これで説明することができる。エイダは地方検事局からぼくらと一緒に戻ってくると、自分の部屋に直行し、銃とブーツジャックを取り出してクローゼットに隠し、客間に下りてきて、絨毯《じゆうたん》についた足跡のことを報告した——家を出る前に自分でつけておいたものだ。このとき下りてくるついでに、彼女がフォン・ブロンのケースからモルヒネとストリキニーネを盗んだことも、付け加えておこう」

「しかしだよ、ヴァンス！」マーカムが声を上げた。「もしそのメカニズムが機能しなかったとしたら？　彼女はたいへんなことになっていたんじゃないか？」

「そうは思わないね。万が一仕掛けがうまくいかなかったり、レックスが死なずにすんだりしても、彼女がほかの人に責任をなすりつけるのは簡単だったろう。自分はトンネルに図を隠しただけで、そのあとで誰かが仕掛けを用意したのだと言えばいい。銃を仕掛けたのが彼女だという証拠は何もないんだから」

「その図ってのは、どんなものなんですか？」とヒース。

ヴァンスはまたグロースの第二巻を手に取ると、それを開いて私たちのほうに差し出した。右ページに奇妙な線画がいくつも描かれている。ここに掲載したものがそれだ。

「『三つの小石』、『オウム』、『ハート』、それに『矢』もありますよ、部長刑事。これらはすべて犯罪者の使う記号であり、エイダは単にそれを利用して説明しただけだ。ホールで紙切れを見つけたという話はまったくのつくり話だが、彼女はこれがぼくらの好奇心を刺激することを知っていた。実を言うとぼくは、その紙切れが何者かによってつくられた偽物じゃないかと疑っていた。犯罪者の記号のいくつかを使っていることは確かだが、意味もなくごたまぜになっているようだったんでね。足跡のように、ぼくらが見つけるためにわざとホールに置かれた偽の手がかりではないかと思ったほどだ。ただ、エイダのつくり話だとは、思わなかった。今この一件を振り返ってみると、それほど意味ありげな紙切れなのに彼女がオフィスに持ってこなかったのは、おかしいと気づくべきだった。彼女が現物を持ってこなかったのは、論理的でも合理的でもなかったのだから、ぼくは疑うべきだったんだ。しかし——しかしだよ、こんな矛盾の寄せ集めみたいな中で、非論理的なことのひとつくらいねえ……。とにかく結果的にエイダの芝居は見事に成功し、レックスに電話をかけてトンネルをのぞかせることができた。でも、そのこと自体はどうでもよかったろう。あの朝もし失敗しても、チャンスはいくらでもある。エイダは恐ろしく忍耐強いからね」

「じゃあ、レックスが最初の夜にエイダの部屋の銃声を聞いて、それを彼女に打ち明けたんだと考えるのか?」

「間違いない。彼女の話のその部分に、嘘はないと思う。レックスは銃声を聞いて、ミセス・グリーンが撃ったのだと思ったんじゃなかろうか。レックスはどちらかというと母親に気質が近いから、何も言わなかった。その後、その疑いをエイダに打ち明けたわけだが、そのせいでエイダはレックスを殺す気になった——というより、彼女がすでに決めていた殺しの技法を完成させるためのヒントになった。いずれにせよレックスは、あの秘密のトンネルを使って殺されることになっていたのだからね。しかしエイダは、そのときに完璧なアリバイをつくる方法

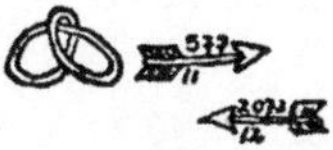

図23

図24

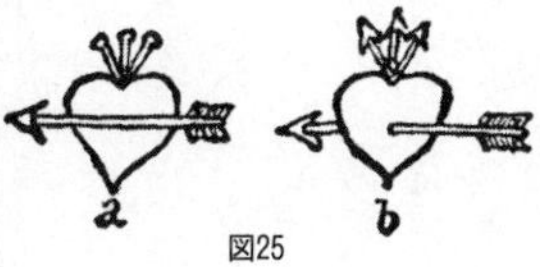

図25

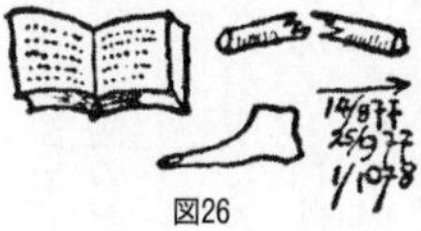

図26

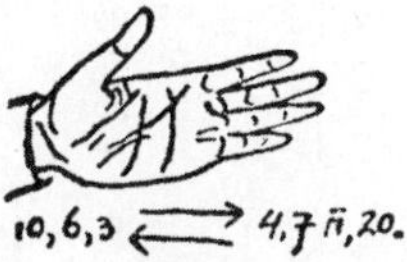

図27

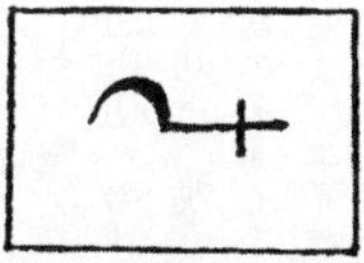

図28

を考えついた。もっとも、発砲があったときに自分は警察官と一緒にいるというアイデアは、彼女のオリジナルではない。グロースの本のアリバイの章には、その方面で示唆に富む資料がたくさんあるんだ」

ヒースは驚いたような顔をすると、唇を突き出して歯の隙間から息を吸った。

「そういうタイプの女にあまり出会わないのは、うれしいかぎりですよ」

「やっぱり父親の血は争えないということだ」とヴァンス。「しかし、彼女をあまり買いかぶっちゃいけませんよ、部長。彼女のしたすべてのことに関しては、図解されたガイドブックがあったんですから。エイダがなすべきだったのは、本の指示に従うことと、冷静さを保つこと以外には、ほとんどなかった。ただ、レックス殺害の場合はどうか。彼女は銃撃時にマーカムのオフィスにいたわけだが、全体の仕組みは彼女みずからが工夫したものだ。思い出してくれ。彼女はきみやマーカムが家に来るのを拒み、自分がオフィスに行くことを主張した。やってくると、言葉巧みに、レックスをすぐ呼び寄せるよう提案した。電話で呼び出せと言ってきかないくらいだった。ぼくらが応じると、すかさず例の記号の紙切れの話を持ち出し、レックスにその隠し場所を教えて、持ってくるようにと言った。ぼくらは、彼女がレックスを死に追いやるのをぼんやり聞いていたわけだ！　証券取引所での彼女のそぶりを見て、ぼくはピンとくるべきだった。あの朝は特に目が曇っていたのだと白状するよ。エイダはひどく神経を高ぶらせていて、レックスの死を告げられたあと、マーカムの机の上で泣き崩れてしまった。あの涙は本物だが、レックスのために流したものじゃない。極度の緊張から解放された反動からくる、安堵の涙だったんだ」

「レックスが殺されたとき、二階の誰も銃声を聞かなかったが、その理由がわかってきたよ」とマーカム。「銃は壁の中で発射されたわけだから、完全な消音装置があったようなものだな。でも、下にいたスプルートがはっきり聞いているのは、なぜだろう」

「エイダの部屋の真下が応接室で、暖炉があったのを覚えているだろう？　チェスターがいつか、あそこの暖炉は吸い込みが悪いので、めったに火をつけないと言っていた。スプルートは、その先の食器室にいた。銃声は煙道を通って下方に伝わり、その結果、下の階でもはっきりと聞こえたというわけだ」

「ミスター・ヴァンス、先ほど、レックスは老夫人を疑っていたかもしれないとおっしゃいましたね」とヒース。「それなら、あの発作を起こした日、なぜフォン・ブロンをあんなふうに非難したんでしょう」

「あれはおそらく、自分の心の中にあるミセス・グリーンへの疑いを払いのけようとする、本能的な努力のたぐいだったんじゃないかと思う。それにフォン・ブロンも指摘していたとおり、きみからリヴォルヴァーのことで詰問されて怯《おび》えたあげく、自分への疑いをそらそうとしたんだろう」

「エイダの陰謀の続きが聞きたいんだがね、ヴァンス」今度はマーカムが急き立《せ》てた。

「あとはかなり明白だと思うよ。あの日の午後、ぼくらが書斎を調べているときにドアに耳を寄せて立ち聞きしていたのは、むろんエイダだった。彼女はぼくらが本とオーバーシューズを見つけたことに気づき、素早く対策を考えなければならなかった。ぼくらが出てくると、彼女は母親が歩いているのを見たというドラマチックな話をしたのだが、それはまったくのつくり話だった。彼女はさまざまな本を読むうち、あの麻痺に関する本を見つけた。それが、彼女の憎しみの中心人物であるミセス・グリーンに疑いの目を向けさせる可能性を示唆していた。フォン・ブロンの言うように、あの二冊が実際のヒステリー麻痺や夢遊病を扱っていないのは事実だろうが、これらの麻痺についての言及があるのは間違いない。ぼくが思うに、エイダは老婦人を最後に殺し、すべての殺人の犯人が自殺したと見せかけることを、最初から意図していたのではないだろうか。ところが、オッペンハイマーの診察を受けさせる話が出て、計画を変更しなければならなくなった。彼女は、フォン・ブロンが朝の訪問でミセス・グリーンの同意を求めているのを聞いて、診察のことを知った。一方、ぼくらに老婦人が真夜中に歩いていたと話してしまったので、一刻の猶予もならなくなった。オッペンハイマーが到着する前に、あの老夫人は死なねばならない。そこで三十分後、エイダは自分でモルヒネを飲んだ。ミセス・グリーンにすぐにストリキニーネを投与したら怪しまれると恐れたんだが……」

「そこで毒物学の本が登場するわけですね？」ヒースが口をはさんだ。「エイダが家族の何人かに毒を使おうと決めたとき、彼女は必要な情報をすべて書斎で手に入れたわけだ」

「そのとおり。彼女自身は、意識を失うに充分なだけの量のモルヒネ、おそらく二グレーン程度を服用した。そして、すぐに救いの手が差し伸べられるように、シベラの飼い犬を使って通報させるという、単純なトリックを考え出した。ちなみに、このトリックには、シベラに疑いをかけさせるという余録もあった。エイダはモルヒネを飲んだあと、眠くなるのを待ってベルの紐を引っ張り、その房を犬の歯にからませてから、また横になった。仮病を使って重体のように見せかけていただけだが、ドラム医師には見抜けなかった。彼がぼくらには名医だと信じさせようとがんばったとしても、モルヒネを口から摂取した場合、分量の多少にかかわらず最初の三十分の容態は似たり寄ったりだから、見破るのは無理だったわけだ。そして、いったん起きられるようになれば、あとはミセス・グリーンにストリキニーネを与える機会をうかがうだけでよかった」

「あまりにも冷酷で、現実味がないくらいだ」マーカムがつぶやいた。

「ただ、エイダの行動には前例がいくつもある。マダム・ジェガド（十九世紀前半フランスの連続毒殺魔）、ツヴァンツィガー夫人（十九世紀初めのドイツの連続毒殺魔）、ヴァン・デル・リンデン夫人（十二章の原注参照）という三人のナースの大量殺人を覚えているだろうか？　それに〝女青ひげ〟と呼ばれたミセス・ベル・ガンネス（十二章の原注参照）や、里子引き取り殺人のアメリア・エリザベス・ダイアー（十九世紀末英国の嬰児大量殺人者）、ミセス・ピアシー（十九世紀末の殺人者）もいた。冷血漢？　そうさ！　しかしながらエイダの場合は情熱もあった。人間の心があれほどの苦境《ゲッセマネ》に陥《おちい》るには、特に熱い炎、つまり白熱した炎が必要だとぼくは考えている。それはともかく、エイダはミセス・グリーンを毒殺する機会をうかがい、その夜にチャンスを得た。ナースが午後十一時から十一時半にかけて就寝の準備をしに三階へ上がっていったから、その三十分のあいだにエイダは母の部屋を訪れたんだ。エイダがシトロカーボネート水を勧めたのか、それともミセス・グリーンが自分で頼んだのか、それはわからない。おそらく前者だろう。エイダはいつも夜、母に薬を飲ませていたからね。ナースが階下に下りてきたとき、エイダはすでにベッドに戻り、寝たふりをしていた。そしてミセス・グリーンは、最初の、そして願わくば唯一の、痙攣《けいれん》を起こす寸前だった」

「ドリーマスの検屍報告を聞いて、エイダは大きなショックを受けたに違いない」とマーカム。「そうだな。彼女の計算がすっかり狂ってしまったんだから。ミセス・グリーンは歩けなかったはずだと報告されたときの、彼女の心中はどうだったろう。だが彼女は、見事にその危機を切り抜けた。東洋風のショールなんていう細かいことを言ったためにまずい事態になったが、それすら逆手にとって、シベラに疑いを向けさせることに成功した」

「あの面談のときのミセス・マンハイムのもの言いは、どう説明する？」とマーカム。「エイダがホールで見たのは、自分かもしれないと言っていたね」

ヴァンスの顔が一瞬曇った。

「ぼくが思うに」悲しそうな表情だ。「フラウ・マンハイムはあのときからエイダを疑いはじめたんだろう。彼女はあの子の父親の恐ろしい過去を知っていて、その犯罪者の遺伝があらわれはしまいかと、恐れながら生きてきたんだ」

しばらく沈黙が続いた。私たちはそれぞれ自分の考えに没頭していたが、やがてヴァンスが続けた。

「ミセス・グリーンの死後、エイダとその光り輝くゴールとのあいだに立ちはだかっているのは、シベラだけだった。そして、最後の殺人を行なう安全な方法のアイデアを与えたのは、そのシベラ自身だった。何週間か前、ヴァンとぼくが二人の娘とフォン・ブロンとともにドライヴしたとき、シベラはいつもの毒舌から、愚かなことを口走った。人を車に乗せたまま断崖から落とすという殺人方法だ。シベラが自分自身の殺され方を教えてくれたということを、エイダは気に入ったに違いない。エイダがシベラを殺しておいて、じつは自分が殺されそうになったと証言したとしても、ぼくは驚かない。『シベラは自分を車で殺そうとした、でも自分は相手の目的を疑って車から飛び降りて助かった、シベラのほうはスピードの加減を誤って断崖から落ちていった』とね。フォン・ブロンとヴァンとぼくがシベラの暴言を聞いていたという事実が、エイダの証言に重みを与えることになる。なんという巧妙な結末だろう――殺人犯であるシベラが死に、事件は解決し、エイダはグリーン家の財産を受け継いで自由に行動することができるんだ！　そしてマーカム――もうちょっとでそうなるところだったんだよ！」

ヴァンスはため息をついて、デキャンタに手を伸ばした。私たちのグラスに酒を注ぐと、腰を下ろして不機嫌そうに煙草を吸った。

「この恐ろしい企《たくら》みは、いつから準備されていたんだろう。知るすべもないな。おそらく何年も前からだろうが。エイダは準備を急いだりしなかった。すべては慎重に進められ、状況に応じて、いや、機会にまかせて、その導くがままにしていた。リヴォルヴァーを確保したら、あとは足跡をつけたり、バルコニーの階段の雪に銃を隠せるときが来るのを待つだけだった。そう、彼女の計画のいちばん重要な条件は、雪だったんだ！　驚くべきことだね」

この記録に、これ以上付け加えることはないだろう。真実が発表されることはなく、この事件は〝棚上げ〟にされた。翌年、トバイアスの遺言は最高裁判所により衡平法に基づいて破棄された。つまり、この家で起こったすべての出来事を考慮して、二十五年間の居住条項が破棄され、シベラがグリーン家の全財産を相続することになったのだ。この判決を下した行政判事に、マーカムがどんな働きかけをし、それがどの程度判決に影響したか、私にはわからないし、訊ねもしなかった。しかし、旧グリーン家の屋敷はその後まもなく取り壊され、不動産会社に売却されたのは、ご存じのとおりである。

エイダが亡くなって傷心のミセス・マンハイムは、自分が相続することになっていた分を請求し（シベラは寛大にもそれを倍額にして与えた）、絶えず文通していたとチェスターの言う姪や甥に慰めを求めるため、ドイツに戻った。スプルートも故郷のイングランドに戻った。彼は出発前ヴァンスに、サリー州にコテージを建てて引退し、そこでのんびりと魂を洗うことをずっと前から計画してきたのだと話した。キュー・ガーデンを見下ろす、ツタのからまるポーチに座り、お気に入りのマルティアリスを読む彼の姿が、目に浮かぶ。

フォン・ブロン夫妻は、遺言に関する裁判所の決定後すぐにリビエラへ出航し、遅ればせながらハネムーンを過ごした。現在はウィーンに定住し、ドクターは父の母校である大学の員外講師をしている。神経学の分野ではかなり有名になっているようだ[1]。

原注・訳注

（1）……は原注、（i）……は訳注である。

1

（1）言うまでもないことだろうが、私の仕事に対しては正式な許可を得ている。
（2）『ベンスン殺人事件』
（3）『カナリア殺人事件』
（4）のちに、そのとおりだったと判明する。一年近くたってデトロイトで逮捕されたマレッポがニューヨークへ送還され、殺人で有罪になった。共犯者二人はすでに強盗罪で起訴されていた。このときの二人は今、シンシン刑務所で長期の刑に服している。
（5）当時はエイモス・フェザーギルが地方検事補だった。彼はのちに民主党のタマニー派の議員候補に擁立、選出された。

2

（1）ベンスン殺人事件、カナリア殺人事件ともに担当したのが、殺人課のアーネスト・ヒース部長刑事だった。ヒースはいずれの事件でも初めのころこそヴァンスに反目していたが、あとになると二人のあいだには奇妙な親交がはぐくまれていた。ヴァンスはヒースの頑固一徹で単刀直入なところに敬服し、ヒースはヴァンスの能力に対して熱烈な敬意を――一定の留保付きではあるが――いだくようになった。

(2)校正刷りでこの一文を読んだヴァンスから、最近ニューヨークのナショナル・テラコッタ協会が刊行した、『イタリア・ルネサンスのテラコッタ』という美しい書物に言及するよう求められた。

(3)首席検屍官のエマニュエル・ドリーマス医師。

5

(1)シベラがここで言っているのはトバイアス・グリーンの遺言のこと。二十五年間はグリーン屋敷をそのままにしておくことだけでなく、遺産受取人がその間屋敷に住んでいなければ相続権を失うことも規定されていた。

8

(1)E. Plon, Nourrit et Cie, *Journal de Eugène Delacroix*, Paris, 1893.

(2)ウィリアム・M・モラン警視は昨夏に他界したが、八年間にわたって刑事課課長を務めていた。たぐいまれな資質の持ち主だった彼の死によって、ニューヨーク市警は最も有能で信頼できる警官のひとりを失った。もともと彼は州北部に名を馳《は》せた銀行家だったが、一九〇七年の経済恐慌で銀行閉鎖を余儀なくされた。

（3）アンソニー・P・ジェライム警部は、ニューヨーク市警きっての鋭敏かつ綿密な犯罪学者。その職歴をベルティヨン式人体測定法の専門家として開始したが、のちに足跡を専門とし、そのテーマを精巧で複雑な学問にまで高める一端を担った。ウィーンで数年間、オーストリアの方法を学び、専門的な足跡写真の撮影法を開発して、ロンド、ビュレー、ライスらと並び称されるまでになった。

10

（1）私の記憶にもある。まだ子供だった一八九〇年代に、トバイアス・グリーンの逸脱《いつだつ》行為について父の口に上るおもしろおかしい話をいくつか耳にした。

12

（1）ヘージドーン警部は、ベンスン殺人事件でヴァンスが犯人の身長を特定するもととなった専門的なデータの提供者だった。

（2）カナリア殺人事件で、現場にあった宝石箱を調べ、たがねでこじあけられていると報告してくれたのが、ブレナー警視補だ。

（3）グリーン家で起きた銃撃とどこか似たところのある有名事件には、ランドリュ（二十世紀前半のフランス）、ジャン＝バティスト・トロップマン（一八六九年フランス）、フリッツ・ハールマン（二十世紀前半のドイツ）、ミセス・ベル・ガンネス（十九－二十世紀にかけてのアメリカ）による大量殺人事件、ベンダー一家の宿屋殺人事件（十九世紀後半アメリカ）、オランダのヴァン・デル・リンデンによる毒殺事件（十九世紀後半の連続殺人）、ベーラ・キシュのブリキ樽詰め事件（二十世紀初頭のハンガリー連続殺人）、ルージリーのウィリアム・パーマー医師による殺人事件（十九世紀なかばのイギリス）、ベンジャミン・ネイサン撲殺事件（一八七〇年のニューヨーク）などがある。

(4) かの有名な牛乳への異物混入スキャンダルが世間を騒がせ、続々と裁判の予定が立ちはじめたころだった。また、そのころニューヨークでは賭博反対キャンペーンも進行中で、その起訴手続きのすべてを地方検事局が担っていた。

13

(1) モダン・ギャラリーの当時の支配人はマリウス・デ・ザイアス。彼が収集したアフリカの崇拝小像コレクションはおそらくアメリカ随一だったろう。

(2) ニューヨーク市警逃亡犯罪人引き渡し部門最高権力者のひとりであるベンジャミン・ハンロン大佐は、当時、地方検事局付属刑事部門の指揮官として刑事裁判所ビルに配属されていた。

16

（i）コンスタンス・エミリー・ケント（一八四四―一九四四）は、ロード・ヒル・ハウス殺人事件（一八六〇年に英国のカントリーハウスで起きた有名な幼児殺人事件）の犯人であることを、後年になって告白した。彼女は当時三歳だった被害者フランシス・サヴィル・ケントの異母姉で、事件当時十六歳。この、当時最も騒がれた事件の捜査は英国じゅうに「探偵熱」をもたらし、ウィルキー・コリンズやチャールズ・ディケンズの作品に影響を与えた。この事件と担当したジャック・ウィッチャー警部については、ケイト・サマースケイルの著書『最初の刑事――ウィッチャー警部とロード・ヒル・ハウス殺人事件』に詳しく書かれている。

18

（1）トバイアスの書斎にあった本のうち、代表的なものを以下に挙げておく。Heinroth's "De morborum animi et pathematum animi differentia," Hoh's "De maniae pathologia," P. S. Knight's "Observations on the Causes, Symptoms, and Treatment of Derangement of the Mind," Krafft-Ebing's "Grundzüge der Kriminalpsychologie," Bailey's "Diary of a Resurrectionist," Lange's "Om Arvelighedens Inflydelse i

Sindssygedommene," Leuret's "Fragments psychologiques sur la folie," D'Aguanno's "Recension di antropologia giuridica," Amos's "Crime and Civilisation," Andronico's "Studi clinici sul delitto," Lombroso's "L'uomo Delinquente," de Aramburu's "La nueva ciencia penal," Bleakley's "Some Distinguished Victims of the Scaffold," Arenal's "Psychologie comparée du criminel," Aubry's "De l'homicide commis par la femme," Beccaria's "Crimes and Punishments," Benedikt's "Anatomical Studies upon the Brains of Criminals," Bittinger's "Crimes of Passion and Crimes of Reflection," Boselli & Lombrozo's "Nuovi studi sul tatuaggio nei criminali," Favalli's "La delinquenza in rapporto alla civiltà," de Feyfer's "Verhandeling over den Kindermoord," Fuld's "Der Realismus und das Strafrecht," Hamilton's "Scientific Detection of Crime," von Holtzendorff's "Das Irische Gefängnißsystem 'insbesondere die Zwischenanstalten vor der Entlassung der Sträflinge," Jardine's "Criminal Trials," Lacassagne's "L'homme criminel comparé à l'homme primitif," Llanos y Torriglia's "Ferri y su escuela," Pike's "History of Crime in England," MacFarlane's "Lives and Exploits of Banditti and Robbers in All Parts of the World," M'Levy's "Curiosities of Crime in Edinburgh," "The Complete Newgate Calendar," Pomeroy's "German and French Criminal Procedure," Rizzone's "Delinquenza e punibilità," Rosenblatt's "Skizzen aus der Verbrecherwelt," Soury's "Le crime et les criminels," Wey's "Criminal Anthropology," Amadei's "Crani d'assassini," Benedikt's "Der Raubthiertypus am menschlichen Gehirne," Fasini's "Studi su delinquenti femmine," Mill's

“Arrested and Aberrant Development of Fissures and Gyres in the Brains of Paranoiacs and Criminals,” de Paoli's “Quattro crani di delinquenti,” Zuckerkandl's “Morphologie des Gesichtsschädels,” Bergonzoli's “Sui pazzi criminali in Italia,” Brière de Boismont's “Rapports de la folie suicide avec la folie homicide,” Buchnet's “The Relation of Madness to Crime,” Galucci's “Il jure penale e la freniatria,” Davey's “Insanity and Crime,” Morel's “Le procès Chorinski,” Parrot's “Sur la monomanie homicide,” Savage's “Moral Insanity,” Teed's “On Mind, Insanity and Criminality,” Workmann's “On Crime and Insanity,” Vaucher-Crémieux's “Système préventif des délits et des crimes,” Thacker's “Psychology of Vice and Crime,” Tarde's “La Criminalité Comparée,” Tamassia's “Gliultimi studi sulla criminalità,” Sikes's “Studies of Assassination,” Senior's “Remarkable Crimes and Trials in Germany,” Savarini's “Vexata Quaestio,” Sampson's “Rationale of Crime,” von Nölner's “Kriminalpsychologische Denkwürdigkeiten,” Sighele's “La foule criminelle,” and Korsakoff's “Krus psichiatrii.”

（2）ブライズ博士は、クリッペンの毒殺事件裁判で弁護側の証人のひとりだった。

19

（1）フェリックス・オッペンハイマー博士は当時、麻痺に関して米国を代表する権威者だった。そののちドイツに帰国、現在はフライブルク大学神経学講座を担当している。

20

（1）ヘネシーはナーコス・フラッツでグリーン屋敷の見張りについていた刑事。

21

（1）有名なモリヌーによる毒殺事件でも、似たような薬品――すなわちブロモセルツァー（頭痛や胃痛の治療用、鎮静用の、臭化物入りの発泡性水薬）にシアン化水銀が混入されていた。

（i）〈シトロカーボネート〉は一九二五年にアップジョン社が特許を取得した制酸用の市販薬。顆粒だが発泡性なので、レモン水などに溶かしてレモネードのようにして飲むことが、当時紹介されていた。

22

（1）オブライエン警視正はニューヨーク市警全体を指揮する立場にあった。あとになって知ったのだが、グリーン屋敷でナースの任務についた警官、ミス・オブライエンのおじでもある。

（2）ギルフォイルとマロリーは、カナリア殺人事件でもコンビを組んでトニー・スキールの見張りについたのだった。

23

（1）出典：“The Aesthetic Hypothesis,” in *Art*, Clive Bell. ここでの言い方にはいささか軽んじているような含みがあるが、ヴァンスはベルの批評を大いに評価していて、彼の評論『セザンヌ以降』について、私にかなり熱を込めて語り聞かせたこともある。

25

（1）ヴァンスとの長いつきあいで、彼が神にすがるような言葉を使うのを聞いたのは、この一度きりだ。

（2）あとになって知ったことだが、熱心なアマチュア写真家でもあったドクター・フォン・ブロンは、写真製版に青酸カリの半グラム錠をよく使っていた。エイダが訪ねてきたときも、暗室に三錠あった。数日後、現像しようとしたら二錠しかなくなっていたのだが、ヴァンスに質問されるまでは特になんとも思っていなかったという。

26

（1）後日、ヴァンスに最終的な思考の順番に項目を並べ直してもらった。彼に真実を伝えたその並び方は、以下のとおり。3、4、44、92、9、2、47、1、5、32、31、98、8、81、84、82、7、10、11、61、15、16、93、33、94、76、75、48、17、38、55、54、18、39、56、41、42、28、43、58、59、83、74、40、12、34、13、14、37、22、23、35、36、19、73、26、20、21、45、25、46、27、29、30、57、77、24、78、79、51、50、52、53、49、95、80、85、86、87、88、60、62、64、63、66、65、96、89、67、71、69、68、70、97、90、91、72。

（2）のちにミセス・マンハイムから聞いたところでは、夫のマンハイムは、かつてトバイアスが悪質な非合法取引で刑事訴追されそうになったときに責任を肩代わりして彼を救ったことがあり、自分が死ぬか投獄された場合は、ミセス・マンハイムが五歳で民間施設に入れたエイダを養子にして世話し、影響を受けないようにして守ると、トバイアスに約束させたということだった。

（3）マデレーン・スミスとコンスタンス・ケントの事件については、エドマンド・レスター・ピアスンの *Murder at Smutty Nose* に、マリー・ボワイエの事件についてはH・B・アーヴィングの *A Book of Remarkable Criminals* に記述がある。グレーテ・バイアーはドイツで公開処刑された最後の女性である。

（4）第一巻三二―三四ページ。
（5）第二巻八四三ページ。
（6）第二巻八三四―八三六ページ。
（7）第二巻六六七ページ。
（i）本書の底本としたのは米国版であるが、英国版には、このあとにもう一段落分、以下のような文章が付け加えられている。

ひとつ、家庭的な出来事を付記しておこう。数カ月前、ウィーンから帰国した友人が、シベラが跡継ぎである息子を出産したというニュースを私に伝えてきた。この事実に、正直言って、私はいささか不調和なものを感じた。シベラが母親の役割につくことを想像するのは、私には難しかったのだ。しかし、最近、ある著名な社会学者が、現代の若い女性たちは、無愛想で洗練された外見の下に古くからの強烈な母性を秘めていると断言した。「現代の若い女性たちが最高の母親になることは、確かである」と、この高名な社会学者は付け加えた。シベラがその楽観的な考えを裏づけてくれることを、切に願いたい。

解説

巽昌章

『グリーン家殺人事件』は古典である。こう言えば当たり前のようですが、「古典」とは何なのでしょう。それは黴《かび》の生えた権威にすぎないのでしょうか。実のところ、皆さんの読み方次第です。

〈奇怪な館〉〈呪われた一族〉〈閉鎖空間の連続殺人〉――エラリー・クイーンの『Yの悲劇』をはじめとして、このような『グリーン家』の意匠は何度も踏襲され、変奏されてきました。とりわけ、日本の推理小説においては、戦前はやくも浜尾四郎『殺人鬼』、小栗虫太郎『黒死館殺人事件』の二巨編を生み、戦後には高木彬光の『能面殺人事件』、『呪縛の家』や角田喜久雄『高木家の惨劇』など本格長編勃興期の名作にも大きな影響を与えました。さらに、笠井潔さんがヴァン・ダイン好きを表明しているように、長編推理小説としての構築性が際立った、本格らしい本格の代名詞として、いわゆる新本格前後の作家たちも意識せずにはいられない存在だったのです。奇怪な館や気障《きざ》でペダンティックな名探偵は、本格もののお約束としていまに遺風をとどめてもいるではありませんか。

それだけに反動も大きく、いつしか、『グリーン家』に代表されるファイロ・ヴァンスシリーズは、日本でも「古臭い本格」の代名詞のように扱われるようになっていきました。そのあたりの屈折した感覚を伝える存在として、鮎川哲也が『りら荘事件』などで活躍させた気障な名探偵、星影龍三を挙げることができます。論理的な謎解きは生き残るべきである、しかし、豪奢《ごうしゃ》な館や貴族的な名探偵は愛すべき過去の存在になってしまった——そんなアイロニカルな意識が、俊敏にして滑稽《こっけい》な星影名探偵の造形にこめられているはずです。

しかし、『グリーン家』を読むという体験が、使い古された意匠の遠い元ネタ探しにとどまるかといえば、決してそんなことはありません。過去の経緯を頭から振り払って、もういちどこの小説のそばに腰を下ろし、そっと顔を近づけてみれば、枯れたはずの大木の折れ口に思いがけない樹液のにじみを、そして、新たな芽吹きを発見することだってできるはずです。

そこで、まず大事なのは、この長編にとって〈奇怪な館の連続殺人〉が、決して単なる設定でもお約束でもないという事実です。お約束から物語がはじまるのではなく、ああ、これは奇怪な館の連続殺人なのか、そんなことがこの世にあるのだな、と思わせてゆく過程こそが大きな読みどころになるわけです。その快感を自分のものにするには、こちらもちょっと気持ちを落ち着けて、連続殺人なんだろ、早く第二の事件を起こせよ、などと言わず、緩やかだが克明な作品の歩みに呼吸をあわせる必要があるでしょう。そうすれば、陰影に満ちた屋敷の描写、その謎めいた来歴、異様な環境に押しつぶされた住人たち、彼らの演じる覗きと立ち聞き、錯綜する供述――そのすべてが惻々《そくそく》と身に迫ってくるに違いありません。本書での〈館〉が視線の行きかう息苦しい空間であり、それをかいくぐって〈連続殺人〉を企《くわだ》てる犯人も不気味だがまぎれもなく肉体を備えた存在だということが、生々しく感じ取れるはずです。こうした空間感覚から生まれるサスペンスこそ、『グリーン家』の後続作品たちにはめったにみられない特質なのです。

　謎解きの道のりにおいても、この長編は、一見センセーショナルな外貌をまとっていながら、一歩一歩論理の階梯《かいてい》を踏んでゆく着実さを持ち味としています。名探偵ファイロ・ヴァンスだって、本当のところ現実離れした夢想家ではありません。友人のマーカム検事やヒース部長と同じように、彼の眼は現代社会を見据えていて、ただ、ニューヨークの繁栄の陰に、歪《ゆが》んだ心理のわだかまる一隅があることに気づいているだけの違いです。それゆえ、ヴァンスは、雪の上の足跡、館に鳴り響いた銃声、横たわる死者の姿態など、目の前の具体的な手掛かりを地道に検討し、いがみ合う館の住人たちの言葉に耳を傾けて、その端々《はしばし》に心理の陰影を探りながら、リアリストをもって任じているはずの捜査官たちに向け、この一見〈現実離れした犯罪〉が、実は館の住人たちにとってリアルそのものなのだということを根気強く説得しなければならない。そこが面白い。その手法はむしろ、一種の疑似ドキュメンタリーに近づきます。

　そういえば、ヴァン・ダインは、デビュー作『ベンスン殺人事件』以来、各章の冒頭に日時を明記するなど、あたかも事実の記録であるかのようなスタイルを貫き、『グリーン家』の冒頭でも、これは実際の犯罪事件の秘話であると宣言しているのです。こう書いてくればお分かりかも知れませんが、『グリーン家』には、狂気の童謡殺人を描いたシリーズ第四長編『僧正殺人事件』とならんで、後にアメリカの推理小説シーンを席巻する、リアリスティックな捜査を掲げたサイコ・スリラーの先駆としての顔もあるというべきでしょう。

だが、それだけではやはり、『グリーン家』は偉大な先駆作品だといっているにすぎない。ヴァン・ダインがここで示した可能性は、そのもう少し先にあります。ふたたび『Yの悲劇』を思い出してみましょう。『グリーン家』と『Yの悲劇』の共通点は、いってみれば、合理的で実利的な現代アメリカ社会の中に「呪い」の存在することを描き出そうとしたところにあります。「呪い」とは何か。それは、はるかな過去からよみがえって、いまを生きるひとびとを殺人鬼に変貌させてしまう見えない力です。近代的にいいかえれば、館という空間に根を張った、人々の悪意や偶然の出来事、遺伝、環境の絡み合うメカニズムであり、住人たちがその影響を免れないという意味で、決定論的な悪夢です。ヴァンスはそれを、「心霊的」と呼んだり、「有機体としての環境」と呼んだりするのです。

個人の欲望や思惑を超えた、歴史に根差す巨大な力。『グリーン家』が、そして『Yの悲劇』が挑んだのは、そんな不可視の力を、合理的な謎解きを通じ、ひとつの構図として浮かび上がらせることでした。しかし、描き方は大きく異なります。クイーンの創造した名探偵、ドルリー・レーンが看破する「呪い」の正体は、より大胆で決定論的な悪夢の域に達しています。これは、クイーンの方がヴァン・ダインよりはるかに観念的になったということであって、小説の舞台や登場人物はいっそうデフォルメ——抽象化され、『グリーン家』にあった館の不気味さや、犯人が監視をかいくぐる生々しいスリルは後景に退《しりぞ》きます。クイーンは、抽象化された世界での壮大な推理にのめりこんでいき、やがて、「後期クイーン的」と呼ばれる、冷酷な論理がすべてを支配する作品世界を作り上げることになるでしょう。ちなみに、わが国の新本格の時代、クイーンが導きの星となり、ヴァン・ダインがその光輝の陰にかくれたのは、クイーンの観念性が新本格作家たちの創造力を刺激したからにほかなりません。

しかし、その方向がすべてではない。『グリーン家』には、おそらく、クイーンとは別のやり方で巨大な構図をとらえるヒントが示唆されています。ここでは、館に歴史の手ごたえがあり、犯人に血肉を備えた人間の悲哀があります。それらが超個人的な構図と相克する、きしみのような音が聞こえます。そこに立ち戻って、ふたたび、奇怪な館を小説の世界によみがえらせる書き手のあらわれることを私は夢想します。

本書には、今日の人権意識に照らして誤解を招くと思われる語句や表現がありますが。しかしながら作品の時代的背景や歴史的な意味の変遷などをかんがみ、そのまま翻訳しました。

検印
廃止

訳者紹介　1954年生まれ。青山学院大学卒。日本推理作家協会、日本文藝家協会会員。ヴァン・ダイン『僧正殺人事件』、ドイル『新訳シャーロック・ホームズ全集』など訳書多数。著書『シャーロック・ホームズ・バイブル』で日本推理作家協会賞を受賞。

グリーン家殺人事件

2024年1月12日　初版

著　者　S・S・ヴァン・ダイン
訳　者　日《ひ》暮《ぐらし》雅《まさ》通《みち》

発行所　（株）東京創元社
代表者　渋谷健太郎

162-0814／東京都新宿区新小川町1-5
電　話　03・3268・8231-営業部
　　　　03・3268・8204-編集部
URL　http://www.tsogen.co.jp
DTP　萩原印刷
暁印刷・本間製本

乱丁・落丁本は、ご面倒ですが小社までご送付ください。送料小社負担にてお取替えいたします。

ISBN978-4-488-10321-7　C0197